당신을
사랑
합니다

민 중 열 전 1

당신을 사랑합니다

김 해 자   지 음

삶 이 보 이 는 창

시인 김해자의
부끄러운 고백
'당신을 사랑합니다'

윤영수 소설가

우리는 알고 있다. 온 지구에 산소를 대어주는 삼림의 90퍼센트가 하늘로 쭉쭉 뻗어 오른 멋진 전나무·삼나무 숲이 아니라 들쭉날쭉 엉망인 잡목 숲이라는 사실을. 어디 똑바로 쓰기에는 무늬고 재질이고 영 마뜩잖은, 때로 꼭대기까지 덩굴에 휘감겨 하루하루 곤고하게 헐떡이는 나무들이 전 세계의 모든 생명들을 책임지고 있는 것이다.

우리는 또 알고 있다. 감탄할 정도로 위용을 자랑하는 폭포, 도시의 미관을 이루며 유유히 흐르는 그럴싸한 강보다 더 중요한 것이 있다는 사실을. 그 물줄기를 이루기 전 거친 돌과 흙을 쓰다듬어준 빗물 한 방울, 때로 낙엽 한 장 때문에 그 흐름이 턱없이 바뀌며 휘어진 가느다란 흙탕물들이 이 땅의 풍요로움을 가져다주는 진정한 주역이라는 사실 말이다.

시인 김해자가 엮은 『당신을 사랑합니다』는 그 볼품없는 나무들, 흐르는 것 같지도 않게 나뭇잎 밑을 흐르다가 때로 땅에 스며든 가느다란 물줄기들의 이야기다. 마장동 우시장에서 내장을 손보는 아줌마, 공장에서 몸을 버리면서도 일을 놓을 수 없는 아저씨, 택시 기사, 여든 가까운 나이까지 얼음처럼 찬 바다에 몸을 담가야 하는 해녀, 농사꾼, 이주노동자들의 힘든 사연들이 그대로 펼쳐진다.

'꿈을 품으라' '성취를 믿으라' '언제고 밀물은 올 것이다. 그때 나의 배를 띄우리' 따위, 우리가 때로 위로랍시고 건네던 말들이 이들에게는 얼마나 하찮았을까. 왜 이 일을 하게 되었는지 왜 이리 힘들게 살아가야 하는지 모르는 채로 흘러흘러 살아온, 그리고 지금도 곤고하게 살아가는 이 시대의 주역들이 바라는 것은 커다란 욕심도 특별한 호사도 아니다. 가장으로서 식구들을 굶기지 않을 밥 한 숟가락, 식구들이 발을 뻗을 방 한 칸을 마련하는 일뿐이다. 우리가 이들에게 무슨 말을, 무슨 위로를 할 수 있을까.

시인 김해자는 용감하다. 다들 눈 돌리고 싶어하는 매몰찬 현실, 이야기를 풀어놓은 사람들조차 때로 꺼렸을 속내를 끝끝내 캐어 자신의 가슴에 옮겨 심었다. 글을 채록하면서 김해자 본인은 또한 얼마나 아팠을 것인가.

'묵묵히 사는 나무, 그저 제 할일 하는 나무. 삭풍이 불고 때로 눈보라쳐도 잎도 나오고 꽃도 열매도 맺는 믿음직한 우리들의 나무가 당신입니다.' 이 책은 시인 김해자가 이들에게 드리는 한마디의 위로, 가슴에 맺힌 뜨거운 연서. 피가 뚝뚝 떨어지는 사람들의 몸뚱이를 헤집으며 그녀는 스스로에게 다짐한다. '비린내 단내 쓴내 있는 대로 풍기는 날것 그대로의 세계, 거추장스런 껍데기를 뒤집어쓰기 전 심장에 아로새겨진 그 신령스런 것이 이끌어가는 삶이 진짜 삶이에요. 당신에게서 배웠어요.'

그리고 그녀는 얼굴 붉혀 고백한다.

'당신을 사랑해요. 나 스스로밖에 모르고 내 생각이 옳다고 생각하던 나를 이만큼이라도 사람 꼴로 만들어준 것이 바로 당신들이랍니다.'

맞다. 우리 개개인은 모두 땅에 뿌리를 박고 이 시대를 견디는 나무 한 그루에 지나지 않는다. 하지만 우리는 한데 모여 숲이다. 죽어도 같이 죽고 살아도 같이 사는 숲의 운명으로 우리는 함께 묶여 있다.

　어머니가 졸지에 돌아가시자 천지간 어디에서고 목소리를 다시 들을 수 없었다. 유치원에 다녀 동영상이 있는 것도 아니고, 단상에 올라가 한마디 남길 만큼 식자도 아닌, 그야말로 낫 놓고 기역 자 정도 알았던 어머니의 목소리는 육체의 사멸과 함께 사라졌다. 아마 그즈음일 것이다. 녹음기 들고 다니며 어르신들 이야기를 담기 시작한 시점이. 녹음한 기록들은 일부 가난하고 착한 잡지에 연재되기 시작했는데, 그 자료들을 보완하는 사이 세 분이 돌아가시고 나 또한 죽을 고비를 넘겨 이제야 책으로 묶이게 되었다.

　글을 쓰기 위해 일부러 찾아다닌 적은 없다. 이 책의 주인공들은 친척도 있고 친구도 있고, 선후배나 지인의 어머니도 있다. 나 혼자 듣고 말기가 아까워서 궁금한 것은 더 물어 보완한 것도 있고, 가슴에 담아둔 것도 있고, 함께 놀고 노래하면서 받아 적은 것도 있다. 거리든 농성장이든 병원이든 술자리든 바다에 뜬 배든, 맺을 수밖에 없었던 인연들이었다. 만날 수밖에 없으므로 만나진다.

　내 안에 있는 것들이 채 명료하게 제 모습을 드러내지 않을 때, 내 밖에서 만난 나는 나를 분명하게 해주고 확장시켜주고 오류는 정정해준다. 누추하고 비천하고 누구도 귀 기울여주지 않는, 적막하고 때로 끝나지 않을 싸움터 같은 세상에서, 누군가가 누군가에게 중심으로 귀 기울이는 순간 내 아버지가 되고 내 어머니가 되고 내가 된다. 가진 것도 배운 것도 내세울 것도 없지만 이 육신 하나

6

고단하게 움직여 밥이 되고 약이 되고 위로가 된 보살 같은 그들의 보이지 않는 힘으로 뜬 모처럼 살아온 내 가벼운 삶이 논바닥에 뿌리내렸는지 모른다.

삶이 살아 있는 이야기로 재생되는 순간 우리는 깨어나고 지금 이 순간에 강렬하게 현존하게 된다. 저마다의 몸속에 수만 권 책들이 숨어 있다. 누에는 어둠 속에서 골똘하게 직조한 비단실을 뽑아내나니 그 실 어느 모퉁이 어느 가닥 하나 귀하지 않은 토막이 없다. 나는 바란다. 복잡한 물질세계에 휩쓸려 내 심장이 무엇을 느끼고, 내 손이 무엇을 하는지 알아채지 못한 채 살아가는 분주한 이 시대 우리의 삶이 좀 더 단순하고 소박해지기를. 즐거이 일하고 나누어 먹고 셈 없이 어울려 노래하고 춤추기를.

지적 노동에 서투른 내게 탈고할 기운을 나눠주신 달마산 동백나무와 집 앞 은행나무에 감사한다. 나를 숨 쉬게 하고 먹게 하고 움직이게 하는 보이는 보이지 않는 모든 존재들에게……, '뽀루룩 뽀루루룩' 지렁이 울음소리를 듣는 시인의 마음으로, 이 책의 출산에 함께 힘을 써준 엄기수, 디자이너 이원우, 삶이보이는창 동지들께 깊이 감사드린다.

어둠 속 나무뿌리 같이 굳건하고 아름답고 자비로운, 당신을 사랑합니다.

2012년 봄을 기다리며 김해자

차례

일하고
춤추고
노래하고

마장동 우시장
윤주심傳

윤주심 씨는 1937년 충남 장항에서 태
어났다. 용두동 종묘 청계 등지에서 노
점상을 하다 1974년부터 지금까지 마장
동 우시장 동원축산에서 일하고 있다.

간은 어디로 가고 염통은 몇 시에 오고
막내아들과 통화하는디 다 내장 애기더라
느닷없이 깨진 유리창에 돼지 곱창 떨어지는 목소리에
쌍계사 계곡 물도 허옇게 물거품 튕기더라
심심유곡 폭포 밑에서 소리 가락 배운 적 없어도
판소리 저리 가라 쉰 목소리로 소리 한 자락 쫘아악 깔아놓는디,
다라이 이고 떡 팔고 고구마 팔고 옥수수 팔고
연탄 동그랑땡 화덕 위에 보글보글 소라 팔고 고동 팔 제
머리채 말아 끌고 댕기는 시엄씨 같은 겨울바람
시펄시펄 목구멍 속으로 잘도 들어오더라
앵두 한 박스 해도 잡아가고 오징어 한 박스 해도 끌고 가고
밥상 던져불고 광주리 짜부라뜨려불고 반말 찍찍 내갈기는
높으신 경찰 모자한테 느그 어메가 이 땅 낳았더냐
느그 아배가 다 맹글었더냐 악쓰느라 이 목소리 이리 되었구나
시난고난 거리에서 쓰고 맵게 뒹굴다가
마장동 우시장에 반 쪼가리 다이 하나 생겼는디
얼씨구나, 쫓겨 댕기지 않는 세상 그리 좋더라
세상사 첩첩산중 천엽 속도 층층겹겹 똥 가득하더라
첫날밤 새 신랑이 새 각시 옷 벗기듯 한겹 한겹 정성들여야 쓴다
곱창 같은 인간사 기름 덕지덕지 막힌 데도 많더라
삼칠일 안 된 애기 만지듯이 다칠세라 놓칠세라
시풀시풀 콩팥이 날아오고 시컴시컴 허파가 날아댕기며
해란강 대동강에서 어느새 강은 흘러 소양강까지 이르고
소주병 마이크 삼아 지루박 고고 트위스트 온갖 춤 추어대던
일흔댓 그 노인네 어디 가셨나 탱화 속 보살들 사이
빈 자리 아무 데나 꿰차고 들어가셨나
조선 톡시발 같은 여인네, 윤주심

    ─「쌍계사에서」

"얼음물에 손 넣고 일할라믄 새벽에 기본으로다 소주 두 병은 까야제이.
이빨은 빠졌어도 내가 아직 호랭이는 호랭이요. 아따, 홍어무침이 입에
쩍쩍 달라붙는구나. 겉절이 해놨응께 빨리들 오쑈. 한잔 합시다아."

소는 어디 한군데 버릴 디가 읎어. 천엽, 간, 양, 소창, 대창, 염통, 허파, 지라, 홍창, 홍문, 선지……. 곱창 다듬는 게 소 내장에서도 젤 어려운 기술이여. 이 곱창이 얼마나 구불구불 긴지 요걸 펴면 말이여, 여그서 쩌어그 다이까지 닿을 것이여. 요 구불구불 곱창 속에 덕지덕지 붙은 기름을 헤치고 소창과 대창을 생긴 모양 고대로 이쁘게 도려내야 하는디, 기름이 너무 없어도 맛이 없고 많아도 곤란혀. 곱창 다듬다 절대 잘라먹으면 안 된께, 요렇게 애기 다루디끼 조심스럽게 다듬어갖고 얼음물에 담가놔야제. 겨울에도 얼음을 띄워놓아야 꼬들꼬들허니 살아 있디끼 모양이 난당께. 소창 대창은 구워놓으믄 고급 안주로 대접받제. 양하고 비슷허니 수건처럼 생긴 요거시 머이냐믄 바로 천엽인디, 요걸 펼치믄 겹겹이 똥이 들어 있응께, 한 장 한 장 종잇장 넘기듯이 씻어내야 혀. 양에 달린 요거는 양 벌집이라고 하는디, 잘게 썰어서 죽 끓여 먹으면 맛이 그만이어.

새벽 4시믄 출근혀. 멀리서 물건 떼러 오는 정육 도매업자들하고 식당업 하는 사람들이 깜깜할 때 들이닥치거든. 전날 손봐 둔 물건들 다 넘기고 나면 음식점 배달 거리를 만들고 포장하고 배달까지 끝내고 한숨 돌릴 만하면 다음 날 납품할 물건을 구하러 다녀. 좋은 물건 구할라믄 여그저그 다리품을 팔아야 혀. 고기, 양지, 뼈 다 따로따로 팔거든. 그라고 정신없이 쏘댕기다 보믄 해가 저무는디 그때쯤 소 내장이 들어와. 내장 다듬는 게 우시장에서 가장 상일이여. 내장은 쓰임새도 다듬는 방법도 다 달라. 소 한 마리분 내장을 '보'라고 하는디, 보를 하나 다듬는 데 한 시간 넘게 걸려. 시절 좋을 땐 이삼 일에 100개 넘는 보를 다듬을 때도 있었제. 도리가 있나. 며느리 아들 딸 할 것 없이 전 식구가 총동원 돼서 밤 꼴딱 새워야제. 바쁜 와중에도 시장통 사람들과 모닥모닥 몇이서 북적거림서 고슬고슬 밥 하고 김치 버무려 나눠 먹고, 정 기운이 딸리면 술 한잔씩 걸치고 다시 또 일하고 그러지. 내 주량이 소주 네 병이여. 그냥 앉은 자리에서 네 병 거뜬히 비운다니까.

생일이라고 제사라고 자식들 모이면 아직도 내 손으로 음식을 장만해. 어디 가도 먹잘 것도 없잖여. 자식들 먹을 건디 맛나게 해야지. 경동시장 걸어가서 마늘 사다 까고, 생선 사고 야채 사서 이고 해서, 홍어무침 하고 갈비 재고 겉절이 해서 집까지 이고 가. 제사 때도 며느리 잘 안 시켜. 며느리가 국을 끓였는디 맛이라고 으째 니 맛도 내 맛도 없잖여? 그러면 "무슨 국이 헐렁한 게 장인 이마빡 씻은 물 같다" 그려. 어쩌긴. 며느리가 웃음서 뭐를 더 넣고 열심히 다시 끓여 올리지. 내가 성격이 좀 불같아서 '호랭이 아줌마' 라는 별명이 붙어다니긴 하지만서두, 네 며느리 거느리고 살면서 이 며느리 앞에서 저 며느리 흉보고 그러들 안 해봤어. 이놈은 야무져서 이쁘고 저놈은 착해서 이쁘고, 없는 집에 시집와서 살아주니 고맙고 기특하지. 애들 다섯 키움서도 이래라 저래라, 하지 마라 해라, 그러들 안 했어. 집안 가무대회가 벌어지면 노래 부르고 나서 아들이 "내 창가 어땠수?" 뻐김서 나한테 물어. 노래가 폼만 잡아서 되간디, 예술성이 있이야지. 나는 거짓말을 못 해 사실대로 "깨진 유리창에 돼지 곱창이다!" 허고 품평을 해버리지. 어쩌긴. '아악……' 비명을 지르고 자빠지지.

세상사가 맘대로 안 풀리는지 뭣이 안 되어가는지 밤이면 밤마다 한밤중까지 술 먹고 들어오는 아들이 있으면 그려. "총 맞은 개마냥 어디를 그렇게 싸돌아 다니냐?" 허고. 뒤통수 살살 긁음서 살짝이 발꿈치 들고 들어가지 뭐. 안 그래도 늘 힘들게 사는 딸애가 "엄마 아픈데 내장도 못 다듬어주고 어쩐대?" 그려. "미친 년, 너나 아프지 마라" 한마디하고 말어. 아, 즈그들도 먹고살겠다고 자식새끼 기르고 가르친다고 동으로 서로 남으로 북으로 돌아댕김서 그리고 바쁘게들 사는디 내가 아프다면 맘이 편컸어. 아파도 아픈 내색 안 해야지.

　　그란디 정말 비윗장 틀어지면 호랭이 성질이 나와부러. 옛날 하꼬방 촌에 살 땐데, 시퍼렇게 젊은 주인 여자가 달세 사는 사람들을 하도 무시하고 발에 때만치 생각함서 깔아뭉개분께 내가 그랬네, "우리 똥 냉겨놓고 퍼." 하, 그것이 말이여. 여러 집이 세 들어 사는 데다 다들 한 푼 아섭게들 사니께 똥 푸는 것 하나라도 가격도 좀 합의해서 싸게 풀어야 쓸 거인디, 젊은 댁이 콧대가 높아서 세 든 사람 우습게 보니께 내가 그랬지. 어쩌긴 어째. '뭐 이런 아줌마가 있어' 뭐라고 말을 못 하지. 사람이 경우가 있이야지. 내 입을 봐라. 조금만 벌려도 곱창 몇 점 한꺼번에 들어가게 이라고 크게 생겨먹었는디 일하고 놀다 보면 노상 아구창 입이 돼불어. 하도 웃어싸니께 그라제. 애들이 호탕하댜. 고생고생한 사람 같지 않댜. 청승도 궁상도 나하곤 궁합이 안 맞나벼.

　　뭐니 뭐니 해도 내 압권은 '가무' 여. 시장서도 집안 행사에서도 가무를 즐기는디, "눈물을 보였나요, 내가 울고 말았나요? 아니야, 아니야, 흐르는 빗물에 젖었을 뿐이야." 빙그르르 돌아감시롱 이 사람 저 사람 손잡아 끌고 소주병 마이크 삼아 온갖 분위기 다 잡고 노래를 불러제끼면 나와도 메들리로 나와. 지루박, 고고, 트위스트 추면 파트너 몇씩 교체해 가면서 두세 시간씩 춰도 지치지도 않어. 춤발이라야 국적이 불분명하지. 이건 비밀인디, 실은 춤 좀 배워보겠다고 큰맘 먹고 춤 배우는 디를 좀 다녔어. 아, 6만 원 거금 건네주고 한 달 배우는디 이거 빼고 저거 빼고 한께 한 열댓 번이나 갔을까. '백조' 라고 미도파 옆에 있었어. 옆에 캬바레 문 열기 전까지만 가르쳐주는디, 아따 장사함서도 머릿속은 스텝 외우느라 바뻐.

　　이라고 생겼어도 이 몸뚱이에 춤 좀 흘러. 관광차 타고 놀러가다 휴게실에 내려 화장실 앞에 섰는디 뽕짝봉짝 음악이 흐르고 있드라. 그래서 나도 모르게 쿵짝쿵짝 맞춰서 흔들고 있응께 모르는 아자씨들이 자기들 차에 가자드라. 미쳤냐? 따라가게. 뒤따라가는 척하다 "아자씨들 즐거웠소. 잘 가쇼" 했제. 청량리 옆에 캬바레 가면 그 옆에 줄줄이 앉아갖고 춤출라고 할메들이 입술을 벌가게 칠해갖고 기다리는디, 입술도 반짝반짝 불도 반짝반짝 춤선생 놈팽이들 옷도 번쩍번쩍. 돌리고 밀고 댕기고 하는 거 끝내주는 번쩍이들이 도라무통 같은 여편네들한테 '사모님 어쩌면 이라고 유연하세요' 해쌈서 잘 돌아가네 마네 하는디, 돈 좀 있는 여편네들이 독차지하믄 우리는 춤 한 번 못 댕기고 앉아서 구경만 하다 돌아와. 춤 때문에 사단도 많았지. 손도 잡고 가슴도 닿다 말았다 하고, 여기저기 비비적대고 하니까. 그냥 춤 하나만 잘 추고 지나가면 좋을 텐디, 그냥 꼭 한 놈하고만 비빌라고 하고 목을 매면 꼭 사단이 나드라고. 누구 어메는 장사해서 놈팽이 멕이고 입히느라 지 딸내미 등록금도 없댜. 친목계에서 놀러들 갔는데 내가 지루박을 추니까 조 씨 아자씨가 자기 마누라한테 그래. 성곤이 엄마 춤추는 거 보니까 춤추는 데 다녔다고. 내가 춤출 때 지 마누라가 안 따라갔을 리가 없다고. 그때 그 부부가 품바 옷을 입고 있었거든. 흰 광목 쪼가리에다 거뭇거뭇 천 붙여놓은 거 말여. 얼룩덜룩 잘 놀다가 싸움이 나서 품바 쪼가리 다 찢어지고 버스 안에서 생난리가 났어.

어릴 때부텀 억척스러웠어. 부지런한 새가 벌레 한 마리라도 더 잡는다고, 밤에 바람이라도 세게 불믄 솔가루(솔잎을 말함)가 우수수 막 떨어지는 거이 아른거리고 아까워서 잠을 못 자. 에라, 일어나서 한밤중에 뒷산에 올라가. 여그저그 묏등 널려 으시시허구, 바람 막 울어대구, 얼매나 무섭겄어? 그려도 나무 할 욕심에 못 내려가지. 갈쿠리 어깨에 딱 얹고 솔가루 수북이 쌓인 데를 죽 걸어. 그라믄 짝대기 땜에 금이 딱 그어지잖여? '이거 다 내꺼다' 침 묻혀놓고 한 짐 지고 내려와. 그라믄 다음 날 아무도 손 못 대지. 금 그어놓은 데 피해 댕김서 "흐, 이 징한 년 징한 년" 하구 말어. 솔잎 주워 군불 때서 방 뜨끈뜨끈하게 지피고 물 설설 끓여놓고 나믄 그제서야 어머니랑 동생들이 일어났어. 충남 서천 장항에서 태어났어. 4남 2녀 중 둘째 딸인디, 맏딸인 언니가 일찍 죽어부러서 큰딸이나 진배없어. 엄니가 생선 장사로 우리를 키웠는디 엄니가 노상 바쁜께 열 살도 안 돼서부텀 집안 살림이고 바깥일이고 다 함서 자랐어. 가을

"빙그르르 돌아감시롱, 소주병 마이크 삼아 온갖 분위기 다 잡고 노래를 불러제끼면 나와도 메들리로 나와."

엔 상수리 따서 도토리묵을 쑤어 파는디, 백 가마니는 족히 됐을 겨. 땔 감 마련하는 일도 내 차지. 나가 나무를 해도 남의 두세 배는 해야 직성이 풀리고 억척스러운 데가 있었던 모양이여. 가만있자, 여기가 전라도 상관이냐? 상관 남관 지나 여기 오수까지 기차 타고 나무하러 왔다. 옛날엔 어째 나무도 그라고 귀했나 몰라. 삼례로 시집온 새색시가 종일 나무 긁어모아 가마니때기에 이빠이 쟁여서 멜빵 매고 걸어오믄 짐차칸에 실어주드라. 참 맘씨도 좋아. 삼례에 내려주고 돈도 안 받드라.

　　개구지고 담도 커서 어른들한티 어지간히 혼도 났어. 열 살이나 먹었을까. 하루는 엄마 심부름으로 장엘 갔는디, 사람들이 흥청흥청 모여 있드라. 보니께 야바위꾼이 사람덜 왕창 모아놓고 가운디서 뭐라고 열심히 떠들어. 야그를 가만히 듣다 본께 내기를 걸믄 틀림없이 딸 것 같드랑

께. 아, 어쩌긴 어째? 주머니 열어 심부름 갖고 가던 돈 다 내놓고 내기를 걸어부렀제. 결말이야 뻔하제. 야바위꾼한테 돈 다 털리고 집에 와서 흠씬 두들겨 맞고 싹싹 빌었제.

참, 우리 동네에 '옥상'이라고 일본 사람이 살았어. 조선 쌀을 모아서 공출을 내보내는 꽤 높은 사람이었는디, 높은 사람이 사는 집이라 담도 높고 집도 높고 하다못해 나무도 겁나게 높았어. 아따, 그 집 버찌나무는 또 얼마나 높고 큰지 버찌가 열리믄은 하나가 주먹만큼 커. 노상 고집 앞을 지나다니는디, 얼매나 탐스럽고 아까운지 침만 꼴딱꼴딱 삼키다 하루는 나도 모르게 내 몸이 개구멍으로 주욱 미끌어 들어가 버리드라. 이왕지사 들어간 거 버찌를 쭈욱 손으로 훑어갖고 배 터지도록 따 먹었었제. 한참 먹고 난께 우루루 몰려와서는 벚꽃나무에 매달려 정신없이 버찌를 따 먹는 동네 아그들을 보고 있자니, 고 순간 장난기가 발동하더란 말여. 그래 개구멍을 빠져나옴서 소리를 질렀제. "옥상, 애들 버찌 따 먹어유! 옥상, 버찌 따 먹어유!" 옥상이 득달같이 달려 나오고 버찌 따 먹느라 얼굴 새까매진 애들 다 붙들려 혼나고 난중엔 동네 어른들까지 다 불려가서 머리 조아리고 잘못했다 빌면서 "저 죽일 년, 저 죽일 년" 하고 눈을 흘기더라. 그 쬐끄만 것을 차마 때리지는 못하고 얼마나 얄미웠겠어? 지금 생각해도 웃음이 나오네.

나가 지은 노래 한 자락 들어볼려? 님 떠나가신 길 부여 길 오백 리 길~, 님 떠나가신 길 임실 길 오백 리 길~, 임 찾아오는 길 삼례 길 오백 리 길~ 아으, 내 노랫가락이 듣기 우짠고? 깨진 유리창에 돼지 곱창은 아니겠지? 이것이 뭔 노랜고 하믄 시집간 첫날밤에 신부가 부른 노래다이. 나가 장항서 태어나 부여로 이사 가서 살다 거그서 열아홉에 전북 삼례로 시집을 갔는디, 참 그 신부 넉살도 좋다아. '이별' 어쩌구 저쩌구 하는 노래가 있었는디, 나가 '만남'으로 바꿔 불렀다아. 신랑이 효자로 소문난 것까진 좋았는디, 효인지 뭐시긴지 지나쳐불드라. 결혼하고 8년 동안 호랭이 시어머니랑 한 방에서 잤어. 대답 두 번만 안 하면 시어머니한테 머리끄뎅이 잡히고 남편한티도 많이 두드려 맞았어. 효도할라다 본께 애먼 사람이 당하드라. 나만이 아녀. 그 시절엔 다 그랬어. 그래도 우리 어머니 참 안됐어. 살 만한께 중풍으로 쓰러졌네. 11년 밥 수발 똥 수발 하느라 우리 며늘애가 고생했지. 어른이랑 한 방 씀서도 우찌게 아들 줄줄이 낳고 딸 낳고 아들 또 줄줄 낳고 했을까. 엉금엉금 기어서 숨소리도 안 나게 광에서 숲에서 물레방앗간에서……. 옛날 영화 얘기여. 거 영화 보믄 남자 여자가 그거 하나 맞춰볼라고 살방살방 숨어댕김서 어지간히 빈구석 찾아 댕기잖어. 하여간에 논 서 마지기 부쳐 먹고 살다 더 이상 애들 배 곯릴 수 없어 상경했지. 동네 사람들 모다 나와서 시상에, 서울 간다고 부러워하던 게 엊그제 같은디……, 아따 벌써 50년이 다 되부렀냐.

'가마니촌'이라고 신설동 로타리에서 청계천으로 가는 길에 이름도 유명한 '노벨극장'이 있었는디, 고 근처에 하꼬방이 다닥다닥 붙어 있었어. 서울이라고 수돗물도 안 나오고 하수도도 없이, 노상 발밑에 질척질척 꾸정물 흘러댕기고, 비 오면 비 새고 바람 불면 홀딱 날아가고, 깜빡하면 훔쳐가고 까딱하면 불나는 게 하꼬방이여. 한 집 붙으면 집집이 들불처럼 다 번져부러. 사는 게 다들 힘든께 노상 시끌시끌, 싸우고 악다구니 들끓어쌓고……. 참, 거그 말이여, 공중 화장실이라고 있었는디, 청계천이 흐르는 데다 나무를 딱 세우고 판자를 대서 맹글었는디, '풍덩 화장실'이라고 혀. 큰일을 보믄 개천으로 똥 떨어지는 소리가 '풍덩' 허구 나니께 그라고 불렀제. 그 '풍덩' 앞에 줄 서서 한참 기다리다 포도시 들어가면 물에 빠질까봐 또 얼매나 조마조마한지. 삼례에 사는 지 할머니랑 살다 올라온 딸아이가 그려. "뭐 이런 데가 다 서울이냐? 우찌게 이런 데서 사람이 산댜?" 해감서, 날이면 날마다 "고향에 보내줘. 고향에 보내

쥠" 하는 거. 서울이라고 그런 디서 광주리 장사 함서 방 한 칸에 여덟 식구가 복작거림서 학교 댕기고 컸어.

아참, 동두천서 잠깐 산 적이 있구나. 뭔 일이 잘 안 돼갖고 동두천 가서 김치 담가 양색시한테다 팔고 연탄 배달도 하고 그랬네. 우리 아들덜은 이쁜 양색시들이 다 키웠네. 효자 남편은 홀어머니 못 잊어 한 달이 멀다고 내려가불고, 한번 내려가면 한 달도 좋고 두 달도 좋고 감감무소식이고. 내 목소리가 왜 이라고 쇳소리가 나느냐믄, 혼자 막내 낳고 몸조리도 못 하고 찬바람 맞았더니 이라고 팍 쉬어불드라. 난중엔 남편이 눈을 다쳐서 말이여, 양색시들한티 번 돈이랑 집 한 채 홀랑 날아가불고, 일이 안 될랑께 난중엔 사기까지 당해 할 수 없이 신설동 하꼬방으로 다시 돌아왔어.

평화시장, 광장시장, 경동시장, 종로통, 다 내 무대였어. 광장시장에서 아는 이들이 바나나 장사를 하는디 덕제 아부지한테 이 앞에서 소라 좀 팔게 해주라고 사정한께 그렇게 하랴. 손가락만 한 소라 팔고, 다음엔 홍합 리어카를 했어. 애덜 고모가 종로4가 세운상가에서 덴뿌라 장사 하고 있었는디, 그 앞에 리어카가 여섯 개 있는디 내 리어카를 넣응께, 그거 먼저 얻어서 하는 사람들이 때려 부순다고 막 달려들드라. 남편들까지 다섯이 한꺼번에 달려드는디 내가 그랬어. "니 어매가 난 땅이더냐? 손 하나만 까딱해봐라. 내 술잔 하나만 건드려보라고. 니 죽고 나 죽을텐께." 가진 게 그 리어카 하나뿐인디 그거 못 하면 자식들 굶기게 생겼는디 무서운 게 뭐가 있어.

광장시장은 텃새가 심해서 잘 못 들어가. 말일에는 종각에서 종을 치잖어, 그날은 통행금지가 없으니까 새벽까지 장사할 수 있어. 그날 하루 광장 가서 새벽 5시까지 '딱떨이' 했지. 경동시장에 나가 소라 두 관 사서 화덕에 얹히고, 고구마 쪄서 팔고, 떡 사다 팔고, 평화시장에 다라이 이고 갔다 입구에서 경비원이 다라이 때려 부숴서 실컷 울다 해가 뉘엿뉘엿 져서야 집에 돌아오기도 하고. 한번은 현충일 날 대목을 본다고 시누이가 보증금을 대줘서 부라보콘 장사를 나갔제. 아이스크림 녹지 말라고 드라이아이스 가방을 빌리고 유가족처럼 차려입고 국립공원에 들어갔는디 글씨, 하루 종일 울고만 다니느라 반도 못 팔았네. 그때 해양대 학생들이 집단으로 죽었는디, 그날이 딱 첫 제사라. 장대 같은 아들 죽은 엄마들이 하도 울어싸니까, 부라보콘 사란 소리도 못 하고 그냥 옆에 서서 따라 울기만 했제. 아이스께끼는 녹아불고 막대기만 남았는디, 눈은 퉁퉁 붓고 물건 값은커녕 쌀 두 말 값 고대로 밑져부렀어.

함바 일이 목구멍서 피가 넘어오는 일이드라. 그때는 다 연탄불로 요리를 했거든. 하루 종일 연탄가스를 맡응께 밤이 되든 목에서 걸직하니 뭐가 막 넘어와. 용두동 신설동에서 지하철 공사하는 인부들한테 밥을 해주는디 새벽 4시 반부터 시작해서 밤 12시가 되어야 포도시 끝나드라. 참 억척스레 벌고 참 원 없이 뜯기고 살았제. 거 공사장 인부들한티 외상으로 밥 해주다 수금도 못 하고 떼었는디 그때 전 재산이 딱 3만 원이었어. 그래서 시누이에게 2만 원을 빌려 종묘 앞에 5만 원에 5000원짜리 사글세를 얻어놨는디, 이삿짐 실어갈 운반비가 없드라. 이삿짐이래야 이불 보따리, 옷가지, 냄비, 솥, 그릇해서 몇 가지 안 되는디……. 그 당시는 다 리어카로 짐을 실어서 이사를 했거든. 헐 수 없이 용두동 시립병원 앞에서 하루 밤을 오들오들 떰서 보내는디……. 음력 정월이라 무지 추웠어. 헐 수 없이 애들은 여인숙 방 하나 얻어 재우고, 연탄 동그랑땡 하나 피워 불을 쬐고 앉았는디, 앞으로 뭐 해먹고 사나 싶은 생각에 잠은 안 오고 밤은 어찌나 길던지, 사는 게 막막하고 거지가 따로 없다 싶은 생각도 들고……. 시누이가 리어카 비를 대줘서 다음 날 이삿짐을 옮겼는디, 단칸방에서 옹송거리고 자는 아그들한테 밥해 줄 끼닛거리도 없고 참 막막했어. 마침 봄방학이라 내처 자게 두고 쌀을 사려고 종로4가에서 용두동까지 걸어갔는디, 거그서 수제비를 끓여주등만. 못 먹었어. 아그들 생각이 나서. 생각해보니 내가 걸어댕겨야 애들 먹이겠다 싶어, 목구멍에 집어넣었다. 다 불어터져서 훌훌 잘 넘어가드라. 혼합 정부미 20키로에 2000원. 장사해서 한 포대 사서 들려보내고 김치 200원어치 사서 종로에 다시 온께 어린 딸내미가 밥 해놓고 기다리고 있드라. 애덜이 하루 종일 쫄쫄 굶다가 어두어둑해서야 밥을 먹었야. 넷째가 그랴. 눈물 젖은 밥이 그라고 맛있더라고. 애아부지가 지하철 공사하는 막일 나가기로 했는디 시상에 장화 살 돈이 없드라.

내 인생 사전엔 '포기'와 '절망'이라는 단어가 없는디, 딱 한 번 예외가 있드라. 내가 그때 목숨줄을 놔버릴라고 했다. 밤낮으로 일해서 돈도 못 받고 있는 돈도 뜯기고 알거지가 되었는디, 나가 무슨 죄가 많아서 이라고 사지 육신 놀려서 일해도 아그들 배창시도 못 채우고 사는가 싶은디, 아그들이 눈에 밟히고, 참 살아갈 날이 막막하고, 이라고 뼈빠지게 몸땡이 굴려 살았는디 이게 사람 사는 건가 싶드라이. 그냥 사는 게 꿈같이 아득하고 눈물만 나고, 끼닛거리는 바닥나고 땔거리는 없고 혼자 거리를 쏘댕기다 한강까지 갔는디, 아득히 물을 바라보고 섰응게, 이눔의 시상 팍 떨어져불자, 생각이 드는디 다리가 잘 안 들어지드라. 하염없이 하염없이 다리 위에서 물만 내려다보고 서 있는디, 뜬금없이 어떤 아자씨가 지나가다 말고 다시 돌아오드니 한참을 날 쳐다보더니만 뭐라고 하더라. 그려 뭐라고 말을 많이 했는디, "그래도 살아야 합니다" 그 말만 생각나네.

애들 다섯이 줄줄이 중학교 고등학교 다니는디 납부금이 어딨어. 달러 빚도 내고 일수도 찍고 해도 큰아들은 저금통 만드는 공장 다님서 겨우 학교 마치고, 셋째 아들은 경희중이라고 됐는디 입학금이 없어. 그때 용두동 개울가서 월세 살 땐디 토요일 오전까지 안 내면 학교를 못 간다. 아들이 신설동 장사하는 데 쫓아와서 범일금고 가서 우찌게 돈을 맹글어 죽어라고 달려가서 이문동 은행에 갖다 냈어. 11시드라. 기억력이 좋다고? 그라냐? 내가 되새김의 여왕이라서 그랴. 빚내서 중학교는 보냈는디 가방 살 돈이 없드라. 지 형 가방을 들고 간 모양인디, 학교 규칙 어겼다고 학생주임한테 죽도록 맞고 가방이 짝짝 찢겨져 돌아왔어. 당시는 학년마다 색깔이 정해져 있었거든. 그래도 가방 사 주라 뭐해라 한마디 없이 학교 가드라고. 보자기에다 책을 싸갖고. 중학교 2학년 딸아이한테는 4기분 납부금 못 해주니까 개학하고 5일이 지났는데도 학교서 새 학기 반 배정을 안 해줬던 모양이여. 어린것이 속이 말짱해서 말해봤자 돈 나올 구석 없는 집안 사정 뻔히 안께, 돈 주라 어째라 말도 없이 가방만 들고 학교를 오락가락했던 모양이여. "너랑 나랑 떡 팔아서 등록금 만들자" 해서 딸이랑 같이 떡장사 했어. 소풍 가는 날 종묘 앞에서 떡 파니께 돈이 참 잘 잡히더라. 나중에 고등공민학교 댕기다 여상 댕기고 또 재수해서 대학 갔어.

　아즉도 경찰복 보믄 놀래부러. 노점상 할 때 단속 경찰들에게 하도 당해싸서 말이여. 한번은 세운상가에서 홍합 리어카를 끄는디 경찰 모자가 보여 잽싸게 도망갔어. 쫓아오지 않길래 이상해서 돌아가 본께 공군 모자드라. 경찰한테 하도 당하니께 해군이고 공군이고 멀리서 모자만 봐도 도망부터 가. 노점 단속으로 경찰서에 붙잡혀간 횟수야 셀 수도 없지. 중학교 댕기던 딸도 세 번이나 경찰서에 잡혀 들어갔어. 글씨, 한번은, 내 눈앞에서 경찰이 먹을 것 올려놓은 밥상을 그냥 밟아갖고 푹 짜부라뜨려불드만. 오징어 한 박스 해도 잡아가고 앵두 한 박스 해도 잡아가고…… 일단 붙들려 가면 벌금도 아깝지만 물건이 다 아작이 나부러. 분통이 터진당께. 또 입들은 얼마나 험한지 사람한테 할 소리가 아녀. 나이고하를 막론하고 반말에 욕지거리를 해대는데, "이 도둑놈들아!" 악써부렀다. 어디긴 어디여? 잡혀가는 차 안에서지. 부글부글한 속에다 소주 댓병 댕긴께 소리도 크게 잘 나오드라. 나도 앞에 잘 갖다 놓으믄 악 안 쓰고 산당께. 한번은 거지 같이 입고 단성사 앞에서 잡혀갔어. 안 그래도 물건 다 엎어져버리고 경찰서에 잡혀 들어와 속이 드글드글 끓는디 사복 입은 남자가 기름을 붓드라.

"여편네들이 촌에 가서 새마을 사업이나 하지, 뭐 한다고 서울 와서 도시 미관이나 해치고 말이야, 사람 귀찮게 하고들 지랄이야 지랄이?"

"지라알? 너 아무한테나 고라고 반말 찍찍 하냐? 나 노동을 할망정 아저씨가 반말할 사람 아니여. 길에서 장사해 먹는다고 함부로 욕하라고 누가 그랬어? 도둑질은 못 해 먹겠고 내 자식새끼들 안 굶길라믄 장사라도 해야제. 그래, 내 자식 멕이고 가르칠라고 그런다 왜? 장사해 먹고산다고 내 아들은 똥지게만 지란 법 있어? 막말로 내 자식이 커서 뭐가 될 줄 아냐?"

서슬이 퍼래서 덤빈께 사복 입은 남자가 아무 말 못 하고 나가부러. 나중에 알고 본께 그 사람이 높은 사람이었다네. 뭐시기 경찰 고위 간부였드라고. 꽝아리(광주리)는 3000원, 리어카는 5000원. 응, 꽝아리는 광주리 장사여. 리어카도 쎈 판사 만나면 5000원 다 내야 하고, 순한 판사 만나면 3000원에 끝나고. 값도 제각각, 판사도 가지각색 여러 질이드라. 단속반에 걸려서 경찰서에 넘겨지면 즉결심판을 받는디, "촌에 가서 새마을사업이나 하지 뭐하려고……" 일장 훈시하는 놈. "그만 좀 해" 빽 소리 지르는 놈. "얼른 가시오" 손을 들고 문을 가리키는 사람. 아무 소리 안 하고 고개 숙이는 분.

"내 자식이 뭐가 될 줄 알고 그러냐?" 큰소리 쳤는디 솔직히 출세한 자식은 하나도 없고, '데모꾼' 자식만 셋이여. 내가 날짜도 안 잊어부러.

"내 고생한 야그는 소설책 백 권이라도 다 못 쓴다니께. 읎는 살림에 자식 새끼 멕이고 가르칠랑께 으짜겄어. 이녁 뼛골 부서지는 중 몰르고 일했제."

달러 빚내서 3월 19일 등록금 넣어줬더니 글씨, 3월 23날 잡혀갔어. 내가 어렵게 맹글어다 갖다 바친 그 등록금이 아까워갖고 두고두고 억울했어. 면회 가서도 눈물 바람 안 했다. 니만 자식 아닌께, 니만 딸린 게 아닌께, 남은 식구들도 먹고살아야 한께, 엄만 면회 못 온다, 그리 알고 잘 지내라. 그리고 돌아와서도 잠 잘 잤어. 아들 끌려가도 새벽 4시믄 나와 일했어. 난중에 막내한테 왜 데모하느냐 물었더니 그러대. 교통정리 아르바이트하는디, 경찰들이 꽝아리 할머니를 발로 차고 하도 못살게 굴어서 데모했다고. 아무 말 못했다. 노동운동 헌다, 야학 헌다, 탁아방 헌다, 난리를 쳐도 난 내 자식들 믿었제. 천하게 구르고 살아온 지 부모를……, 이렇게 잘 이해하고 높게 생각하고 애끼는디…… 참 인간적이여. 똥도 버리기 아까운 자식들 참 무던히 고생했다이.

도둑질하고 남 등쳐먹는 거 말고는 다 해봤어. 나는 이날 이때까정 돈 되는 일이라면 안 해본 게 읎어. 남들이 천하다 어쩌다 해도 난 상관 안 혔어. 내 몸뚱이로 내 벌어서 내 자식들 가르치고 멕인다는디, 세상에 천한 게 뭐가 있어? 낮에는 장사하고 밥 해주고, 밤이믄 시멘트 포대 털어서 종이봉투 맹글고, 밀대로 그릇받침 맹글어 팔고, 동대문시장 가서 샘플도 붙이고, 비니루 봉투도 맹글고. 우찌게 맹그느냐고? 요렇게 유리 놓고 비닐 놓고 알콜 램프로 탁 지져서 한 장씩 아구를 막어부러. 몸땡이 아즉 쓸 만헌께 좀시롱도 아이들 장립 짜주고 털실 사다 도꼬리 옷 짜 입히고. 이날 평생 한 번도 원 없이 자본 적이 읎어.

음력 설날 보름 전에 여기 우시장 들어왔네. 조 씨 아저씨라고 그이가 다이 지어 들여줬어. 그려 내외간에 춤추다 품바 옷 다 찢어불고 마누라랑 싸운 사람 말여. 그때 애들 학교 보낸다고 4만 원 예금해놓은 게 있었거든. 월세 2만 원 주고 반다이 얻고 중고 자전거 만 원 주고 고기 떼어오는 밑천으로 만 원 쓴께 탈탈 털리더라. 반다이로 쪼가리 다이 갖고 내장 장사 잘한다고 그러드라. 그래 석 달만에 온다이 얻었어. 그렇지. 여기 100개 다이가 쭈욱 나래비 선 데다 100만 원 주고 내 이름 내 가게가 떡하니 생겨부렀다. 동원 23호 탄생이여. 한 2년 집에도 잘 못 들어가고 새벽이고 밤이고 곱창 다듬고 뼈 팔아서 종암동에 집 샀다. 큰아들이 군대 간다고 마장동 왔을 때니께 그려 74년이네. 그때 미국서 한우가 한참 들어오는디 푸대로 담아갖고 대여섯 마리씩 반씩 잘라서 들어와. 살은 자기들이 팔고 뼈랑 내장만 도매로 가져오지. 그걸 갖다가 꽁꽁 얼어 있응께 저녁에 녹여서 새벽에 까면 이 사람 저 사람 잘도 사 가드라. 기름 덕지덕지한 데다 고기를 붙여 불긋불긋하게 해갖고 팔고 허파에 양 찌끄래기 갖다 놓으믄 시골 장 보는 사람들이 다 사 가.

내가 시풀시풀 콩팥한티도 맞은 사람이여. 콩팥을 쌓아놨다 팔라고 한 자루를 다이에 펴놓으니까 고렇게 빨간 놈들이 금세 시풀시풀 시껌시껌 싹 멍들어서 못 팔아먹게 생겼어. 시펄시펄 이런 걸 사 왔느냐고 한께 영감이 집어 던지드라. "니가 자전거 끌고 서울시내 다 돌아댕김서 콩팥 다 걷어 와" 고함을 침서 고 많은 콩팥을 다 나한티 집어 던지드라. 밥 벌어먹기가 그라고 폭폭한 거여. 연탄 100장 쌀 한 가마니 사서 쟁여놓고 사는 거이 그라고 힘든 거여. 그땐 냉장고가 없었지. 내놓으면 색깔이 금세 검어져서 빨리 팔아야 돼. 나는 어떡하든 거뭇거뭇 해지기 전에 팔아볼라고 애를 쓰고 있는디, 손님이 물어보지도 않는데 애아부지가 나서서 그려. 11시 되믄 빨간 거 나온게 조금만 기다렸다 좋은 거 사 가라고.

술 좋아하는 지 아부지랑 막둥이가 얼마나 아삼륙인지 몰라. 뭐 별스런 일이 있어도 막둥이는 지 아부지라믄 만사 오케이여. 술 사 오라면 공부하다가도 군소리 없이 술 사러 나가고 담배 주워 오라면 담배도 주워 오고. 막둥이 있으믄 아부지한테 뭔 소리도 못 해. 아버지한테 왜 그러냐고 아버지 역성을 막 드니께. 술 먹고 주정하기 시작하믄 이 애 깨워서 건들고 저 애 말 시키다 때리고 하는디, 고주망태가 돼도 우찌게 알아보는지 막둥이는 절대 안 깨우드라. 막둥이는 손찌검 하나도 안 한당께. 막둥이도 지 아부지가 아무리 별스러운 짓 해도 말대꾸도 안 하고, "네 알았습니다, 네 그렇게 하겠습니다" 꿍짝이 우찌게 그라고 잘 맞는지 모른당께. 한밤중 애아부지 주정 피해감서 옥화네 담벼락에 많이 서 있었제. 애들하고 오종종 줄줄이 서서 새벽 달빛 참 많이 쬈네.

머릿속에 장부를 이고 다녔어. 나가 기억력도 비상하고 암산 능력이 좋아. 자식들이 나한테 '되새김의 여왕'이라고 부르잖어. 몇년 전 일어난 일도 물으면 그때 그대로 재생되는 비디오랴. 근디 문서상으로 기록이 없응께 입증을 못 한께 손해 보고 속도 상허고 자존심도 상허고 그럴 때가 많았제. 내 가방끈이 초등학교 3학년이여. 장부만 기록할 수 있어도

"질척질척 꾸정물 흘러댕기고, 비 오면 비 새고 바람 불면 홀딱 날 아가고, 깜빡하면 훔쳐가고 까딱하면 불나는 게 하꼬방이여. 사는 게 다들 힘든께 노상 시끌시끌, 싸움과 악다구니 들끓어쌓고……."

그런 일은 안 당할 텐디, 안 주고도 줬다고 하고 덜 주고도 다 줬다고 하고, 그럴 땐 참말로 억울하제.

남편이란 사람이 전봇대랑 싸우는 작자여. 새 양복 입고 나간 양반이 글씨, 콜타르 칠해놓은 전봇대가 비키지 않는다고 전봇대와 씨름해서 숯검정이 되갖고 돌아온다고. 청년 시절 의형제 맺은 세 사람이 있었는디, 의형제가 그라고도 좋을까. "성님, 조심히 들어가십시오" "아우, 잘 들어가게" "아이고 성님, 먼 길 혼자 못 갑니다이. 저기까지만 모셔다 드리겠습니다이" "하이고 동상, 동상 혼자 비틀비틀 웅덩이라도 빠지믄 으쩌겠는가. 내가 데려다줌세" 해감서 밤새 오락가락하다 한잔 더 걸치고 또 한잔 걸치고 곤드래 돼서 날이 훤해져야 들어오는 양반이여. 한다고 하고 살았는디 "니가 극성을 떨어서 그 모양"이라고 할 때 참 맘이 아프더라. 내가 초등학교만 졸업했어도 이렇게 안 산다, 그런 맘이 들지. 말발로 못 당하니 가끔 독한 말 한 번 들으면 가슴에 못이 박히드라. 그래도 내색 않고 억척스레 일함서 풀었어. 힘든께 도망가고 나가자빠져야 쓰겠냐? 난 내가 살아 있는 한 내 앞에 벌어진 일 내팽개치고 자식새끼 버리고 도망 못 가. 내가 이기나 니가 이기나 쌈하듯이 덤벼부러. 최황룡 씨는 2006년 7월에 영면하셨어. 담도암으로 5개월 만에 가셨어. 참 사건도 많고 싸우기도 원 없이 싸웠다. 차 타고 어디 감서도 사사건건 의견이 달라. "커브를 돌아가야 한다" "바로 죽 가야 한다" 맨날 그렇게 다퉜어. 옆에 있는 자식들이 "제발 그만 좀 하라"고 소리 지를 때까지 싸웠는디 기둥은 기둥이었나벼. 고약한 성깔도 넋두리도 다 받아주셨는디…….

신발을 신는디 발이 말을 안 듣데. '이게 왜 안 신어지지?' 겨우 신발 꿰어차고 가까운 주민병원에 간게 큰 병원으로 빨리 가라고 혀. 그래 혼자 걸어갔지. 가다가 멈추고 가다고 멈춤서, 횡단보도를 지나는디 너무 힘들어. 지나가는 학생한티 "나 좀 부축해줘" 그랬어. 뇌경색이라. 애아부지 가신 지 몇 달도 안 돼서야. 그냥 그렇게 나 혼자 입원했어. 그래 다리도 좀 절게 되고 힘도 빠지고. 푸대자루 이고 끌고 다님서 일하다보면 시장이 노상 물기가 있은께 조심한다고 해도 잘 넘어져. 넘어지믄 몸 아픈 것보다 자존심이 상하더라. 다치고 나서 가만히 앉아서 생각하믄 이제 내가 할 수 없는 것이 많구나, 기운이 꺾이지. 그래도 어쩌겠어? 이 몸 가지고 걸어댕기고 일하고 가고 싶은데 가고 놀러댕기고 한께 얼매나 고마워. 한번은 쇠판에 미끄러졌는디, 진통제 맞고 시장 사람들이랑 관광버스 타고 놀러갔어. 내가 한번 춤에 신이 들리면 앉지도 않어. 내내 춤추고 노래하고 그렇게 가지. 하, 연분홍 치마가 봄바람에 날리는구나, 닭발에 곱창 구워서 한잔 하자꾸나.

일이 일찍 끝나믄 내처 걸어. 내 다리가 이런께로 좀 절뚝거리지만은, 우이동 골짜기까지 걸어가서 술 한 잔 마시고 또 걷고, 걸어가다 애기들 촛불 들고 모여서 뭐라고 하는 것도 듣고 그려. 나는 '꼴야당'이여. 이제껏 한 번도 여당을 찍어본 적이 읎어. 아야, 야당을 찍어줘야 우리같이 어렵게 사는 사람 조금이라도 더 생각해줄 거 아니여. 혼자 걸어댕기다 내 말 잘 들어주는 자식한티 전화도 걸고, 목소리도 듣고 속도 털어놓고.

옛날엔 얼마나 추웠냐. 징글징글하게 춥게 살았어. 뭘 보고 살겄어? 병 안 든 거 보고 살아. 오늘 하루 이렇게 내 몸 굴려 일해서 밥 맛나게 먹고 이웃들 만나 웃고 놀고 춤도 추고. 사는 게 뭔지도 모르게 살아갖고 특히 반한 사람도 없고 특히 싫은 사람도 없어. 일생을 폭폭하게 살아서 그런가봐. 야야, 마셔야 일하고 먹어야 걸어댕기겄드라. 우시장 들어감서 포장마치 들러서 따끈한 오뎅에다 안주해서 소주 반병 글라스에 따라서 단숨에 쭈욱 들이켜야 힘내서 일하지.

동원가게 아짐씨, 반병 남겨놨소이, 이따 와서 또 한잔 합시다아. 겨울엔 내장 일이 얼마나 많냐. 얼음물에 손 넣고 일할라믄 새벽에 기본으로다 소주 두 병은 까야제이. 이빨은 빠졌어도 내가 아직 호랭이는 호랭이요. 아따, 홍어무침이 입에 쩍쩍 달라붙는구나. 겉절이 해놨응께 빨리들 오쇼. 한잔 합시다아.

콩 튀듯
팥 튀듯
살다
농사꾼
김낙희傳

김낙희 씨는 1932년에 충남 태안
에서 태어났다. 산 하나 넘어 5리
걸어 이원 포지리로 시집간 이래
계속 한 자리에서 살며 평생 농사
를 짓다, 2004년에 돌아가셨다.

지금은 버려진 火田
그 끝자락에 이팝꽃 넘쳐 피었네

저 꽃이 피어야 보리이삭 패이고
보리이삭 패어야 기운 차려
씨앗도 뿌렸다며 어머니는
이팝꽃이 쌀밥으로 보이던 시절을
밭이랑에 뿌리신다

보기만 아름다워서야
꽃이라 할 수 있나
배고픔을 참고 기다리면
꽃보다 좋은 시절이 오지
희망을 주었던 꽃

자갈밭 고르다 먼 산 쳐다보니
연애하다 들킨 이팝꽃
하얗게 發光한다

— 조혜영, 「이팝꽃」(『검지에 핀 꽃』, 삶이보이는창, 2005)

"내 야그가 책에 나온다고? 뭔 책? 난 이날 이때까
장 책 한 권 볼 중 모르는디. 하기사 나는 볼 중 몰
러도 볼 사람덜은 또 보겄지. 다 필요하니께 귀신
씻나락 까먹는 이야그를 이렇게 밤새도록 듣고 앉았
겄제. 가끔 거울을 보잖여. 눈가에 주름이 자글자글
혀. 하이구야, 언제 내가 이라고 다 늙어부럿으까? "

오는 비 눈 바람 다 맞으며 한 곳에 뿌리 내리고 커가는 식물의 삶은 어떠할까. 한 자리에서 물과 흙과 빛만 먹고 단 열매를 맺는 과실나무 같은 삶, 과일 한쪽 제 입에 넣지 않고 고스란히 세상에 내어 걸어놓는 식물성의 속내는 어떨까. 바람의 기운이나 구름 높낮이나 모양, 아침에 새가 날아가는 모습만 보고도 그날의 날씨를 짐작하며, 기침 소리와 개 짖는 소리와 발걸음 소리만으로도 누구 아제가 왔구나, 알고 일어서 반가이 맞을 수 있는 삶은……?

삽교천 방조제 건너 당진 서산 지나니 우거진 해송 숲 사이로 갯내음이 물씬 난다. 태안반도다. 태안읍 지나 원북 지나 이원 포지리로 들어서 가파른 모롱이 길을 지나자 외딴 곳에 서너 채 집이 보인다. 의성 김씨 김낙희 씨는 80 평생 이곳을 떠나본 적이 없다. 3남 3녀 중 맏딸로 태어나, 고개 하나 넘어 시집오고, 산길 하나 건너 이 골짜기로 분가한 후, 50년여를 이곳에서 살았다.

마당까지 나와 환히 맞아주던 김낙희 씨는 금세 뒤안으로 사라진다. 다음 날이 남편 생일이라 할 일이 태산이란다. 며칠 전부터 짬을 내 김치와 게장을 담그고 생선도 꾸들꾸들 말려가며 생일 준비를 해왔다는 그는 가마솥에 찐 조기를 꺼내다, 휭 하니 수돗가에서 시금치를 씻더니, 장작을 한 아름 들고 아궁이로 돌아온다. 30분 가까이 지켜보니 살집도 없는 자그마한 몸이 축지법을 쓰는 양 휭 사라졌다 떠억 나타난다. 농사일이라는 게 시간 되면 시작했다 때 되면 마칠 수 있는 일이 아니라서, 참기름 뚜껑도 채 못 닫고 일어서기 부지기수라 했다. 그래서 남편한테 정신 사납다고 야단도 많이 맞았다 한다. 나물 다듬다 솥뚜껑 열어 보다 아궁이 속을 한 번 뒤집더니 장작불 위에 솔잎 두어 줌 얹고 고무래를 흔든다. 말문을 열자마자 남편 흉부터 보기 시작한다.

빗지락이고 고무래고 다 내가 맹글어. 영감이 뭘 만들려고 허질 않어. 눈이 많이 와서 눈을 칠라니께 이게 딱 부러지드라구. 그러니께 막내아덜이 아궁이에 다 갖다 넣드라고. 이걸 고무래라구 이렇게 맹글어놓고 산에 가서 싸리 꺾어다 빗지락이랑 다 맹글어놓드랑께. 올해는 눈도 안쳤어. 빗지락이구 죽까래구 내비뒀어. 가만 두고봤어. 그랬더니 땅이 지럭지럭허드라구. 큰아덜이 왜 눈을 안 쳤느냐구 허길래 그랬어. 눈을 안치니께 좋드라. 빗지락이 없어도 괜찮구, 고무래가 없어도 괜찮구, 싸울일도 읎고 참 좋드라. 큰아들이 "엄마 증말 잘했슈. 봄이 오면 다 마를걸" 하고 웃어. 그랬더니 저번 섣달에 눈이 원체 많이 왔었는디 두 아들이 다 쳤어.

무거운 건 다 내가 들어야 되는 중 알고 영감이 생전 뭘 들 줄 몰라. 힘든 일은 할 중도 모르고. 넘들은 생전 싸울 일도 없겠다고 허면서 부러워들 해. 싸운단 말을 안 허니께 그랴. 우린 싸울 일도 없고 알콩달콩 산다고 웃지. 나는 성질이 급혀. 일 두고는 잠도 못 자. 그거 다 해치워야지 잠이 오지 잠도 안 와. 영감은 급할 것이 읎어. 오늘 안 하믄 내일 허구, 내일 안 하면 모리 허구, 빗지락이 다 닳아 없어져 당장 빗자락을 써야 헐 판인디, 영감은 그까짓 거 안 매도 괜찮고 마당 한 며칠 안 쓸면 그만이고. 나야 성질이 급해서 그때꺼정 기달릴 수가 있남? 그러니께 승질이 안 맞고 대들다가 싸우고 끝내는 내가 빗자락을 매서 쓰고 말지. 영감이 약하고 일을 안 허니께 애들이 장작 패고 나무 하고 삼 삼고 다 했어. 큰아덜은 공부 하니라고 중핵교도 서산에서 댕기고 고등핵교는 공주 가서 댕기고 막내 아덜은 어리고 그러니께 딸들이 일을 다 했지. 삼도 잘 삼고 나무도 잘하고 갸들이 농사일도 못하는 기 읎어.

몇 마디 하다 혼구멍 나고 본전도 못 찾어. 싸우면 누가 다치남, 내가 힘이 없는디. 맞아도 도망갈 때도 읎어. 하다못해 쌈짓돈이라도 있어야 으디로 도망을 가지. 내 이름 석 자로 된 통장 하나 없는디. 저번참에 그려. 영감은 줄 잡는다고 논둑에 섰고, 시동생은 기계 돌린다고 논두렁에 섰고, 나 혼자 농약을 치고 있으니께, 저 너머 사는 현민이 엄마가 그려. "아이고, 아줌메 혼자 농약 치고 남자 둘은 논둑에 서 있네" 허면서 웃어. 베이삭이 커서 구부러지면 내 키하고 똑같아서 아주 심들어. 이제는 어지럽고 정신이 읎어. 그려도 넘이 일을 해줘야 넘도 와서 우리 일 해주지. 젊은 사램이 읎으니께 힘들어도 지 농사를 지을라믄 넘의 일을 해줘야 돼. 그래 하루 종일 넘으 집 산에 가서 느타리 넣고 허지. 그날은 점심도 못 먹고 논에 약 치다 싸움이 났어. 심이 부치니께 대들었는디, 천상 나는 맞는 겨. 죽어버릴라고 약병 드니께 못 먹었더라구. 고상혀서 자식 가르치고 산 일을 생각허니께 억울해서 말여. 워디 갈 디가 있이야지. 돈이 한 푼이라도 있어야 딸네라도 가보지.

"농사꾼헌티 시집가야 편치" 우리 아버지가 그러드만. 신랑 자리가 바로 건너다뵈는 곳에 산다는디, 이사 왔으니께 넘들은 나를 잘 아는디, 난 어떤 놈이 어떤 놈인지 몰르지. 오빠가 대구사범 나와 이원핵교서 선생을 하는디, 오빠 땜시 배우지도 못허고 고생했다고 좋은 자리로 중신을 서 핵교 선생헌티 나를 줄려고 허는디, 친정아버지가 어림없는 소리 말라고 혀. 배운 사람 집이 가면 똥지게 지고 나무 하고 고생헌다고. 땅도 많고 머슴도 많은 부잣집이라고 자리가 났는디, 오빠가 그 사람은 항상 앓는 사람이라고 반대를 혔지. 그런디 아버지가 "쟁기질도 잘하더라, 아들 삼 형제라 일도 안 하고 편타"고 그리 시집보냈지. 그려, 열일곱 살에 원북서 포지리로 산등성이 하나 넘어 시집왔어. 무신 가마? 10리 걸어서 왔다니께.

종갓집에 땅도 많고 머슴도 많다는디, 농사꾼한티 시집가면 편타고

"다리는 절고 한쪽 귀도 먹고…… 결혼해 겨우 이태 함께 살다 군인 간 신랑이 7년 만에 돌아오긴 왔는디, 반송장이 되야 나타났어. 콩알만 한 쇠 파편이 다리 여그저그 박혔다."

했는디, 그렇게 시집간 자리가 고생문이었어. 시어머니가 얼매나 억척스럽던지 며느리들 굶겨가며 극성으로 땅을 사들여. 결혼해서 이태 못 채우고 영감이 군대를 갔어. 제대할 무렵 글씨 전쟁이 터졌네. 뭣이냐, 맞어, 연장이 됐다고 하데. 하여간 영감이 안 돌아와. 집이 있던 시동생까지 입대를 허구 말이여. 집이 심 쓸 사람이 누가 있어? 허드렛일 물일 상일 모두 내 차지였어. 방아도 찧고, 물도 길러야 하고, 논으로 밭으로 밤낮 돌아댕겼지. 넘들은 같이 시집와서 다 자식을 낳는디 애도 못 낳는다고 미워하고 일만 시켰지. 아들 둘 군인 나가고 삼 동세 사니께 나무해 불 때야지, 삼 삼고 논일 해야지. 막내 동서는 서울서 배웠다고 일을 했간디. 방에서 책이나 보고 수나 놓고, 순전히 밖에 일은 큰형님허고 내 차지였제.

시어머니 그림자만 봐도 가슴이 벌렁벌렁. 맞기도 수태 맞았지. 시어머니 자리가 서른넷에 청상이 된 냥반이었는디, 원첸 키도 크고 억척스러웠어. 나는 머리를 잘라 뺀을 꽂았는디 큰형님은 머리를 질러 낭자머리를 했어. 그 긴 낭자머리 풀어갖고 손에 감아 끌고 댕겨가믄서 때리기도 혔으니께. 산에 가서 나무 해다 장작 패고 물 긷고 밤낮없이 쏘댕기다 보면 워찌나 배가 고프던지, 배불리 한 번 먹어보는 게 소원이었지. 시어머니 말씀이 "숟갈만 들었다 허면 잘 먹은 줄 알어라" 혀. 곳간 열쇠는 시어머니가 챙기고 딱 끼닛거리만 내놓으니께 배불리 먹을 재간이 있간? 툭하면 '애도 못 낳는 년'이라고 먹는 거나 제대로 줬간. 하늘을 봐야 별을 따지 신랑이라고 군대 가서 얼굴도 못 보는디 우찌게 나 혼자 애를 놔. 아직 어려도 그건 알 거 아니여. 어떻게 말을 혀? 속으로만 중얼중얼 했다니께. 하여간에 먹을 거라고 주는 것이 시래기 보리쌀 밑에 깔고 밥을 해서 주면 그게 전부였는디, 아 그게 꿀맛이여. 그때는 시래기밥이라두 배불리 먹어보는 게 소원이드라. 한번은 설 세고 남은 떡을 동세랑 시어머니 몰래 두어 개 훔쳐갖고 산에 갔어. 눈 허옇게 쌓인 산에서 얼어 터진 시루떡을 먹는디 월매나 맛나던지. 지금 생각허믄 뭔 맛이 있었어? 그때는 시어머니가 산에 가라면 젤로 좋아. 산에 가서 도라지 캐고 고사리 꺾고 나무 함서 시엉도 꺾어 먹고 다래도 따 먹고……. 시어머니헌티 매도 안 맞고, 어쨌든 산에는 먹을 것이 있으니께.

신랑이 화천전투서 크게 다쳐서 후방으로 옮겼댜. 스무 살 넘기던 해였는디 면회하러 부산 동래까지 갔어. 명주로 치마저고리 해 입고 친정어머니가 싸주신 인절미 들고. 신랑을 만내고 돌아오는디, 시어머니 사는 저그 저 산이 딱 나타난께 나도 모리게 가슴이 떨리고 다리가 후둘거려. '나가 저 집을 또 들어가서 맞고 살아야 하나' 싶으니께, 눈앞이 아득하고 눈물만 나. 그때 우찌게 알고 친정어머니가 나오드라. 울고 서 있으니께 안아주고 등 두들겨주고 따순 밥 차려주니께 달게 먹고 시댁으로 다시 갔어. 그때 다짐했어. '나도 우리 엄니처럼 우리 자식들한테 따뜻한 바람막이가 돼줘야 쓰겠다'고.

다리는 절고 한쪽 귀도 먹고……. 결혼해 겨우 이태 함께 살다 군인 간 신랑이 7년 만에 돌아오긴 왔는디, 반송장이 되야 나타났어. 면회하고 석삼 년은 더 지났을 겨. 콩알만 한 쇠 파편이 다리 여그저그 박혔댜. 사람은 그 사람인디 예전 신랑이 아니여. 군인 갔다 돌아온 뒤로 사람이 이상해졌드라니께. 하루 종일 멍하니 마루에 앉아 있어. 뭐를 혀? 먼산바라

"쌀겨랑 풀이랑 넣어갖고 가마솥에 끓인 여물만 멕인다니께. 소죽도 그냥 퍼주고 들어가는 벱이 읎어. 곁에 꼭 들러붙어 있어. 노래도 불러줌서 소가 여물 다 먹을 때까지 꼼짝 않고 지켜본다니께."

기만 허지. 하여간 영감이 돌아온 섣달에 애가 들어섰어. 아, 고거이 어찌 그라고 됐는가 모리겠네.

금쪽같은 아들을 낳으니께 시어머니가 분가를 시켜주드만. 논 서 마지기에 산골짝에 방 두 칸 난 집이 우리 몫이랴. 제금나서 본께 저짝에 집 한 채 있고 저기 아랫짝에 또 한 채 있고 전부 네 집뿐여. 산을 깎아 집 한 채만 달랑 지어놓으니께 방문을 열면 바로 앞이 낭떠러지고 뵈는 건 순전히 소나무뿐여. 그려서 문도 제대로 못 열고 살았어. 틈만 나면 산을 일러(일궈) 땅을 맹글었지. 영감하고 밤낮없이 땅을 일르느라 큰애를 가마니때기에 뉘여 놓고 일하다 보믄, 애가 기어 댕김서 송채이(송충이)도 줏어 먹고 그렸지. 아가 하두 송채이를 줏어 먹어 주뎅이가 성할 날 읎이 노상 부르터 있었지. 나무뿌리 캐고 돌 줏어내고, 사람 하나 안 사고 영감하고 둘이 지금 이 땅을 맹글었어. 벼농사 지음서 틈만 나면 골짜기에 흙 파다 메꿨어. 그 베랑 같은 골짜기 땅을 판판하게 메꿔갖고 마당도 맹글고 밭도 일우고. 제금 나옴서 받은 논이 일곱 번이나 무너졌어. 하필 개울둑이 굽어서 돌아치는 곳에 자리를 잡어서 큰비만 오면 둑이 무너지드라. 아, 기껏 다 키운 베를 휩쓸고 지나가는디, 손도 못 대고 떠내려가는 베만 바라보는디…… 아, 그 판

국에 뭐를 할 거이 있어. 둑에 주질러 앉아 울기밖에……. 울 기운도 다
떨어지믄 일어나서 자갈 돌멩이 한 지게 져다가 다시 둑을 쌓는 거지 뭐.

　친정 멕여살린다고 눈에 불을 켜고 우리 집을 감시하드라. 누군 누
구여? 분가했어도 매서운 시집살이가 안 끝나더라니께. 장승같이 큰 시
어머니가 포동(본댁 동네) 넘어 떴다 하면 금방 우리 집 앞여. 그 큰 산을
어찌게 그렇게 빨리 넘어 왔이까? 하도 시어머니가 무섭다 보니께 멀리
서 옷자락만 봐도 가슴이 떨려 어어어어, 하다 보믄 순식간에 대문 앞에
와 있어. 오빠 죽고 친정엄마 화병으로 돌아가시고 동상들이 누구를 의
지허고 살겄남? 내가 맏이니께 동상덜이 부모맞잽이로 나를 의지허고 지
냈지. 시어머니가 빨갱이집 자식들이라고 발이나 들여놓게 허간.
　오빠가 늘 여그 이 속에 얹혀 있어. 선생 하던 큰오빠가 서른 살도
안 돼서……, 결혼 하자마자 얼매 살아보지도 못하고……, 쩌어기 저 산
골짜기서 여럿이 총살당했어. 내가 뭔 얘기나 잘 하는디 이날 평생 오라
버니 이야기는 안 했어. 차마 입에서 나오들 않드만. 자식들도 잘 몰르
지. 입 딱 닫고 살았으니께. 오빠 그렇게 가게 한 사람덜 한 동네에서 늘
부딪치고 살았어. 논두렁에서 부딪치고 동네 대사나 시제 때 만나고. 고
개 들고 보믄 바로 오빠가 묻힌 데여. 저기 저 산골짝에 오빠가 늘 누워
있으니께……. 얼마 안 되야 친정어머니도 화병 앓다 돌아가시고 혼자
남은 남동생도 일찍 죽었어. 탄광에 돈 벌러 갔는디 마흔도 안 돼 진폐증
으로 갔어.
　어린 동상들이 월매나 배고픈지, 어쩌다 몰래 누나 집이라고 오면,
뭐 멕여 보낼 게 있이야지. 눈치보니라고 밥 한 끼 챙겨 멕이지 못허고
감자나 고구마 한두 개 멕여서 싸게 집으로 쫓아버렸지. 그러고 나면 친
정 못사는 것이 월매나 한스럽고 맴이 아프던지. 툭허면 친정 멕여살리

고 농새져서 친정으로 빼돌린다고 애먼 소리를 허셨다니께. 농새라고 쭉쟁이만 나오는디 멕여살릴 게 어딨다고. 그 소리가 얼매나 듣기 싫었던지 하루는 바로 밑이 남동생이 올라오다 술 마시고 오던 영감을 때려서 지서에 갇혔어. 어머니가 집에 못질해버리고 영감만 큰집으로 데리고 가버렸네. 큰아덜이 다섯 살인디 큰딸허구 둘 데리고 밥은 먹고 살어야 쓰겄는디, 문이란 문은 다 틀어 잠가놓고 먹을 건 없고…….

몇 날 며칠 감자만 쪄 멕이다 목이 메어 밥 한 끼라도 얻어 멕이려고 큰집에 가믄 시어머니가 막대기 하나 들고 서 있어. 내가 영감 버리고 자식새끼 다 버리고 다른 디로 시집간다 했담서 막 패드라. 한 달을 그렇게 살다 파출소에서 오라고 해서 갔어. 애덜 두고 나를 쫓아내자 그랬댜. 아침도 굶고 갔는디 지서 순경이 점심 사줌서 나보고 절대 나가지 말라. 애덜 때미 못 나간다구 혔지. 순경이 애덜허구 살 뱅법을 맹글어줄 테니께 나가지만 말라구 그랴. 다음 날 시어머니가 오셨는디, 여동생이 우리 집이 와 있으니께, 이거 보라고 친정 식구 다 멕여살리고 있다구, 허문서 또 난리를 치시드라구.

콩 튀듯 팥 튀듯 돌아쳤어. 아, 자식은 줄줄이고 돈은 읎고 할 일은 천지고, 까딱하믄 때를 놓치니께 이 일 하다 다른 일 생각나믄 부리나케 그거 하고, 그거 하다 요거 생각나믄 요거 허고……. 여섯이나 되는 자식덜 다 키우고 가르쳤으니께 농새가 자식덜마냥 중혀. 자식은 한 번 키워놓으믄 지들이 알아서 자라는디, 농새는 해마다 처음서부텀 다시 해야혀. 때 안 놓치고 제대로 키울라믄 팥 튀듯 콩 튀듯 돌아칠 수밖에 읎어. 논에 가다가도 밭길에 풀이 있으면 뽑아. 농사는 보이는 대로 닥치는 대로 그때그때 해야 혀. 밭 1500평, 논이 열두 마지긴디, 3월에 못자리하고, 모판에 볍씨 뿌리고, 4월 지나면 모내기허고 광충이 약을 쳐야 혀. 모

심고 나서 한 번, 벼 베기 전 한 번, 벼이삭 드문드문 날 때 한 번, 이삭이 누렇게 고개 숙일 때 한 번. 사이사이 고추 하고. 고추는 모심기 전 하우스에다 고추 모종 키워서 밭에다 옮겨 심지. 일주일에 한 번 약 쳐주고 줄도 서너 번 매줘야 혀. 고추 심을 때 고구마 감자도 심고 간간이 김도 매주고. 생강도 마늘처럼 쪽을 내서 심어. 얼면 안 되니께 겨울 지나면 심어 짚으로 덮어뒀다 김 매주고 늦가을에 추수하지. 봄에 삼베 씨를 뿌려 베 갈아서 틈틈이 삼베 짜고.

추석 안에 종자마늘 쪼개서 요만치 떼어서 하나하나 심궈 비닐로 덮어둬야 혀. 내처 두었다 싹이 요만치 돋으믄 비닐 밖으로 하나하나 뽑아내고, 추운 겨울 다 지나도록 계속 놔둬야 혀. 비닐을 안 씌우면 풀도 매줘야 허고 농약도 쳐줘야지. 6월에 마늘 캐고 난 자리엔 콩을 심어. 콩은 꼭 밭이 아니라도 되야. 논두렁 밭두렁 손바닥만 한 땅이라도 빈 디가 보이믄 다 콩 심는 자리라니께. 콩이 얼매나 가짓수가 많은지 아남? 논에 심는 두렁콩(밤콩), 울타리에 심는 울타리콩, 두부 맹그는 흰콩, 밥에 넣어 먹는 검정콩, 서리태, 꼭 쥐 눈맨치로 까맣게 반짝반짝하는 쥐눈이콩, 돈부, 강낭콩, 죽 쒀 먹는 팥, 녹두……. 같은 콩이래도 종자 따라 생긴 거도 다 달러. 하, 그거야 호미로 땅에 구멍을 딱 파고, 두 알씩 세 알씩 콩알 넣고, 흙으로 덮어놓지 뭐.

보리는 앵두 익을 때 타작혀. 여름 한철은 김매는 게 일이여. 소 꼴 베고 논에 피 뽑고 농약 주고 잠시라도 엉덩이 붙이고 앉아 있을 짬이 있간. 비 와도 해야 혀. 참깨 들깨 모종도 해야 하고. 고추는 틈만 나면 따고, 가을엔 콩 거둬들이고 고구마 캐고 벼 베서 타작하고, 일이 끝도 웂어. 돈이 되건 안 되건 다 때맞춰 심고 거둬야지. 배추, 무, 알타리, 시금치, 상치, 파. 오이, 호박, 아욱, 양파, 쑥갓, 당근, 갓……. 땅심 좋은 덴 마늘, 고추 돈 되는 거 심고, 쩌어그 산 밑 짜투리 땅엔 도라지 심고 참

외, 수박, 토마토 심고 주렁주렁 오이, 호박 심고……. 밭만 밭이간디? 산이도 갯가이도 먹을 거이 천지라니께. 봄에 싹 나기 시작하면 고사리, 고비, 취…… 나물 끊으러 댕기느라 바뻐. 짬짬이 산도라지 캐서 반찬 해 먹고 자식들 나눠 보내고, 남으면 읍내 나가 팔아서 영감 좋아하는 생선이나 갯것도 사고.

진달래꽃 필 때까지 개 가서 일허지. 5리 걸어가믄 바다라니께. 개는 먹을 거 천지여. 몇 년 전 발전소가 생기기 전까지만 혀도, 여름엔 조개 캐고, 겨울엔 굴 까고, 김 양식 바쁜 땐 품도 팔고, 그이(게)도 잡고 했어. 그이는 쇠스랑으로 갯벌 파서 뒤집어. 키로에 3000원도 받고 2000원도 받고, 품 팔믄 일당도 나오고, 바지락도 캐믄 그 자리에서 팔어. 뻘게라고 있는디, 쩌어그 전라도 어디서 낙지 잡는 데 쓴다는디, 뻘게는 잡으면 그 자리서 산 채로 넘긴다니께. 시장이야 가끔 가지만서두 사는 거이 별로 없어. 영감이 갯거를 좋아혀. 굴, 게, 젓갈, 생선은 바다에 다 있으니께.

달 뜨면 잠도 안 자유. 여그 이 동네 전깃불이 들어온 기 가만, 한 30년 됐을 겨. 아, 전깃불 들어오기 전에는 마당서 일했지. 이거저거 낮에 거둬들였다 달 뜨면 마당에 나와 뒷마무리허고. 김치 담고, 콩 까고, 고추 고르고, 거둬둔 거 고르고 다듬고 넣고 하는 일은 다 밤에 했다니께. 사이사이 콩 갈아서 두부 만들고, 우뭇가사리 푹 삶아 우무 만들고, 낮에는 넘에 일 나가 품삯 받고, 밤이는 우리 일 해야지. 방망이로 깨 털고, 도리깨로 콩 두들기고, 고구마 캐놓은 것 가마니에 담고, 길쌈도 하고, 이불 홑청 다리고, 영감 한복 다듬이질하고, 이불 꿰매고, 재봉틀 돌려 옷도 맹글고. 등잔불 켜놓고 꾸벅꾸벅 좀서 두루마리도 맹글고 적삼도 짓고. 아니여, 한 번씩 바늘에 찔려야 정신도 버쩍 나고 피도 잘 돌아.

겨울은 겨울대로 바뻐. 가마니 짜고 새끼 꼬아야지, 짚멍석 짜야지,

밀대로 밀방석 짜야지. 참, 겨울 전에 땔감도 해서 내 키보담 높게 싸놔야 겨울 뜨시게 나지. 갈퀴로 솔잎도 긁어 들이고, 톱으로 나무 베서 장작도 패고, 삭쟁이도 따고, 솔방울도 줍고. 영감이 일절 집도 안 고치니께, 부서지면 부뚜막도 손보고 세멘도 바르고. 영감은 급한 것도 반드시 해야 될 일도 없으니께. 사이사이 집안일도 해야지. 가마솥도 기름 발라서 닦아 번질번질 빛이 나야 기분이 개안하고, 나뭇간도 가득 차야 직성이 풀리고, 장작도 겨울 오기 전에 반듯하고 가지런허니 쌓아둬야 하고. 농사든 뭐든 때를 지나치믄 안 되니께, 지저분하면 치워야 하고, 삐뚤어지면 밤을 새워서라도 바로잡고, 창호지도 때 맞춰 발라야 허고.

하, 달밤에 가장 좋은 거이 질쌈이다. 내 평생 참 베 많이 짰다. 아, 그거이사 열일곱 살 시집오기 전부터 시작했으니께, 60년 가차이 짰구만. 질쌈 농사가 월매나 손이 가는 중 몰러. 다 늘어놓고 하니께 집구석도 엉망이고 꾸적거리고. 삼을 밭에 갈아서, 키워서, 여름에 삼이 풀처럼 자라 올라오믄 베서, 가마솥에 나무 걸치고 그 우에 대마 올리고 삶아서, 껍질 벗겨서, 삼을 실처럼 가늘게 째서……, 키워서 벗겨서 삼아서 물레에 잦아서 빵빵이 돌려서 풀어서 깨끗이 다듬어서 양잿물에 삶았다가 말려. 삼베 색이 들면 겨에다 담갔다 건져서, 다듬어서, 바디에 매서 장작불 피워 풀 발라 빗겨서, 매서, 다듬이질해서, 묶어 도투마리에 말아서, 하이고, 숨 가빠라……. 그래 놓으믄 반쯤 끝나는 겨. 바로는 못 짜지. 묶어서 잘 간수했다 일 없을 때 삼을 짜지. 그렇게 말아놓은 베를 베틀 위에 올리고 겨우내 베를 짜. 시방 많이 올라서 팔뚝만 한 거 한 자에 1만 2000원 줘. 1년 내내 해서 200만 원도 안 되야. 6월부터 겨우내 하면 150자, 많이 할 땐 200자, 250자 거슬렀어. 옛날이는 베 잘 짜고 바느질 잘하면 배웠건 안 배웠건 다 데려가. 맘씨만 착하면 다 데려간다니께. 삼베로 목돈 만들어 자식들 학비 보태고 혔지. 삼베 사이 짬짬이 세모시 하고

미영(무명)도 짜고. 미영으로 이불솜 만들고 애덜 옷도 지어주고 남으면 팔고. 자식들 다 결혼시키고 나서 미영 농사 끝냈네.

영감 이름이 뭣이냐고? 아, 조재봉이여. 조재봉. 조재봉 씨가 어릴 때부터 건강한 축은 아니었던 모양인디, 귀하게 자라 사램이 좀 물르고 말여. 그런 양반이 전쟁 겪고 다치드만 영락없는 한량이 되었다네. 아덜이 그랴. 아부지는 베짱이고 나는 일개미랴. 밀짚방석 깔고 그늘에 누워 다리 흔들어가믄서 노래 부르는 거이 영락없이 베짱이여. 술 거나하게 들고 기분 좋으면 숟가락으로 깽깽이를 켜는 거를 보면 볼만허지. 노래 부르기 시작하면 참 줄줄이 베만치로 잘도 뽑아. 듣고 있으믄 슬퍼지드라. 고복수라든가 남인수라던가, 하여간에 '애수의 소야곡'인지 뭐시깽인지 참 구성지게 잘도 불러. '타향살이'도 일품이고. 워쩌다 기분 좋을 땐 '빈대떡 신사'도 부르고 '앵두나무 처녀', '시골 영감' 그런 거를 부르는디, 가사가 좀 웃기드만. 돈 없으믄 집이 가서 빈대떡이나 부쳐 먹는댜. 그기 뭐이 노래까이? 하여간에 기분 좋으믄 자식덜한티 노래도 갈켜줌서 베짱이맨치로 흥얼거리는 거이 영감 일이지. 아님 붓글씨 갈기거나 책 들여다보거나.

애들한티는 끔찍했어. 팔 베서 잠들 때까지 노래 불러주고 옛날얘기

해주고, 자식들마다 찌마니 호뿌리니 별명 지어 불러주고, 기분 좋으믄 자식덜 마루에 빙 둘러 앉혀놓고 노래도 가르쳐주고. 나만 미워허지. 한 번은 싸워서 쫓겨 나갔는디, 이웃집 아지메한테 도망갔다 우리 집에 가 보라고 해서 본께, 아들 하나 딸 하나 무릎에 앉혀놓고 하나는 어깨에 매고, "니 엄마 나갔다이, 우리끼리 살자잉" 하고 있더라네. 얼매나 밉살스러운지. 하여튼 영감은 애덜만큼은 끔찍이도 이뻐했어. 유독 나만 미워라 함서도 자식새끼는 세상 읎이 귀하게 여겼지. 관광 가서도 할멈 영감 팔짱 끼고 사진 좀 찍어라 해서, 영감 팔을 낄라믄 쌀쌀맞게 탁 쳐버려. 겨울에 기름 아낄라고 보일러를 약하게 트니께 춥잖어. 자다 나도 모르게 영감 이불 속으로 파고들잖어. 그라믄 발로 툭 차버리고 욕을 해.

"어쩌다 한 번 잤는데 생겼슈" 그랬네. 애덜이 도통 정이 없었다든서 우리는 어떻게 낳았냐 묻더라고. 나도 모리게 나온 대답이 그거여. 애덜은 웃고 말지만서두, 이런 말 하믄 부끄럽지. 나는 엉덩이 안 붙어 있고, 항상 콩 튀듯 팥 튀듯 바쁘고, 큰소리치고 억척스럽고 하니께, 자식들이 안 좋아혀. 보이기만 하면 일을 시켜대니께. 명절 때도 아버지 먼저 챙기고, 나는 되면 해주고 안 되면 그만이고 항상 뒷전이여. 영감은 성격이 차분혀. 세멘 봉투 일일이 펴서 노끈으로 엮어서 공책이라고 자식들한테 나눠 주고. 이건 둘째 거, 이건 셋째 거 하믄서. 가지고 놀라고 팽이도 깎아주고 썰매도 맹글어주고 그라니께 애덜이 지 아버지를 좋아허지. 아궁이 앞에 앉혀놓고 옛날얘기 해주고, 노래 불러주고, 항상 데리고 자고 그러니께.

얼마 전엔 두엄 내다 또 싸움이 났네. 일을 하는디 느닷없이 부아가 나더라고. 시집와서 지금껏 이러고 험한 일을 하고 사나 싶더라고. 화딱지가 나서 한 소리 하니께, 영감이 작대기를 들고 막 패려고 달려들더라고. 어쩔 수 있남. 넘이 논두렁까지 도망가고 영감은 계속 쫓아오고 허니

께, 둘이서 넘이 논 몇 바퀴를 빙빙빙 돈 겨. 그러니께 논두렁에서 꼴을
베던 원희 아배가 웃음서 우리더러 뭐하시느냐 묻더라구. 나이 일흔 넘
어서도 옛날허고 똑같어. 미워하고 뚝딱허면 패고. 뭣땜시 싸우느냐고?
암것도 아닌 걸로다가 싸우는 겨. 엊그제는 고추씨 모종을 허는디, 이 양
반이 스텐 그릇에 고추씨를 담음서 자꾸 그 그릇이 아니랴. 이게 그 그릇
맞다 해도 곧이 안 들어. 꼭 그 그릇이어야 하는디 왜 딴 그릇에 가져왔
느냐고 눈을 치켜뜨면서 화를 내드라고. 그런 일로 싸우제. 넘덜이 알면
월매나 우스워. 젊어서는 돈 때문에 싸우고 자식 때문에 싸웠지만, 지금
은 아무것도 아닌 일로 싸우니께, 넘 보기 넘세스럽기도 허고.

　넘세스럽다 넘세스러워 함서도, 내가 또 그 야그 하고 있구만. 저저
번 8월에도 영감하고 쌈이 났어. 장마 때 논에 비가 많이 와서 벼가 엎어
졌구만. 작년에도 비료를 원체 많이 쳐가지고 베가 다 엎어졌었는디, 뭐
하러 올해도 비료를 많이 줘서 베를 다 엎치게 하느냐고, 속상하니까 막
싸웠거든. 추석 때 며느리 아들이 왔는데 자석들 다 보는 앞에서 영감이
그랴. "니 어머니가 사람인 줄 아냐, 사람도 아녀", 그러니께 큰아덜이 화
를 벌컥 내드라고. 지 에미 아배 앞에서 한 번도 눈 안 부릅뜨는 앤디 화
를 내드라고. 지 아버지 나가고 큰아덜이 부엌에 앉아서 말혀. 지는 괜찮
은디 갓 시집와서 아무것도 모르는 제수 씨 앞에서 창피하게 그런 소리
듣게 하냠서, 엄마가 아무 대꾸 안 하면 되지, 50년 넘게 삼서 아버지 성
질 몰라서 그런 소리 듣게 하느냐고 난리를 쳐. 그럼서 엄마, 나 간다고
그래. 나도 화가 나서 그려, 다 가버리라 허니께 지가 잘못했슈, 하고 빌
더만.

　우째 나한티만 야박할까? 영감이 넘한티는 순하고 자상한디 말이여.
난 일평생 영감한티 미움 받음서 구박뎅이로 굴렀어. 이상하드라. 영감
이 말여, 아무 일도 아닌 것 가지고 트집 잡고 발작하듯이 패드라. 자식

도 중하고 참 소도 그렇게 중혀. 영감한티는 소가 자식보다 윗전여. 동물이란 동물은 다 좋아혀. 아궁이 앞에 앉아서 개나 고양이 데리고 쓰다듬어줌서 쫄이야 쫄이야, 해감서 재미나게 애기해주는 꼴을 보믄 정말 기가 맥혀. 거 동물들도 저 좋아하는 중은 알데. 어디 가면 졸랑졸랑 잘도 따라댕기드라. 영감이 논에 가면 논에 쫄랑대고 따라가고, 신발 벗어놓으면 신발 베고 자고. 꽃도 좋아하고 나무도 좋아하고 다 좋아혀. 나만 빼놓고.

나랑 산 게 아니라 소랑 살았다니께. 영감이 소랑 있시믄 천상 소처럼 순혀. 농사일도 많이 안 하고 힘든 일도 안 허는 조재봉 씨가 남에게 절대 안 맡기는 거이 있어. 소 키우는 일이지. 소도 여러 마리는 절대 안 키워. 딱 한 마리여. 그것도 꼭 암소 한 마리여. 그 한 마리 암소를 늙어 병들 때까지 애지중지 키운다니께. 절대로 안 팔지. 죽게 생겼어도 나를 팔았겄지, 우디 애지중지 소를 팔겄어? 소가 잘 안 먹고 병나믄 외양간 옆을 안 떠난다니께. 소한테 멕일 죽 쑤고 꼴 베는 거이 젤 큰 낙여. 새벽같이 일어나 채 이슬도 안 마른 풀을 베야. 어차피 베야 할 풀인께 우리 논두렁 밭두렁 풀을 베면 오죽 좋아. 아니여. 넘으 집 풀을 베주기 일쑤여. 영감은 만사를 소한티 맞춰. 보들보들한 풀 중이서도 소가 젤로 좋아하고 야들야들 먹기 좋은 풀만 골라 베야. 넘으 집이고 자기 집이고 상관없어. 기중 맛있는 풀이 있는 디를 찾아댕김서 하이고, 얼매나 정성스레 꼴을 베는지 몰러.

소죽을 쑬 때도 참 볼만혀. 아무것도 안 혀. 홍수에 밭이 떠내려간다고 소리쳐도 꼼짝 안 할 겨. 하이고, 어찌 그라고 시종 아궁이 앞에 꼭 붙어 앉아 있을꼬. 죽이 눌지 않게 저어줘야지, 물 모지라면 물 갖다 부어줘야지. 여물 끓는 모습이 뭐이 좋다고 그라고 지켜보고 있을꼬. 꼭 소꿉

놀이하는 애만치로 하이고, 얼굴이 확 펴가지고서 참 웃기지도 안 혀. 아니여. 소한티 절대 사료 주는 벱이 없어. 쌀겨랑 풀이랑 넣어갖고 가마솥에 끓인 여물만 멕인다니께. 소죽도 그냥 퍼주고 들어가는 벱이 읎어. 곁에 꼭 들러붙어 있어. 아주 흐뭇혀. 담배도 피고 노래도 불러줌서 소가 여물 다 먹을 때까지 꼼짝 않고 지켜본다니께.

고 폭신한 디서 소랑 자지. 방인 왜 들어온댜? 집안일이고 농사일이고 안중에 별로 없으신 양반이 소 부리는 일만큼은 직접 한다니께. 써레질, 쟁기질만큼은 남에게 절대 안 맡겨. 내가 말이여, 두엄으로 쓸 소똥을 치워주잖어? 그라믄 새 짚과 풀을 갖다가 폭신하게 깔아줌서 흥얼거림서 행복해하는디 가관이여. 참, 거기서 잠은 왜 안 자나 몰러. 낮이는 등에 앉은 파리도 쫓아줘야지, 소 엉덩이에 묻은 똥도 싸리비로 털어줘야지. 이쁘다고 쓰다듬어주고 쓸어주고 눈 뜨고 못 봐. 낮이는 그러고 있다 해거름이는 또 다음 날 멕일 꼴을 베러 가. 소 팔 욕심도 없어. 사정이 안 되어갖고 송아지를 장에 내가잖어? 그라믄 며칠을 잘 먹지도 못해. 축 늘어져서 하이구야, 슬프다 슬프다 해도 그렇게 슬플까이? 한번은 말이여, 사료 멕여서 키운 소를 사 왔거든. 여물을 멕이니께 겨가 목젖에 걸려 죽어부리드라고. 하이고야, 이레 동안 식음을 전폐하고서 울었다니께.

뭣이냐, 영감이 전쟁 유공자랴. 정권 바뀔 때마다 신고하는 기간이 있었는디, 영감이 안 할라고 했어. 거 웬만한 사람이면 유공자로 연금도 받고 자식들 취직할 때도 써먹고 다 좋은 거라고 하는디, 영감이 안 할라고 혀. 그거 인정 받을라면 목격잔가 뭣인가 세워야 한다는디, 남 증인은 다 서주고 다님서 영감 증인은 안 세운다니께. 뭣이냐 무신 연금을 준다 어쩐다 해도 영감이 딱 잘랐어. 뭐라드라? 당연히 자기 할 일을 한 거랴. 시대를 그렇게 타고 났으니께 어쩔 수 없다고 말여. 전쟁서 다쳤다고 뭐를 받고 뭐를 내세우고 하는 짓은 절대로 하기 싫다는 겨. 근디 얼마 전에 유공자로 등록이 되었어. 죽으면 태극기 한 장 나온다드만. 영감 뜻이 아니고 자식 땜에 한 거라니께. 덕 보자는 게 아니라 당연히 나라로부터 받아야 할 혜택을 안 받고 있으니 애덜이 답답했나벼.

동네 편지 다 써주고 읽어주고 댕기느라 바쁘지. 누구 집이 상 당하면 부줏돈 계산하고 누구 얼매 누구 얼매 다 써서 챙겨주고, 제사 때면 제문 지방도 다 써주고, 동네 회관 큰일 치루면 회순이다 뭐다 해서 영감이 아주 바뻐. 동네서 연장이니 뭐니 필요한 물건 빌리러 오면 다 빌려줘. 싫은 내색도 없어. 농협에서 영농자금 받을 적이도 양보도 잘햐. 요만저만 해서 보증 서주라 해도 거절도 못 허고. 공짜를 얼매나 싫어하는지 몰러. 선거철이나 명절 때 뭐 수건이다 뭐이다 선물 같은 거라도 돌리잖어. 절대로 안 받는다니께. 예비군 중대장이네, 거 뭐시깽이 평화라든가 통일이라든가 하여간에 무신 긴 이름이 있어. 그거 위원 하라 해도 안 혀. 새마을 지도자다 뭐다 허는 명함도 일체 사절이라니께. 돈 안 되는 동네 일은 다 해주고 다님서 참 이상하지? 동네 사람덜이 그랴. 천상 군자라고 말이여. 그려, 사나운 사람은 절대 아녀. 욕심도 없고 말여, 뭘 가질라고도 안 허고. 조용조용허니 뭐 한 가지 보믄 그것만 들여다보고 평생 사니께.

먼 앞장을 서? 거 콩 볶듯 총알이 튀어다니드랴. 여그저그서 대포가 터지는디 소리가 천둥 같드랴. 귀가 쪼매 먹었지. 뭔 얘기도 크게 해야 혀. 뼈에 쇠붙이가 여그저그 박혀 있는디 수술은 못 한다니께. 뭐 뼛속에 쇠알이 들어 있으니께 늘 아팠겠지. 아프단 소린 안 혀. 끙, 하고 돌아누우믄 그거이 좀 많이 아프다 이 소리지.

내년엔 그만둬야지. 인자 힘이 없어서 농새 못 짓겄네. 한 10년 전부텀 심장이 부었댜. 가슴도 늘 에리에리 아프고 힘에 부치지. 입버릇처럼 그만둬야지 함서도 아직도 짓고 있네. 그려도 고생해서 키운 자식덜이 다 제 앞가림하고 사니께 고맙지. 솥 밑에 쌀 한 주먹 깔고 누룽지 뭉쳐 났다 보새기에 담아 책상 밑에 넣어주던 기 엊그제 같은디, 그런 큰아덜이 사범학교 나와 자식 낳고 잘 사니께 월매나 고마워. 그 밑으로 딸 너이고 막내아들까지 장가보냈어. 아들 둘은 여그서 가차운 디 살어. 함께 안 살어도 의지가 되지. 궂은일 생기믄 휭 달려와서 다 해주고.

이젠 등짝에 올려줘도 못 일어나. 작년까지만 해도 40키로를 등에 지고 댕겼는디, 이젠 몸땡이도 아프고 기운도 딸려. 올까지만 짓고 그만둬야지. 농사래야 게우 논 일곱 마지기 넘의 땅 댓 마지기밖에 안 되는디, 그거 가지고 살래니께 얼마나 고생했었어. 둘째 딸 대학 보내느라 다섯 마지기 넘의 농사 지었는디, 그게 대학 졸업허면 빚 갚아준다 하드만, 데모한다 공장 댕긴다 쏘댕겨서 돈을 벌었이야지. 셋째 딸도 마찬가지고. 여직까지 빚 갚느라 그걸 못 내놓고 있구만. 둘째 딸 졸업하면 그만둔다, 막내 대학 마치면 그만둔다 하던 게 지금까지여. 막내 다 가르치면 소작 내놓지 했는디, 약값이다 병원비다 부줏돈이다 아직도 못 그만뒀어. 작년이도 혼자 약 치고 고추 따고 할라니께 힘들더라구. 에이, 내년에는 나 먹을 고추 열 포기 심고 말아야지. 큰아들 가르칠 때부텀 진 빚이 작년사 끝났다니께. 갈친 놈도 소용없고.

무신 병원? 좀 누웠다 나가지. 혈압이 올라 가끔 쓰러져. 죽게 아파야 쉬지. 일해야 병도 풀어지드라. 씨 뿌리고 김매고 거두고 그기 젤 좋아. 요샌 농새도 간편허니 허드만. 피 뽑기 싫으면 제초제 치고, 풀 안 나게 하우스 허고. 나는 그렇게는 못 혀. 그런 농새는 지을 중도 몰르고 싫여. 그냥 하던 대로 하지 뭐. 그냥 소출이 좀 적어도 '내년에 잘 지으면 좋지' 허고 말어. 목돈 되는 특용작물도 별로 안 해봤다니께. 기양 때 되믄 작년에 한 거 그대로 똑같이 혀. 같은 땅에 같은 씨 뿌리고 거두는 게 매양 같지 뭐.

　내 야그가 책에 나온다고? 뭔 책? 난 이날 이때까장 책 한 권 볼 중 모르는디. 하기사 나는 볼 중 몰러도 볼 사람덜은 또 보겠지. 다 필요하니께 귀신 씻나락 까먹는 이야그를 이렇게 밤새도록 듣고 앉았겄제. 가끔 거울을 보잖여. 눈가에 주름이 자글자글혀. 하이구야, 언제 내가 이라고 다 늙어부렀으까? 뭐 눈이 소눈 맨치로 이쁘다고? 허이고, 뭐시 이쁘겄어. 평생 구박받고 맞고 이 쪼매만한 몸땡이 부서져라 살았는디. 흥부 놀부 옛날얘기 같다고? 뭐시기? 내 말이 집 옆이 돌돌돌 흘러가는 개울물 소리 같다고? 허기사 물소리나 내 소리나 그거이 그거겄지 뭔 차이가 있겄어. 하이고, 이 나이 살고 본께 별거를 봐도 그냥 그렇다니께. 뭣이 그저 그렇구나, 그랬구나 싶다니께. 맘 편안허니 몸 튼튼허니 아가, 지발 잘 살그라이.

　아버지 돌아가시기 며칠 전에 몇 년째 키우던 강아지 쫄이가 집을 나갔어요. 아버진 평생 동안 강아지를 몇 마리 키우셨는데 개 이름은 모두 다 쫄이었어요. 아마 쫄쫄거리며 쫓아다닌다고 그리 불렀나 봐요. 사람보다 동물을 좋아하던 아버지는 날마다 쫄이 밥그릇을 채워두고 집을 나섰대요. 갈 만한 데를 더듬어 마을 구석구석 온 산을 샅샅이 뒤졌는데 며칠이 지나도록 쫄이를 찾을 수 없었대요. 그러기를 며칠, 아버진 오래도록 함께 살아온 집 뒤안의 나무 밑에서 숨을 거뒀어요. 톱질을 하던 중 나무가 쓰러지면서 아버지를 덮쳤는데 미처 피하지 못한 거지요. 며칠 집을 나갔던 쫄이는 아버지가 돌아가시던 날, 집에 돌아왔어요. 아버진 어릴 때 무릎에 앉혀놓고 노래를 가르쳐주기도 하셨는데, 아버지 돌아가시고 평생 베셨던 '목침'을 가져왔어요. 목침에선 아직도 아

"뭐 눈이 소눈 맨치로 이쁘다고? 허이고, 뭐시 이쁘겠어. 내 말이 집 옆이 돌돌돌 흘러가는 개울물 소리 같다고? 허기사 물소리나 내 소리나 그거이 그거겄지 뭔 차이가 있겄어."

버지 냄새가 나요.

싸리 울타리 걷어내고, 소나무 닦아 나무 대문 달던 날, 아버지는 목침을 하나 다듬으셨죠. 송진내 가득한 나무. 새마을운동이 한창일 때 초가지붕이 걷어지고 함석지붕으로 바뀔 때, 지붕 속에서 구렁이가 나오기도 했어요. 아버지 돌아가신 지 서너 해. 아버지 머릿기름과 온갖 병균이 어우러져 군데군데 아버지 결이 살아 움직여요. 엄마가 끔찍이도 싫어하던 끙! 앓던 소리와 함께.

살집이라곤 한 점도 없이 다 발라 먹은 생선 가시처럼 누워서 엄마는 곱게 분을 바르고 저승길 준비하셨지요. 미처 다물어지지 않은 입에서, 금방이라도 내 이름을 부르거나, 밥을 찾거나, 마당에 늘어놓은 나락 걱정 소리가 들릴 듯한데, 자꾸만 벌어지는 엄마 입이 저는 무서웠어요. 몇몇 자식은 오열하다 까무러치고, 곡소리가 커야 니 에미 천당 간다며, 틈만 나면 바닥을 치며 곡을 하던 막내 고모도 끝내 통곡을 하시더군요. 삼베옷이 한겹 한겹 몸을 덮어가는데, 어디서 달그락달그락 베틀 소리가 들리는 거 같았어요. 오줌 마려 자다 깨면 달 휘엉청 밝은 마루에서 베틀 앞에 앉아 짜시던 그 삼베 자락에, 그렇게 한겹 한겹 수의에 싸여, 다 발라 먹은 생선 가시에 도톰하니 살이 오르고, 자식들 불효까지 꽁꽁 여며 관속에 누우신 울 엄마, 자꾸만 벌어지던 입, 끝내 다무셨을까요…….

—김낙희 씨 셋째 딸

김낙희 씨는 뇌경색으로 쓰러지면서도 의식의 끈을 놓지 않으려 애썼다. 방바닥을 기어 기어 무엇인가에게로 나아갔다. 전화기 쪽이 아니었다. 얼마를 기어갔을까. 어렵사리 그의 손에 닿은 건 바로 전기장판 코드 줄이었다. 잠시 후, 목을 휘감은 코드 줄이 그의 목을 졸랐다. 하지만 숨통을 끊기에는 남아 있는 손가락의 힘이 약간 모자랐다. 그의 의지와 상관없이 병원으로 실려가 뇌경색 치료를 받은 지 두어 달, 평생 독립적이었고 자식들에게 짐이 안 되려는 깔끔한 성격대로 그는 서둘러 세상을 떠났다. 그가 떠난 집은 먼지 하나 없이 정갈했다고 한다.

김낙희 씨와 조재봉 씨가 글쎄 다시 만난다면, 재봉 씨가 낙희 씨한테 소에게 하듯 정성스레 밥상을 차려주고 있지 않을까? 작은 키와 마른 체구로 평생 콩 튀듯 팥 튀듯 살다 간 김낙희 씨가 혹시, 재봉 씨는 안중에도 없고 혹시 소 한 마리 데불고 애인처럼 쓰다듬으며 느긋하게 노래 부르고 있지 않을까? '운다고 내 사랑이 돌아오리오마는 눈물로 달래보는…….'

나는
지금도
웃는다
바보 장인(匠人)
이영철傳

1960년 충남 당진에서 태어나 열일
곱 살에 상경한 이영철 씨는 마찌꼬
바 공장에서 목공 기술을 배워 30
년 내내 가구 만드는 일을 했다. 최
근 암 수술을 하고 돈 벌러 나간 아
내 대신 집에서 아이들 밥 해주고
살림하며 주부로 살고 있다.

영철이 손바닥은 가로세로 무늬목
손가락마다 옹이가 자라구요
고랑 파인 틈새마다 나이테가 자라지요
팽팽 돌아가는 면치기며
야근하다 잘못 내리친 망치며
힘에 부쳐 길을 잘못 든 대패가 밀어붙인
상처 위에 새살이 돋는데요
언젠가부터 영철이 몸은 그 손을 거쳐간
피나무 오리나무 박달나무로 작은 숲이 되었구요
얼굴엔 수염 대신 파란 잎이 돋아난다는데요
거북이 등가죽 같은 줄기 위로
여름 한철 매미 맘껏 노래 부르구요
집 없는 풀벌레 알 까느라 부산하다나 봐요
목공 생활 30년 영철이 몸은
동글동글 옹이만큼 나이테도 자라
결 고운 무늬목이 되었대요

—「나이테」

"지 성격이 별일 다 생겨도 속마음은 끄떡없유. 아무리 눈앞이 캄캄해도 오늘이 끝이라고 생각하지 않구만유. 거 혼자 먹고살기도 아등바등하게 사는 놈이 눈에 밟히는 거 천지유. 누가 누구를 돕겠어유? 어려움이 있으면 함께 나누고 같이 아파하는 게 인생이지유⋯⋯."

기술을 배워야 산다, 다짐했슈. 열일곱 살 되던 핸가? 그러니까 1976년 4월 18일에 상경했네유. 동네 사돈 소개로 맨 먼저 인연을 맺은 데가 마찌꼬바 공장이유. 신도림동 한국타이어 뒤편에 있었쥬. 공장이래야 가내수공업 하는 데유. 그곳에서 난생처음으로 프레스니 선반이니 밀링이니 하는 기계를 봤유. 출근 첫날 처음 연탄가스란 걸 먹었유. 꽉 막힌 시골 으디서 연탄 냄새를 맡아봤겠유? 처음 맛보는 연탄가스가 너무 좋았으까. 하여간에 가스를 된통 마시고 마루에 쓰러져부렀유. 동치미 먹고 마당 담장 밑 흙에 누워 있었쥬. 고 어질어질한 눈으로 까마득히 보이던 하늘이 내가 기억하는 서울 하늘이네유.

원대한 꿈을 안고 올라왔쥬. 중학교 마치고유. 나는 말이유, 사는 게 몹시도 힘들다는 걸 너무 일찍 알아버렸유. 어릴 적부터 먹고사는 게 너무 힘들었으니께, 궁벽한 고향을 떠난다는 고거 하나만으로도 너무 신이 났지유. 우리 집안은 말 그대로 송곳 꽂을 땅 한 뼘 없었유. 어릴 적부텀 나는 '기술을 배워야 산다' '기술을 배워야 산다' 속으로 다짐하고 또 다짐했유. 사실 기술 배우는 것도 쉬운 일이 아니구만유. 남들보다 눈썰미가 좋긴 했지유. 쬐그만 한 게 착실허다고 선배들이 잘 가르쳐주긴 했지만서도 처음부터 그런 건 아니었유. 공장 초기에 선배들은 기강을 잡아야 쓰겠다고 꽤나 잘난 척하고 괴롭혔지유. 아무것도 모르는 어리바리 촌놈 시다한티 고참들이 어째 그리 못 알아먹을 말만 하는지 모르겠유. '삼부 스파나' '염부 스파나' 모든 말들이 암호 같았유. 시골서 본 연장이라곤 망치허고 가위밖에 없었유. 스파나가 멍키스패너인 것쯤은 짐작이 되지만서두 삼부니 염부니 하는 게 뭔지 알 턱이 없었쥬. "뭐유? 뭐유?" 이 연장 저 연장 집어 들고 갔다고 돌아오고 보여주고 몇 바퀴를 왔다갔다 했쥬. 연장통 앞에서 헤매고 있으면 몇 달 먼저 들어왔다고 눈짓으로 훈수를 해주는 후배도 있었지유. "형 저기 저거." "이거?" "아니, 그건 염부고." "이 새꺄, 너한테 시켰냐? 니가 이영철이야?" 선배는 둘을 싸잡아 혼쭐내며 군기를 잡으려 들었지유. 사용되는 공구만 제대로 익히는 데도 머리가 팽팽 돌 지경이었유.

기계 이름을 우찌게 익혔느냐? 혼잣말하면서 외웠유. 일하면서도 혼잣말하며 자면서도 일을 익혔유. '밀링은 바닥 판이 전후좌우 왕복하면서 톱날이 회전하면서리 직선으로 판을 깎는 기계다. 동판에 글자를 새기는 조각기는 글자판을 위에 놓고서리……' 공장 초년생 시절 겪은 웃지 못 할 얘기가 한둘이겠유? 0.5톤 프레스만 하다 하루는 옆 공장에 일이 급하다고 8톤짜리 프레스를 할 일이 생겼유. 입사한 지 한 달 만이었쥬. 3밀리미터 두께 철판을 눌러 늘려서 20밀리 말발굽 모양을 찍어내는 일이었지유. 클러치를 밟으면 회전축이 돌면서 물건이 딱 찍히지유. 그 무거운 프레스를 밟으려니께 온몸의 힘을 다 실어서 단번에 콩 소리가 나게 찍어야 기계가 겨우 움직여유. 지금도 내가 자라다 말았지만서두 그때는 더 콩알만 했유. 온몸으로 굴려서 찍어도 작동하기가 쉽지 않드만유. 한밤에 혼자 작업을 하는데 갑자기 무서운 생각이 들어유. '저것이 볼트가 저렇게 많은디, 볼트로 조여 있는 저 무거운 기계에서 나사 몇 개만 빠지면……, 아이구나 작살나겠구먼' 생각하는 찰나, 커다란 프레스 바퀴가 쿵 내려오는 거유. 아 참 혼비백산해서 도망갔쥬. 도망가다 갑자기 서서 미친놈처럼 웃었지유. 아 글쎄, 나사가 빠져서가 아니라 밟으면 당연히 내려오는 게 프레스 바퀴 아니겠유? 한 세 시간 하고 나니 이제는 힘이 빠져서 안 올라가유. 48킬로밖에 안 나가던 내 체중으론 발판 무게를 못 견디겠더란 말이유. 우찌게 했느냐고? 아 그거야 온몸으로 밟았지유. 두 발로 톡 튀고 두 발로 톡 튀고 해야 겨우 기계가 내려오더란 말이에유.

고향 집도 빙 돌아서 갔유. 집 떠나 처음 맞는 추석 명절이었유. 사흘 동안 휴가를 받았쥬. 내 수중엔 월급으로 받은 3000원이 있었지유. 이거 저거 사서 한 보따리 싸놓고 새벽에 떠나기로 하고 일찍 잠에 들었쥬. 막 잠이 들었나 싶었는디 누가 흔들어유. 한기홍이라고, 그놈은 초등학교 마치고 바로 상경해서 나보담 먼저 일을 시작한 애지유. 아직 어린 티도 다 안 가신 솜털이 보숭보숭한 놈이었쥬. 한참 더 크려고 그랬던지 잠이 무지무지 많아서 아침마다 몹시 힘들게 일어나던 놈이, 글쎄 잠도 안 자고 앉아 있더만유. 몇 번 흔들어 깨워야 겨우 정신을 차리던 그놈아가 말이유. "형, 빨리 일어나유. 얼른 인나유. 집에 가게." "지입?" 소리에 스프링 튀듯 일어나 보니 아직 한밤중이었유. 시계는 12시 반을 가리키고 있는디, 당시는 통행금지가 있어서 밤엔 움직일 수도 없었지유. 하도 어이가 없어 한 대 쥐어박고 다시 막 잠들었을까? 또 기홍이가 집에 가자고 흔들어 깨우데유. 이번엔 2시였유. 열다섯 살밖에 안 된 기홍이는 집에 가는 게 얼마나 좋던지유 새 옷 사서 때 빼고 광내고 고대고대 하데유. 근디 나는 진짜로 집에 가기 싫었유. 남덜 다 교복 입고 책가방 메고 학교 가는디 때 빼고 광내봤자, 지가 공돌이 티내는 거밖에 더 되는가 싶어유. 사실은 말이유, 이제야 하는 말이지만, 고등학교 간 여자 동창생들 눈에 뜨일까 봐 그게 제일로다 걱정이 되더란 말이유. 아 그래도 갔유. 어무니 보고 싶으니께. 양지 편 마을로 빙 돌아서 갔지유. 사람 만날 일이 절대 없으니께 매봉재라는 산 타고 넘어 갔쥬. 어머니가 내 심경을 아셨던가 봐유. 내 나이 서른다섯이 넘고 나니께 어머니가 그러데유. "눈물 나드라. 밭 매다 책가방 메고 학교 가는 애덜 보믄…… 한참을 쳐다봤다아."

'공돌이가 무엇인가' '공돌이는 뭐고 학생은 무엇인고' '공돌이가 무어기에 고개 숙이고 댕기고, 넥타이는 뭐기에 빳빳이 얼굴 들고 다닐까?' 가끔 철학적으로다 사색에 잠겼지유. 직업 전선에 뛰어들었지만서두 아직 사춘기 소년이었던 거유. 서울이라고 안 창피하겠유? 공장이고 기숙사고 쓰레기 버리는 일은 꽁배(쫄따구) 몫인디유, 평상시는 잘하다가도 여학생들이 거리에 나오는 일요일만은 꼭 후배 기홍이를 시켰지유. 혹시 내가 버리게 되는 일이 생기면, 후닥닥 뛰어가서 잽싸게 버리고 돌아오지유. 입고 있던 작업복이 얼마나 냄새가 나고 더러운지 몰라유. 주물을 갈면 그라인더에서 쇳가루나 주물 가루가 말도 못하게 날려유. 아무리 손으로 빨고 치대도 기름때가 빠지질 않쥬. 그런 작업복 입고 쓰레기 들고 나가다 깨끗한 교복 입은 여학생을 마주치면 아, 쥐구멍이라도 들어가고 싶었쥬. 어쨌거나 그런 작업복 입고 하루 종일 일하고 살았쥬.

마스크에 안경 쓰고 알전구 60촉짜리 켜놓고 좁은 구석에서 일을 하다 보면 세상이 멈춘 것 같아유. 세상은 없고 알전구 아래 세상만 점점 크게 확대되더란 말이유. 그 작은 알전구 판 아래서 기술이 하루하루 자라났쥬. 월급도 월급이지만 기술 늘어나는 재미가 어찌나 쏠쏠한지 몰라유. 날마다 꿈꾸고 기대하고 이루려고 노력했쥬. '저번 주는 한 시간에 세 개 했으니께, 이번 주는 네 개 해야지' '오늘 한 시간에 네 개 완성했으니께, 내일은 반드시 다섯 개 해야지' 속으로 다짐하며 기술 배우는 데 열중했유. 기술 배울 땐 공장을 몇 번 바꿔야 대우가 좋아져유. 계속 한 곳에 있으면 시다 신세 못 면하쥬. 다른 사정들도 있었지만 나도 비슷한 마찌꼬바 몇 군데를 전전했유. 그러다 마지막 다니던 철공소가 망해버렸쥬. 고향엔 돌아갈 수 없고 헐 수 없이 기왕 배운 기술 상관없이 바로 옆 공장엘 들어갔유. 무슨 일을 하든 일하면 밥은 안 굶으니께. 목걸이 꿰는 일이었쥬. 구리와 은을 합금해서 '신쭈(동판)'를 잇는 일이어유. 미터당 계산을 해주는 객공(客工)으로다가 하는디, 신쭈는 아침 8시에서 밤 11시에 끝나데유. 일주일에 두어 번은 새벽 1시나 2시까지 했유. 그렇게 한 달 일하면 밥값 빼고 1만 8000원 정도 받았슈.

핀셋으로 딱 집어 C자(字) 고리를 맞춘 다음 따닥 오므리는 게 내 공정이었유. 얇은 철판 톱날에 고리를 박아서 때운 고리를 맞추지유. 아주 섬세하게 잘 맞춰야 해유. 먼지 알갱이 하나 거리만 비틀어져도 도루묵이 되야부러유. 그러니 주변을 돌아볼 틈도 없쥬. 일에 한참 빠져 있다 옆 사람들 가끔 힐끔거리면 그게 엄청 재밌지유. 참 사람도 각각이고 모습도 성격도 제각각이데유. 저마다 다른 일 버릇을 보는 것도 한 가지 재미였유. 고리를 핀셋으로 잡아서 철판에 꼽을 때마다 고개를 끄덕이는 아가씨도 있고, 철판에 꽂을 때마다 턱을 팍 드는 머스마도 있고, 죽지 못해 한다는 듯 고개를 외로 꼬고 하는 아자씨도 있데유.

잠은 공장 다락에서 잤유. 자려고 누우면 아래에서 땜질 하는 연기가 올라와 눈이 매워유. 눈을 감아도 맵기는 마찬가지고유, 아무리 지쳐도 쉬 잠들 수가 없었지유. 한창 주전부리가 심한 10대니께, 늘 달달한 게 땡기드란 말이유. 여름에는 아이스께끼나 하드 사 먹고, 겨울에는 호떡이나 풀빵을 사 먹었쥬. 풀빵이 그렇게 맛있데유. 말랑말랑허니 보드라운 살에 연꽃무늬가 여덟 개 딱 찍혀 있었쥬. 그 맛난 것을 애껴서 여자애들한티 줬유. 하 참 이쁘다, 거 이유 없이 맘에 들고 생각만 해도 입이 벌어지는 여자아이 있잖유? 말은 한 번도 못 걸어보고 눈도 못 맞춰보고 괜히 풀빵만 건네주고 도망갔쥬.

목공 일 시작한 것은 1978년이에유. 신림동 난곡에서 사촌 형이 가구 일 한번 해보라 해서 시작했는디, 평생 업이 되었네유. 한창 가구 경기가 좋을 때라 수요가 무지 많았지유. 목공 일은 장인 문화가 엄격한 곳이어유. 한 공장에 데마(기술자) 오야지가 여럿 있쥬. 기술자는 선생으로 불리고 시다는 제자로 불리요. 제자도 기술 직급에 따라 상제자, 중제자, 꼬맹이로 나뉘쥬. 위아래 중간이 엄연해서 같은 직급끼리만 어울리데유.

제자를 거느릴 수 있는 오야지가 되려면 4, 5년은 죽은 듯 엎드려 있어야 해유. 난 사촌형 밑에 있었기 땜시 상제자들과 나이도 비슷하고 해서 쉽게 기술을 배울 수 있었쥬. 한참 목공 일에 푹 빠져 있는데 무슨 난리가 났다는디유. 응, 그거이 오일쇼크라대유. 2차로 쇼크가 터졌다는디 그게 뭣인지 왜 일어났는지 나야 영문을 모르쥬. 하여간 그 쇼크 땜시 사장이 쇼크를 받아부렀는지 지하 탱크에 기름을 가득 채워 넣고 달아나 버렸어유. 나무보다 기름장사가 돈 벌기가 더 수월하잖아유.

하여간에 오일쇼크 땜시 내 인생도 쇼크 좀 받았쥬. 1979년 6월부터 상계동 가구공장에 나갔는디, 비닐하우스로 지어진 공장이데유. 그해 여름은 참 무지무지 더웠지유. 도장(가구에 색을 입히는 일)을 하고 있으면 본드를 맡은 것처럼 어질어질 금세라도 쓰러질 것 같은디유, 맥을 안 놓으려고 이를 앙다물어유. 그래도 벌어지지유. 하도 더우니께 나도 모르게 입이 벌어져 있유. 한번은 전문대 다니는 고향 친구가 왔지유. 나 일하고 사는 꼴을 보더니 고개만 외로 꼬고 별 말도 안해유. 한참 그러고 있더니 나보다 두 살 어린 친구 동생을 데리고 갔어유. 보니께 눈께가 빨개유. 거 등에도 눈이 있다는 거를 아요? 거 한참 자세히 보니께 등짝에서 눈물이 흐르데유. 나중에 그래유. 같은 나이 친군데, 자존심 상할까봐 나한텐 차마 말을 못 했다구유. 하지만 난 몰랐지유. 내 삶이 눈물 꾸욱 참을 만치 열악한 줄은 정말 몰랐유. 아니, 그런 거 못 느끼고 살았슈. 뭐를 남하고 비교할 수 있어야 열악하다 좋다 느끼는 거 아니겠유? 그냥 내 앞에서 벌어지는 일에만 코 박고 열심인데 무슨 다른 생각이 들어오겠유? 하루하루 내게 떨어지는 일만 해대기도 바쁜디, 다른 생각 할 틈도 없었지유 뭐. 시대가 하 수상하드니 계속 불경기가 겹치더만유. 1980년 봄, 비닐하우스 공장에서 나와 부천 소사에서 공장을 다니는디유, 어느 날 갑자기 임시 휴업을 하데유. 50일을 놀았쥬. 하루 한 끼 먹고 살았지유. 이제 수가 없으니께 고향에 내려갈까, 생각 안 해본 것은 아니지만서두, 발길이 안 떨어지드만유. 당진 내려가 봐야 농사 도와드릴 땅도 없으니께, 그야말로 송곳 꽂을 땅 한 뼘 없으니께 밥만 축내게 될 게 뻔하쥬. 부모님은 또 속으로 얼마나 걱정하실 것이오. 배고파도 그대로 주질러앉아서 일이 나기만을 기다리는 수밖에 없었이유.

없는 사람들 배는 왜 그리 빨리 꺼져부리는지 참 알다가도 모르겠유. 들어간 게 없는 빈 배 속은 왜 그리 시끄러운가 모르겠소. 물 한 병 가져다 삼립 빵 하나 들고 아주 천천히 씹어 먹지유. 움직이지도 않지유. 금세 배 꺼질까 봐서유. 자취방에 누워서 하루 종일 빈둥거리다 잠이 설핏 들지유. 배가 고프고 생각이 많으니께 긴 잠은 못 자지유. 어느 날 보니 이게 웬일이데유? 천장에 통닭이 막 날아다니데유. 잠결에 일어나 통닭 한 마리를 확 낚아챘쥬. 그랬더니유, 웬걸 통닭은 간 데 없구 웬 파리 새끼 한마리만 웽웽거리데유. '그래, 돈 벌면 빵 실컷 먹자. 열 개 사다 쌓아놓고 질리도록 먹자. 연꽃무늬 붕어빵 무늬 국화꽃 무늬…… 다 사 먹자' 생각했쥬. 80년 7월에 다시 일을 시작했는디 친구와 데마 하다 예전 생각이 퍼뜩 나던디유. 밤 9시나 되니께 배가 좀 고팠는디유, 쌓아두고 먹자 다짐하던 생각이 나더구만요. 부리나케 쌩 나가서 빵을 열 개 사 왔쥬. "너랑 나랑 배터지게 먹자. 실컷 먹자아!" 웬걸유, 두 개도 채 다 못 먹었유.

도둑질 말고는 다 배우고 싶었유. 공장 다니면서도 나는 항상 공부가 하고 싶었유. 아침부터 밤까지 일하면서는 공부를 헐 수가 없지유. 그래서 난 직업을 바꾸기로 비장하게 마음먹었유. 그리고 나서 바로 영등포역 앞에 있는 검정고시 학원에 등록했쥬. 전두환이가 그래도 좋은 일 하나는 했유. 그전에 기능사 시험엔 학력 제한이 있었거든유. 기능사 2급

시험 보는데 고졸로다 학력 제한이 있었단 말이유. 그걸 전두환이가 폐지해줬유. 텔렉스 시험을 보려고 학원에 다녔유. 근디 타자 치는 섬세한 일은 속도가 붙지 않더만유. 하도 거친 일을 해놔서 손이 안 따라주데유. 두 번 떨어지고 나서 에이 그만뒀유. 83년도엔 칵테일 만드는 요리 학원도 다녔슈. 하얀 와이셔츠에 까만 넥타이 매고 제법 폼나게 경양식 집에서 일했지유. 아침 9시에 출근해서 밤 12시까지 시키드만유. 거기도 공부할 시간이 도통 안 나더구만요. 아이구, 그래 다 고만두고 다시 돌아가자, 하던 일이나 하자. 그래 다시 목공 일을 했는디, 여태까지 하는구만유. 목공 일 때려치우려고 무던히 애를 써봤지만서두 결국 못 벗어났유.

내 손? 성한 디가 별로 없유. 손톱은 뭉개지고 손가락은 절단 나고. 1987년 일당 6000원짜리가 되어 D가구에 들어갔는디, 그해 12월 1일 손을 다치게 됐유. 한참 경기가 좋을 땐디 큰 공장엔 목공 일에 잔뼈가 굵은 기술자가 적었유. 이 인간 이영철이가 그야말로 공장에서 제법 '잘 나가는 사람'이 되어 있었유. 밤에는 오비노꼬(띠톱)로 발바닥 모양의 탁자를 성형했유. 낮에는 면치기 기계로 잡지꽂이를 만들며 밤낮으로 일했유. 너무 과로했던 모양이요. 아차, 하는 순간에 면치기에 손가락이 빨려 들어갔유. 피할 시간도 없었유. 나무에 옹이가 있었나 봐유. 옹이가 기계에 튀면서 오른쪽 중지와 약지가 부러졌유. 손가락 두 개 값으로 53만 원 받았유. 45일 동안 쉬다 1988년 1월 15일 복직했는디유, 2월 4일에 스트라이큰가 뭐신가 하는 큰일이 벌어졌유.

깍두기 때문이었유. 고로코롬 큰 싸움의 발단이 참말로 별거 아니었어유. 매일 야근을 밥 먹듯 하는디 하루 라면 주면 다음 날은 국수를 주는 식이에유. 반찬이라고는 국수나 라면 위에 깍두기 딱 세 점을 얹어줬유. 가뜩이나 야근하느라 속도 팍팍한디, 깍두기 세 점으로 국수 한 그릇을 비울라믄 좀 속이 상해유. 하루는 참다 못해 누가 말했유. "깍두기 좀 더 줘유." "처먹기 싫으면 버릴 것이지, 더 달라 말라 지랄이야 지랄이, 그것만 먹어!" 그 소리 듣고 국수를 먹다 말고 사람들이 다 현장을 나가 버렸유. 횡단보도에서 농성을 하고 어용 노조위원장에게 항의도 했지유. 우찌게 됐느냐구유? 그것도 별거 아니었유. 주동자 몇 명만 색출 당하고 흐지부지됐유. 그 일로 D가구를 퇴사하고, 이틀도 안 쉰 채 선배 공장에 들어갔쥬.

객지 생활하면서 참 외로웠지유. 뜻은 마음속에만 있고 가구 일은 발전성이 안 보이니께, 늘 두리번거리며 내가 가야 할 길을 찾았지유. 하루 열두 시간 일하면서도 메워지지 않는 허기가 마음속을 꽉 채우고 있드만유. 그 무렵 성당 문을 두드렸유. 성당에서 청년 활동하면서 친구도 사귀고, 사회가 뭔지 내가 어떤 위치에 있는 존재인가도 알게 됐유. 아 참, 사람이 산다는 게 얼마나 신나던지, 그때는 막 날아다녔유. 드디어 1989년 8월에 대입 검정고시 자격증을 받아 방통대에 원서를 냈지유. 실격 당했슈. 나이가 너무 많았나 봐유. 그래서 가을에 '민중대학' 들어갔지유. 그래도 이 인간 이영철이가 대학까정 다닌 사람이에유. 인천 가톨릭회관에서 운영하는 학교유. 그때 배운 공부가 이 인간 이영철이 인생에서 젤 커유. 내 머리가 확 바뀌었유. 1984년 내려와 내내 인천서 살면서 내내 목공 일만 했지만 지는 만족하고 행복해유.

아참, 꼭 하고 싶은 일이 나한티는 있었유. 소설이유. 공부도 공부지만 소설이 그렇게 좋았유. 나도 소설을 써보는 거유. 내가 하도 어렵게 살아서 나처럼 어려운 사람들에게 길을 알려주고 싶었유. 캄캄한 길을 헤매고 있는 사람들헌테 쥐꼬리만 헌 빛이라도 비춰주고 싶었지유. 그거이 생전 소원이었유. 소설이 뭐냐고유? 그거이 몸 아프고 마음 아픈 사람 어루만지는 거이 아니유? 이 손으로 일하는 거이 뭐냐? 별거 아니유. 이 나무하고 못하고 연장하고 어루만지는 거이 일이유. 어루만지다 보면 쓸모 있는 물건이 되야 나오는 거구 말이유. 그라믄 그거이 사람들한티 소용되는 귀한 물건이 되쥬. 책상이고 침대고 의자고 사람들이 기대고 어루만짐서 사는 거이 되잖유? 소설이라고 뭐가 다르겠소?

　　나는 내가 아닌가 봐유. 이상하게 말이여유, 꼭 다른 사람 입장에서 생각해지데유. 버릇이지유. 손해? 좀 보지유. 바보라 그런가 봐유. 마음이야 늘 평화롭쥬. 아까 D 회사에서 인간적인 굴욕감 때문에 싸움에도 나서봤다고 했쥬? 근데 말이유, 식당 아지매가 미워서 그런 게 아니었유. 그 짧은 저녁 시간에 수백 명의 식사를 준비해야쥬. 얼마나 힘들었으면 아지메가 욕설을 퍼부었겠어유. 사실 욕설도 아니지유. 그게 혹시 욕이었다면 그건 우리들한테 한 게 아닐 거에유. 아지메 힘겨운 절규였을 거유. 우리가 밥상 때려 업고 인간 대접 해다오…… 난리 친 것도 아마…… 아마 절규일지도 몰라유. 절규 몰라유? 자기도 모르게 복받쳐서 소리가 나오는 거 있잖아유.
　　나는 참 잘 웃어유. 바보라 그런가 봐유. 하도 웃어서, 잘 봐유, 눈가에 잔주름이 자글자글하잖아유. 하느님이 말이우, 일복도 주시고 웃음도 주셨나 봐유. 낙천적이쥬. 지 성격이 별일 다 생겨도 속마음은 끄떡없유. 아무리 눈앞이 캄캄해도 오늘이 끝이라고 생각하지 않구만유. 일복 많네 우짜네 해도 나만큼 일복 터진 놈도 없을 거유. 거 혼자 먹고살기도 아등바등하게 사는 놈이 눈에 밟히는 거 천지유. 형편이 낫다고 돕는 것도 아니지유. 내 기술로 내가 일해 누군가 도와주며 사는 게 제 꿈이었는디유. 아니, 누가 누구를 돕겠어유? 그게 사람살이쥬. 어려움이 있으면 함께 나누고 같이 아파하는 게 인생이지유…….
　　"쓰레빠 좀 사놔." "돈이 썩어 문드러졌는갑다. 말짱한 쓰레빠를……." 집사람 말이 떨어지기 무섭게 슬리퍼 한 짝이 마루에서 뒹굴고 있데유. 공중으로 날아오는 슬리퍼를 엉겁결에 피하긴 했는디유, 얼굴이 벌개져서 못 박힌 거맨치로 가만 서 있드만유. 집사람 얼굴이 그림이데유. 현관문을 꽝 닫고 나갔지유. 무안하니께유. 지하 계단을 채 오르기도 전에 후회했지유. 그러는 게 아닌데, 그러는 게 아닌데. 하지만 이미 때는 늦었데유. 그땐 집사람 얼굴이 항상 골난 사람 같았어유. 글쎄 아침 밥상머리에서 내가 분명히 말했거든요. "쌀 좀 퍼놔" 이렇게 말이유. 근디 들은 척도 안 해유. "내 말이 말 같지 않어? 쌀 좀 담아놓으라니께." "전기세도 밀렸는데, 무신 독립운동이나 하는 사람처럼 큰소리, 무슨 얼어 죽을 놈의……." 입이 댓발이나 나와서 궁시렁거림서도 쌀은 주섬주섬 비닐봉지에 담데유.

　다 불경기 탓이지유. 우리 공장 옆에서 일하던 아지메 공장이 부도가 났거든요. 식구들 끼니도 못 챙기는 눈치여유. 몰랐으면 지나갈 텐디, 알고는 모른 척 못 하겠드만요. 그 아지메헌티 그랬지유. 돈을 조금 해줄 테니께 점심 좀 해달라고요. 식비 조로 좀 해주면 그 집 식구 입은 어찌어찌 때우지 않겠는가 생각한 거쥬. 오산이었유. 내가 하는 일이 늘 그래유. 그 아지메 주머니에 식비가 온데간데없어유. 반찬은 고사하고 쌀도 없어 밥도 못 지을 때가 많드만요. 그게 말이유, 나 같이 산 놈들이나 알지유. 당장 옭아매는 빚이 있으면 내 돈이든 남 돈이든 그게 무신 상관이어유? 그거부터 해결하고 봐야 되는 게 빚이어유. 세상 젤 무서운 게 빚 독촉이어유. 전화는 얼마나 오고 협박은 또 얼마나 무섭게 해대는지유. 발등에 붙은 장작불이고요, 눈썹에 붙은 성냥불이어유. 오죽하면 그러겠어유? 사정은 우찌됐든 쌀이 없잖어유? 집사람 몰래 살금살금 쌀을 퍼가기 시작했쥬. 아니어유. 며칠만에 딱 걸렸유. 그 사람이 눈썰미가 좋거든요. 이왕 이렇게 된 거 날 잡아 잡수, 세게 나가기로 작정했쥬. 그 부도난 아지메 아들이 중학교 들어가드만요. 교복 살 돈도 입학금도 없는 눈

"그거이 성일가구라고, 인도네시아에서 온 사람덜 여덟 명하고 일하쥬. 내가 공장장이유. 목공 일이 머리를 곤두세우고 해야 돼유, 1밀리만 차이가 나도 안 되니께 바짝 집중하고 일하지유."

치어유. 집사람 몰래 돈도 꿔줬어유. 핵교, 하면 또 약해지는 게 이영철이에유. '빚이 주렁주렁 열린 놈이, 심장에 구멍이 뚫린 거 같다는 큰애 정밀검사도 못 해준 주제에 어디 남을 도와줘?' 지가 생각해도 한심하긴 하지유. 하지만 오죽하면 그럴까 싶은 마음이 작동하기 시작하면 안 돼유. 그 사람 처지가 환하게 그려지는데 우찌게 잊어부러유? 나도 모르게 몸이 가쥬. 몸이 못 가면 주머니가 열리고 쌀독도 스르르 열리쥬.

하, 열리면 열릴수록 어렵사리 땜방하고 사는 집사람이 신산스럽겠쥬. 말이라도 따뜻하게 해줘야 하는 건디…… 뭘 잘해준 게 있다고 큰소리까지 쳤을까유? 오죽 살기 폭폭하면 집사람이 그러겠유? 인정이 꽤 많은 여인이거든요. 그러고 나면 가슴이 에리고 아프지유. 15년 가구공장 다니고도 변변한 전세방 한 칸 없이 신혼살림 차렸어유. 92년에 결혼했는디유, 글쎄, 어머니가 축의금을 몽땅 주더구만요. 그 돈 선배한티 다 빌려줬어유. 목공 일 시작한다고 하는디유, 사정이 안 빌려줄 수가 없었 유. 얼마 후엔 일도 좀 도와달라 하데유. 어차피 있는 기술이니 그럼 함 께해보자 했어유. 월급이유? 못 받았쥬. 적금을 해약해서 생활했유. 공장 이 차츰 더 어려워지니께 또 돈을 빌려달라 하데유. 내가 무슨 돈이 있겠 어유? 가까운 사람한티 꿔서 빌려줬쥬. 아, 그건 주택청약 들던 거 해약 해서 갚았유. 빚도 빚이지만 돈 꾼 사람한티 모욕당하니께 그게 젤 힘들 드만요. 우리 집 여인이 '벼룩의 간을 빼 먹은' 선배라고 하데유. 원망 안 했느냐고요? 원망 같은 거 안 해봤어유. 막말로 그 선배가 속이자고 든 게 아니라는 거를 알거든요. 노력을 안 한 것도 아니구요. 물론 나야 그 놈의 돈 때문에 나락으로 떨어지는 수모를 당했지유. 하지만 일부러 그 런 게 아니잖어유? 애 많이 썼어유. 살다 보면 아무리 애써도 그럴 수밖 에 없는 상황이 반드시 있어유. 그때 그 선배가 할 수 있는 최대한의 한 계가 그건디 뭔 원망을 하겠유?

그놈의 빚 땜시 하 참 전셋집에서 쫓겨날 뻔했유. 아니어유. 선배가 아니라 이번참엔 친구 땜시 그랬어유. 친한 친구 놈이 하도 딱해서 몇 년 전 은행에서 대출해서 빌려줬거든요. 전셋집 담보 잡고 보증까지 섰유. 은행 사람들 참 부지런하데유. 그렇게 열심히 들락거리고 전화질 해대면 참 뭐를 못하겠유? 하여간에 우리 집 경매 내놓는다고 협박도 해쌓고, 참 빚 독촉 어지간히 해대데유. 그때부텀 은행 블랙리스트에 걸려서 이영철 이 이름으론 은행 거래도 못 하게 됐쥬. 죄 없는 집사람만 은행 뻰질나게 출입하믄서 이 카드 빼서 저 카드 막고 이 적금 빼서 저 대출금 막고 뱅 글뱅글 끝도 없어유. 집사람이 이재에 밝지도 않고 돈 욕심도 별로 없어 유. 그냥 적금 같은 거 안 해도 좋으니께, 세끼 밥 먹고 제발이지 빚 독촉 만 안 당하고 살았으면 원이 없었다고 하대유.

누구를 원망하고 누구를 나무라겠유? 내 친구는 사업이 잘못된 거 뿐인디유. 쫓겨 댕기다 설상가상 친구 집사람도 병으로 죽게 되었어유. 나보다 딱한 처진디, 제발 잘되라고 빌기만 했지유. 불쌍허지유. 사람들이 맨날 이용만 당한다고 나보고 바보라고 해유. 바보? 그래유, 그럴 수도 있지유 뭐. 근디 말이어유, 나를 이용한대도 능력 있으니께 써먹는다 생각하지, 나쁜 맘으로 이용했단 생각은 절대 안 들어유. 그도 그렇지, 오죽하면 나같이 없는 놈한테 왔겠유? 오죽하면…… 나같은 놈한티……. 나가 마찌꼬바래두 사장은 사장인디, 목공 생활 20년 만에 내 공장 차려서 참말로 열심히 살았는디 돌아서면 제자리데유.

삶은 수리차 돌리는 일이어유. 무슨 일이 있어도 프란체스코가 오늘도 수리차를 돌린다. 이렇게 생각하고 열심히 살았지유. 아, 그거이 내 세례명이에유. 어릴 적에 영세 받았지유. 청빈과 평화의 성자라고 하대유. 지가 바닷가에서 태어났어유. 충남 당진 송산면 당산리라고. 바닷가라고 해도 항구는 없고유, 갯벌만 좌악 펼쳐져 있지유. 반농반어로 생계를 이어가는 작은 마을이었어유. 아버진 염전에서 인부 노릇을 했어유. 바닷물이 가득 차는 사리 땐 고기를 잡고, 물이 빠지면 조개도 캐서 식구들 먹고 살았어유. 줍는 게 아니어유, 조개는. 조개 하나하나 다 손으로 일일이 캐는 거이란 말여유.

염부(鹽夫)라는 거이 참 고된 일이어유. 밤이면 해주구더리(소금물을 가두어 놓는 네모난 저수지)에다 물을 가두었다 아침이면 염판에 물을 퍼 올려 소금을 맹근다고요. 물은 수리차로 퍼올리쥬. 수리차가 어떻게 생겼는고 하면, 아주 큰 바퀴에 나무 계단이 있는 풍차라고 생각하믄 돼유. 수리차 굴리는 게 젤 힘들지유. 하루 종일 염판으로 물을 밀어 넣는 일이니께. 공중에서 수리차를 밟을라믄 장딴지에 힘을 팍 주고 한 걸음 한 걸음 조심스럽게 내디뎌야 하니께유. 참 이상스런 것은 그게 늘 제자리걸음이란 말이어유. 수리차는 가만히 있고 사람만 종일 계단을 밟아유. 아버지 인생을 생각하면 수리차 같아유. 평생 한 길을 걷는디 제자리걸음이드만유. 나도 아부지랑 똑같지유 뭐. 그 갯물이란 것이 겁나게 무거워유. 거 2000년 전에 그 먼 나라 예수라는 멋진 사나이가 그랬다잖어유? '너희는 세상의 빛과 소금이 되라' 고요. 그거이 말이 쉽지 바닷물이 소금 되기가 얼마나 힘든지 알아유?

소금기를 담을수록 물이 무겁잖어유? 사람은 말이여유, 인정을 품은 만큼 무거운가 봐유. 이상하게 바닥으로 떨어지더란 말이어유. 하기사 천장이면 뭐가 쌓이겠유? 바닥이니께 그 위에 차곡차곡 다른 몸뚱이들이 얹히겠지유? 내 속에서 말여유, 아따 버겁다, 그런 소리가 들릴라고 하믄 이상하게 아부지 발바닥이 떠오르데유. 염부였던 우리 아부지, 아부진, 발도 못 디딜 만큼 달구어진 염판을 맨발로 철퍼덕철퍼덕 잘도 걸어다니셨어유. 바닷물이 얼마나 짜고 염전 바닥이 또 얼마나 뜨거웠으면 고로코롬 살이 벗겨져나가겠유. 아버진 가죽 갈이 하난 참 열심히 했어유. 허연 가죽이 죽어서 너덜거리다 아픈지도 모르게 떨어져나가데유. 그 거죽을 벗기고도 다음 날이면 또 맨발로 걸어다녀유. 아버지 걸음은 늘 휘청휘청이데유. 하루는 아버지가 그럽디다. 소금 한 가마니 얹힌 목도(소금을 실어 나르는 대바구니)를 운반하면서 말여유.

"이 무건 걸 무신 힘으로 다 날르겠냐? 다 요령이 있어야 하는 뱁이여. 심으로 할라고 허지 말구 휘청휘청 춤을 추대끼 걷는 겨. 좌우로 흔들흔들, 거 리듬인지 뭐시깽인지 하는 거 있잖여? 그걸 타야 사는 겨."
나는 하루하루 수리차를 밟고 살아유. 아무리 밟아도 제자리걸음인 수리차 위에서 살쥬. 힘 좀 넘칠 땐 맨 위에서 빠르게 밟음서 산천경개 구경해가며 신나게 걷지유. 힘이 쪼깨 빠지면 고목에 매미 붙듯 수리차에 딱 매달려유. 그려유, 힘들 땐 한 발 한 발 리듬을 타면서 힘겹게 걸어야 살아유. 힘에 부치거나 딴생각하다 자칫 발을 헛디디면 큰일 나니께유. 시퍼런 해주구더리에 영락없이 빠지거든요. 수리차는 말이어유, 다람쥐 쳇바퀴 돌 듯 아무리 밟아도 한 바퀴 돌고 나면 어김없이 아래로 내려와유. 아버지 말씀처럼 힘들수록 리듬을 타야 되유. 이것이 내려갔으니께, 이제 올라가겄다. 이것이 올라갔으니께, 인자 조금 기달리면 다시 올라가겄다…… 춤추듯이 건중건중 걸어가야겄유.

나한틴 21세기가 불과 함께 왔유. 내가 붙박이장 첫 출발 주자여유. 아이디어와 기술까지 겸비한 이 장인 이영철이한테 IMF사태는 나락이었쥬. 불티나게 들어오던 계약이 97년 12월 이후 딱 끊겼유. 예약되어 있던 가구 납품도 끝나구유. 그래서 어찌저찌해서 소래포구에 공장을 차렸지유. 얼마 못 가서 공장에 불이 났어유. 옆 공장에서 붙은 불이 우리 공장까지 태웠유. 경찰들이 와서 묻데유. 화재 원인? 잘 모르겄다고 답했유. 바로 경찰차에 태우데유. 문이 덜커덩 잠기는 소리가 나구 말이어유. 아니지유. 옆 공장 사람이 피해를 입을까봐 내가 거짓말한 거유. 어찌저찌해서 옆 공장에 불이 나더니만 우리 공장으로 번졌다 하면 옆 공장 사람이 피해를 볼 줄 알고 그랬지유. 근데 이게 어찌된 일이래유? 내가 다 뒤집어쓰게 됐유.

참 인생만사 재밌어유. 그까짓 감정평가 하나 땜에 증명을 못 하게 되었다니께유. 화재가 말이유, 감정평가 받기 딱 며칠 전에 발생했유. 보상금이 안 나오지유. 처음 장만한 아파트를 몇 년 살아보지도 못하고 팔았유. 참 고향 친구가 1000만 원 빌려주데유. 그거 보태서 공장을 차렸지유. 인천 신천리 은행동이라고요. 붙박이 가구하고 소품을 맹글어 파는 디유. 근디, 이번에는 환경법이 문제였유. 가로 세로 높이가 1.5미터가 넘으면 도장시설 허가를 받아야 한다는 규정이 있다는디요. 그걸 우리가 어찌 알겠유? 뭐이냐, 전문가 영역이니까 믿고 맡겼쥬. 믿고 발등 찍히고 불 나고 보상도 못 받았유. 다 거덜내고 강화도로 왔유.

달 보고 오라고 했유. 한번은 강화도로 밤중에 친구가 찾아오는디유. 그거이 성일가구라고, 인도네시아에서 온 사람덜 여덟 명하고 일하쥬. 내가 공장장이유. 우찌됐든 친구가 여기 오다가 길을 잘못 들었다고 전화를 했는디유, 제가 그랬지유. "달이 오른편에 있어?" "가만있자, 그려 달이 오른쪽에 있네. 근데 그건 왜?" "달을 오른쪽으로 보고 쭉 오면 그 길이 맞어." "근처에 무슨 큰 건물 없어? 달 보고 오라는 놈 난생처음이다." 하 참, 큰 건물이 모양은 보이는디 생각이 안 나데유. 날마다 새벽 6시에 나가서 밤 11시 넘어서 돌아오니께 주변 건물 이름을 익힐 짬이 없었나 봐유. 목공 일이 머리를 곤두세우고 해야 돼유. 1밀리만 차이가 나도 안 되니께 바짝 집중하고 일하지유. 그러니께 중간에 누가 전화해서 물어보면 생각이 잘 안 나유. 최근까지만 해도유, 일요일엔 딱 한 번 쉬었유. 그야말로 죽도록 일하며 살았쥬. 일이 바쁠 땐 집사람도 와서 도와줬쥬. 밤 11시쯤 오면 집사람이 밥을 안쳐유. 하기사 집사람이 아니네유. 나보다 더 밖에 많이 돌아댕기니께. 12시 다 되어 야식을 먹지유. 약 먹고 자면 밤새 앓는 소리를 낸다고 하대유. 잠결에 여인의 깊고 깊은 품속으로 파고들어 앓다가.

얼마 전에 큰 수술을 받았유. 항문 근처에 암이 생겼대유. 인공으로 다 항문을 해서 달고 다니지유. 근데 말이유, 이런 놈이 말여유. 웃고 다녔어유. 날마다 새벽에 나갔다 한밤중에 들어오고 그렇게 살다가 말여유, 집에 일도 안 하고 가만있으니께 이게 무슨 꿈이래유? 하는 일도 없이 거실을 왔다 갔다 하면서유, 히죽이죽 웃었지유. 지도 모르게 말이 밖으로 나갔는가 봐유. "일 안 하니께 이렇게 좋은 걸. 하이고 좋다. 참 행복허다"

소리가 나가니께, 집사람이 지청구를 하대유. "당신 속도 참 조오타. 그걸 달고 다니는 인사가 뭐이 그렇게 좋다고 웃어요, 웃기를?" 그래도 내가 웃고 다니니께 그 사람도 따라 웃어유. 내가 그 판국에 울어야 쓰겄유?

딱 하나씩만 현미경 들고 사는 시상 아니유? 분업이라고 하대유. 기술자는 많은디유, 장인은 별로 없어유. 장인(匠人)이 뭐냐고요? 그야 나무 다듬고 물건 하나 맹글 때마다 정성을 다하는 기 장인이쥬. 거 뭐이냐? 창조하는 마음으로다 혼신의 힘을 쏟는 거이 진짜 장인이란 말이어유. 기능공과 장인은 하늘과 땅 차이쥬. 삶도 마찬가지유. 기술자로 사는 것과 장인처럼 정성으로다 마음을 모으는 삶은 영판 다르쥬. 사는 거이 긴 터널 같은 때가 있지유. 끝날 것 같지 않은 긴 터널 말이유. 우찌게 터널을 통과하느냐고유? 한 발 잘 걸으면 돼유. 더듬거림서도 바로 한 발 앞만 보고 걷는 거쥬. 이 발 끝에다 혼신의 힘을 다해서 말이유. 내가 진짜 바본지 아남유? 이제껏 야그를 콧구멍으로다 들었댜? 우찌 막막해질 때가 없었겄이유? 고생해도 돈벌이는 안 되고, 그렇다고 하던 일을 놓을수도 없고 몸땡이는 병들고…… 뭐 우찌겄유? 그래도 받아들여야쥬.

내가 세상에서 제일 존경하는 사람이 우리 어머니에유. 나는 잘해봐야 나무나 만지는 목공이지만 우리 어머닌 인간 장인이쥬. 엄마 이름은 '아가다'유. 독실한 천주교 신자지유. 농사짓고 혼자 살아유. 우리 어머니가 사는 집은 참 기이하고도 수려하고도 기품 있게 생긴 소나무가 척 허니 서 있어유. 충남 당진 장승백이 집서 혼자 사시는디, 도지로 두어 마지기 농사지어유. 그래도 우리 어머닌 마음만은 누구 못지않게 부자여유. 어머니가 유난히 꽃을 좋아하쥬. 우리 어머니가 뭘 잘 안 사는 양반인디유, 꽃씨만 보면 무조건 사신다니께유. 성당 주변에도 뿌리고 길에도 뿌리고 그러지유. 꽃씨를 뿌려도 꼭 당신 집 안마당에만 뿌리지도 않아유. 왜 길에다 뿌리느냐고 했더니요, "꽃이 이렇게 이쁜디, 나만 볼 수 있간디요? 길가에 심궈야 지나가는 사람도 꽃 보고 좋아할 거 아녀유?" 그러시대유. 한번은 크리스마스 무렵에 성당에 다녀오시던 길에 구세군 냄비 앞에서 한참 망설이다 500원을 냄비에 넣었대유. 그 500원이 아마 그날 당신의 차비였을 거유. 어머니는 함께 집에 가던 동네 할매들한테 시장에서 살 게 있다고 거짓말 하고는 20리 길을 걸어오신 양반이에유. 꽃씨를 길에 뿌리는 것까지는 좋은디 걱정이유. 어머니가 인자는 밭에도 배추 안 심고 자꼬 꽃씨만 뿌릴라고 하니께.

　뭔다고 그 양반은 그라고 어려운 걸 되라고 했으까유? 아, 그랬잖아유? 예수가 소금과 빛이 되라고유. 진짜 소금 되기가 얼마나 어려운지 알아유? 정성스레 이녁 몸 움직여 수리차를 밟아야쥬. 빛도 도와줘야쥬. 아, 당장 앞이 아무리 안 보여도 빛을 잃지 않아야 되쥬. 지는 빛도 소금도 아니쥬. 가진 게 있나, 배운 기 있나, 몸땡이가 튼튼하나…… 없으니께 누구 도와줄 처지도 안 돼유. 하지만 지는 말이여유, 속마음은 진짜 소금이 되고 싶어유. 소금이란 게 말유, 하나도 버릴 게 없어유. 바다를 그대로 속에다가 딱 품어갖고 고갱이가 되어버린 게 소금이지유. 반짝반짝 얼마나 이뻐유? 나 살기 어렵다고, 나 아프다고, 세상이 썩었다고 빛을 잃어버릴라고 허면 지가 타일러유. '영철아. 니 그라믄 안 된다. 기운 내자, 웃자 영철아, 그리고 다시 기운내서 걸어가 보자, 영철아……' 지금 지가 아파도유, 보글보글 된장찌개도 끓이고 고실고실 밥도 하고 하늘도 보고, 오늘 하루도 삶의 수리차를 돌리겠유. 휘청휘청 걷다 보면 저기 어디선가 소금빛이 반짝반짝 할 것이니께.

나는
아직도
책을 먹는다
아벨서점
곽현숙傳

1950년 인천에서 태어난 곽현숙 씨는 1974년부터 인천 배다리 헌책방 골목에서 아벨서점을 운영하고 있다. 몇 년 전부터 책방 옆에 '시가 있는 다락방'을 손수 만들어 시인을 초대하여 대화를 나누며 독자가 읽어주는 시낭송회도 한다.

"내 화두는 '종이를 버리지 말고 주워라' 야. 이게 초등학교 종례식 때 배운 표언데, '버리지 마라와 주워라, 이게 과연 무슨 차일까?' 생각하고 다녔어. 배운 게 없고 씹어 먹을 게 없으니까 5년 10년 버리지 마라 주워라 표어조차 씹고 다녔어. 야학 좀 다녔다 해도 여유가 없으니 책 볼 생각도 못해. 씹어 먹을 게 고달프면 길바닥에서 뒹굴었어. 사람한테는 배고픔만 있는 게 아니야. 마음 고픔이란 게 있어. 채워져야 할 게 채워지지 않으면 먹어도 먹어도 줄창 고픈 거야. 젊을 때 책 몰랐을 땐 내 몸이 내 생각을 좇아다녔어. 흡수할 게 없고 먹을 게 없으니 365일 가게를 열어놨던 거지. 여기 배다리서 37년 동안 책하고 살았어. 내내 여기서 헌책만 팔았어. 휴일이 없었어. 도저히 문을 못 닫아. 작년부터 휴일이라고 붙여놓기는 하는데 확 닫고 집안 정리한 지 몇 년 안 됐어."

"헌책방은 정말 생수가 흐르는 곳이야. 사람들 마음
에 고여 있고 잠겨 있던 것들이 흘러 들어오는 곳
이 바로 여기야. 이거저거 떠들어 보다 한 권 사 들
고 가든, 뛰어놀다 가든, 충분히 잠겼다 가라고."

나는 6·25 전쟁둥이야. 전쟁통에 태어난 지 두 달 만에 아버님이 월북하셨어. 전해 듣기로 책에 단단히 미쳤던 분이었대. 아버지는 사진으로밖에 뵌 적이 없어. 한때는 집안을 풍비박산 냈으니 원망도 했지. 근데 책하고 살으셨다는 아버지처럼 나를 살게 한 것도 책이고, 사랑 신앙 삶의 가치…… 그런 귀한 거를 배운 것도 결국 책이었어. 난 인천에서 태어나 줄곧 인천에서 살아온 천상 어진내 사람이야. 송림초등학교 마치고 어머니를 찾아 강화 교동도에 내려갔어. 아버지가 월북해버리자 딸 둘을 친가에 맡기고 어머니가 재가하셨거든. 교동도는 옛날에 인천에서 아홉 시간 배를 타고 가야 하는데, 구름 없고 화창하면 이북도 보여.

교동도에서 스승 둘 만났지. 한 분은 아무것도 모르는 내게 인의예지신과 영어를 가르쳐주신 목사님인데, 한참 마음이 고프던 시절이니까 아버지 대신 책에서 길을 찾게 해주셨지. 또 한 분은 평생 밑받침이 되는 '살아 있는 지혜'를 가르쳐주신 분인데, 나한텐 의붓아버지야. 평생 농사만 짓고 사셨어도 아주 지혜로운 분이셨어. 늘 중학교 못 보내는 걸 가슴 아프게 생각하시고, 덧셈 뺄셈도 제대로 모르는 어린것 앉혀두고 당신 경제를 소상히 말씀해주셨어.

"아가, 잘 들어봐라. 쌀이 열두 가마 나는 중에 들어간 경비를 충당하기 위해선 어째야 되겠냐? 보리를 심어 보충해야지. 또 보리에 드는 경비는 어떡할까? 그건 감자를 심어 보충하고……. 자, 곳간도 비고 먹을 것도 없을 땐 어떡하면 좋겠냐? 그래. 마음을 합쳐 나눠야지. 굶는 사람한테 쌀 한 줌씩만 내놔도 금방 한 말 되지? 그게 일조(一助)란다. 자, 니 앞에 통장이 있다. 니가 초등핵교 졸업하고 받은 저금이다. 이걸 어떻게 키워가야겠느냐? 이게 얼마 안 되지만 '니 경제' 니까 어떻게 할까?"

그러구선 아버지가 병아리 몇 마리 안겨줘. 그날부터 그분이 만들어준 틀에 병아리를 넣어 산에 올라가 풀어놓으면, 닭들이 막 날아다니고 제멋대로 놀다 점심때 먹이를 주면 다시 날아와. 하지만 중닭이 되면 그걸 팔아야 한다는 현실 앞에 고민을 하게 돼. 그때는 아팠지만 현실에 살아야 한다는 것과 이상을 구분하는 법을 배운 거지. 그 닭들을 팔아 돼지를 사는 것까지 보고 왔는데, 그다음에 그분은 돼지를 팔아 송아지를 샀다고 하네. 그분은 사람을 키워주고 기분을 북돋아줘. 겨울철에 아버지가 나무 하러 가면 어머닌 산등성이를 바라보다 당신 모습이 보이면 그제서야 군불을 때고 밥을 안쳐. 모락모락 김 나는 따순 밥 해드리려고. 남들은 의붓아버지라 삭막하게 말하기도 했지만 참 따스한 분이셨어. 살아가는 언덕 언덕마다 고마운 분들 참 많이 만났어. 그걸 평생 쓰며 사는 거 같아.

첫 직업은 월부 책장사였어. 그때만 해도 현금 거래가 없는 데다 깔아놓은 외상이 잘 걷히지 않던 시절이라, 까딱하면 월부장사들이 망하곤 했지. 한 곳에서 2년 일하자 다른 데서 오라고 하는데, 이상하게 자꾸 배반하는 거 같아 떠나지 못하고 있었네. 안내양 하는 친구가 데리러 와서야 친구들 따라 나왔지. 안내양 하면서 별의별 사람 다 만났어. 그때는 이해 못할 사람이라 생각했는데, 사람들을 들여다보는 눈이 생겼어. 내가 외골수인 성격인데 사람들 속에서 구르면서 사람들 마음을 헤아리는 능력이 조금씩 생긴 것 같아. 당시만 해도 중학교 못 가는 애들이 3분의 1은 되던 시절이었는데, 돼지우리 같은 기숙사에서 배 움켜쥐고 고통스럽게 살았던 결과가 지금의 우리 경제가 아니겠어? 시대 시대마다 희생자가 참 많아. 배운 사람들이 그 희생을 똑바로 가르쳐야 해. 그때 고생했던 친구들 보면 배웠든 못 배웠든 인간미 넘치는 삶을 살아. 사람이니까 사람 속에서 굴러내는 게 제일 귀하다는 생각이 들어. 그즈음 대학생이 가르치는 야학도 좀 다니고, 야간에 항도중학교도 좀 갔는데, 오래 다니지는 못했어. 이미 그때 내 속에 다른 게 꿈틀거렸나봐. 그러니 상식적이고 형식적인 공부가 마음에 안 차지. 내가 하루 종일 일하고 여기 와서 시간을 채우면 중학교 고등학교 나왔다는 거는 되겠지만, 이것이 내게 꼭 필요한가 회의가 왔어.

책은 나한테 '보석'이었어. 고생하는 중에도 한푼 두푼 모아 책을 사서 읽으며 스스로 내 마음을 키워갔으니까. 다 읽은 책들을 둘 데가 없어 교동도에 쌓아두고, 그 '보석' 때문에 마음 고픈 걸 버틸 수 있었지. 그러다 목재공장에서 일할 땐데 기계에 손을 다쳤어. 기어가 팍팍 돌아가는데 뚜껑도 안 덮여 있어서 봉변을 당했지. 열여덟 살. 한참 예민한 나이에 그랬으니 상처가 좀 됐겠지. 수십 바늘 꿰매고, 두 달 병원 다니면서 치료받았어. 아무래도 나이가 있으니까 아픈 것보다 마음에 상처가 남았겠지. 남한테 손 안 보여주고 웅크리고 산 게 한 10년 정도 될까? 내가 손을 너무 귀하게 여겼어. 그러니까 쳐버린 거야. 10년 동안 차고 시리고 저리고……, 이거 하나 다치고 얼마나 따냈는데……, 하나도 손해 안 봤지. 집에 걱정 끼칠까봐 외갓집에는 시골 엄마한테 간다 하고, 엄마한테는 외갓집에 있다고 하면서, 송림동 로타리 시장에서 호떡 장사를 했어. 거기서 시장의 생리에 대해 알게 됐지. 시장이라는 데가 입으로는 인심이 넘쳐나고 속으로는 자기 이익이 깐깐한 곳이구나, 싶었어. 내 나이에 이런 것까지 배워야 하나, 싶어서 7개월 하다 그만뒀어.

스무 살에 한 결혼이 아들 낳은 지 8개월 만에 끝났어. 나는 혼자 사는 목표를 세워야 했지. 아이가 배 속에 있을 때부터 헤어질 생각을 하면서 아이한테 많은 얘기를 해주었어. 그런데 별로 걱정은 안 했어. 열한 살 때부터 나를 버텨온 아버지 하느님이 내 아이에게도 함께하리라는 믿음이 왔으니까. 여지껏 나를 키워온 아버지는 너와도 함께 있다는 것을 얘기해줬지. 배 속에 든 아이한테 속삭인 거야. 하느님이 나한테 속삭이 듯이. 아이를 친가에 맡기고 나는 아이를 데려올 엄마로서의 조건을 만들어야 했어. 나를 보호해줄 곳이 아무 데도 없고, 여자 혼자 사는 게 만만치 않단 생각이 드는데, 이상하게 책방만은 나를 보호해줄 것 같고 키워줄 것 같았어.

30만 원으로 책방 시작했어. 74년이야. 스물네 살 땐데, 아는 언니가 30만 원 빌려줘서 그 종자돈으로 책방을 열었지. 당시는 꽤 큰돈이었어. 아무것도 없고 갚을지 못 갚을지 모르는데, 몸도 약한 나한테 결혼지참금을 선뜻 빌려준 거야. 이후 책방과 아버지가 내 삶의 전부였어. 하나도 내 맘대로 안 된 게 없어. 내가 뭘 할 것인가 어떻게 처신해야 할 것인가 그분이 다 일러주셨어. 어떤 사람들은 내가 너무나 힘들게 사니까 거기에 빠졌다고 그래. 하지만 그건 아니야. 오히려 그분 때문에 내 삶이 의미 있게 된 거지. '떡 주세요, 밥 주세요' 해본 적은 없지만 나는 알고 싶어서 사는 사람이고, 마음이 고프니까 밤새 뒹굴고 마음의 갈증 때문에 힘들 때마다 그분은 그걸 다 충족시켜주셨으니까. 사람들은 "고생했다", "한이 많겠다" 얘기하기도 했지만, 내게 고생이란 없어. 그냥 삶이야. 고생은 사람들이 생각하는 모양상이고. 그래서 고생했다는 생각 속엔 한이 묻어 있어. 그럴 때마다 참 미안하지만 '미안하게 살았구나' 하는 생각이 들어. "난 이렇게 고생했는데, 너희들은 뭐야?" 이건 한이야. 한은 승화되어야 하지. 삶은 남들이 보기에 어떻든지 간에 그 속에 들어가면 다 진지하고 의미가 있어.

내 반려는 평생 하느님. 언제 그분을 만났느냐고? 죽은 언니 대신 만났지. 나 여덟 살, 언닌 열한 살. 언니가 외할머니 댁에서 널을 뛰다가 떨어졌는데, 엄마 얼굴도 못 알아보고 2주일 만에 떠났어. 죽은 지 일주일 되던 날, 언니가 하늘로 올라가는 꿈을 꿨어. 나랑 한창 재밌게 놀다 "이

"'살아 있는 가슴에 살아 있는 글들이' 가 아벨의 표어야. 하늘에 머리를 두고 사는 게 사람이니 하늘이 그립고 마음이 고픈 거야. 목마른 누군가가 이곳에서 어떤 글을 만날지 모르니까, 좋은 책을 보면 또 사게 돼. 난 아무것도 안 해. 주인은 저들이 알아서 흘러가는 책이라 믿으니까. 난 노동만 맡아."

제 가야 돼" 그러더니 그냥 하늘로 올라가데. 한 번 가더니 안 와. 언니가 너무 보고 싶고 엄마도 옆에 없고 아버지도 그립고 누구랑 얘기할 사람도 없고……. 그러다 하느님은 부르면 바로 온다는 얘기를 우연히 듣게 됐어. 그래서 하느님 아버지를 불러봤지. 오시데. 그 뒤로 까딱하면 하느님을 불렀어. 변변히 학교도 못 다니고 부모 그늘도 잠시뿐이었잖어? 배운 것도 아는 것도 없고, 알고 싶은데 알 수가 없고, 내 작은 머리로 이해가 안 되는 게 너무 많아. 그럴 때마다 그분한테 물어봤지. 그러면 그분은 생각도 채워주고 바꿔주기도 하고 또 정확하게 묻는 법까지 가르쳐 줘. 그냥 내 속에 함께 사신 거지.

파도가 치면 거품이 이는데…… 사는 게 다 죄인데, 그 많은 거품을 어떻게 다 헤아려 고백해? 이 사람이 원하는데 저 사람이 아니라면 그게 죄지. 사람이 부딪치고 사는데 이 껍데기 자체가 다 죄고 말도 죄인데…… 이것이 날마다 파도치듯 나한테 쏟아져 들어오는데…… 내 안의 성자를 인정하지 않는다면 죄의 범벅에서 헤어나지 못해. 죄인은 자기 눈이 아니고 세상의 눈이야. 내 안에서 확실한 이유를 향해서 나아가야 되는데, 거 사람들이 도덕적인 예수를 만들어버렸어. 예수는 내 안에서 같이 살아나야 되는 꿈틀거리는 생명이야. 죄에 걸려서 우리 삶이 계속 불편해. 혼으로서의 사람을 보게 한 게 예순데, 그깟 10원짜리 20원짜리 죄라 이름붙인 딱지를 감시하고 단속하는 째째한 분이 아니라고. '그리스도는 살아계신 하느님의 아드님이십니다' 할 때는, 내 안의 예수를 보라는 거거든. 복제된 그리스도 틀에서 벗어나서 말이야. 예수를 미화하고 올려버리고 하는 게 아니라, 가운데로 끌고 가야 해. 내가 먹고 잠자고 똥 싸는 데 그가 있는 거야. 인간은 물건이 되는 거 싫어해. 아무리 위대하고 높아도 내가 누구한테 물건이 돼가지고 경배해야 된다는 건 없어.

아직 겹겹이 껍데기를 둘러서 불편할 때가 많아. 한때 내가 폐쇄되어가는 거를 몸으로 느꼈어. 56주를 거르지 않고 나를 완전히 고백하는데 어느 날 쑥 빠져버린 거야. 내 나이 쉰에. '이제는 당신이 어떻게 하는지 볼게요.' 그 후 10년은 최고의 삶이었어. 남의 보너스 값도 안 되는 것 가지고 내 육신이 자유롭게 움직이는 반경대로 살았어. 욕심이 있다면 그 자유를 전이시켜주고 싶은 거야. 여자 남자 세계를 벗어난 게 쉰 살이야. 그때까지 육체 구부리고 살았어. 날 구속시키고 치고 밟고……. 사람으로 태어난 게 쉰 살이니 이제 내 나이 열두 살이네. 자기를 사랑하는 만큼 자유로워지는 거야. 내 안에 시기 질투 욕심, 이런 게 생기면 얼마나 좋은지 몰라. 내 속에 있는 거 가지고 막 논다니까. 이렇게 애가 됐어. 내 안에 이런 게 있구나, 신기한 거지. 내 안에 생기는 건 좋든 궂든 다 먹거리야. 굴려보고 들여다보고 맡아보고 하나도 안 밀쳐내. 그게 뭔지

갈 때까지 가보는 거야.

인간은 누구나 자기가 자기이길 원하는 게 있어. 두 살 때 친가에 맡긴 아이를 초등학교 때 데려왔어. 아이 키우면서 세상을 보는 눈도 넓어지고 어린 아들한테 배운 것도 많아. 젊은 세대도 이해하게 되고, 무엇보다 인간은 누구나 스스로 키워지는 능력이 있다는 걸 깨달았어. '그 아이 환경이 어떻습니까?' 나는 그 아이가 처한 환경을 똑바로 바라보게 하고 싶었어. 물질이나 먹는 거, 메이커 사 입혀서 그 아이를 혼란시킬 수는 없었지. 외로움을 똑바로 알아야 하고, 스스로 서야 하고, 네가 지킬 건 지켜줘야 한다, 부족한 것이 우리를 키운다고 가르쳤어. 억눌리면 스스로 일어서려는 꿈틀거림이 생기고, 도전하고 발전하게 돼. 하나뿐인 귀한 아들이지만 경제적으로 절제시키고, 책임질 건 철저히 책임져야 한다고 생각했어. 2000원짜리 신발을 사 신겼더니 하루는 잃어버렸다며 실내화를 신고 돌아와. 모른 척하고 또 고만한 신발을 사줬어.

아들하고 불협화음이 좀 있었어. 어릴 때부터 같이 산 게 아니니까 그럴 수밖에 없지. 중학교 2학년 때 아이가 성적표를 버리고 와 혼을 낸 적이 있는데, 그게 상처가 되었나봐. 나중에 그 일에 대해 일기 쓴 걸 보고 무릎 꿇고 사죄했어. "내가 잘못했다, 미안하다. 내가 사랑하는 방법도 모르면서 괴롭힌 거 같다"고 말했는데 놀라웠어. 내가 잘못했다는 한 마디가 그 아이를 얼마나 평화롭게 만드는지. 나중에 책을 통해 알았지. 인간은 모두에게 자기가 자기이길 원하는 게 있다는 걸. 아들을 사랑한답시고 소유하려 했던 거야. 일기장을 보면서 아이가 한편 반항한다는 게 좋았어. 반항은 사람의 기본이자 가능성의 시작 아닌가? 그래서 살아가면서 누구나 '나'를 선택할 수 있었던 거 아닌가? "단점이 보이면 그냥 미끄러져 버려라. 나 하나만 들여다봐도 나쁜 게 벅차게 많은데 남의 나쁜 점까지 새길 필요가 있느냐? 하지만 장점은 잘 기억해 봐라. 세 사람

이상 모인 곳이면 배울 게 있다" 그렇게 가르쳤어. 아들이 사회복지과에 진학해 장애아들을 돌보는 일을 하게 된 것도 그 때문인지도 몰라. 대등한 인격체로 만나면 사람 마음이 움직이잖아. 학력고사를 보고 아들이 의기소침해 있어. 대학에 가길 정말 원하는가 물었더니 고개를 끄덕여. 그래서 말했어. "어제까지 어떻게 살았든 오늘의 네가 중요하다. 사랑은 바라는 것의 실상이라 하더라. 네가 원하면 가는 거야. 가고 싶으면 가지는 거야. 네 몸 전체로 혼이 다 가는 거다. 이럴까 저럴까 망설이면 평생 못 가. 이게 내가 배운 예수의 사랑이다." 한참 후에 아이가 내 말을 이해하더라. 그후 20일 동안 열심히 공부하더니 합격하데. 중심으로 바라면 돼. 그래서 난 내 마음대로 살아. 원하는 것의 척도가 어디까진가, 그것이 정말 내 것이라 확신하는가, 그게 중요하지.

책 밖에서 책을 만났네. 스물네 살에 시작한 책방을 8년 만에 그만두고, 서른두 살에 다시 시작하기까지 2년간 공백이 있어. 배운 건 없고 '책방을 하려면 참 많은 걸 알아야 하는구나' 하는 두려움이 생겼어. 어릴 때부터 책방에만 있으니 고생도 세상도 다 모르는 사람이 되는 거 같고 해서 책방을 그만뒀지. 공장도 다니고 배달도 하고 집 짓는 데 가서 일도 하면서, 2년 동안 현실 한복판에서 걸어 다니는 책들을 만났어. 그때 피해 다니던 집안 대소사도 다 맡아 하고 마지막엔 식모도 살아봤어. "밥도 잘 못하지만 하고자 하는 마음이 있어 왔습니다" 했더니 주인장 내외가 막 웃데. 한 50일 부엌에서 생활하면서 참 행복했어. 부엌이란 게 마음만 있으면 최저의 가격으로 최고의 음식을 만들어낼 수 있는 곳이더라. 그걸 연구하느라 재밌게 지냈지. 하지만 갇혀 있는 삶이 얼마나 고통스러운지, 그게 식모 사는 이들의 아픔이란 것도 느꼈어. 책이 사람을 도와야지 사람이 책에 매이면 안 된다는 것도 현실과 부딪치면서 깨닫고.

이 세상에서 행동하게 하지 못하는 거라면 사상이 아니라는 것도, 무엇보다 인간은 겉모습만 보고 판단해선 안 된다는 것도 절실하게 느꼈어. 책은 필요할 때 만나는 친구가 돼야 해. 그렇게 친구를 만나면 얼마나 재밌어?

집 짓는 노가다 일 하다 「감자」도 만났네. 책 속에 있는 그대로가 노가다 판에서 벌어지더라. 나는 여덟 시간 열심히 일해서 품삯을 받는데 어떤 아줌마들은 감독한테 잘 보여서 설렁설렁 일하고 챙겨 가드라구. 그걸 보고 어찌나 재밌던지, "어, 감자가 여기 있네" 하고 웃었어. 책 속에서 만난 일이 현실에 있고, 현실에 있는 일을 책 속에서 만나. 책이 생활과 맞물리지 않으면 죽은 책이야. 소화도 안 된 책을 먹고 휘둘리고 살면 안 돼. 자기도 행하지 못하는 사상이 무슨 사상이겠어? 사람이 책을 먹어야지 책이 사람을 먹으면 곤란하지. 자기도 행하지 못하는 수많은 잣대를 남한테만 들이대게 만드는 생각만의 지식이 되어선 안 돼. 작은 사건 하나를 봐. 다 내 속에 있지. 나 편하자고 하면 강도, 살인 다 할 수 있어. 우리는 맘속으로 수없이 살인하며 살아. 거기서 벗어날 수 있는 사람이 누구일까? 많이 배운 사람일수록 고고하게 살인을 해. 현실의 살인자는 교묘하지 못해서 살인하는 거야. 몸으로 사는 사람들이라 일이 거칠고 힘드니 밥 먹듯 욕하고 싸워. 있는 대로 성질내고 욕하고 싸우는 사람은 다듬을 수 없는 세상에서 살아왔기 때문이야. 실제 마음속은 누구보다 아름답고 순수하다고. 겉만 보고 그들에게 손가락질해선 안 돼. 그때부터 나는 아무것도 판단하지 않게 됐어.

공장 다닐 땐데 한 아줌마가 계속 졸아. 나중에 알고 보니 남편하고 좀 그렇대. 그때 하루 일당이 2000원인데 그걸 벌어다 밤새 춤을 추고 공장 와서 조는 거야. 발바닥에 땀이 나도록 춤을 춰야 한다는 것도 그렇고, 그렇게라도 해야 살겠다는데…… 얼마나 외로우면 그러겠어? 책방

"시는 잘 모르지만 좋아해. 사람 속에 꼬물꼬물 하느님이 움직이시는데, 시가 그것을 건드려주잖어? 시 속에서 퐁퐁퐁퐁 하고 올라 올라가 그 기호가 터질 때마다 우주의 음성이 터져 나와. 시 하나도 몰라도 그거 한 점 얻어먹는 접선 장소야."

돌아오기까지 여기저기 떠돌면서 사람들이 너나 할 것 없이 외롭구나, 하는 생각이 들었어. 식모 살던 집에서 『백범일지』 읽고 용기가 생기데. 너무 아는 게 없어서 내가 도망 다녔다는 걸 깨달은 거야. 삶은 알아서 하는 게 아니고 깨어야 한다는 신념이 중요해. 그 마음으로 자락을 펴놓으면 자기 양식은 각자가 알아서 찾아가지 않겠어? 김구가 그랬다잖아? 알아서 배우라고 펴놓고 도망가고 펴놓고 도망가고. 책을 덮으면서 '그래, 많이 알지 못한다고 두려워할 필요가 없겠구나. 나는 자락만 펴놓자. 오로지 내 노동으로 묻혀서 나는 완전히 없어지고 책만 살아나게 하자. 진짜 외롭고 목마른 사람들이 찾아와 쉴 수 있게 하자' 그러구선 두 달만에 다시 책방으로 돌아왔어.

한번은 동그라미랑 네모랑 휙 지나가. 책을 정리하는데 한 사람은 목발을 짚고 한 사람은 예사스럽지 않은 눈빛이야. 눈이 좀 무섭고 날카로워. 일을 계속하는데 그 센 눈빛 가진 동그란 사람이 가게로 쑥 들어와. 그러더니 "엄마, 책 하나 주세요" 하는 거야. 바로 그 순간 내 속에서 상이 딱 없어졌지. 바로 앞에 성경이 눈에 들어오데. 성경을 줬어. 그때 목발 짚은 네모난 사람이 그래. "우린 오늘 아침 뉴스에 나온 사람입니다. 교도소서 오늘 아침……, 우린 죄인입니다." 나도 모르게 말이 나가. "이 세상에 죄인 아닌 사람이 어딨소?" 그랬더니 네모난 이가 그냥 주저앉아버려. 이런 소리 어디서 들어보지 못했다는 거야. 이런 대접 받아본 적이 없다는 거야. 너무 당황스러워서 일으켜 세웠어. "그런 데 매이지 마라. 갔다 온 사람이나 안 갔다 온 사람이나 다 똑같다." 셋이 서로 눈을 쳐다봤어. 동그란 이도 네모난 이도 나도 굳은 게 팍 펴졌어. 셋이 다 똑같은 사람이 됐어. 길쭉한 사람이 저도 한 권 주래. 주간지를 줬어. 책을 하나씩 들고 네모랑 동그라미가 얼굴이 확 펴져가지고 쌩하니 나가더라고.

그들은 쌩하니 나가고 나는 내 자리로 다시 돌아와 책을 정리하는데, 무슨 느낌이 확 지나가. '아, 그분은 기막힌 연출가시구나. 이 짧은 5분 10분 쌩하니 만났다 한마디 주고받고 눈 마주치고 다시 자기 자리로 가게 하다니.' 내 행동에도 내가 놀라. 의도한 게 아니니까. 하, 잠깐 새 멋진 연출이 이루어졌구나. 얼마나 외로우면 그런 그림이 만들어지냐고? 잠깐 사이 무릎 꿇어지고 울어지는 게 뭐냐고? 그의 메시지는 어떻게 오는가? 그 짧은 순간 그들의 입을 통해 왔구나, 한 사람이 무릎 꿇었지만 결국 세 사람이 꿇은 거지.

'아, 당신은 이렇게 도래하는군요. 이렇게 멋지게 연출하고 각색하고, 우린 기막힌 연기자가 되어 이렇게 가고 있군요. 계획도 의지도 없이 한순간 만나서 뜨득뜨득 짠하고 한판 벌이다 자기 자리로 돌아갑니다.

그게 당신의 연출이 아니고 뭐겠습니까? 연극 후 느낌마저 당신 메시지 군요. 우리는 사랑 속에 있는 한 개의 달란트(유대인들이 쓰던 화폐 단위. 타고난 재능과 소명을 뜻한다), 누구도 빼앗아갈 수 없는 한 달란트, 그것이 당신 세계의 공평성이자 살아 있는 것의 중심 맥박이군요. 우리들은 모두 무한하게 펼쳐진 1달란트의 빈방. 상하좌우가 될 수 없군요. 1 더하기 1 더하기 1 더하기 1은 1이군요. 끊임없이 하나 속에 하나를 더해도 하나군요. 하나가 다른 하나에 서로 건드려져서 상기되는군요. 무한히 연결된 하나일 뿐인 신의 통로군요. 이 1달란트 속에 다 있군요. 우리 모두는 이 1달란트로……. 아! 그랬군요, 아! 그래지이다, 수없이 중얼거리면서 걸어가는군요. 당신은 모든 걸 넘어 당신의 비밀을 알게 하는군요. 그 방은 맨날 비어서 빈 방에서 쉬면서 당신과 가깝게 키워가는군요. 어떤 슬픔이든 아픔이든 그 빈방에서 여과되고 투명해져서 빈 방으로 다시 돌아가게 하는군요.'

시가 있는 작은 책길인데, '배다리 시다락방'이라고 여기서 한 달에 한 번 시 낭송을 해. 2000년부터 나무 사다가 직접 만들었어. 여기 하나하나 책장이랑 나무 계단이랑 책방 일하면서 틈틈이 만들었어. 시는 잘 모르지만 좋아해. 사람 속에 꼬물꼬물 하느님이 움직이시는데, 시가 그것을 건드려줄 때가 많잖어? 심도가 낮든 깊든 상관없이 순간순간, 그것에 제사를 지내. 시 속에서 순간순간 퐁퐁퐁퐁 하고 올라 올라가 그렇게 높이 많은 게 올라가는 순간을 경험해. 사람이 많이 오건 안 오건 신경 안 써. 시의 자장만 있으면 기호를 넘어선 세계의 것이 유입되니까. 시인을 모신다는 건 접선이야. 여긴 접선 장소고. 그 기호가 터질 때마다 우주의 음성이 터져 나와, 각자 속에 있는 자기 근본을 건드리지 않겠어? 시 하나도 몰라도 얻어먹는 게 있어. 아무것도 모르는 사람이 그거 한 점을 얻어먹네. 그거 세상 법으로는 안 돼. 한번은 어떤 시인이 여자 너무 좋아한다고 욕하길래, 내가 그랬어. "그 사람은 자기 안에 흘러 다니는 사랑을 주체할 수 없는 사람이다. 스킨십으로 통하는 줄기를 잡기 위해 자기 몸에 오는 파장을 붙잡는 거다. 그렇게 신들리지 않으면 시를 쓸 수 없다. 그건 도덕성과 아무 상관이 없다." 한번은 어떤 분이 들어오는데 글쎄 시가 뚜벅뚜벅 가슴속으로 걸어 들어오더라니까. 그날 시를 느끼면 그날은 누구나가 다 시인이야. 아무리 오래 시를 썼어도 자기를 세워버리면 시가 흘러들어가지 못해. 듣는 이도 마찬가지지. 내가 나를 뭐라고 세워버리면 시가 이리로 왔다 저리로 그냥 가. 빈방끼리 만나야 진짜 접선이 돼.

술에 찌들어서 고주망태가 되어갖고 여기 와서 맨날 우는 녀석이 있어. 배는 고프고 막걸리 있으니까 가서 먹고, 몸은 비직비직거리고, 눈은 찔찔거리고. 한 달 월급이 160만 원인데 글쎄, 100만 원에 여자 셋 가고 돈 줬대. 말도 안 되지만 사람이 하는 짓인데 인정할 수 있잖아, 아직 젊은데. 얼마나 고되면 그렇게 울 수 있냐고? 사람이 어떻게 그렇게 울어질 수가 있냐고? 그 울음을 누가 들을 수 있다면, 누가 그 저릿저릿한 가슴을 안 만져줄 수 있냐고? 술의 힘을 빌었건 뭘 빌었건 그 울음이 기도지. 내가 그 애한테 그랬어. "너 기도가 뭔지 아니? 거 찐찐하게 우는 게 기도야. 사람이 어떻게 그렇게 울어질 수가 있냐." 자기 몸을 갖고 이리저리 뒤적여보면서 걸어가는 그 짓이 기도 아니겠어? 눈 하나 얻으려고 수많은 눈을 쳐다보면서 애타게 스킨십 하면서 비적비적 다리에 힘도 없이 비실비실 가지만 진짜 자기를 향해 가는 거야. 균형이 안 잡혀도 하나의 눈은 자기를 보고 가. 비틀거리며 가든 똑바로 가든 움직이는 몸과 눈 속의 나를 향해 가는 게 기도가 아니겠어?

'애 썼어' 하고 그냥 봐주는 눈, 그거 하나만 마주쳐도 비가 내려지고 영양분이 섭취돼. 그게 각색해서 되는 거겠어? 그냥 그래지는 거 아니겠어? 대상을 향해 걸어가지만 자기 안에서 뭔가 자라가고 눈을 얻어가는 과정이지. 밖을 향해 걸어가지만 안에서 큰 작용이 일어나. 밖에서 사건을 불러일으키고 아픔을 일으키고 그렇게 돌고 돌고 겪어내며 앞으로 걸어가게 하는 거야. 다 자기 안에 씨앗으로 인해서 일어나. 당장은 옴팍 거기에 자기를 내주고 죽을 것처럼 슬프고 외롭고 아프고 치이고 다치지. 그 과정에서 알맹이가 발아되고 키워지는 건데, 내가 왜 슬퍼하고 불쌍해하겠어? 찐찐하게 우는 그 사람은 박수 받아야 할 사람이야.

누구를 향해 우느냐고? 안 보이는 자기를 향해서지. 확연하게 보이면 눈물이 그치는데, 하염없이 눈물이 나오는 것은 그리움 때문이지. 결국은 자기를 향한 연민이지만, 바로 그게 진짜 자기를 향한 지향심이야. 저마다 사연이 다르고 우리 모두는 왜 그렇게 울어지는지 몰라. 하지만 진짜 살고 싶은 자기 생명의 통한이라는 점에선 다 같아. 일생이라는 무대 안에서 누구나 그런 몸부림으로 살아. 의식이 닿지 않은 자기에 대한 그리움 때문에. 눈물은 진짜 자기를 살고 싶은 고백이지. 당장은 보잘것없어도 신이 자기랑 똑같이 만들었다는 바로 그 자기 아니겠어? 잘 알지는 못하지만 모두들 그러고 있더라. 빌미를 잡아 우는 대상이 다 다르긴 한데, 더 진한 것은 결국 자기 그리움의 통한이더라. 그렇게 울면서 가나 그러지 않고 가나 결국은 똑같이 가더라고.

저 생긴 대로 살아주는 거야. 내가 생명이기 때문에 아버지를 향해서 가기 때문에 진정 아버지한테 안기면 그땐 내가 아이가 돼. 아버지 앞에선 모든 걸 다 드러낸 아이야. 누구도 아이로 돌아가지 않으면 순수한 지향심이 일어나지 않아. 우는 게 아니야. 그냥 울어지는 거야. 이성으로 생각해서 그렇게 울어지겠어? 생각으로 사람이 그렇게 절절하게 울어지느냐고. 대상을 잡고 그리 진진하게 우는데 아버지가 잘못한다고 나무랄

수 있어? 너 잘못 산다고 하겠느냐고. 그 애절한 슬픔이 진짜 자기를 향한 그리움인데 울든 어쨌든 신을 향한 발로인데, 그렇게 슬퍼 몸부림치는 게 그 사람한텐 기도야. 절실한 게 기도지.

　그림을 통째로 읽었네. 최욱경이라고, 내가 좋아하는 화가가 있어. 시꺼멓게 뚜껑이 있으니까 아무도 책을 안 가지고 가. 하루는 주저앉아서 처음부터 끝까지 다 봤어. 그림을 아주 통째로 읽었지. 노랑 빨강 파랑 막 섞어서 휘몰아치는데 어떻게 사람이 그렇게 끝까지 갈 수가 있냐고……? 나이 40에 요절했지. 그가 가는 길, 내가 가는 길, 모양새는 다르더라도 나는 그 사람 속에서 최고의 것을 봐. 그가 지향해가는 뭔가에 취하는 거야. 그 사람은 동그라미고 난 네모인지도 몰라. 난 어릴 때부터 책만 읽었어. 그림이고 음악이고 다 읽어버려. 그리고 읽은 대로 책이 가자는 대로 살아.
　원 없이 사람 만났네. 1년 350일만 쳐도 37년이면 1만 날이 넘어. 많이 올 땐 150명, 적게 올 때는 50명 정도가 책방에 와. 그러니 얼마나 되나? 10만 명이야. 바로 여기 이 자리서 10만 명을 만나고 살았어. 나는 거지 나사로(신약 성서에 나오는 인물. 가난과 고난의 생활을 하다가 죽었지만 예수가 환생시킨다)처럼 끊임없이 고픈 사람이잖아? 쌓아둔 게 없으니까, 항상 거지처럼 앉아서 먹을 게 들어오길 기다리잖아. 어제를 담고 있지 않기 때문에 오늘이 늘 비어 있고, 맹탕으로 오늘이 있기 때문에 부자잖아? 수천 황금이 들어오더라도 그게 진짜 있는 게 아닌데, 여기선 공평하게 나눠줄 수 있잖아? 책은 그냥 주지 않아. 보고자 하는 자는 어떡해서든 본다고. 애써 찾아서 본 것보다 귀한 건 없어. 빙글빙글 돌면서 고민하면 "책 보고 싶은 맘 하나만 있으면 그 손을 잡아댕기는 책이 반드시 있을 거야. 그걸 잡아서 머리말부터 읽어봐라" 이렇게 말해.

"네 속에 음악이 없어졌니?" 음악하다 좌절한 청년한테 그랬어. 환경 때문에 음악을 더 못 하고 일류에 치여 좌절한 청년한테 내가 그랬어. "정리되지 않은 모습을 보여줘서 고맙다. 내가 어쩌지 못하는 나를 보게 해줘서. ·대들보가 쑥 빠져나가 자유롭다. 니가 음악의 틀은 잡아놓았잖아. 나는 말야, 옛날에 미술을 하고 싶은데, 하늘이 미치도록 좋아서 그리고 싶은데 못 했어. 그래서 나는 몸 전체로 그리자 생각했지. 그리고 10년, 20년, 30년, 여기 서 있잖아. 그림을 보면서 작가랑 대화하고 있잖어? 네 속에 음악이 없어졌니? 니 몸에 있는 것 가지고 움직여봐. 온몸 불살라서 한번 해봐." 몸이라는 게 말야, 그렇게 신기한 거야. 날것 그대로 울컥 보여주는 게 또 시야. 칙칙한 지식의 터널에 갇히지 않고 사는 게 얼마나 좋아? 불은 그런 심지에서 타올라.

자유로 들어오는 책과 자유로 나가는 책 사이에 나는 중매쟁이 노릇만 해. 나 하나만 제대로 서 있으면 책들은 들어오고 나가는 게 자유야. 스스로 알아서 흘러가고 흘러오고. 주고 주고 또 줘도 열두 광주리 남는 게 그분의 사랑인데, 우린 한 개 가지면 두 개 가지고 싶고, 애착이 생겨 많이 가져도 주지도 못해. 하지만 그분의 사랑은 한 개를 주면 두 개가 돌아오고, 두 개 주면 네 개가 돌아와. 수없이 돌고 도는 사랑의 방법이 바로 오병이어(五餠二魚)의 기적이야. 주고 또 줘도 마음은 풍요로운 게 흐르는 사랑이고, 흐르고 넘쳐 열두 광주리 가득 넘쳐. 주고 싶은 대로 줘도 또 남는 그런 흐름에 몸을 맡겨야 해. '그 흐름에 맞춰 어떻게 춤을 출까?' '그래, 나는 책장사니까 책으로 춤을 춰야지.' 남아도는 책도 누군가에게 꼭 가. 그래서 우리 집은 천장까지 책이 가득해. 집도 입구에서부터 마루, 방 할 것 없이 책으로 그득하고. 먹고 남은 열두 광주리도 소중하단 걸 최근에야 느껴. 필요한 사람에게 가도 또 들어오고 남아도는 책도 누군가 필요할 때 친구처럼 딱 맞아떨어질 수 있어. 그래서 소중하게 잘 간직해. 그게 남은 광주리에 대한 내 해석이야. 지식은 정보를 통해서 알 수 있지만 가슴을 키우는 건 살아 있는 글이라고 확신하니까.

난 아무것도 안 해. 초점은 아버지한테 맡기고, 주인은 저들이 알아서 흘러가는 책이라 믿으니까. 난 노동만 맡아. 그러면 그분은 수없이 가르침을 주니까. '살아 있는 가슴에 살아 있는 글들이' 가 아벨의 표어야. 하늘에 머리를 두고 사는 게 사람이니 하늘이 그립고 마음이 고픈 거야. 어려운 중에도 힘을 내게 해주는 건 이것이 누군가의 양식이 될 수 있다는 거. 누군가의 그리운 마음이 만나고 싶은 글을 공급하는 게 내 책임이니까, 많아도 책을 또 사게 돼. 충분한 양식이 공급되어야 하니까. 언제 누구의 마음이 글 속에서 친구를 만나고 길을 만날지 모르고. 여긴 그걸 보충해줘야 하는 창고니까, 목마른 누군가가 이곳에서 어떤 글을 만날지 모르니까, 좋은 책을 보면 또 사게 돼. 사람들 비위도 잘 못 맞추는데, 최고 서비스는 좋은 책을 갖다 놓는 거라고 생각하고 그거는 열심히 해. 서울 거래처 사람들도 한 이삼십 년 된 사람들인데 말없이 인격이 통하는 사람들이야. 헌책이 마진율도 낮고 구입이 생각처럼 쉽지 않아. 하지만 뭔가 따뜻하고 부담 없는 그런 서점 하나쯤은 인천에 있어야지. 이 넓은 우주 속의 지구, 그 속에 우리나라 하고도 인천 배다리에 있는 나 하나가 작은 시민인데, 소시민, 그거 우습게 보면 안 돼. 소시민적 삶, 그거 하나라도 잘 살아주는 게 엄청 큰 거야. 어디 살든 각기 자기 분야에서 제대로 서 있으면 좋은 사회가 되지 않겠어?

시청 앞에서 왜 1인 시위를 했느냐고? 가게도 해야 하고 뭐도 해야 하고 몸이 몇 개라도 모자란데 왜 날마다 나갔을까? 나도 저 가게 팔면 먹고살 수 있는데, 아무리 생각해도 이게 내 개인 책방이 아니야. 이게 없어지는 걸 내 가슴이 안 좋아해. 사람이 만나고 모이고 이 장소보다 더 좋은 게 세상에 없어. 수없이 세상에 많은 게 있지만 난 책장사이기 때문에 나는 여기밖에 없어. 눈 뜨면 저절로 시청 앞에 나가지데. 이게 철거되면 나는 어떻게든 살거야. 하지만 시대를 슬퍼하겠지. 사람에 대한 그리움으로 떠는 모든 가슴들에게 미안하고. 사람 속에 얼마나 자기 그리움이 많은데……. 나는 비교적 거기에서 자유로워. 북경에 가든 서울에 던져놓든 나는 나고 어떻게 변하겠어? 아, 그렇게 생각했는데 말이야, 나도 갈 곳이 없데. 내가 사람으로 사람답게 사는 곳으로 만들지 않으면 나는 갈 데가 없어. 그 절박함이 더 큰 것이겠지. 한 10년 시골 가서 살아보면 또 땅 내놓으라고 할 것이고, 한 곳에 오래 있는 사람들은 어디 다른 데에는 폐쇄되어 있는 사람이야. 내가 그래. 가게에서 집으로 들어가면서 '아, 내 몸을 꼭 내줘야 하나', 아무리 포기하려고 해도 이 안에 있는 내가 슬퍼하는데……. 그 뒤부터 아무 생각 없이 닥치는 대로 하루하루 살았어. 무슨 재주가 있는 게 아니니까 보이는 대로 가지는 대로 갔어. 방법론도 없고 뭘 알아야지. 소리를 어떻게 내야 하는데, 구멍도 못 찾겠는 거야. 좀 잘 아는 사람이 있어서 종이로 써서 줬더니 그래. "어, 이게 시네요" 그러더라구. 그게 〈동부 선언문〉이야.

배다리가 나고 내가 배다리야. 산업도로가 생기면서 2003년부터 배다리가 철거되기 시작했어. 마음이 그냥 아파. 그냥 이럴 수가 있나. 평생에 이거 하나 산 건데……. 우리가 말이야, 치달아 가는 시대에 살고 있어. 아날로그는 다 없애고 뭔가 화려하고 편해지는 거 같은데, 사람들이 뭔가 힘들고 허전해서 산과 바다로들 나가잖아. 도시가 자기 숨을 못 쉬니까 나가는 거 아니야? 배다리는 인천 사람들이 뿌리로 느끼는 데야. 한 사람 한 사람이 모여서 무수히 참고 살면서 모든 것을 일궈온 우리 얼이 깃든 곳이야. 여기가 바로 철도길 하나 놓고 일본과 대치한 곳이고, 뭔가가 뭉쳐질 수밖에 없는 상황에서 3·1운동 때 목숨 걸고 한 달 내내 만세를 부른 곳이잖아. 송곳 하나만 갖고도 무장하는 정신으로 산 곳이 배다리야. 그것만이 아니고, 더 큰 게 있어. 다른 사람들의 문화에 크게 젖어 있지 않았기 때문에 우리 고유의 생태계가 온전히 살아 있단 말이야. 땅의 소중함을 아는 우리 선조들의 어떤 얼이 깃들어 있다고. 그 깊은 마음들이 잘 안 보여도 얼마나 소중한지. 그분들이 이론이 없으니까 뭘 안 남겨서 그렇지, 지식으로 알든 모르든 그 혼들이 고여 있는 건데, 그 소중한 어른의 땅을 예우하라 이거야. 적어도, 흘러온 100년과 앞으로 100년은 고리를 걸어주고 가는 게 예의 아니겠어?

이곳은 지치고 힘든 사람들한테 쉼터가 돼야 해. 눈길 한 번 주고 마음을 쉴 수 있어야지. 도시 한가운데 숨 쉴 곳을 마련해야 사람 사는 데지. 자연만 자연이 아니야. 이곳도 대단한 자연이야. 도시 사람들이 매번 풀이며 나무며 그런 우거진 자연을 볼 수 없다면 어떻게 되겠어? 사람 숲에서 사람의 향기가 끊이지 않는 환경이 바로 자연이고 여기가 바로 그런 데란 말이지. 우리가 가리고 사는 꼬질꼬질한 속에서 비린내 풍기고 살아온 걸 우리 아이들에게 다 묻어버리고 숨겨버리고 어떻게 살겠어? 쌀 지어놓으면 가져가고 콩깻묵 던져주면 그걸로 연명하면서 그렇게 수모를 겪어가면서 이곳이 만들어졌어. 그런 얼이 깃든 어른의 땅을 존중해줘야 해.

사람들이 사람 속에서 멀미를 해. 파장이 달라서 그런가, 사람이라는 게 대개 자기 기준으로 보잖아. 밀어내거나 당기거나 하는데, 말로 다 설명할 수 있는 게 아니잖아? 그들과 닿는 선이 미식거려서 웅크리고 책방에서 앉아 있거나 하고, 자기 틀을 많이 벗지 못하고 멀미를 하고 살드라고. 머리가 너무 까불면 재주를 부리려고 하니까 못 쓰는 몸이라고 하거든. 몸이 자유로워지려면 머리가 까불면 안 돼. 글을 본다는 것은 자기를 읽는 연습을 하는 거거든. 둥그런 나를 속속들이 들여다보는 게 진짜 독서인데, 이게 얼마나 독선적인 장사야. 드러내놓고 자랑할 일은 아니지만 부끄럽지도 않아. 나이 먹을수록 눈은 커지니까, 안의 눈은 점점 밝아지게 되니까 그게 다 보이드라고. 타협 못 하고 아닌 거 못 하고 내가 아직도 그래. 지금 세상이 나이 먹는 거 그대로 있게 하지 못하고 젊은이가 젊은 자리에 가지 못하고 미리 늙어버려. 아는 것이 삶이 되지 않으면 평생 자유롭지 못해. 난 멀미하면서도 여기서 그걸 들여다보고 살아.

살든 죽든 크게 다칠 것이 없더라. 뭐가 와서 툭 쳐도 내 안에 몽둥이가 있어야 다치지. 20대에 번개가 번쩍 치고 천둥이 크게 치는데, '천둥이 치는구나' 생각하는 내가 있어. 아무리 밖에서 크게 쳐도 꼼짝 않는 내가 있더라고. 그때 기도 많이 했지. 기도라는 게 내 안에 들어가는 시간이야. '너는 성경을 가졌니? 하나하나 사람 안에는 저마다 한 권의 성경이 있는데……' 나한테 물어봐. 이 동그라미가 나라면 영혼이 가운데 있어. 정신이니 지식이니 하는 바깥에 있는 나는 작은 나고. 이게 나라면 손바닥 합치듯 이렇게 합체되는 거야. '아버지가 내 안에, 내가 네 안에, 네가 내 안에, 내가 아버지 안에.' 그리스도가 십자가 지기 전에 간절하게 말했지. 몸에 온 걸 갖고 그대로 얘기했어. 있는 그대로 말한 거야. 들어오는 메시지를 몸으로 가져가야 해.

세상이 다 휩쓸리는 쪽으로 가고, 뭐가 지켜져야 하는지 기준도 없고, 너무 아니다 싶을 때 혼란스럽고 아파. 개개인이 주는 상처 같은 건 별로 없어. 세상이나 정치 돌아가는 모습이 더 힘들지. 옛날에 '장영자 사건' 나면서 하루 한 끼 100만 원 얘기 나오고 할 때 예배 보고 싶은 생각도 안 나더라고. 그냥 멍하니 앉아 있었어. 당신이 계시다면 어떻게 이런 일이 있을 수 있는지 아버지와 얘기했어. 애기 키울 때 밥은 먹이겠는데 우유는 도저히 못 먹이겠데. 그래, 책방 하면서 우유 배달 다닌 적이 있는데, 그때 새벽에 나가 보면 고생하는 사람들이 세상에 너무 많아. 쓰레기 치우는 사람들이 서너 시에 나와 구루마에 쓰레기 잔뜩 싣고 앞에 자전거 달아서 연안부두까지 가는 거야. 그 무거운 걸 오토바이 살 돈도 없으니까 자전거 페달을 밟고 가는데 눈물이 나. 그런 사람들이 세금을 내는데, 한쪽에서는 흥청망청하는 걸 지켜보는 게 고통이었어. 기도하는데 환영이 보이더라고.

사과장수가 사과를 가득 이고 가다 넘어져 사과가 땅바닥에 굴러다니는 거야. 그런데 흩어진 사과를 열심히 광주리에 담아주는 몇 사람이 보여. 그분이 "내가 여기 있노라" 말씀하시는 거지. 너무 큰 위로가 되었어. 이후로 불평 안 해. 나처럼 없는 사람이 더 많고, 가난한 사람들은 그냥 당하고 사는 이 수레바퀴가 언제쯤에 제대로 돌지 모르지만…… 진눈깨비 쏟아지는 날 아이가 신문 배달 나갈 때 많이 배울 거다 생각했지만 마음은 아프데.

여긴 생수가 흘러. 헌책방은 좋은 의미의 베스트셀러가 고인 곳이지. 출판사들이 망하고 책이 품절되는 현실에서 서점에서 사라진 책들이 오지. 그래도 오랫동안 사람들의 마음을 적셔주는 양서들이 돌고 돌아 헌책방에 이르지. 감히 말하건대 헌책방은 정말 생수가 흐르는 곳이야. 사람들 마음에 고여 있고 잠겨 있던 것들이 흘러 들어오는 곳이 바로 여기야. 여기 와서 푹 잠겼다 가라 그래. 애들이 하루 종일 이거저거 떠들어 보다 한 권 사 들고 가든, 뛰어놀다 가든, 충분히 잠겼다 가라고. 아벨은 사람들이 키워가는 곳이야. 보이지 않는 마음들이 10년 20년 변치 않고 몇십 년 후에 와도 엊그제 온 듯하도록……

풍요한 농장에 들어서는 거 같아. 책방 들어서는 표정들이 말이야. 구석구석에서 책을 보고 고르거나 음악과 책에 파묻혀 있는 모습이 바로 기도 같아. 1000원짜리 들고 와서 하루 종일 고르다 한 권 사 가는 아이들이 얼마나 예쁜지 몰라. 뒤적뒤적하다 뭘 고를지 물어보면, "너를 잡아끄는 책이 있을 거다. 인간에겐 그런 능력이 다 있단다" 그렇게 말해. 두 권밖에 살 수 없는 돈으로 세 권을 골라놓고 갈등하면 싸워. 누구는 옆에서 '학생이 돈도 없는 모양인데 그냥 깎아주지' 하지만, 난 악착같이 싸워. 벌레 씹은 표정으로 타협하는 게 아니라, 두 개를 사고 싶지만 선택이 필요하다는 거를 설득해. 다 이해하고 받아들일 때까지. "하나를 깊이 보면 열 개가 다 통한단다. 열 개를 아는 게 우리한테 중요하지 않단다. 우리에겐 진짜 한 개를 보듬는 게 제일로 중요하단다. 그러기 위해 어떤 것은 버리고 어떤 것은 선택하는데, 그것도 아주 중요하단다."

난 흥정을 안 해. 손님 중엔 책을 잔뜩 쌓아두고 많이 사줬다고 생색을 내는 듯 깎아달라고 하는 경우도 있어. 고물상에서 20원, 30원에 받아다 1000원, 2000원 받을 수 있냐는 의중도 비치는데, 그 생각을 바꿀 때까지 설득해. 물론 하루 매상 몇 푼 안 되는 가게지만, 내겐 한 사람이 몇 배의 매상을 올려주는 게 중한 게 아냐. 책은 각각 생명체야. 생명체가 꼭 만나야 할 마음자리에 가는 게 내겐 중해. 내가 무시 받는 건 아무 문제도 안 돼. 책이 배고픈 나를 키워왔기 때문에 소중한 건 바로 생명인 책이야. 책을 하찮게 말하는 사람들을 막 혼내. 생명을 몇 푼의 가치로 흔들어대면 안하무인으로 대들지.

책을 어떻게 깎어. 이걸 보면 기가 딱 막히는데 이걸 어떻게…… 책을 보면 이게 썩은 소린지 살아 있는 소린지 분별이 금세 되는 거야. 거기에 대해서는 당당해. 책 가격을 함부로 매기지 않으니까. 내가 소중한 건 남도 소중하니까. 책이 얼마짜리든 난 책의 가치를 알고 가치를 매겨.

사람들이 책의 가치를 종이 쓰레기처럼 대한다면 책을 만질 가치가 없잖아. 지식이 많다 해서 크게 부리는 것이 중요한 게 아니야. 진정한 가치를 부여할 줄 아는 게 진짜지. 20대부터 변치 않는 생각은 책 하나 하나가 다 귀하다는 거야. 생각해봐. 글 하나 쓰고 책 한 권 써내는 데 사람들이 얼마나 혼을 빼겠어? 그 많은 사람 피와 혼을 빼서 나오는 양식이거든. 그래서 흥정은 절대 안 해. 흥정하는 걸 애초에 원치 않아. 흥정해야하는 삶을 용납할 수 없어. 나하고 흥정하지 말고 이 책의 가치와 대화하라고. 남들은 배부른 소리라 할지 모르지만 내겐 어느 책 하나 귀하지 않은 게 없어. 가끔 책값은 안 깎아주고 대신 차비를 보태드릴 수는 있다고 얘기해.

그리워서 오는 거야. 한번은 일흔 넘은 할아버지가 와서 『무영탑』을 찾아. 젊을 때 읽은 책인데 그리워서 다시 찾아오신 거야. 그 책 줄거리에 대사도 막 하시면서 세로로 써진 시커먼 책을 보물 다루듯 골라. 그 정서를 즐기려고 오는 거야. 나도 함께 기쁘고 행복해지네. 몇 년 전 컴퓨터가 대중화되고 전자책 나올 땐데, 헌책방이 의미가 있겠느냐는 질문을 한 적이 있어. 이틀 동안 묵상을 했는데, 그때 받은 답은 이래. "책은 생명의 흐름이다. 깊은 마음을 닦아내는 데는 책다운 책이 필요하다. 과학과 정보는 요즘 책을 못 따라가겠지만, 가슴에 남는 책은 그래도 존재할 수밖에 없다." 책방의 풍요로움이란 이상인데, 그 이상을 지키기 위해서 인색한 장사라는 현실을 수긍해야 해. 고통을 지지 않으면 어떤 자리든 지키고 보전할 수 없어. 겉보기에 인색이지, 마음가짐에 따라 어느 정신에 이르면 인색이 아니기도 한 거야. 이 책방에서 난 중매쟁이에 불과해. 내가 지키는 게 아니야. 책이 지켜주고 아름다운 사람들의 마음이 지켜줘. 작은 책방이지만 정말 잘 지켜졌어. 사람의 향기를 느끼고 키워가게 해주고 넘치게 해주고. 사실 싸우던 사람들도 여기선 다 아름답게 보여. 책방 안에서이기 때문이지. 장사치의 횡포가 아니라 그들과 대화하려는 거니까. 사랑이 아니면 싸울 수 없지. 내가 싸우든 말든 여기 책들은 깍듯하게 손님을 맞이하는 우아한 주인인 거야. 나는 중매쟁이로 관리하는 것만으로 즐겁고.

뭘를 이루었다고 하기도 해. 40여 년 동안 이만큼 이루었다고 사람들이 그러는데, 그 말은 그냥 이리 왔다 저쪽으로 가버려. '맞어, 내가 얼마나 애쓰고 고생해서 이걸 세웠는데' 하는 생각은 바닥에도 없어. 뭘를 이루었다 세웠다 그런 생각은 쓰레기통에 버리고 살아. 귀중한 건 오늘 이 시간 내 책방으로 들어오는 생명이야. 이러다 내일 무슨 일이 생겨 훌쩍 가면 끝나는 거고. 그러나 있는 동안은 최선을 다해야지. 이루고 말고 하는 건 없어. 목적을 똑바로 하고 살았다면 그 과정에서 얻어지는 게 충분히 있지. 그걸 하면서 얼마나 얻었겠어? 거기다 뚜껑을 씌우고 옷을 입히고 루즈를 발라야겠어? 내 속에 다 들어 있어. 툭툭 털고 일어나 떠나봐. 시궁창 속에 내 한 몸 담그고 있어도 내 속에 들어 있는 생각, 추억만으로 즐겁지 않겠어? 그러니 보는 눈이 이쁠 거고 듣는 게 즐거울 거고, 좀 아파도 괜찮어. 불편하고 어렵다는 건 나를 잘 살게 하는 원동력이야. 지고의 나를 만들어가는 힘인 거지.

사랑은 흐르는 거 아닌가? 목마른 데로 흘러가는 게 자연의 흐름이고, 자연히 낮은 곳으로 흘러가는 게 사랑이고. 하느님의 사랑을 제한된 신앙의 테두리에 가두고 싶진 않아. 지상에서 각자의 삶은 사랑으로 더 가까이 가게 하는 매개이자 통로니까, 직접적이고 완전하게 그 사랑을 느낄 수 있게 현재 조건에서 발을 빼지 말고 사람 속에서 같이 뒹굴어야 해. 그분은 떠들어대는 사랑이 아니라 남의 마음 줄을 타고 동해. 마음이 왔을 때 거짓 없이 마음으로 안아주고. 그가 참으로 외로울 때 전이가 돼. 사람을 통해서 신명을 통해서 함께하는 사랑이야. 예수가 왜 인자로 왔겠어? 내 마음과 꿈이 타인에게 가야 만나지, 나한테 머물러서는 그분을 못 만나. 그분의 사랑은 군더더기가 없는 선명한 연출이야. 미사여구도 필요 없고. 그 음성을 들을 수 있는 삶의 조건에서 벗어나지 말아야지.

왜 엎드려 구걸하게 하지? 우리 모두에게 나름대로의 아름다움, 표적, 가치 찾음이 다 속에 들어 있는데. 누가 누구의 모습을 보고 불쌍하게 본다는 것은 생각의 형상이야. 그런 생각의 틀에서 벗어나야 해. 누구든 하늘로 머리를 뒀으면 스스로 당당하게 도와주고 싶어하지, 도움 받는 자리에 서고 싶은 사람은 세상에 단 하나도 없어. 어느 자리에 어떤 모습으로 있든 그가 다른 사람을 돕고 있다는 걸 인정해줘야 돼. 그래야 동등한 인격으로 가는 거지. 애초부터 나와 똑같이 무지한 상태에서 시작한 사람들이라, 갈증이 있고 무지한 세상에서 마음이 고파서 거리에서 뒹구는 사람들이잖아. 똑같아. 생명이기 때문에 앎을 향한 그리움에서 그런 게 아니겠어? 갈증이야말로 고귀하고 진짜 사랑의 그릇이 되는 준비 과정이야. 거지가 되어도 철학이 있는 거지가 되어야 한다는 게 내 철학이야. 낮은 자리에 있음, 그 자체만으로 얼마나 많은 사람들이 마음을 기울이게 해주고 있어? 가여운 마음을 가지게 해주는 것만으로 그 사람들은 세상을 풍요하게 하는 거지. 그런 마음을 갖게 해주는 사람들의 몫과 삶도 너무 소중해. 꼭 있어야만 주는 건 아니잖아? 사람에게는 주고 싶은 마음의 배설구가 있어. 없는 사람들은 그가 낮은 자리에 있다는 것만으로도 사람들의 배설구를 열어주고 제대로 흘러가게 해줘. 받는 사람들이 보시하는 거지. 내가 제일 싫어하는 게 위에서 아래를 내려다보면서 선심 쓰듯이 주는 거야. 지금 같은 세상에 누군가에게 줄 게 더 많다는 것은 간단해. 자기 게 아니야. 다른 데 가 있어야 할 것이 자기 창고에 쌓여 있는 거지. 미안해하면서 친구처럼 감사하면서 줘야지 왜 선심을 쓰듯이 줘?

작은 예수들이 옆에 늘 있어. 가난한 사람들하고 더불어 일하고 사는 사람들이 예수야. 그런 살아 있는 '작은 예수'들이 고통당하고 죽고 할 때 그걸 무력하게 지켜보아야 한다는 게 괴로웠던 적이 있어. 이렇게 고통이 만연한데 옆에서 지켜보고 있어야만 하는가, 이렇게 팔짱을 끼고 앉아 있어야 하는가, 한창 고민하고 신부님하고 얘기하다 어느 순간 마음이 가벼워졌지. 난 할 줄 아는 게 없으니까 역시 책장사라도 열심히 해야지. 결국 자기에게로 돌아와. 크든 작든 자기 몫을 하는 게 최선이야. 봉사든 헌신이든 지식을 나누고 가르치는 것도 중요하지만, 사회적 약자들에게 그렇게 강하게 얘기할 필요가 없어. 그들은 강해질 필요가 없거든. 하느님은 작고 무력한 데 계신다는데…… 좋은 일 하더라도 대상은 떳떳하게 살도록 하고, 자기는 노동으로 썩어져야지.

난 매일 이사하면서 살아. 매일 무거운 책을 묶고 싸고 들고 옮기는 그게 이사지, 안 그래? 안 아프다면 그게 도리어 이상하지. 내 노동 강도? 단순해. 매일 이삿짐 나르는 거 생각하면 돼. 근데 그 노동이 황금 같은 걸 줬어. 그 노동이 내 가슴을 키워줬어. 고생? 나, 고생한 적 없어. 돈도 못 벌고 몸도 별로 성치 않지만, 내 처지가 한스럽지도 않아. 나는 여전히 옛날처럼 꿈꾸고 날마다 도전해. 내 환경에 대한 불만은 없어. 난 알고 싶은 게 많은 사람이고, 사람이든 책이든 고통이든 매순간 내가 부닥친 현실에서 배울 걸 찾았으니까. 내가 산 한계 내에서 많은 걸 얻고 돈은 벌지 못했지만 정신은 살아남았어. 돈을 많이 벌어 4층 빌딩을 산들 그게 시멘트 바닥인데 성이 차겠어? 사람이 되면 내가 다니는 데가 다 책방이 될 수 있는데. 몸이 아프긴 하지. 시골 가서 살고 싶기도 하고. 자다

가도 시골에서 책방을 하는 꿈을 꾸기도 해. 근데 왜 미안하단 생각이 드는지 모르겠어. 혼자서 자연을 즐기고 누리기에는 너무 미안하다는 생각이 왜 오는지. 아파도 하는 이유가 또 있어. 여기서 느끼는 흐름, 음악에 빠져서 들으며 책에 몰두하는 그 아름다운 모습을 어디 가서 다시 볼 것 같지 않으니까. 이 헌책 냄새를 다른 곳에서는 맡을 수 없을 것 같아. 사람들과 대화하지 않더라도 나는 나타나지 않고 노동으로 살고 나는 죽고 그렇게 살고 싶어. 내가 아파서 책들이 엉망이고 하지만 사람들이 불평 안 하고 아벨을 포용해줘. 그러면 내가 불성실한 게 미안하고 더 열심히 살아야겠구나 다짐하게 돼.

내 삶은 지금 이 생에 있어. 인생이 오랜 것 같지만 펼쳐보면 하루를 사는 거야. 사실 내 방 꾸미고 사는 데 40년이 걸렸어. 일반 사람들의 수준, 내가 바로 딱 그 수준이야. 이 생이 가기 전에 꿈꾸고 도전해보는 거지. 천국은 2000년 전의 예수한테만 있는 게 아니야. '천국은 침노하는 자의 것'이라 했어. 나는 그분에게 날 진짜 사람으로 만들어줘야 한다고 요구해. 그래야 진정한 악기가 되어 당신 춤에 맞춰 춤을 출 수 있으니까. 살아 있는 동안은 계속 진정한 악기가 되기 위해 노력해. 그게 나한텐 사람 속에서 뒹구는 방법이야.

아벨은 순수한 촌놈이야. 순수한 마음으로 해서 첫 제사가 흠향된 거야. 아벨처럼 첫 마음을 지키며 살자는 게 내 바람이야. 하지만 아벨이라는 '첫 마음'이 생각처럼 쉬운 게 아니더라고. 그래도 후회는 없어. 살아온 고비마다 다 필요하니까 내가 경험하게 된 거지. 고통과 눈물의 골짜기라도 다 필요한 거였으니까 내게 온 거야. 수없이 몸 굴리며 산 내이력 어느 거 하나 부끄러운 게 없어. 그 하나라도 없었다면 지금의 내가 아니겠지. 그 과정을 통해 알고 싶은 것은 채워주고 부족한 건 메꿔주고 그랬으니까. 낮은 거 하나로도 사람들이 위안을 얻기도 하고, 나도 내가

"그가 가는 길, 내가 가는 길, 모양새는 다르더라도 나는 그 사람 속에서 최고의 것을 봐. 그가 지향해가는 뭔가에 취하는 거야. 그 사람은 동그라미고 난 네모인지도 몰라. 난 어릴 때부터 책만 읽었어. 그림이고 음악이고 다 읽어버려. 그리고 읽은 대로 책이 가자는 대로 살아."

살아온 만큼 사람들을 이해할 수 있으니 얼마나 좋아? 우스운 얘기 하나 해주까? 〈인천신문〉에 말이야, 내가 초등학교밖에 못 나오고 결혼도 실패한 사람이고…… 어쩌구저쩌구 나왔다는데 그걸 보고 어떤 젊은이가 말야, 글쎄 무척 위로가 됐다는 거야. 내가 못나게 산 게 누군가한테는 위로가 된다는 게 말이야, 인생 참 재밌지? 난 수많은 사람들한테서 참 좋은 걸 많이 캐고 살았어. 굽이굽이 내 안에 잠겨 있는 삶과 이야기들, 그걸 기억하고 그걸 쓰면서 살아.

한 그루
목련처럼
반찬공장
심정희傳

심정희 씨는 1938년 경기도 연천군 창
수면 청산리에서 태어났다. 한국전쟁으
로 남북 접경지대에 있던 고향집이 소각
되었고 피난 중 양부모를 잃었다. 고아
원에서 아이들 돌보는 것을 시작으로 식
모 파출부 국화 농사 봉제 일을 했으며,
눈이 어두워진 후로는 반찬공장에 다녔
다. 2003년 뇌종양으로 돌아가셨다.

"심정희 씨, 오늘이 며칠이에요?

"……. 6월… 25일."

"할머니, 그럼 몇 년도?"

"……1950년."

치매 검사를 하던 의사의 물음에 어머닌 잠시 뜸을 들이시더니, '내가 그것도 모르는 사람 같아 보이냐'는 듯 확신에 가득차서 대답하더군요. 뇌종양성 치매로 반쯤 아이로 돌아간 어머니 시계는 집과 부모와 고향을 동시에 잃어버린 1960년 6월 25일에 정지해 있는 듯했어요.

"할머니 여기가 어디에요?"

"동사무소."

"동사무소…요?"

"쌀 배급 타게 해줘."

"…….."

"배고파 빨리 쌀 줘."

애원도 부탁도 아니었어요. 결연한 어투로 당당히 명령하셨지요. 아직 살아 움직이는 동안 어머니 뇌 속에 남아 있는 일은 오로지 하나….

— 요양병원 치매 검사실에서

"식모를 살더라도 서울 가서 해야 동생들 공부라도 시키지……. 내가 남자를 아나 사랑을 아나. 암것도 모르고 그냥 지치고 배고파서 시집갔어."(금호동 산동네에서 동생 심정애 씨와 함께)

아침 6시에 출근해. 백화점에 납품하는 반찬공장이여. 김치, 짠지, 콩장, 포무침, 젓갈, 밑반찬 같은 걸 만들지. 퇴근시간? 모르지. 언제 돌아올지는 암도 모르지. 물량 따라 끝나니까. 밤 10시고 12시고 대중없어. 그나마 IMF인가 뭣인가부텀 진짜 고무줄이데. 월급도 줄었어. 보너스 야근수당이 나왔다 안 나왔다 하고. 아니여, 일은 더 많어. 포장 박스 쌓아놓은 거 보면 알지. 내 요량으론 알 길이 없는데, 불경기 때문이랴. 그야 어쨌든, 출근하자마자 팔 걷어붙이고 허벅지까지 올라오는 장화 신고 일을 시작하네.

배추 무가 몇 트럭분이여. 옮기고 자르고 씻고 절구고 짬짬이 채 썰어 속 만들어 버무리다 보면 하루가 후딱 가. 무겁지이. 내릴랴도 무겁고 옮길랴도 무거워. 저번에는 저 위에 있는 돌멩이가 떨어져서 하필 발등에 떨어져 고생 좀 했다. 그걸 어디다 쓰느냐고? 뭐 장아찌 담글 때 꾹 눌러놓고 배추 절굴 때도 눌러놓고. 몇 소쿠리 되는 김치 버무리고 나서 기운이 부치면 막걸리 사서 주거니 받거니 나눠 마시고, 술기운으로 또 다음 일을 허지. 보다시피 여긴 할머니들뿐이여. 일흔, 일흔셋, 일흔다섯…… 나는 젊은 축이지. 어른들은 그냥 버무리고 무치기만 하지. 들고 나르고 씻고 절구는 건 우리 몫이여. 뭔 고민? 허리 펼 시간도 없는디.

밖에 해가 지는지 눈이 오는지 비가 내리는지 모르고 그냥 일만 허지. 어디 아픈 데가 한두 군데겄어? 골다공증, 신경통, 만성 두통…… 또 뭐드라? 습진허고 무좀들도 좀 많어. 10년 동안 장화 속에서 풍덩풍덩 그것들이 잘 컸나봐. 여기는 노상 물 만지고 사니까. 씻고 절이고 건지고 무치고 버무리니까 물 없으면 일이 안 되지. 마른반찬은 데치고 볶고 졸이니까 늘 불 옆에 있고. 우엉도 졸이고 멸치도 졸이고 연근도 졸여. 연근은 구멍이 뻥뻥 뚫려 있는 게 빵꾸 난 위도 붙여준대나봐. 지하라 환기가 잘 안 돼. 음식 냄새 가스 냄새 버무려져서 늘 쾌쾌하지. 일요일날 해라도 쨍 하면 그리 좋드라.

해가 얼마나 고맙고 좋은지. 옛날에 말이여, 주차장 개조한 집이서 산 적이 있거든. 컴컴하니 불 안 켜면 낮에도 사람 얼굴이 잘 안 보여. 천장이 낮아서 고개도 다 못 들고 다녔니라. 밖에 부엌이라고 있는디 길죽하니 딱 한 사람만 지나다닐 수 있게 생겼어. 플라스틱 함석 같은 거를 덮어놔서 밤에 비가 오면 참 음악이 따로 없더라. 소리가 타닥타닥 참 박자도 잘 맞더라. 그래도 그 집에 널찍허니 마당이 있었다. 한 백 년 된 큰 은행나무가 말여, 가을 되면 노릿노릿 어찌나 예쁜지. 지붕 살살 밟고 올라가서 줍고 따면 은행알이 한 가마니여. 청담동 거리에 옛날엔 은행나무가 많았단다. 은행잎 노랗게 떨어지면 은행 털이 하러 너나들 푸대자루 하나씩 들고 거리로 나갔단다. 그렇지, 냄새가 아주 징하지. 물에 한참 담갔다 장화 신고 밟아대면 알이 나와. 참 이쁘지. 동글동글하니 미끈하니 깎은 밤보다 더 이뻐. 말갛게 씻겨놓으면 냄새도 안 나고.

일주일이 평생 될 줄 몰랐네. 일주일만 나가 있으라고 했는데…… 평생이 가버렸네. 별일 다 겪고 별일 다 하며 이날까지 살았는데, 한 번 어긋나니까 되잡을 수가 없더라. 전쟁만 아니었어도 내 인생이 달라졌을 거여. 생각하면 뭐 하는가, 가슴만 아프지. 놀면 자꾸 지난날 떠오르고 심장이 벌렁벌렁하니께, 정신없이 일하는 게 차라리 낫더라. 해방 되던 해 내 나이 여덟 살이었네. 경기도 포천군 창수면이 내 고향여. 차 타면 못 가는 데 없는 좋은 세상인데, 지척에 고향 집을 두고도 못 가네. 가도 멀찍이서 바라만 보다 돌아오는 거지 뭐. 거긴 뭐라드라, 미군 작전 부대라드만. 토지 문서가 있으면 뭐해? 우리 집 터엔 건물 하나 안 들어섰어도 우리는 못 들어간대. 선산이고 집터고 다 파헤쳐 불도저로 밀어버렸어. 거긴 나한티는 쫓겨난 에덴동산이여. 무슨 죄를 지어 쫓겨났는지 내

요량으론 알 길이 없지만. 못 들어가도 내 고향은 꽃 피는 산골이네.

수캉 암캉이 집 앞으로 흘러. 수캉은 한탄강에서 내려오는데 마네강이라고 불렀지. 또 건너편 백의리에서 내려오는 암캉이 있어. 암캉이랑 수캉 합해서 아우라지 강이라고 하대. 강 사이에 화산 바위가 병풍처럼 서 있어. 불쑥 솟은 바위산 같은 데 자그만 토담집이 있었지. 엊그제 한 일도 잊어버리는디 희한하네. 말하다 보니까 고향집에 온 거 같다. 물소리도 들리고 꽃도 피고 샘에서 물도 퐁퐁 솟아나네. 울타리에 자두나무가 빙 둘러 쳐 있고, 사립문 나서면 양쪽에 강이 내려다보이고, 강 양쪽에 서 있는 새까만 절벽에 소나무 몇 그루가 서 있고. 바위 틈사구니에서 어쩌믄 소나무는 사철 퍼러니 고렇게 이쁘게 잘도 자랄꼬. 집에서 턱 하니 내려다보면 절벽에 동백꽃, 진달래, 개살구 꽃……. 철철이 돌아가면서 알록달록 꽃이 피고, 봄가을 할 거 없이 산이고 들이고 강이고 쏘다니는데, 동생들 입에 거멓게 물이 들었구먼. 봄이면 산딸기, 버찌, 오디…… 야야, 입에 단물이 고인다야. 달작지근하니 따 먹어도 따 먹어도 다음 날 가면 또 있네. 여름엔 새콤달콤하니 앵두, 다래, 머루…… 배 터지도록 따 먹고, 도토리 상수리 밤 가을엔 주워 담을 거 천지고, 보리수도 맛나고 팥배나무 열매도 빠알가니 먹을 만혀. 배가 부르면 강가에 누워서 하늘도 보고 꽃도 보고 날아가는 새도 보고, 우리 맘대로 꽃 이름도 지어가며 놀았어. 강가에 가면 코스모스같이 생긴 게 하늘거리는데 꼭 기생같이 예뻐. 나중에 알고 보니 기생꽃이라드만. 산에 가면 똑 밥풀 씹다 뱉어놓은 것처럼 생긴 꽃이 있어, 밥풀 같다 밥풀꽃이라 불렀드만, 이름이 진짜 밥풀꽃이래. 남색 빛이 나는 초롱꽃, 애기똥풀은 왜 그렇게 노란지, 쇠불알꽃은 또……, 어째서 그것들은 꼭 그렇게 생겼으까?

김일성초등학교 몇 달 다녔어. 3·8선이 그어지면서 우리 집은 처음에는 이북이었거든. 이듬해 3·8선이 다시 그려지면서 이남이 됐어. 우리 집께가 딱 중간인 모양이여. 전쟁이 터지자 우리 집 지붕 위로 뭣이 피융피융 막 날아다니드라. 남북 양쪽에서 쏘아대는 포탄들이 다 우리 지붕 위로 지나가나봐. 이웃, 친척들은 일치감치 피난 갔어. 우린 좀 늦었지. 아버지가 장손이라 조상과 선산 버리고 떠날 수 없다고 버텼던 모양이라. 그러다 1·4후퇴가 났네. 어느 날 밥 잘 먹고 마당서 노는데 국군이 밀고 들어왔더라. 나가라. 일주일만 떠나 있다 들어오라. 그 일주일이라는 기 평생이 걸렸네.

음력 동짓달 열나흗날이야. 이불 보따리와 옷가지만 달랑 들고 집을 나섰어. 방아도 안 찧은 곡식 다 방공호에 두고, 아버지는 우리 삼 형제 손을 잡고 "일주일만 있으면 들어간다, 일주일만 참아라, 참아라" 하시며 우리를 앞세우고 따라오시드만. 열세 살, 열 살, 여섯 살, 어린 것들이 뭘 알겠어, 그냥 아버지가 시키니까, 우리 삼 형제 손에 손을 잡고 부지런히 걸었지. 뚝박골쯤 왔는데 뒤에서 훤하니 불길이 치솟데. 나중에 들으니 국군들이 불을 질렀다대. 인민군 거처 된다고 집이고 뭐고 할 것 없이 다 불 싸질러버렸다대. 가다 저물면 아무 집이나 들어가 쪼그려 앉아 자고 새벽이면 또 일어나 걷고……, 그러다 하루는 엄마 아버지 손을 놓쳐버렸네. 동생들하고 아무리 소리를 쳐도 자꾸 앞으로 떠밀려, 엄마 아버지 얼굴이 점점 멀어지는데 갈 수가 없어. 피난민이 개미 떼같이 죽 늘어서 있으니 도저히 거꾸로 갈 수가 없드라. 그게 부모님이랑 마지막이다.

그렇게 영영 헤어질 줄 몰랐지. 그렇게 열세 살에 두 동생 거느린 가장이 됐다. 동생들은 안 놓칠라고 손에 손을 꼭 잡고 피난민 대열을 따라 계속 내려갔어. 충북 보은이었던가, 고개쯤 왔는데 발도 다 짓물러 터지고 더 이상 걸어갈 기운도 없드라. 그래, 공태울이란 마을에서 멈췄어. 거기 어르신들 은혜가 하늘 같은데 하나도 못 갚고 말았네. 오늘 하루 생사도 알 수 없는 전쟁통이라지만 인심이 살아 있드라. 생면부진데 부모

잃은 애덜이라고 혀 끌끌 차면서 위로해주고 밥도 나눠 주고 잠도 재워 주고 해서 우리 세 목숨 부지했지. 어린 맘에도 잃어버린 부모님 찾겠다고 기회만 생기면 부모님 손을 놓친 데까지 올라갔어. 그러다 피난 인파에 다시 떠밀려 내려가고 내려가고, 그러다 보니 청주드라. 오창초등학교라고 거기 피난민 수용소가 있다길래, 부모님 만날까 해서 거기 가서 마냥 기다렸어. 한 석 달 기다려도 길이 없으니까 다시 고향 근처로 올라갔지. 이제 한강도 건널 수 있다 해서 배급 쌀 짊어지고 안성까지 올라왔네. 한참 뒤에 경기도 이동인가 일동인가 쯤에 가서 고향 아줌마를 만났는데, 그때사 엄마 아버지 소식을 듣게 됐지. 엄만 전쟁통에 애 낳고 산후조리를 못 해 바로 돌아가셨다는구만. 피난 때 이미 뱃속에 아이가 있었던 모양이라. 아버지도 돌아가셨다는데 나이도 어리고 하도 정신없던 때라 기일도 못 물어봤구먼. 두 분 다 기일도 몰라. 일주일만 나갔다 돌아오자 하시던 아버지 말씀이 귀에 선한데…… 일주일이 평생이 될 줄 몰랐어.

피난길, 그게 배고픈 길이여. 뭐니 뭐니 해도 배고픈 설움이 젤이드라. 가도가도 피난길은 안 끝나고 배는 고프고, 배창시가 오그라들어 걸을 힘도 없드라. 발도 아프고 아무리 내디뎌도 앞으로 나가지도 않고, 걸으면서도 그냥 눈이 감기는데, 그즈음 어르신 한 분을 만났다. 조치원에서 읍장을 하는 인데 나중에 들으니 그 할아버지가 독립군 하던 이였대. "돌아다니기 위험하고 힘든데, 애들아 나랑 같이 있자. 여기 있다 전쟁이 끝나면 부모님 찾아가라"고 그러시드라. 그분 말씀대로 우리 삼 형제 조치원에 눌러 앉았어. 1년 이상 여기저기 떠돌다 한 곳에 사니까 좋더라. 배도 안 고프고 다리도 안 아프고 참 좋더라. 그런데 좋은 시절도 금방 끝났지. 원래 그곳에 살던 고아들이 다시 돌아와 텃새를 부리더라고. 걔들이 좋은 음식이고 옷이고 다 빼앗고 까딱하면 때리더라. 좁은 고아원에서 몇 백 명씩 북새통을 이루고 사니까 배가 항상 고팠지. 마침 또 믿고 의지하던 맘씨 좋은 독립군 출신 읍장이 어디로 가버리고, '애꾸'라 는 이가 고아원 아버지로 왔어. 때리기도 무지하게 때리고 배도 수태 곯 리더라. 밤에 보면 노랗게 생긴 미제 계란가루고 밀가루고 옷이고 한 도 라무통씩 밖으로 빼돌려. 다 빼돌리고 멀거니 물 탄 우유에 소금 넣고 밥 위에 부어주드라. 후루룩 마시고 나면 없지. 애꾸가 일은 또 숱하게 시키 는데, 하루가 어떻게 가는지 몰라. 어린애들 돌보고 나무 때서 밥하고 설 거지하고 나면 열 장씩 빨랫비누 나눠 줘. 그리고 연장 리어카에 빨랫감 을 냇가에 실어다 주면 그 비누 다 닳을 때까지 빨래를 해. 주무르고 치 대고 헹구고 하다 보면 날이 저물더라.

스무 살에 서울로 왔니라. 어느 날 서울서 식모 살던 친구가 편지를 해 왔더라. 편지를 보니 고생스럽더라도 서울 살아야 돈푼이라도 손에 쥘 것 같고, 식모를 살더라도 동생들에게 미래가 있을 것 같고. 그래, 고 생하더라도 서울 가서 해야 동생들 공부라도 시키지, 겁은 나도 떠나기 로 결심을 굳혔어. 서울에 오긴 왔는데, 식모 들어간 집 안주인이 가관이 야. 맨날 화투짝 들고 사는 여자야. 참 이상한데. 집주인이 식모한테 월 급을 줘야 맞잖어? 월급은커녕 내 돈 5000원도 그이가 홀랑 삼켰네. 그 5000원이 내가 스무 살까지 모은 전 재산이야. 은행을 알어 뭐를 알어, 그 집 안주인이 보관해서 늘려준다고 하니 믿고 맡겼지. 끝내 안 주더라. 나가지도 못하게 감시해서 도망칠 수도 없어. 나중에 들으니 몇 년 동안 식모 살던 친구도 돈 한 푼 못 받고 두 손 들고 나갔다더만. 말하자믄 그 친구가 나를 대신 넣어두고 도망친 거지.

지치고 배고파서 시집갔어. 내가 식모 살던 그 집 바로 맞은편에 안 주인 언니가 살고 있었거든. 그인 흉악한 안주인하고 영판 달랐지. 얌전

하니 일 잘한다 싶었던지 중매를 서더라. 그래 동생들도 가르쳐야 겠고 생각해보면 그때 많이 지쳤나봐. 세상 사람들도 다 무섭고 아버지 어머니도 없으니 태산같이 버티고 우리를 막아줄 울타리가 그리웠겠지. 남편 된 이가 나이가 좀 많어. 나보담 스무 살이나 위였어. 그래도 안정된 직장 다니고 있으니까 동생들 책임질 수 있을 것 같아 마음먹었지. 결혼이 뭔지나 아나. 내가 남자를 아나 사랑을 아나. 암것도 모르고 그냥 배고파서……

"피붙이도 없는 남쪽에서 살기가 얼마나 힘드셨겠어? 쉰 줄 넘었으니 세상도 두렵고, 조금이라도 북쪽 가까운 데로 옮겨가고 싶었는지도 몰러."

　　머리 올리자마자 회색 한복만 입었어. 아부지(심정희 씨는 남편을 '아부지'라고 불렀다)와 난 아버지와 딸만큼 나이 차이가 나. 어른하고 사니까 덩달아 나도 늙은 거 같드라. 오십 넘어서야 빨갛고 파랗고 이쁜 블라우스도 입고 치마도 입고 그랬네. 남의 눈 때문에도 그랬어. 아부지도 그랬던가봐. 애들 한창 자랄 때 여름에 물놀이라도 가야 하는데, 몇 번 같이 가더니 안 따라나서데. 놀러 가면 흘끔흘끔 안 보는 거 같으면서도 속으로는 딸 같은 사람하고 산다고 손가락질하잖어. 그 눈들 안 보려고 그랬겠지. 아부지는 전쟁통에 혼자 이북서 내려온 사람이었어. 함경북도 온성 사람이야. 북경은행에 발령을 받고 있던 중 전쟁이 났다. 징집을 피해 내려왔는데, 거제 포로수용소에 갇혀 있다 결국 남쪽을 택했다누만. 며칠만 피해 있다가 올라가마 하셨다는데 끝내 못 갔지.

"난 어릴 때부텀 꽃을 참 좋아했어. 하이고 저 꽃 좀 봐아. 어디서 저리 이쁜 꽃이 피어났을 꼬. 꽃을 보믄 똑 꽃만치 이쁘게 이쁘게 살고 싶드라."

　　망치로 당신 머리도 때려. 성질이 얼마나 불같은지 뭐든 마음대로 안 되면 얼굴이 벌개져서 망치고 송곳이고 닥치는 대로 드는데, 그래도 용케 머린 안 부서지더라. 아부지는 아주 귀하게 자랐어. 위에 형님들이 낳아서 죽고 자라다 죽고 해서 장남으로 떠받들어 자랐는데 일본 유학까지 다녀왔지. 말하자면 인텔리지. 뭐든지 꼼꼼하게 단번에 해야지 안 그러면 벽력같은 소리가 바로 날아와. 그래서 소리만 지르면 가슴이 두근거리는 병이 일찍부터 생겼네. 없는 소리도 가끔 들리고, 큰 소리 날까봐 미리부터 떨렸어. 마흔 중반에 본 큰아들 앞에 앉히고 다섯 살부터 한문을 가르치더니, 두 번 가르쳐서 모르면 손이 올라가드라. 그래서 아들들과 사이가 별로 안 좋았지. 중간에서 이러지도 저러지도 못하고 힘들었어. 나이 들어서 생각하니 참 정확하고 정직하고 성실한 분이여. 절대 남의 신세 안 지려고 하고, 일흔 넘어서도 인근 땅을 빌려서 호박 농사도 지었다니깐. 수첩에 뭐라고 깨알같이 써서 자식들 오면 불러서 당신 계획 좀 들어보라고 해. 애들? 잘 안 들을라고 하지. 뭐, 그런 거지. 호박 한마지기 심으면 모종을 몇 개 심고 모종 하나에 몇 개가 열리고, 얼마에 팔면 얼마 남고, 또 모종값은 얼마고…… 그런 이야기를 애덜이 진득하니 듣고 있겠어? 여든 다 되어서도 새벽같이 공공근로도 다니고, 돌아가시기 마지막 달까지 쌀값 전기 수도세 또박또박 챙겨주고 가셨네.

꼿꼿이 할 일 다 하시다 여든넷에 가셨네. 거 성격대로 가시더만. 나는 출근하고 혼자 남아서 손수 밥을 차려 드시고 방도 치우고 그러셨어. 혼자 방에서 종일 뭐를 하셨을꼬? 수첩 들고 늘 뭔가를 끄적이시는데 호박 감자만 썼겠어? 북녘 어머니한테 며칠만 피해 있다 올라가마고 했다는데, 북쪽에 조강지처도 있고 어린 자식도 있었다는데……, 끝내 못 가보고 눈 감으셨어. 하루는 밤에 공장에서 퇴근해보니 집이 깜깜해. 소리도 안 나고. 방문을 열어보니 어둑컴컴한 디서 꼼짝않고 그냥 누워기셔. 만져보니 몸이 이미 싸늘하시데. 그날 조카하고 안과 갔다 눈 수술 해준다 했다고 기분이 아주 좋으셨댜. 동네 수퍼서 사이다를 사서 잡숫고 맛있다고 윗집 사는 이한테도 한 병 드림서 아래로 내려갔다드만.

시어머니 되시는 이도 오래전에 가셨다드만. 아들 애타게 기다리다 1976년에 눈감으셨다누만. 한참 후에 중국 연길 쪽에서 사는 고모한티 들었어. 시어머닌 돌아가시기 전까지 20년 가차이 날마다 산에 올랐다 하시데. 높이 올라가면 아들 있는 남녘이 보인다고, 남녘 보면서 아들 만수무강 잘 살아 있으라고 늘 기도하셨다대. 돌아가시기 얼마 전부텀은 못 올라가니까 남으로 난 창문에다 대고 손만 휘저음서 아들 이름만 계속 부르셨다대. 아부지 방 책상에 늘 어머니가 앉아 계셨지. 늘 젊은 모습 그대로. 가끔 들여다보면 아부지가 물끄러미 사진만 들여다보고 계시드라.

아들 둘 낳고 그런대로 잘 살았어. 오랜만에 배도 안 곯고. 아부지가 대천기업이라고 큰 회사 경리를 봤거든. 월급도 꼬박꼬박 나오고 괜찮았지. 한번은 강원도 백산이라는 데서 철도 공사를 맡았어. 일이 안 되려고 그랬는지, 일곱 구역으로 나누어서 했다는데 하필이면, 돌산이 많은 구역을 맡았던 모양이여. 돌 때문에 공사가 지연됐다는구만. 그래, 공사비가 많이 들자 돈 빼돌렸다 오해도 받고 해서 현장 소장이 행방불명 됐다나봐. 공사가 딴 데로 넘어가고 퇴직금도 제대로 못 받고 나왔지. 실향민에다 뒤 봐주는 사람도 없고 해서 아부지가 7년을 놀았어. 제일 어려울 때 낳은 셋째 아들은 영양실조 걸렸어. 지금 어디 아프리카 애들 사진 있잖어. 똑 그 모양이야. 머리통과 배만 불쑥 튀어나오고 팔다리는 젓가락같이 말랐어.

어느 날 눈 뜨자마자 집을 나섰어. 식구들 먹을 것만 차려놓고 무작정 집을 나왔지. 그날부텀 새벽부터 나와 과일 행상을 시작했네. 그 시절 장사는 발품 파는 거여. 걸어다닌 만큼 떨어지는 거지. 차가 있어 뭐가 있어? 그냥 물건 이고 튼튼한 다리로 걸어다니는 만큼 떨어져. 청량리 경동시장, 천호동, 먹골, 압구정 가리지 않고 다녔어. 큰 데 가서 물건 떼어다가 다라에 이고 두어 번은 변두리에 있는 가게에 넘기고 마지막은 길에서 팔고…… 흠이 생기거나 물러버린 것은 이고 와서 자식들 멕이고 이웃들 나눠주고. 애들이 커서 그래. 원래 상처가 있는 것인 줄 알았대. 뭐긴 뭐여? 사과 복숭아지.

차라리 방세 받아서 살자, 아부지가 느닷없이 금호동 집을 팔았어. 그래, 연고도 없는 경기도 운천 골짜기로 따라 들어갔지. 생각해보면 피붙이도 없는 남쪽에서 살기가 얼마나 힘드셨겠어? 쉰 줄 넘었으니 세상도 두렵고, 조금이라도 북쪽 가까운 데로 옮겨가고 싶었는지도 몰러. 그때까지만 해도 여차하면 고향으로 돌아간다 생각하셨을 거여. 미군부대

"청소부 나가고 노가다 나가고, 다라이 이고 나가고 리아카 끌고 나가고. 일이 늦게 끝나도 애들 굶길 걱정은 없었지. 누구 집이 밥이 있는지 쌀이 떨어졌는지, 에미가 왔는지 안 왔는지 훤히 보이니까."

가 들어선 데야. 웬걸, 사글세방은 안 나가고 돈은 떨어지고 양공주들 빨래해줘서 겨우 풀칠했어. 가을인데 김장도 못 할 지경이었어. 50원어치 100원어치씩 사다 먹으니까 애들이 김치를 보면 환장해. 돈을 줘서 김치 사 오라 하면 서로 가려고 해. 와서 보면 김치가 몇 쪼가리 없네. 사갖고 오다 세 형제 번갈아감서 한 줄 두 줄 뜯어먹은 모양이야. 이대론 애덜 다 굶어죽이겠다 싶어서 서울로 돌아왔네. 여동생이 청담동으로 시집와서 살고 있었거든. 그래서 여지껏 청담동에서 살았지 뭐.

　청담동이 아주 깡촌이었어. 그때만 해도 부자 동네는 무슨? 시골도 그런 시골이 없어. 배 타고 건너가면 강북은 도시고, 강 건너 이쪽은 시골이었으니까. 애들이 초등학교는 시골인 강남에서 다니고 중학교는 배 타고 강북으로 다녔어. 선생들도 여기로 발령 나면 달구똥 같은 눈물 떨굼서 배 탔댜. 강북은 시장도 크고 차도 많고 북적북적 사람이 많이 살았지. 그땐 배고 수박이고 야채고 꽃이고 강남서 키워서 강북으로 배 태워

보냈어. 과일 철엔 과일행상 하고 과일 철 끝나면 도지 얻어서 농사짓고.

생각해보면 그래도 그때가 봄날이네. 몸고생은 해도 애들 잘 크고 셋 다 공부 잘하고 하니까, 없이 살아도, 다라이 이고 다녀도 부끄럽지도 않드만. 가슴 빳빳이 들고 다녔어. 힘들 땐 세상에 나 혼자인 것 같아도 늘 누가 옆에 있고 말이여. 그 청담동 언덕배기서 같이 해 먹고 같이 웃고 떠들고 한 세월 잘 살았네. 상희네는 청소부 나가고 진영이네는 노가다 나가고, 다라이 이고 나가고 리아카 끌고 나가고. 일이 늦게 끝나도 애들 굶길 걱정은 없었지. 누구 집이 밥이 있는지 쌀이 떨어졌는지, 에미가 왔는지 안 왔는지 훤히 보이니까, 누구 집이선가는 얻어먹으니까. 마당이 툭 터져서 몇 걸음 올라가고 내려가면 다 이어져 있어. 벌어먹고들 사느라 바쁜서 언제 시간이 나서 냉면 해 먹고 만두 해 먹고 그랬을꼬. 냉면은 나 따라올 사람이 없어. 육수도 육수지만 냉면은 다데기를 잘 만들어야 해. 다데기 어찌 만드느냐고? 간단하지. 마늘하고 양파하고 한 소쿠리 까서 갈어. 한 소쿠리가 뭐가 많어, 입이 몇인디? 어른이랑 애들이랑 한 대여섯 집 모여서 먹는데. 하여간 양파 간 데다 파랑 고추랑 송송 썰어 넣고, 간장 설탕 고춧가루 넣어서 걸쭉하게 만든 다음에 참기름이랑 깨소금 솔솔 뿌리면 되지. 다데기 넣고 비비면 비빔냉면, 얼음 사다 썰어서 육수 만들면 물냉면. 만두도 산처럼 쌓아놓고 먹었다. 아니여, 별로 안 어려워. 김치만두 호박만두 부추만두 고기만두…… 철철이 나는 야채 버무려 넣으면 만두여. 소금 넣어서 절여서 꼭 짜서 양념해서 반죽으로 싸면 다 만두지.

만두는 속으로 서로 파고들어야 제맛이여. 양파랑 파랑 깨알만하게 다지고 마늘도 빻고 해서 알갱이가 멋대로 안 돌아다녀야 해. 뭐니 뭐니 해도 김치만두가 제일 인기지. 겨울에서 봄까지는 주로 김치만두야. 김치도 아주 잘게 썰어서 꾹 짜야 서로 파고들어. 돼지고기도 다져 넣고 숙

주나물도 잘게 썰어 넣고. 하, 참 두부가 젤로 중요해. 보자기에 싸서 물을 쪼옥 빼갖고 손에 엉기는 게 없게 해서 넣어야 따로 안 놀아. 마지막으로 간 하고 고소하게 참기름하고 깨 뿌려. 만두피? 그건 콩기름 좀 넣어서 해야 부드럽지. 베보자기로 싸놔야 안 갈라지고. 어른들이 피는 밀었지. 좀 큰 애기들도 돕고. 집집이 도마 나오고 방망이니 소주대병이니 다 나와. 마당에 몇 집이 앉아서 평상 한쪽에선 만두피 밀고 한쪽에선 만두속 넣고, 큰 솥에는 물이 끓고, 여기서 삶고 저기서 건져 먹고. 참, 만두도 다데기가 중요해. 냉면 다데기 만들 듯이 야채 잘게 썰어서 만드는데, 마지막엔 김을 좀 구워 부셔 넣어야 부드럽고 걸죽하니 만두 위에 올려 먹기 좋아. 애들 한참 자랄 적엔 만두를 50개씩도 먹었으니까 큰 다라이에 만두 속이 가득이야. 쇳조각도 소화시킬 나이들이잖어? 누가 많이 먹나 시합도 하드만. 한번은 60갠가 먹은 놈이 일등했다드라. 지금처럼 조그만 게 아니고, 만두 하나가 이 손바닥만 하지. 겨울엔 장독 위에다 신문지 깔고 줄줄이 빚어놓으면 땡땡 얼어갖고 집집이 한 판씩 들고 들어갔지.

그 너른 마당이 참 좋았니라. 아궁이 불 때서 고추장도 만들고 메주도 함께 빚고, 콩 삶고 밟고 쌀되 갖다가 메주 빚고, 된장 간장도 같이 띄우고 호박엿 쌀엿 콩엿…… 엿도 고고, 북적북적 김장도 같이 하고. 일요일이면 그 마당이 늘 북적북적했느니. 내 밑이 여동생하고 같은 마당 쓰면서 살았는데, 그이가 무슨 은사를 받아서 어느 날부텀 병을 고쳤어. 병원에서 내놓은 사람덜이 죽게 생겨서 오면 눈 감고 정성으로 기도하드라. 그러면 하늘에서 무슨 약초가 보인다 글씨. 수도 없이 고쳤지. 아니여, 한문도 몰러. 약초 이름도 모르고. 암것도 몰라도 하느님이 그림으로 보여주고 알려주신댜. 뼈가 앙상하니 기다시피 온 사람들 돈 없어서 변변히 약도 못 먹는 사람덜이 다 모여들어 같이 기도하고 하니까, 말하자면 거기가 교회 같은 거였지. 참 동생이 나중에 신학교도 갔어. 성경에 밑줄 그음서 뭐를 써감서 중얼중얼 아주 열심히 공부하드라.

먹을 걸 해놓으면 먹을 입은 항상 나타나드라. 내 손이 좀 커. 동생은 한술 더 뜨고. 국을 끓여도 찌개를 해도 넘치게 가득이여. 먹다가 중간에 사람이 오면 먹을 게 없을까봐 그랬으까? 곤로고 가스렌지고 넘친다고 그렇게 지청구해도 늘 한 솥 가득, 냄비 가득이여. 한창 커피가 유행하던 때가 있었네. 그땐 손님 대접이 커피가 제일이었어. 그 시꺼먼 커피를 설탕 몇 숟가락씩 넣고 걸죽하니 꿀물처럼 진하게 타서 먹었지. 주전자 가득 타서 큰 컵에다가 넘치게 부어서들 웃음꽃 피워가며 마셨어. 다들 노동일 하고 사니까 아무래도 단것이 땡겼겠지. 동생집이는 거실에 헌옷이 늘 쌓여 있었느니라. 제법 입을 만한 옷들이여. 구석에 잘 개켜놓으면 맞는 사람이 임자지. 겨울에는 난로 피워놓고 모여서 부침개니 빈대떡이니 부쳐 먹고 뭐라도 손에 들고 짰지. 동생집이 색색 뜨게실이 아주 많았어. 어릴 때부텀 편물을 짜다 시집갔거든. 쉐타(스웨터)고 조끼고 목도리고 하나씩 들고 손을 계속 놀리면서 이야기꽃을 피웠제. 공부란게 참 재미지데. 얼마나 공부가 하고 싶던지, 일 나가는 중에도 아부지한테 혼나가면서 강좌 참 열심히 쫓아다녔어. 무슨무슨 여성강좌라는디 찌릿찌릿 전기가 통함서 팍팍 머릿속으로 들어와. 아무리 몸이 고단하고 혼내도 그걸 빠질 수가 없드라. 내가 꿈에도 선생을 부러했거든. 그래도 내가 선생님, 선생님 소리 원 없이 들었네. 교회 어린이반 반사를 30년간 했으니까. 집이서 할 공부는 성경밖에 없드라. 그 바쁜 와중에 뭐한다고 그렇게 성경을 들여다봤으까?

시장도 북적북적 참 재미졌느니. 그때 큰 시장은 다 강북에 있었어. 걸어서 선착장 가서 배 타고 다시 버스 타고 신당동에 내리지. 거그서 좀 걸어가면 중앙시장이 나와. 시장도 참 많이 다녔느니라. 돈 아끼려고 갔지. 큰 시장이 싸니까. 오뎅도 큰 자루로 사서 여러 집이 나누면 반값도

"청담동이 아주 깡촌이었어. 그때만 해도 부자 동네는 무슨? 시골도 그런 시골이 없어. 초등학교는 시골인 강남에서 다니고 중학교는 배 타고 강북으로 다녔어. 선생들도 여기로 발령 나면 달구똥 같은 눈물 떨굼서 배 탔다."

안 돼. 없는 집이 고기 냄새 풍기기 좀 어려워? 오뎅이 고기인 셈이지. 단무지도 큰 거 몇 개 사고. 햄이 있어 맛살이 있어? 오뎅 넣고 계란 넣고 단무지 넣으면 김밥도 실컷 말지. 그 무거운 거를 어찌 들고 왔냐고? 짐꾼 데리고 다녔지. 누구긴 누구여? 둘째지. 큰애는 공부한다고 안 따라나서고 막내는 어디 박혀 있는지 안 따라나서고. 동글동글 막 튀겨놓은 뜨신 오뎅이 고소하니 얼마나 맛있는지 몰러. 둘째랑 선 자리서 오뎅 순대 집어 먹고, 멍게랑 해삼이랑 잘라놓은 것도 옷핀으로 찍어 먹고 한 보따리 이고 들고 버스 타고 배 타고 돌아오지.

파출부 세 탕 뛰던 얘기 해주까? 새벽 4시면 일어나 밥 차리고, 도시락 세 개 싸놓고 집을 나서지. 하루 7시부터 9시, 9시부터 11시, 11시부터 1시까지 세 집을 뛰어. 끼니때 거르기 일쑤지. 일 가보면 말이야, 참 사람들 바쁘게들 살어. 밥상은 먹은 채로지, 이부자리도 그대로 널브러져 있지. 요기할 틈도 없이 일 하지. 그래도 잘사는 사람들이었어. 해놓고 사는 거이 우리랑 천양지차니까. 청소하고 빨래하고 어떤 집은 반찬도 하고. 그렇게 세 탕 뛰고 와서 밥 먹었지. 하여간에 내 자식들은 나와 정반대로 살길 바랬어. 공부가 그리 재밌는데 공부 잘해서 깨끗하게 살게 하고 싶드라. 나처럼은 안 살게 하려고 참, 안 해본 일이 없었네.

오후엔 스킬자수 떼어다 수를 놓지. 청담동서 신사동, 한남대교 건너 남산 꼭대기에 있는 보광동까지 줄달음치고 걸어가. 그 먼 길을 3년씩이나 걸어다녔어. 왕복 서너 시간 거린데 그땐 자식들 가르칠 욕심에 다리 아픈지도 몰랐지. 그러다 수놓는 집 주인이 2000원짜리 외상 틀을 사줘서 바느질까지 하게 된 거야. 수출품 하는 가게서 뜨개질 실 받아다 쉐타도 뜨고 방석도 뜨고, 한참 유행하던 숄도 뜨고 장갑도 뜨고.

제일 징그러운 게 국화여. 비닐하우스에 국화를 키워 파는디 그게 일 구덩이여. 가을에 국화 뿌리를 캐서 땅에 심어두면, 겨우내 뿌리에서 씨눈하고 떡잎이 나와. 고 햇뿌리를 따서 모래 상자에 꽂으면 콩나물처럼 삐죽 솟는단 말야. 말하자면 고게 모종이 되는 셈이지. 고걸 뽑아다 온실에 골을 파고 심으면 국화가 자라. 꽃이 보기는 좋아도 손이 얼마나 많이 가는지 몰러. 해 나올 땐 햇빛 쬐어줘야지, 콩나물 키우듯이 물 조리개로 물 계속 뿌려줘야지. 한강에 물지게 지고 수태 다녔어. 국화 순 따주는 게 젤 힘들어. 애들이 지금도 국화 이야기만 나오면 고개를 절래절래 흔들어. 다발국화는 아래 순만 따주면 되지만, 흰 국화 노란 국화는 한 줄기만 쭉 높게 자라도록 나머지는 다 따줘야 돼. 양옆에 난 곁순을 다 따는 거야. 한 가지에 스무 순만 따도 만 송이 만들려면 20만 개를 따야 돼. 앉아서 따주다, 다리 저리면 엉거주춤 서서 따다, 허리 아프면 또 앉다가 온갖 자세가 다 나오지. 고랑 안쪽에 난 순을 따려면 허리를 쭉

피고 손을 뻗쳐야 하니까 더 힘들어. 심어서 키워서 잘 따서 열 송이씩 신문지에 싸야 국화농사가 끝나. 신문지 위에다 상·중·하 써서 이고 배에 싣고 버스 타고 남대문 꽃시장에 나가지. 꽃값이 하도 춤을 추니까 기껏 키워서 손해 볼 때도 많았어.

난 일복은 타고났다네. 일복 많으면 돈복이라도 있으면 좋을 텐데 꼭 그렇지만도 않은가봐. 하느님이 딱 먹을 거만 주시데. 그것도 고맙지 뭐. 먹고살려고 안 해본 일이 없었지만 지금도 지하방서 살고 있네. 내가 우스운 이야기 하나 해주까? 내가 돈복이 얼마나 없느냐면 말이야. 한 10년도 더 전에 동화은행 주식이라고 있었거든. 이북5도민한테만 나눠 주는 거래. 아주 싸게 나눠 줘고 나중에 불려준다고 하더만. 주식이 뭔지도 모르고 말이여, 그냥 정부에서 혜택을 준다고 하니까 감사하는 마음으로 샀지. 아부지가 이북5도민인 게 그리 고맙더라. 몇 십만 원 들었지. 그거 몇 년 만에 휴지가 되어버렸어. 뭐라더라. 동화은행이 망했다든가 어쨌다든가 기억도 잘 안 나네.

어느 날 형사들이 들어닥쳤어. 10·26인가 뭔가 난 직후여. 둘째한 티 뭘 물어볼 게 있다는 거여. 참 이상하다 생각했지. 형사들이 우리 아들한테 뭐를 볼일이 있다고. 시절도 하수상하고 하니까 그런가 보다 했지. 그런데 말이여, 몇 달 후에 둘째가 떡하니 감옥엘 들어갔네. 뼛골 부서지는 줄 모르고 공들여 키웠는데…… 그려, 짐꾼만 하던 둘째 아들 말이여. 그땐 정말 하느님도 원망스럽더라. 둘째 집안이 하도 어려우니 일찌감치 돈 벌라고 상업학교를 보냈어. 공부 머리가 하도 아깝다고 상업학교 선생이 하도 뭐라고 해서 결국 대학을 갔지. 대학 간 게 잘못여. 장학금 받고 간 아들이 아 글쎄, 졸업 반년 놔두고 덜컥 빵에를 갔다네. 광주 때 죽은 사람 살려내라고 했다나봐. 둘째로도 모자랐던가봐. 군대 끌려간 큰아들이 일주일 만에 다 죽어서 돌아왔어. 심장이 약한데도 군 면제 못 받았었거든. 재산이 날아가고 자식이 다 죽고 몸에 부스럼 천지고, 거 욥이라는 사람이 하느님한테 막 대들잖어? 이해되드라. 하느님도 원망스럽더라. 기가 맥힌다는 게 그런 건가봐.

비 오면 온 동네 빨래를 다 걷던 사람이네. 누구긴 누구여? 잡혀간 둘째 아들이지. 청담동 언덕배기에 죽 늘어서 있는 달동네가 낮에는 다 집이 비잖어? 파출부 나가고 다라이 이고 노점 나가고 청소부 나가고 노가다 나가서 밤늦게야 돌아오는 동네니까. 비가 오잖어, 그러면 우리 집만이 아니고 집집이 빨래까지 다 걷어들이던 애가 글씨, 성북경찰서에 잡혀가 있다는데, 몇 날 며칠이 지나도 면회도 안 시켜 줘. 일주일 지나선가 면회를 하는데, 아까징끼(머큐로크롬, 일명 '빨간약') 발라 목이고 팔이고 할 것 없이 빨갛데. 그땐 몰랐는데 너무 맞어서 자국이 나는 데를 가릴라고 약을 발랐던 모양여. 거꾸로 매달아놓고 발바닥을 얼마나 때렸던지 고문실에서 신발도 못 신고 기어서 계단을 올라갔다드만. 그땐 말을 안 해서 몰랐는데, 각목으로 허리를 얼마나 두들겨 맞았던지, 한 달 사이에 20키로가 빠졌어. 밤에 잠도 못 자고 가만히 앉지도 못하는 아이를 약도 안 주고 내버려뒀으니……. 사법고시 한다고 책 싸들고 군대 간 큰아들이 다 죽어서 떠메어 왔을 때는 정말이지 억울하드만. 심장이 뛰다 안 뛰다 해서 몇 년간을 별의별 약을 다 해 먹었어. 이웃들은 빨갱이 집이라고 손가락질하지, 자식 키우면서 부모 여읜 설움 이제 다 잊어가나 싶었는데……. 우리 부모가 한꺼번에 우리 다 잃어버리고 맘이 오죽했을까, 아, 우리 부모가 이 마음이었겠구나 싶드라. 울고 울고 또 울고 해도 눈물이 안 마르더라.

모난 돌이 정 맞지 않던가? 원망스러워도 기도하고 울면서도 기도하고 힘들어도 기도했네. 나중에는 의로운 일 하다 고난을 당했으니 감사하며 받아들여야지 싶더라. 사람들이 대놓고 박대해도 겉으론 내색하지 않았어. 하느님이 보신다면 의롭다 할 것이고, 힘과 용기를 줄 것이다 믿었어. 하느님은 아들 손을 들어주실 것이다 믿고 기도했어. 내가 할 게 있간디? 견디고 일하고 기도하는 거뿐이. 하기사 고민하고 울고만 있을 수도 없었지. 먹고살아야 하고, 큰아들 약값도 벌어야 했으니까. 빵이라고 하대. 밥 안 주고 빵 주드냐 물었더니, 콩밥 준대. 하여간에 1년 남짓 콩밥 먹고 나오더니 둘째가 포장마차를 한다. 나무를 사다 이리저리 박고 달고 하더니 청담시장 입구에다 포장마차를 차리데. 그 덕에 다시 중앙시장 다녔네. 배 타고 데리고 다니던 시장에 이제는 갸 때문에 날마다 버스 타고 다녔어. 이번에도 오뎅 순대 사고 떡볶이 재료 사고 꼼장어 닭발 돼지고기 사고. 이번이도 갸가 짐꾼이지. 뭔 돈을 벌어? 포장마차 하면서 무신 보일러 자격증을 따더니만, 저어기 원주 어디 목욕탕에 보일러실 화부 한다고 가버렸어. 거기서 나무 원 없이 때다 용접 한다고 인천 가데. 나무로 때는 불 갖고는 성이 안 찼는가벼.

　　안 해본 일 없지만 바느질이 일등공신여. 이제 보니 한복 짓고 이불도 꿰매고, 미싱도 했네. 거 스킬자수 하다가 재봉틀 얻었잖어? 2000원짜리 미싱으로 침대 카바도 만들고 베개 카바도 만들었지. 월급 받고 이불가게도 다녔어. 커텐도 박고 지퍼 달아서 방석도 만들고 뚜껑도 숱하게 만들었지. 무슨 뚜껑이냐고? 세상에 덮을 거이 천지여. 밥통도 덮고 냉장고도 먼지 안 쌓이게 덮고 레이스 달아서 텔레비전도 덮고. 아니여. 이번엔 중앙시장이 아니라 동대문시장이네. 천이란 천은 동대문시장에다 모였어. 하나밖에 없는 우리 손녀딸은 미싱 소리 들음서 자랐네. 잘 걷지도 못하는 거이 미싱 모타를 꼭 지 손으로 켜고 끄네. 고 작은 손으로 미싱판을 꼭 잡고 말이여. 꼭 지가 서서 해야 돼. 미싱 오른편에 말이여, 빨간 스위치하고 녹색 스위치 두 개가 있거든. 켤 때는 파란 걸 누르고 끌 땐 빨간 걸 눌러. 내가 일을 시작하는지 끝내는지 귀신같이 알데. 그게 먼지구덕이지. 천이 알록달록 이쁘긴 해도 먼지가 얼마나 날리는데. 이젠 눈 어두워서 바느질은 못해. 그래도 알록달록 이쁜 꽃무늬 천 박아서 이거저거 만들다 보면 다림질한 거맨치로 이상하게 맘이 펴지더라. 다림질 잘해놔야 물건이 뿐이 나잖여.

조금 하다 그만두려고 시작한 반찬공장이 벌써 10년이 다 됐구나. 일이 힘들다 보니 노인네들끼리 어울려 막걸리도 마시고 그래. 술도 많이 늘었어. 엊그제는 회식한다고 갔는데, 먹을 거는 없고 생색만 내는 사장이 얄밉드만. 필름이 끊겼나봐. 하여간에 소주 몇 컵 연거푸 들이켜고 내가 사장한테 막 대들었다는구만. 기억 안 나. 나랑 같이 일하는 욕쟁이 할머니는 예순일곱 살인데, 혼자서 지하 보일러실에서 살아. 공장서 밥 남으면 싸서 들고 가고, 일요일엔 경로당 가서 밥 먹고, 라면 끓여서 술 몇 잔 마시고 잠들었다 새벽이면 또 나와. 너무 바싹 꼬부라져서 허리도 잘 못 펴, 엉기작거리면서 걷고. 사는 게 힘드니까 아무것도 아닌 것 갖고 막 욕하고 화를 내. 하루에도 몇 번씩 얼굴 붉히고 싸워.

언제 이렇게 비틀어졌을까? 새끼손가락 여기도 뼈가 툭 튀어나왔네. 다리에 힘이 빠져서 툭하면 넘어져. 두 번이나 팔목을 삐었어. 골다공증이 심해져 올해도 벌써 몇 달째 약을 먹었어. 그래도 아직 누구한테 꾸러 가지 않고 살잖어? 없이 살아도 이렇게 부지런히 내 몸뚱이 굴리고 사니깐, 하느님께 감사해. 없으면 없는 대로 살아야지. 세상에 큰 별만 있간디? 하늘 올려다보면 작은 별이 수태 더 많드라. 남과 비교할 것도 없고 나에게 준 달란트대로 열심히 사는 거지. 아침 9시에 나오나 오후 2시에 나오나, 저물 때 나오나 품값은 똑같이 주는 하느님 아니신가? 힘 안 들이고 돈 많이 쓰고 사는 사람 부러워할 필요도 없어. 나만 고생스럽다고

"집집이 도마 나오고 방망이니 소주대병이니 다 나와. 한쪽에선 만두피 밀고 한쪽에선 만두속 넣고, 큰 솥에는 물이 끓고, 여기서 삶고 저기서 건져 먹고. 겨울엔 장독 위에다 신문지 깔고 줄줄이 빚어놓으면 땡땡 얼어갖고 집집이 한 판씩 들고 들어갔지."

남과 비교하며 불평할 것도 없고, 그저 내 주어진 대로 열심히 살아. 나보다 더 없이 사는 사람 생각하고 말이여.

속 많이 넣는다고 김치가 맛있남? 욕심 부려 간 많이 하고 뭐를 잔뜩 양념을 집어넣는다고 맛있는 게 아니잖어? 간이 덜 들어가도 넘치게 들어가도 맛이 안 나. 무어든 적당하게 하는 게 중요하드라. 욕심 부리지 말아야 돼. 행복이 뭐냐고? 가난해도 열심히 살고 욕심 부리지 않고 현재에 만족하는 거, 그기 바로 행복이여. 별로 어려울 거도 없는디, 왜 행복한 사람이 별로 없을까? 젊어서 말이여, 천에 조화 찍는 일을 한 적이 있었네. 색색 천을 집어넣고 꽃 모양 틀을 누르면 천에 꽃무늬가 찍혀 나와. 근데 말이여, 너무 오래 누르면 타버리고 너무 빨리 떼면 꽃무늬가 안 찍혀. 사는 게 그거랑 똑같어. 하나씩 하나씩 조심스럽게 딱 맞게 해야 돼. 기뻐도 슬퍼도 나는 하느님 종이니까 가난한 마음으로 살아야지.

하느님 알고 마음이 참 편해졌어. 그전에 항상 두근거리던 가슴이 편안해지고 마음이 그렇게 좋을 수가 없어. 30년 넘게 하느님한테 날 맡기고 살다 보니, 마음이 가난한 자가 복이 있단 말도 이해가 되네. 마음이 가난하면 마음이 편하고 욕심이 없어지지 않던가. 내가 가진 게 없으니 더 욕심 부릴 일도 교만할 일도 없고, 잃을까 두려울 일도 없고, 남한테 폐 안 되고. 내 몸이 이만큼이라도 성해 사지육신 놀려 일할 수 있으니 참 고맙지. 하도 바쁘고 정신없이 살아서 고생하면서도 억울한 줄도 몰랐어. 아쉬운 건 하나 있네. 얼른 자식 농사 짓고 나보다 불쌍한 사람 위해서 살게 해달라고 기도했었는데 자식 수발하다 세월 다 가버렸네. 이제는 기운도 없고 능력도 안 되니 그게 조금 서운하구먼. 하느님 의지하고 평생 살아왔는데…… 내가 제일 좋아하는 말씀은 시편 23편이네. 불안하고 살기 폭폭하고 한숨이 나올 때 이 구절을 암송하면 마음이 편해지드라. "여호와는 나의 목자시니 내게 부족함이 없으리로다. 나로 하여금 푸른 초장에 눕게 하시며", 그려 그게 노래여. "잔잔한 물가로 나를 인도하시는도다." "잔~잔한 물가로 잔~잔한 물가로 인도~하시도다." 그려그려, 색시가 노래도 잘하네. "진실로 선~함~과 인자하심이 인~자~하심이 나의 사는 날~까지 나를 따르리니~" 맞어, 거기는 그렇게 높이높이 하늘로 올라가게 해야 돼. 잘한다 잘해.

난 어릴 때부텀 꽃을 참 좋아했어. 일 끝나고 돌아와 깜박 잠이 들어 한소끔 자고 나면 한밤중여. 울떡증이 있어서 자다가도 벌떡벌떡 깨거든. 누워 있으면 뭐하나? 살금살금 계단을 올라가지. 바람이라도 좀 쐬야 가슴이 펴지거든. 하이고 저 꽃 좀 봐아. 어디서 저리 이쁜 꽃이 피어났을꼬. 그 꽃 이름이 뭣이냐고? 안 갈켜줘. 하여간 하늘 가득 흰 꽃이 피어나서 세상이 온통 환해. 하얀연립이라고, 그 집이 한 30년 된 집이거든. 이름만 허옇지, 똑 기계충 난 애기 머리통 같은 디여. 여기저기 갈라지고 벗겨지고, 재개발을 한다나 어쩐다나, 몇 년째 딱지도 붙어 있구 말이여. 딱지가 붙든 말든 제 할 일 하시데. 그런 디서 우찌게 그리 이쁜 빛이 나왔을꼬? 참 희한하지, 꽃 안에서 진짜로 흰 빛이 흘러나오드라. 그르믄 딱지 붙고 갈라진 담도, 낡은 집도 환해지데. 그 꽃 이름이 뭐냐고? 안 갈켜준다니께.

　　하여간 그분은 키가 엄청나게 커. 세상이 온통 하얗네. 온통 하얗게 세상을 덮고도 또 눈이 오시는구나. 그분은 또 하얗게 눈을 뒤집어쓰고 계시네. 아가, 저거 좀 봐라. 오늘은 눈꽃이 피었구나! 저렇게 추운 디서 그냥 한 자리서 서 있는디 얼지도 않고 말이여, 때 되면 다시 꽃을 피우시더라. 그 꽃은 어디서 나왔을까? 아가, 너는 혹시 아냐? 나는 말이다, 저 나무를 보믄 나는 똑 저만치만 살고 싶드라. 꽃을 보믄 똑 꽃만치 이쁘게 이쁘게 살고 싶드라.

심정희 씨는 막노동을 더 이상 감당할 수 없는 몸이 되고서야 반찬공장을 그만두셨다. 골다공증으로 구멍 난 뼈와 비틀린 손목으로 그이는 동네 가까운 건물 사무실에서 청소해주는 일을 시작했다. 얼마 지나지 않아 신장암 판정을 받고 신장과 부신을 떼어내는 큰 수술을 했다. 퇴원한 이후에도 새벽 4시에 일어나 지하실 계단을 올라 찬송가를 부르며 빙판길을 걸어 날마다 청소일을 다녔다. 그리고 1년 후, 뇌종양 판정을 받아 감마나이프 수술을 받고 1년 남짓 더 살다 가셨다.

나는
지금도
배운다

평화시장
무명씨傳

무명씨는 열 살에 상경하여 평
화시장에서 시다를 거쳐 미싱사
로 일해온 우리들의 누이다.

나는 평화시장의 일급 미싱사
손이 안 보이도록 옷을 만들지
서울 시내 와이셔츠 십 분의 일은
이 손으로 만들었지 나는 미싱사
이 바닥에서 구른 지 벌써 칠 년째

나는 미싱사 옷을 만들지
이 옷을 누가 입을까 나는 관심이 없어
죽어라 뺑이치며 미싱만 밟을 뿐
이 옷이 얼마에 팔릴까 나는 몰라
하루빨리 이곳에서 벗어나고 싶을 뿐

빡빡한 미싱에 기름칠 하고 벨트도 조이고
장딴지에 힘주어 쉴 새 없이 발판을 밟아대지
졸린 눈 부릅뜨고 한 땀 한 땀 신경을 곤두세워
에리와 소매와 몸통을 이어 옷을 밀어내지

밀려드는 잠 쫓으려 타이밍을 먹고
입술을 깨물고 허벅지 꼬집으며 옷을 만들지
미싱을 타는 지금은 철야 이틀째
미싱을 타는 지금은 철야 이틀째

-「미싱사의 노래」

애기 때 젖도 잘 못 얻어먹었대. 어머니가 마흔여섯에 끝둥이로 낳았는데 하도 아파서 젖도 안 나왔대. 울 힘도 없는 게 꼬물거리니까, 언니가 불쌍해서 밥물을 떠 넣어줬는데, 고 조막만 한 것이 숨을 깔딱거림서 꼴깍꼴깍 삼키더래. 아버지가 골골해서 위장병을 달고 다녔는데 일하다 소에 받쳤다네. 자꾸 목에서 침이 넘어오니까 일하다 주저앉고 주질러앉고, 일을 못 해. 시세도 안 나가는 전답 팔아 약값 하다 보니 슬금슬금 재산이 다 없어졌대. 자식은 주렁주렁 딸 셋 아들 셋 여섯이나 되니까, 어머니가 품 팔아 생계를 이어갔어. 난 어릴 때 쌀밥을 먹어본 기억도 도시락 싸 간 기억도 없네. 아 참, 두 번 있구나. 초등학교 소풍 때 보리밥에 짠지 세 쪽 싸 간 거하고, 가을 운동회였나, 고구마 종이에 싸 간 거하고. 먹을 도시락이 없으니까 점심시간에 운동장이나 어디 안 보이는 나무 밑이나 그런 데 숨어 있다 들어갔지. 자존심이란 단어는 몰라도, 어릴 때도 자존심이라는 게 있나봐.

계란이 그렇게 하얗고 노란 줄 몰랐어. 초등학교 2학년 땐가 3학년 땐가, 그날도 점심시간에 나무 밑에 있는데 돌 밑에서 누가 '하얗고 노란 것'을 먹고 있더라. 너무너무 이쁜 걸 먹고 있는데, 세상에 내가 본 적이 없는 걸 입으로 넣고 있으니까 신기한 거야. 계란을 먹어본 적이 없으니 그게 계란이었다는 걸 알 턱이 없지. 고기라고는 멸치 대가리밖에 못 먹어봤어. 아들을 서울에 대학 보낸 집에서, 멸치 대가리와 똥은 버리고 좋은 거만 서울로 보내. 그러면 엄마가 일해주고 남은 꽁지를 얻어 와. 무 넣고 고춧가루 풀고 지져주면 그것도 고기라고 그렇게 맛있을 수가 없어. 엄마가 남의 집 일 가면 밥 얻어먹으려고 따라가. 그 집 식구가 보면 혼난다고 엄마가 부엌에서 밥을 몰래 떠줘. 누가 볼세라 잽싸게 먹지.

아버지가 술 취해서 남 흘린 거 주워 오고 그랬어. 시골에 오일장이 서면 옛날 아버지들은 술 취해서 다 흘리고 오고 그러잖아. 그러면 느지막이 오시면서 남이 흘리고 간 고등어나 갈치를 주워 오기도 하고 그래. 또 장날에 팔려고 쌀 싣고 가면서 몇 방울 흘리면 그것도 몇 알씩 주워 오고. 아버지가 골골하셨어도 참 재밌는 분이야. 둘째 오빠는 장에 내가다 길바닥에 흘린 쌀을 주워 오는데, 한번은 둘째 오빠가 아랫도리도 없이 들어오더래. 흙조차 모래조차 범벅이 된 쌀을 어디 담아올 데가 없으니 바지를 벗은 모양이야. 고추는 가리고 집으로 막 뛰어왔나봐. 헐레벌떡 숨을 몰아쉬면서, 막내 동생 죽 끓여 주라고 바지춤 속에서 쌀을 내놓더래. 밥을 하면 소쿠리 하나 가득 무를 까. 솥 밑에 잔뜩 무를 깔고 쌀은 한 그릇이나 해서 아버지만 드리고, 무밥을 먹는데 단 것도 아니고 들큰한 것도 아니고, 숭늉은 도저히 못 먹겠어. 점심은 늘 고구마로 때웠어. 쑥이 나는 철엔 쑥떡으로 때우는데, 쑥은 잔뜩 넣고 쌀은 한 주먹이나 넣까 말까 해서 쪄. 쑥떡을 씹다 보면 나중엔 입 안에 쑥만 남아. 씹다 씹다 안 씹어지니까 딱딱하게 굳은 쑥만 뱉어. 먹을 게 그 모양인데 학비가 어딨어. 당시 육성회비가 60원인가 70원인가 했다는데 그걸 낼 돈이 없었어. 날이면 날마다 돈 가져오라고 선생님이 집으로 돌려보내. 어차피 엄마가 없어서 못 주는 거 빤히 아니까 괜히 돈 달라고 해봤자 뭐해. 엄마가슴 아플까봐 말도 안 했어. 학교 그만둔 지 얼마 안 돼서 고향 떠났어. 열한 살 때였던가. 안 보이던 오빠가 내려와서 서울 가면 책가방도 사주고 학교도 보내준다는데 얼마나 신이 나. 친구들과 헤어지는 슬픔도 잊고 신나게 따라왔지.

난생처음 서울이란 데를 왔는데 중랑천 뚝방에 방 한 칸, 부엌 한 칸에서 큰오빠 내외하고 조카가 살아. 그 좁은 데서 아버지 엄마, 둘째와 세째 오빠, 세째 언니, 나, 이렇게 여덟 식구가 한 방에서 자. 큰오빠가 직업도 변변히 없이 길에서 또뽑기 장사를 하고 있어. 시골서 땅 팔고 집 팔아 쌀 일곱 가마 달랑 들고 왔는데, 오빠네도 그걸로 먹고 살아야 할 형편이야. 얹혀사니 엄마는 벌써 며느리 눈치를 보는 거지. 한심하기도 하고 엄마가 불쌍하기도 해서 어린 마음에도 학교는 여벌이고 돈을 벌어야겠구나 싶었어. 그래, 언니는 보르네오 공장에 들어갔는데 나는 너무 어려 다닐 데가 있어야지. 그래 휘경동에 있는 PAT공장엘 가봤는데 거기는 좀 갖춰진 데라, 등본도 떼 오라 하면서 젖 더 먹고 오래. 시골서는 없으면 나물이라도 뜯어 먹을 수 있는데, 서울서는 돈 없으면 동냥하는 수밖에 없어. 그게 어린 속에도 훤히 들여다보이더라. 어떡하든 취직을 하려고 기를 썼어. 그때 명옥이 언니라고 평화시장 미싱사로 다니는 언니가 있었어. 주인집 딸이었는데 하여간 그 언니 따라서 아동복 블라우스 만드는 공장에 갔어. 공장 구경은 난생처음이야. 한 명을 구하는데 공교롭게 두 명의 시다가 왔어. 시다를 구하는 언니가 "이런 일 해봤느냐" 물어. 금방 들통날 일인데, 덩치로 보나 뭐로 보나 불리할 것 같아 죽기 아니면 까무라치는 심정으로 나도 모르게 "해봤다"고 했어. 능숙하게 거짓말 한 덕에 시다가 됐어.

　세상에나, 평화시장 시다가 꿈이었다니. 문 앞에서 미싱사랑 얘기를 하는데 저 안에 미싱이 쫙 있어갖고 한쪽에선 노랑색, 한쪽에선 분홍색 색색으로 옷이 나오는 거야. 자기들은 실을 맞춰야 하니까 한 색깔씩 나눠서 하는 건데, 나는 그걸 모르니까 신기하기만 한 거지. 시골에서 천 쪼가리 하나 구경 못 하다 총천연색 천을 보니 다 신기하고 예쁜 거야. 그런데 또 무서운 건 번쩍번쩍하는 돼지모타야. 빨딱게라고 주먹만 한 게, 미싱사가 발판을 밟으면 지지 불이 붙으면서 번쩍번쩍 하니까 그게 무서워서 그 옆에를 못 갔어. 그렇게 열두 살에 시다가 됐어. 아침밥을 먹는 둥 마는 둥 만원버스에 시달려 어두컴컴한 복도를 지나 닭장 같은 다락방 속으로 들어가. 하루 종일 햇볕 한 번 못 보고 허리 한 번 제대로

성효숙 | 내가 닦아줄게 | 캔버스에 유화 | 15호 | 1995

못 펴고 밤까지 일을 해. 도시락을 까면 밥을 먹는 중에도 색색 먼지가
앉아. 작업장이 먼지 구덩이거든. 하루 열다섯 시간씩 일하고 받은 첫 월
급이 500원. 집에 가도 쌀 한 톨 없으니 일이 고되어도 여기서 죽으면 끝
이다 생각하고 이를 악물었어. 사람들은 환경이 나빠서 이런 데서 어떻

게 일해요, 할지 모르지만 그건 내게 배부른 소리였어. 몸이 고된 것보다 제일 참기 힘들었던 건 화장실이야. 한 번 일을 보려면 30분씩 기다려야 돼. 재수 좋으면 30명이고 평소에는 40~50명이 서 있어. 발을 동동 구르며 기다리는 거지. 굶어가며 하루에 열대여섯 시간씩 일하니까 자다가도 밤에 서너 번씩 쥐가 나는 거야. 그때는 어떡할지 모르고 너무 아프니까 울고불고 했어. 나 땜에 엄마가 잠도 제대로 못 잤어. 그런데 말이야, 아무리 아파도 엄마한테 한 번도 '나 힘들어서 못 하겠어'란 말이 안 나와. 그 말을 못 하겠어. 여러 식구가 함께 사니까 잠자리도 불편하고 집이 지옥이었는데도 엄마 때문에 감히 가출할 생각도 못 했어. 내가 그러면 엄마가 얼마나 더 힘들까 싶었던 거지.

공장 다녀도 밥 굶긴 마찬가지였어. 밥 몇 끼 먹고 사는 게 왜 그리 어려웠을까? 점심 도시락은 싸 갈 수 있을 때는 싸 가고, 못 싸 갈 형편이면 내리 굶었어. 배고픈 것도 시간이 지나면 잊어져. 감각이 둔해져 배고픈 줄도 모르고 일했어. 퇴근해서 집에 가면 수제비 얻어먹기도 쉽지 않았어. 식구들이 많으니 큰 솥 가득 수제비를 끓여도 밤늦게 들어가면 없을 때가 많아. 남으면 먹고 없으면 굶고 잤어. 차비 아끼려고 5원씩 모으면서도 내 입에 뭔가를 채울 생각도 못 했어. 일 끝나고 동대문 고려제과 빵집 앞을 지나가면 얼마나 냄새가 맛있게 나는지, 그 빵 한 번 사 먹어보는 게 소원이야. 나중에 폐병 걸리고 나니 그 빵 한 번 못 먹어보고 내가 몹쓸 병에 걸렸구나 싶으니 눈물이 나더라. 사실 난 빵을 별로 안 좋아하거든. 그땐 하도 배가 고프니까 그랬겠지. 옮겨간 공장에서 우리는 2000원 받으면 미싱사들은 대목 때 며칠 철야하고 그러면 1만 원, 1만 2000원 받는데, 아, 미싱사 언니들 월급봉투가 얼마나 두툼하던지. 그걸 보면서 하루빨리 기술 배워야지 싶었지.

미싱사만 되면 만사가 다 해결될 것 같았어. 빌딩도 살 것 같고, 길

거리에서 파는 순대나 풀빵쯤은 맘 놓고 사 먹을 수 있을 것 같고, 남산도 가보고 케이블카도 타보고, 중학생이 입는 후레아치마랑 세라복도 입어보고, 녹말가루 묻혀서 빳빳하게 세운 카라가 달린 그런 교복을 입어보는 게 소원이었으니까. 미싱사만 되면 공부도 할 수 있을 것도 같고, 내 생전에 졸업장 하나 받아보는 게 소원이었으니까. 한밤중 퇴근해서도 발로 굴리는 미싱을 밟으며 연습했어. 헝겊 쪼가리를 조각조각 이어 이불을 만들면서 기 쓰고 했어. 억울했던 것 중 하나가 버스 요금이야. 공부 못 하는 것도 억울한데 꼭 학생 두 배를 내야 돼. 내가 이렇게 덩치가 작잖어? 그땐 오죽했겠어. 나이로 보나 덩치로 보나 난 초등학생인데, 늘 나는 교복 입은 학생들 두 배 요금을 내야 되는 거야. 걔들은 교복 입고 책가방 들고 나는 도시락 보자기 들고 그 차인데. 학생 회수권을 내면 큰일 나는 줄 아니까 어른 버스비를 내긴 하지만, 가슴에 울분이 사라지지 않아. 나중에 미싱사가 되어 미싱을 하는데, 내 꿈이 다 이루어진 것 같았어. 열두 시간이고 열다섯 시간이고 철야를 밥 먹듯 해도 어찌나 재미가 있는지, 아파도 아픈지도 모르고 일했어. 기 쓰고 일했어, 기 쓰고.

나는 늘 가장이었던 거 같아. 막내지만 막내가 아니야. 불운은 왜 그리 겹쳐서 오는 건지. 집안 뒤치다꺼리가 끝이 없어. 1년 사시사철 나이롱 바지 하나로 버텼어. 재밌는 영화 한 편 보고 로션 하나 써보는 게 꿈이야. 열일곱 살이던가, 한번은 공장장이 장난으로 브래지어를 뒤에서 가만히 잡아당겼어. 하도 오래 입어서 그만 블라우스가 쭉 찢어져버렸네. 얼마나 창피하던지 일하다 밖으로 뛰쳐나갔어. 도시락 가방도 못 사고 보자기에 싸서 다녔어. 한번은 버스에서 밀려서 앞으로 쏟아졌는데 그만 도시락 보자기가 땅에 나동그라졌어. 보자기가 풀어져 김치 냄새가 진동을 하는데 한참 사춘기 때라 얼마나 창피한지.

오빠랑 아버지가 사이가 별로 안 좋았어. 모두 오빠에게 얹혀사는 신세니 눈치보랴, 오해를 받아도 속으로 혼자 삭이느라 마음고생이 심했어. 배고픈 것보다 불화가 더 힘들어. 월급을 엄마한테 주고 싶은데 오빠 밑에 얹혀사니까 큰올케한테 봉투를 그대로 내줬어. 큰올케가 또뽑기를 그만두고 나중에 구멍가게를 했는데 저녁에 일이 일찍 끝나는 날이면 가게도 봐주곤 했지. 월급을 갖다 주면 큰오빠가 100원, 200원씩 줘. 그땐 은행에 저금할 줄 모르니까 그 돈을 둘째 언니네 갖다 줘서 모았어. 그걸로다 꿈에도 소원이던 소라색 후레아치마를 사서 입었어. 근데 올케가 니가 어디서 돈이 나 옷을 사 입었느냐고 그래. 가게 돈통에서 훔쳐서 산 거 아니냐고. 그때 마음에 받은 상처는 말로 못 하지. 안 훔쳤다고, 이만 저만 해서 샀다고 말하고 싶은데 엄마가 들으면 속상할까봐 속으로 삭이느라 힘들었어.

참, 원 없이 많이도 걸었네. 당시 버스비가 5원이었거든. 아, 그 5원 아끼려고 일찍 끝나는 밤에는 두 시간씩이나 걸어다니며 돼지저금통에 저금을 했다니까. 한 3년 동안 모은 저금통을 뜯으니 1만 2300원이 되는 거야. 그래 그 돈으로 셋째 오빠 드라이크리닝 하는 제일모직 바지를 1만 8000원에 맞춰 줬어. 셋째 오빠 좋아했어. 머리도 좋고 공부도 잘해 어릴 때부터 늘 자랑스러웠는데, 아, 그런 오빠가 국민학교 마치고 강원도 탄광에 돈 벌러 갔다가, 거기서 폭탄을 맞아 세 명이 죽고 한 명은 다리를 잘랐대. 우리 오빠는 일흔여덟 바늘을 꿰매고 오른손을 쓸 수가 없게 됐어. 자존심도 세고 남의 도움도 안 받는 성격이었는데, 반병신 되고 그 뒤로 괴로우니까 술 먹고 집에 들어오면 행패도 부리고 그랬어.

불운은 꼬리잡기를 좋아하나봐. 계속 앞 꼬리 잡고 물고 늘어지드라. 그 사이 군대 간 둘째 오빠 헬리콥터 타고 가다 떨어졌어. 다섯 명 죽고 오빠 혼자 살아남긴 했는데 후유증이 컸어. 류마티스 관절염에 걸음을 못 걷고 누워서 지냈지. 그러니 소꼬리 사 주고 쌀말이나 팔아 주고 싶고, 조카들 바지나 티셔츠라도 사 주고 싶고……. 어렵기는 큰언니네도 마찬가지였어. 아직 어린 조카 다섯 남기고 형부가 뇌졸증으로 쓰러졌네. 형부는 노름빚에 뭐에 방 한 칸 안 남기고 세상을 떴어. 무허가촌에 집 지어서 우리랑 지하실방에서 같이 살게 됐지. 구청에서 때려 부수면 언제 쫓겨날지도 모를 집에서. 언니는 먹고살려고 시금치 밭에 일 나가고 그러는데, 옆에서 보니 어린 조카들이 늘 불쌍해. 힘닿는 데까지 조카들 거둬주고 싶었어. 그러다 큰오빠가 살기가 힘드니까 자기네 식구만 데리고 도망을 갔네. 마침 여름철이라 나도 일거리가 없을 땐데, 집에 당장 먹을 쌀 한 톨 없는 거야. 눈치볼 사람 없는 게 그렇게 좋더라. 맘 편히 밥 먹고 사는 게 세상에서 젤 좋아. 그래, 어쨌든 쌀이 없잖아? 아버지랑 빙수 장사를 했지. 마침 구멍가게에 빙수 기계가 있어. 얼음을 외상으로 사다 노란 주스 물 붓고 하루 종일 갈았어. 180원이 남더라. 그 돈으로 보리를 샀어. 엄마가 얼마나 좋아하시던지 그때 웃던 모습이 잊히질 않아. 다음 날은 요령이 생겨 쌀 두 되를 샀네. 어쨌든 그걸로 한 달을 살았어. 언니랑 나랑 엄마한테 월급 갖다 주지, 눈치볼 사람 없지, 그때 엄마가 당신 생전에 밥 한 번 편히 먹는다고 얼마나 좋아하시던지.

살다 보면 굽이마다 스승이 늘 나타나데. 시다 시절 주인집 명옥 언니를 통해 한 오빠를 만나게 됐네. 나중에 커서 들으니 그 오빠 초등학교 때 아버지가 뺑소니차에 치여 돌아가셨대. 4학년 중퇴하고 껌도 팔고 신문도 팔면서 동대문에 있는 고등학교에 다니던 고학생이었으니 못 배우고 가난한 설움을 잘 알지. 그 오빠가 사춘기 시절 꿈이자 내 유일한 위안처였어. 기술 배울 때는 4년 동안 그 오빠 만나는 재미로 살았어. 시다할 땐 일 끝나고도 청소하고 일감 정리하고 늦게 오니까 우리 오빠는 "너

왜 이렇게 늦었니?" 첫마디가 그러니 집에선 입을 닫고 살아. 근데 그 오빠는 나를 다 이해해주니까 내가 막 하늘로 올라가는 거지. 아무리 힘들어도 그 오빠 만나면 기가 팍팍 살아. 아침에 정류장에서 만나 "나오셨어요?" 인사를 하면 "방금 나왔어" 하고 웃어. 또 야근하고 밤에 돌아오면 정류장에 서 있다 "갔다 왔니?" 하고. 자긴 바람 쐬러 나왔다며 집까지 데려다주면서 내 한문 이름을 돌에다 써서 가르쳐주기도 하고, 힘들어도 희망을 잃지 말라고 격려해주고. 그래서 기회만 되면 밤에라도 공부해야지 다짐을 했어. 키가 작으니까 사람들을 많이 집어넣으려고 운전수가 핸들을 휙 꺾으면, 어디로 떨어지는지도 모르게 도시락 가방을 놓치기도 하고 그래. 그럴 때 도시락 가방도 그 오빠가 대신 들어주고 그랬어.

기를 쓰고 일해 미싱사가 되고 죽어라 미싱도 밟았는데, 아무리 열심히 살아도 학생이 될 수 없는 데에 절망했어. 그런 즈음 정말이지 엄청나게 큰 스승들을 만났어. 가난한 집에서 태어났으니 당연히 노는 거는 포기하고 일만 하는 게 운명이라고 생각했는데, 월급 적게 받아도 당연한 거고 뜻은커녕 인간다운 권리라는 단어가 있는지도 모르던 내게 어느날 '하늘에서 별이 뚝' 떨어진 거야. 72년 평화시장을 지나는데 뭐 종이쪽지를 나눠 주데. 옥상에서 '노동교실 찾기'를 한다는 거야. 유인물을 나눠 주면서 한번 올라가보래. 옥상에 올라가보니까 누가 앞에서 악을 쓰면서 뭐라고 하고 있더라. 그런 데가 처음이라 무슨 말인지 알아들을 수가 있어야지. 그분이 함석헌 할아버지래. 강연이란 것도 처음이고 '데모'라는 것도 처음 구경한 거지. 노동교실을 통해 노조를 알게 되고 전태일도 알게 되고, 진짜 희망이 뭔지 발견했어.

나 같은 사람은 행운아야. 공순이들이 뼈 빠지게 일하다 결핵 걸리면 죽는 거지, 어디 약을 먹어. 친한 친구 하나도 그래서 죽었어. 그전엔 나는 덕 없고 복 없는 사람으로 평가하고 학대하고 살았어. 근데 노조를 알면서 '나는 복이 많은 사람이구나' 생각하게 됐어. 벙어리처럼 말도 안하고 팔자를 원망하며 하루하루 살았잖아. 나는 가난한 집에서 태어났으니까, 나는 공순이니까 아무렇게나 대접받아도 당연하다고 살았잖아. 죽을 수 없으니까 사는 거고, 팔자가 그렇게 타고 났으니까 사는 거야. 지옥이 지옥인 줄 몰랐어. 나는 지옥 같은 평화시장에서 일하면서도 그게 그렇게 열악하고 비인간적이란 걸 몰랐어. 전태일이 어린 여공들한테 풀빵을 사주고 창동까지 걸어다녔는데, 나도 똑같이 중랑교까지 걸어다니면서도 감히 그런 게 문제라고 느끼지 못한 거야. 그는 나 같은 사람에게 인간으로서의 꿈을 일깨워준 거지. 죽어서 나 같은 사람한테 큰 스승이 된 거야.

내게 노조는 하느님, 아니 부모 같은 거였어. 노조가 아니면 죽는다고 생각할 정도였으니까. 노조를 통해 스승들을 다 만났으니까. 이소선 어머니의 사랑, 노조 조합원들과의 만남, 조영래 변호사의 사랑…… 지금도 감사해. 죄스러울 만치 사랑을 받았어. 중랑천 무허가촌이 철거돼서 성남 은행동 판잣집으로 이사했어. 버스를 내려서도 30분씩 걸어 들어가야 하는 데서 살았는데, 세상 눈 뜨는 재미에 밤늦게 집에 들어가서도 책을 읽었어. 남의 집 세를 사니 전깃불도 눈치가 보여서 촛불 켜놓고 공부했어. 그 시절 난 미쳐 살았어. 노동조합에 미쳤던 거야. 그때까지만 해도 한문을 몰라 은행에 못 다녔는데, 노동청에 있던 이정호라는 국어 선생이 한문도 가르쳐줬어. 당시는 돈을 맡기고 찾으려면 한자로 써서 신청을 했지. 그분이 1에서 억까지 가르쳐주며 이상한 숙제를 내줘. 5원이면 5원, 10원이면 10원, 통장에 있는 대로 돈을 넣게 하고, 다음 날엔 돈을 찾게 하는 거야. 당시는 왜 이런 숙제를 내주는지 몰랐지. 글을 몰라 은행도 못 다니고 돼지저금통에 넣거나 5원, 10원씩 언니에게 맡기기도 했잖어. 그분 덕에 한문을 깨쳐 은행에 다닐 수 있게 된 거야. 그 희열

성효숙 | 농성장 | 캔버스에 오일 | 90×117cm | 1992

감은 말로 다 못 하지. 그렇게 자신감이 생기고 기쁠 수가 없는 거야. 공부가 머리에 잘 안 들어와. 공부가 소원이긴 해도 시간도 잘 안 나고, 공부하려고 아무리 노력해도 머리에 쏙쏙 안 박히지. 졸면서 어려운 걸 읽으니까 뭘 알겠어. 책을 겨우 사 봐도 재미가 없어. 졸음이 쏟아져 몇 자 읽다 말지.

그런 내게 공부하는 법을 가르쳐준 게 조영래 변호사야. 그분이 민청학련 사건으로 피해 다닐 땐데, 그분에게는 고통이었겠지만 나에겐 행운이었지. 한번은 심심하면 보라고 책을 세 권 줘. 그 책이 어찌나 재밌던지 이틀 만에 다 봤어. 그러고 다시 만났는데 낮에 일하고 언제 그 책을 다 봤느냐고 또 책 사준다고 책방엘 데리고 가. 그전엔 나는 제목 보고 그림 보고 유명한 전집 사고 그랬거든. 근데 한 권씩 읽어보면서 내 수준에 맞춰 골라주시는 거야. 그렇게 사준 책이 몇 박스야. 그걸 지하에 세 살 때 똥물 넘어와서 리어카로 두 대를 다 버렸어. 노조 활동에 미쳐 있을 때 결핵에 걸렸어. 하도 낯이 안돼 보이니까 지학순 주교가 천주교에서 운영하는 학교에 가서 약도 먹고 공부도 하래. 근데 조영래 변호사의 말을 안 들었어. 나중에 이대병원 김매자 의사를 소개해줘서 엑스레이를 찍어보니까 아나 다를까 이미 폐병이 깊었어. 응급실에 가서 전화만 하면 그분이 내려와서 주사약 사서 놔주는 거야. 외래로 오면 돈이 드니까 손수 그렇게 해주는 거지. 병원 처방전을 주는데 약값도 쌌어. 그땐 고마운 건 알았지만 그렇게 감사한 줄은 몰랐어. 있으니까 베푸는구나 생각했지. 얼마나 고마운 일이었는지 살면서 두고두고 뼈저리게 느꼈어. '크리스챤아카데미(Christian Academy)'에서 알게 된 신인령 선생님, 김세균 선생님…… 내가 세상에 태어나 살면서 사랑을 입은 스승들이 얼마나 많은지 몰라.

아, 은혜도 못 갚고 이별한다는 게 그리 한이더라. 결혼해서 집에서 미싱으로 부업을 하는데 하루는 뉴스에 나오데. 조영래 변호사가 돌아가셨다는 거야. 심한 슬럼프에 빠졌어. 그렇게 사랑을 받았는데 그분이 그리 아파서 고통당하는 줄도 몰랐다니 가슴이 미어지는 거야. 그분 사랑을 누에가 뽕 먹듯 갉아 먹기만 하고 나는 하나도 되돌려주지 않았어. 내가 아무것도 해드린 게 없다는 자책감 그런 게 얼마나 괴로운지 몰라. 입관이 끝났는데 하도 울며 한 번만 보게 해달라 하니까 관을 열어주는데, 뼈만 앙상해서 볼 수가 없어. 얼마나 고통스럽게 앓았으면 그렇게 광대뼈가 앙상한지, 사느라고 허덕대며 그것도 모르고 있었으니. 그렇게 사랑을 주신 분인데 나는 뭐했나, 내가 이렇게밖에 안 되는가 싶고, 죽어서 내가 그분을 어떻게 볼까 싶었어.

그분들이 그렇게 열정을 쏟았을 때는 누군가에게 나눠 주라고 그랬을 텐데, 난 그분들 사랑을 갉아만 먹은 게 아닌가. 그래, 모란공원에 그분 묻을 때, 나도 사랑을 베풀며 살겠다고 약속을 했어. 하지만 내 처지로 돌아와 보면 내 형편이 쉽지 않아. 빚 갚는다고 정신없이 살 때는 몰랐는데, 빚을 다 갚고 나니까 또 첩첩이 산이야. 살 생각을 하니 앞이 막막해. 인간이 대체 뭔가, 나도 멋있게 살고 싶은데 생활에 치이고 남한테 해주는 것도 없이 그날그날 사는 거야. 길이 안 보이는 거지. 그러면서 창동 이소선 어머니를 생각했어. 평생을 저렇게 열심히 사시는데 오죽하면 "너네들 팔자가 부럽다. 너희들은 떠나고 싶으면 떠나는데 나는 떠날 수가 없구나" 하시던 어머니 속마음이 새록새록 이해가 가면서 가슴이 아파.

싸우고 매 맞고 끌려간 기억밖에 안 나. 노동교실과 인연을 맺게 된 후로 내가 어떻게 살았나, 77년 '9·9사건' 날 때까지 내가 어떻게 살았나, 아무리 기억해보려 해도 데모하고 경찰서 끌려가고 매 맞은 거 빼고는 생각이 안 나. 삶에서 희열인가 뭔가 그런 게 있었다면 와이셔츠 싸움 때야. 74년도에 와이셔츠 업체 임금 인상에서 이기고 시간 단축도 끌어냈어. 아, 지금도 눈에 선하네. 20일간 전깃불을 내린 그날, 세상 미싱이란 미싱은 다 멈춘 거 같았어. 우리 요구는 밤 8시에 전깃불을 내리라는 거야. 처음 불이 나갈 때 그 희열감은 지금도 잊히질 않네. 8시에 동시에 전깃불을 내리고 평화시장 노동자들이 데모 대열처럼 한꺼번에 나오는데, 가슴이 벅차 말을 할 수가 없어. 그래서 밤새 모여 농성을 하는데 한 150여 명이 모여 있어. 그때 나는 언니 집에 기거했는데 전화도 안 되고 언니가 걱정을 할까봐 새벽 첫차를 타고 집에 갔다 다시 왔어. 근데 밤새 자리를 지키던 20여 명 되는 사람들이 막 박수를 치네. 경찰이 옆구리에 권총을 차고 있으니까, 무서워서 많은 아이들이 집에 갔다 온다고 가고, 일 나간다 하고 가고 해서 솔래솔래 빠져나가고 돌아오지 않는데 그때 내가 나타난 거지. 그때 이소선 어머니는 사람이 귀하니까 10만 원이라도 주고 사람을 사겠다는 거야. 그런데 뭘 잘 알지도 못하는 쪼그만 여자애가 약속대로 나타나니까 사람들이 감격을 한 거지. 사실 나도 올까말까 망설였어. 근데 이소선 어머니가 밤새 말하던 게 머릿속에서 떠나지 않는 거야. 사실 그때까지 결근 한 번 안 하고 악착같이 공장에만 매달리고 살았거든. 아주 모범적인 미싱사였다니까. 갈등 끝에 데모를 하기로 결정을 했어. 그땐 잘 몰랐어, 사람 하나가 그렇게 소중한 건지. 그 기쁨은 이루 말로 못 하지.

아 참, 80년 퇴직금 투쟁에서도 승리했어. 퇴직금을 달라니까 사장들이 "내가 왜 그걸 주냐. 내가 법정에 가서 몇 배로 돈을 들더라도 너네 퇴직금 주나 봐라" 그래. 그런 사장들을 노조가 고발해서 퇴직금을 받게 되고, 월급도 올랐어. 3년 동안 한 번도 오른 적이 없던 와이셔츠 공임이 35.7퍼센트 올랐어. 그 기쁨은 이루 말로 못 하지. 노조에 미쳐서 싸움을 밥 먹듯 하면서도 공장일은 열심히 했어. 미싱 여섯 대에서 티셔츠가 하루면 700~800장이 나와. 사장이 오죽하면 그래. 자르고 싶어도 하도 일을 열심히 하니까 못 자른다고 그러면서, 너 같은 애가 어쩌다 노동조합을 알아갖고 이러는 줄 모르겠다고 혀를 차. 그런데 말이야, 시간 단축

데모를 해서 작업 시간을 줄였잖아. 그래도 거기에 불만을 가진 사람들이 있는 거야. 하루 열다섯 시간씩 강제로 일하면서도 우리가 얼마나 바닥이었으면 그럴까. 그곳이 좋은 곳인지 나쁜 곳인지, 지옥인지 뭔지 아무것도 모르고 산 거야. 인간 대접을 받고 있는지 어떤지도 모르고 오직 그곳에서 살아남아야 한다는 것밖에 모르고 살아왔으니.

팬티 한 장이 그렇게 소중하더라. 77년에 '9·9사건'으로 갇혔다가 11개월 만에 집행유예로 나왔거든. 당시 내가 부녀부장이었어. 이소선 어머니가 구속되고 노동교실이 폐쇄되니까, 그걸 찾겠다고 몇몇이 주동이 돼서 데모를 한 거지. 임금 인상도 할 겸. 하필이면 날짜를 잡은 게 9월 9일이야. 그날이 뭐 북한의 중요한 날이라나. 그래서 더 크게 당했지. 둘은 구속 영장이 떨어지고 나까지 여자 세 명은 다시 크게 엮으려고 조사를 하는데 그때 당한 수모는 말로 할 수 없어. 세수도 못 하고 옷도 못 갈아입고 조사를 받는데, 입 냄새 나는 것은 그래도 좀 참겠는데, 팬티를 열흘 동안 못 갈아입는 고통은 이루 말할 수가 없어. 분비물조차 땀조차 굳어서 움직이기만 하면 아래가 쓰라려 기어다녔어. 구치소에 넘어가니까 수갑 차는 건 아무것도 아니야. 그냥 팬티 한 장 갈아입으니까 너무 좋은 거야.

80년 얘길 하려니까 손에서 참기름 냄새가 나네. 80년 봄에 계엄령이 떨어졌잖아. 그때 열여섯 명 이상인 사업장에만 퇴직금을 지급하니까, 14인 15인으로 속여서 퇴직금을 떼먹어. 그래서 옥상에서 농성을 하는데, 아래층에는 총 들고 군인들이 서 있어. 나는 그때 옥상에 가마솥 걸고 경리 미스 나하고 주먹밥을 만들었어. 밥 해서, 소금 조금 참기름 조금하고 비벼서 김으로 주먹밥을 만들어. 그렇게 주먹밥 하나하고 단무지 한쪽하고 나눠 줘. 날마다 300명분 밥을 했네. 지금도 그 생각만 하면 손에서 바로 참기름 냄새가 나. 5·17쿠데타가 나고 또다시 노동교실이 폐쇄됐어. 그러자 노조와 지부장을 보호하려고 몇몇이 대책회의를 했어. 결론은 농성이고 결과는 신나게 터지는 거였지. 그때 중부서에 끌려가 어찌나 세게 맞았던지 고막이 터졌어. 2년 후엔가 귀에서 핏덩이가 떨어지더니 지금도 왼쪽 귀는 잘 안 들려.

큰애 낳고 참기름 넣은 미역국도 못 먹었어. 아, 그게 1년 가까이 피해 다니다 남편을 만났거든. 청계피복에서 같이 일하던 사람이야. 당시 시아버지 자리가 중풍으로 쓰러져 결혼할 형편은 안 됐어. 그냥 내가 모은 돈으로 연립을 얻고 삼촌한테 20만 원 빌려서 했어. 예식장비 5만 원에 그날 입을 한복과 국수만 삶아서 올린 결혼식이야. 결혼해서도 빚은 별로 못 봤어. 7년 동안 빚에 시어머니와 불화에 마음 편할 날이 별로 없었어. 아이고, 깜방보다 찬 그 냉골 방. 세상에 연탄이 없어 산모가 냉골에 누워 있었다니까. 나는 없으면 간장 하나로 밥 먹고 빚만 없으면 사는 사람인데, 어머닌 생각하시는 게 좀 다르더라. 시어머니 땜에 맘고생 좀 했어. 정부미는 냄새 나서 어떻게 먹느냐 하고, 비린 것이 없으면 밥을 안 먹는 분이야. 어디 가신다 하면 500원 드려. 내 생각엔 차비 120원에 주스라도 하나 사 들고 가면 되고 어차피 나는 호주머니를 다 털어드린 거니까 떳떳했던 거지. 그런데 그분은 그렇게 살아보지 않았으니까 화를 내. 그걸 그냥 던져버리는 거야. 왜 저러실까, 하는 것 투성인데 그때는 이해를 못 했어. 갚아도 갚아도 자꾸 빚을 지니까, 그분이 누에가 뽕 갉아 먹듯 돈을 긁어 먹는 것처럼 여겨져. 공장에서 일하고 밥도 못 먹은 상태로 신랑과 집에 돌아오면 그냥 눈이 감겨. 너무 지쳐서 밥 해 먹을 기운도 없는 거지. 그러면 어머니는 밖에서 잘 먹고 들어온 걸로 아는 거야. 안 먹고 왔다고 해도 소용이 없어. 참 피눈물 나는 거지. 아버님은 중풍으로 누워 계시니까 말씀도 못 하시고…… 그런 어머니를 이해하는 데

10년이 걸렸어.

늘 어떻게 도망갈까 궁리하며 살았어. 시어머니도 밉고 신랑도 밉고 어떻게 하면 도망갈까 하루에도 몇십 번 궁리를 하며 살았어. 신랑은 나 도망가면 죽으려고 수면제를 병째 가지고 다녔다고 해. 화장실에 가도 도망갈까봐 그 앞에 앉아 있고. 일은 해도 해도 끝이 없고 빚은 계속 늘어나. 나중에는 집에서 미싱을 했어. 그런데 어느 날 나갔다 오니 시어머니가 진 빚으로 모든 물건에 차압이 붙었어. 미싱에까지 딱지가 붙었어. 결국 빚을 갚기 위해 살던 전셋집을 빼서 월세를 전전하게 됐어. 이문동으로 월세 나와 애 업고 보험회사 다녔어. 당장 먹을 건 없고 어머니가 애를 안 봐주니까. 그건 시작에 불과해. 빚은 갚으면 또 나오고 한 시름 놓으면 몇 년 전에 썼다는 빚이 또 나오고…… 도대체 끝이 안 나는 거야. 내 월급으로는 빚 갚고 남편 월급으로 생활해. 콩나물에 두부에 애들 과자값 해서 한 5000원 쓰고, 나머지로 쌀 팔고 월세 내고 하면 애들이 아파도 약국 갈 돈도 없는 거지. 그런데 어머니 목소리가 좀 커. 자꾸 분란이 생겨 큰소리 나고 하니까 주인이 쫓아내는 거야. 그렇게 다닌 이사가 결혼 10년 동안 열여덟 번이야. 쫓겨나면 싼 데만 찾아다니는 거지. 산재 때문에 집값이 떨어진 원진레이온 근처, 교문리 딸기원 안 가본 데가 없어. 전기 기술 배운다고 광양 갔다 온 남편이 새벽에 일 나가면 둘째 아이가 아빠 따라간다고 우는 거야. 애는 울지, 어머니는 마이크지, 주인이 시끄러워 못 살겠다고 또 나가라고 하지…… 어떻게 살았는지 모르겠네. 그렇게 계속 이사를 다니다, 지하실 방 두 칸을 200만 원에 얻었어, 어머니가 애들을 잘 안 봐주니까 집에서 미싱을 사서 일했어. 이제 가까이서 일하는 걸 보면서 어머니가 며느리를 알게 된 거야. 오랜 오해도 풀리고. 옆에서 보니 맨날 미싱에만 앉아 죽어라 밥 먹을 새도 없이 일해. 그러다 아이스크림, 복숭아 한쪽이라도 있으면 같이 나눠 먹고 하는

성효숙 | 일하는 손 | 캔버스에 유화 | 1997

걸 보니까 당신을 속인 게 아니라는 걸 알게 된 거야. 그러니까 일도 도와주면서 미안하다고, 니가 그렇게 고생하는 줄 몰랐다고 하시는 거야.

지하 셋방이 똥물에 잠겼을 땐 참 허망하더라. 그렇게 고생하고 살았어도 절망해본 적이 없었거든. 근데 똥물에 절은 그날은 살아온 날이 다 억울하고 앞이 안 보이더라. 미싱 하나 놓고 시다 판 놓고 오바로크 미싱 하나 놓고 작업하는 방에서 발도 못 뻗고 잤어. 참 열심히 살았어. 빚 갚고 잘 살아 보려고. 그런데 어느 날은 자다 보니까 요가 붕 뜨는 거야. 눈을 떠서 보니 똥물이 들어오고 있어. 지옥이 따로 없고 기가 막혀 울음도 안 나와. 책이 무슨 소용이 있고 지금 나한테 노조할 때 열심히 살아온 세월이 무슨 소용이 있어. 쌀도 없지, 애들은 울어대지, 그때 처음 노조 활동한 걸 후회했어. 그렇게 열심히 살았으면 최소한 끼니걱정은 하지 않고 살아야 하는 거 아니냐고, 뭐가 잘못된 거 아니냐고, 하던 오빠 말도 그때는 다 맞는 거 같고, 심지어 한참 싸울 때 형사가 니만 협조해주면 고생 안 하게 해주겠다며 꼬시던 것까지 생각나. 그때 울면서 사진이며 책이며 옷이며 모두 다 버렸어. 2층 3층 애들도 우리 애들하고 안 놀아. 부모들이 더럽고 냄새 난다고 쟤들하고 놀지 말라고 한 거야. 당당하게 살아보려고 그렇게 몸부림쳤는데 이렇게 세상이 날 무시하는구나. 그렇게 맞으면서도 당당하게 지켰던 순정이 무슨 소용인가 싶어. 모든 게 그때 다 무너졌어.

열여덟 번째 집에서 처음으로 정착했네, 마음도 붙이고. 어디 무허가촌에 250짜리 전세가 있다 하더라고. 거기로 이사를 해 7년을 살았어. 행복이 뭔지 이웃과 함께 나눈다는 게 뭔지 그때 처음 알았다니까. 몸이야 늘 고단했지만 시어머니도 이해되고 남편의 인간 됨됨이도 새롭게 발견하고. 시멘트도 안 바르고 언제 헐릴지 모르는 그런 곳이야. 화장실 하나를 열 집 넘게 쓰니까 소변 보려면 감히 화장실에 못 가. 대변만 자격이 있어. 그러든 말든 그때는 지하실만 아니면 살겠다 싶었지. 똥물만 안 넘어오면 그까짓 것 못 살겠느냐 싶은 거야. 청계에서 일하던 선배가 소개해줘서 날마다 남방 만들었지. 하루에 캐주얼 남방 180장씩 박았어. 아침 먹고 시작하면 밤 12시에 미싱 일이 끝나. 싱 붙이고 뒤집어서 다리고 하다 보면 늘 새벽 두세 시야. 사실 브로크 벽돌에 벽지 하나 바르고 사니까 미싱 소리가 얼마나 시끄러웠겠어. 그런데 이웃들이 싫은 내색도 안 하고 다 잘해줘. 다들 비슷한 처지고 같이 없으니까 이웃들하고 형제처럼 지냈어. 억울한 생각도 다 가시고 다시 사람을 믿게 됐어. 신랑이 스물 몇 가구 되는 집을 일일이 공동 수도 끌어다 집집이 놔주고 그러면서 사람들에게 인정받기 시작하고, 신랑 진가도 알게 되고 시어머니 속도 깊이 이해하게 되고. 그인 언청이여서 집에서 떠받들고 결혼도 못 했다는데, 뒤늦게 결혼을 해서 시아버지가 떠받들고 살았대. 자기 한에 빠져 아무도 배려할 줄 몰랐다는 거야. 게다가 가는귀가 먹었으니, 상대방 말을 엉뚱하게 이해할 수밖에. 나중에 영세 받고 M&E 모임을 하면서 남편 속도 뼈저리게 느끼게 되니까 사람들이 새롭게 보이데.

여기저기 안 아픈 데가 없어. 그렇게 미싱을 한 20년 하고 나니까 말이야. 이렇게 미싱을 해서 애들 공부나 시킬 수 있을까 회의도 들고. 자다가도 미싱이 보이면 또 할 것 같아서 미싱까지 팔아치웠어. 수중에 단돈 20만 원으로 시작한 게 김밥집이야. 빚으로 시작한 가게를 어떡하든 유지해야 했어. 가게방에서 잠시 눈 붙이고 또 일했어. 신랑은 일 끝나면 돌아와 일 도와주고 발도 못 뻗는 가겟방에서 눈 붙이다 출근했어. 한 달간은 생활비도 안 들었어. 어디 차 타고 나기기를 해, 뭐를 살 시간이 있어. 아침도 김밥, 점심도 김밥, 저녁도 김밥. 안 그러면 오뎅, 질리면 떡볶이, 다시 오뎅 김밥. 생선 한 마리도 안 사 먹었어. 하도 질려서 1000원

줄 테니 김밥 싸 가라 해도 애들이 고개를 절래절래 흔들어. 근데 또 슬럼프가 찾아왔네.

내 인생의 세 번째 전기가 자식이었어. 장사를 하면서 활력이 생기고 당당하게 살 수 있겠구나 싶었는데. 노동운동 못 하면 돈이라도 벌어야 떳떳하게 남을 도우며 살 수 있겠구나 싶었는데. 딱 바로 그 즈음, 딸 때문에 큰 충격을 받게 됐어. 96년이던가. 중학교 다니던 둘째 딸이 가게에 들어서더니 글쎄 뭐라는 줄 알아? "남자하고 자면 임신이 된다는데 왜 난 임신이 안 돼?" 그러는 거야. 그래, "누구랑 잤는데?" 물었지. 글쎄 딸애가 아빠랑 잤다는 거야. 그래 손님들도 웃고 지 언니도 웃고 하는데, 나는 한 방 얻어맞은 기분이야. 내가 딸 키우는 엄마 자격이 없는 것 같아. 잘못 키울 것 같아 두려웠어. 사실 자격이 안 되는데 사정사정해서 수강료 10만 원 내고 '아우성 상담소'에 등록을 했어. 나를 위해 투자한 게 그게 처음이야. 노조 할 때도 돈 내본 적 없어. 하여튼 태어나서 돈 내고 공부해본 적이 없으니까. 신부한테도 못 한 지난 과거를 구성애 씨한테 고해했어. 나를 얽어맨 족쇄로부터 해방됐다고나 할까? 처음 노동교실에서 공부할 때처럼 눈이 확 떠지는 걸 느꼈어. 그러면서 알았어. 나자신을 위해서도 투자해야 되는 거구나, 그 투자가 값있게 쓰일 수도 있겠구나, 싶었어. 그런 인연으로 성폭행 상담을 하게 됐어. 그 일 하면서 사람은 죽을 때까지 공부해야 되는구나 생각했어. 내가 아무것도 모르니 늘 겸손해야 되겠구나 깨달았어. 그런데 무식하면 용감하잖아. 처음에는 멋모르고 전화 상담하고 했는데, 공부를 하면 할수록 내가 잘못하는 거 아닌가 걱정이 되는 거야.

그런데 항상 구원은 엉뚱한 데서 와. 생각지도 못한 데서 툭 하고 뭐가 오는 거지. 그게 소년원 아이들이었어. 그 아이들과 함께한 살레시오 5박 6일 프로그램에서 활력을 얻고 자신감을 얻게 되었어. 내가 아이들한테 준 게 아니고 아이들이 내 안으로 쑥 들어오면서 나를 변화시켰어. 내가 살아온 게 밑바닥 인생이잖아. 그러니 살아온 대로 애들과 얘기하면 다 되는 거야. 그렇게 냉소적이던 아이들 눈빛이 금방 달라져. 한편 부모는 다 죽고 형제가 모두 들어와 있는 아이들을 보니까 죄책감도 들어. 주변에 누구 하나만 관심을 가져줬어도 교도소까지는 안 왔을 텐데…… 가슴이 그렇게 아프더라고. 그래 봉사는 말로도, 멀리서도 일부러 찾아다니며 하는 게 아니구나 싶었지. 힘닿는 데까지 가까운 데서 해야지 다짐했어. 내 몸에 써진 선물도 무지 많아. 내가 열두 살에 시다로 들어가 20년간 미싱을 했잖아. 결핵도 걸리고 허리도 꼬부라지고 지금도 자주 다리에 쥐가 나. 거 함께 일하던 언니가 그래. 서울 시내 입고 다니는 와이샤쓰 10분의 1은 다 내가 만든 거라고. 길 가다 와이셔츠를 보면 "내가 만든 옷이 걸어다니네" 했던 어느 미싱사 말마따나 나도 참 원 없이 옷을 만들었네. 미싱 20년 동안 원 없이 박고 돌리고 조이고, 숱하게 바늘에 찔리고. 한번은 바늘이 뼈에 박혀 펜치로도 안 뽑혀. 의사도 못 뽑는 거야. 엑스레이 필름을 돌리면서 살을 째고 뼈를 들여다보면서 한 시간 동안 바늘을 뽑더라. 미싱 그만두고 7년 동안 김밥 말았잖아. 내 손으로 말은 김밥이 수십만 개야. 그거 몇 개 빼고는 다 사람 입으로 들어갔어.

내 이력에는 초등학교 중퇴라는 딱지가 붙어 있었어. 하지만 열심히 일하고 항상 배우려고 애쓰며 살았어. 우리 사회는 결과만 중시하는데 최소한 과정만은 인정해주는 사회였으면 참 좋겠어. 지금은 꿈인 거 같지만 언젠가는 그런 사회가 올 거야. 우리 데모할 때 시간은 많으니까 그룹 토의를 하곤 했는데, 그때 자기 소원을 앞에다 써놓는 거야. 그러면 어떤 애들은 "보너스 1000퍼센트요" "넓은 집이요" "기차가 한 번만 섰으면 좋겠어요" "버스가 한 번 올스톱 했으면 좋겠어요" 별 게 다 나와.

그러면 이소선 어머니가 "그렇게만 되면 오죽이나 좋겠니?" 하셔. 하지만 그때 상상만 했던 게 지금은 다 되잖아. 일하고 공부하고, 나머지는 더 어려운 사람을 위해 더 봉사할 수 있게 해달라는 게 내 꿈이야. 바라고 노력하면 이루어진다고 믿는 것도 내 꿈이고. 하지만 그런 꿈을 꿔도 늘 힘든 일이 생기더라. 난관이 날 참 좋아하는 거 같아. 나는 늘 나쁜 엄마였어. 딸이 느닷없이 뇌수술하게 되니까…… 참, 모든 것이 한순간에 멈추더라. 결혼 20여 년 만에 마련한 아파트를 팔아야 할 형편이지만, 그게 아니야, 내가 서러운 것이. 인형 옷 하나 만들어달라 딸이 떼썼는데 늘 미싱질 하면서도 납품에 쫓겨 그깟 옷 하나 못 만들어줬어. 아이가 소풍 간다고 하는데 남의 김밥만 말다가 정작 딸은 굶겨서 울려 보냈어. 기껏 새벽부터 장사 잘해놓고 펑펑 울었어. 비만 왔다 하면 못 데리러 가서 애가 울었대. 그런 애를 보며 펑펑 울었어. 나중에사 펑펑 우는 나는 늘 나쁜 엄마였어. 뭐한다 뭐한다 바삐 살았지만 뭐 하나 제대로 해준 적이 없어. 내 분신인데 그 어린것한테 설움을 참 많이 안겨줬어. 그 모든 것이 다 영화처럼 선명하니 지나가는데, 나 참 많이 울었다.

내 가방끈이 초등학교 3학년 중퇴였잖아? 근데 이제 아니야. 몇 년 전에 김밥 장사 그만뒀어. 몸뚱이 안 아픈 데 없어서 말이야. 어느 날 초등학교 검정고시부터 시작했지. 이 찌질이가 영어니 수학이니 아는 게 뭐가 있겠냐. 신설동 학원에 새벽반 나가면서 살림 해가면서 중등 고등 검정고시 차례차례 봤지. 기왕 시작한 거 내처 가고 싶더라. 대학 넣었지. 한 번 떨어지고 2006년에 성공회대 갔어. 근데 벌써 대학원 마지막 학기네. 근데 말이야, 가방끈 길어지니까 나쁜 것도 많아. 내가 설 자리가 없더라. 함께 일하던 조합원들에게 무슨 이야기하면 "공부하더니 똑똑하네에" 그러네. 잘난 척하는 분위기 풍길까봐 무슨 말도 제대로 못

해. 중간에 샌드위치 돼서, 이건 지식인 사이에 끼어 있어도 지식인도 아니고 불편해. 개인적으로는 배워서 참 좋은데, 어디에도 낄 수 없는 걸 느껴. 말 안 하고 있으면 "쟤 좀 달라졌어" "먹물 먹었으니까 한번 보자아야" 농담인 줄 아는데도 그런 말 들으면 마음에 걸려.

나는 찌질이가 좋아. 눈치볼 것도 없고 편하잖아. 아끼는 사람들이 주변에서 자꾸 떠나. 내가 젤 의지하던 오빠도 떠나고…… 아침에 출근하다 심장마비로 갔어. 많이 힘들었는데, 이젠 그런 생각이 드네. '나도 내일이라고 죽을 수 있다' '내겐 오늘 뿐이다' 그래서 누구한테 밥이라고 사야겠다 싶으면 득달같이 사. '혼자 외로운 사람 여행이라도 시켜줘야겠다' 생각이 들면 바로 전화해서 함께 떠나. 그냥 그래지더라고. 마음가는 대로 그렇게 해. 오늘뿐이니까, 남한테 걸리는 일 없이 살려고 노력해. 그게 이상했는지 저번에는 조카가 "이모, 갑자기 왜 그래?" 묻더라. 다 늦게 공부한다고 가족이 젤 만만하니까, 그거 먼저 포기하고 얼굴도 안 보여주고 몇 년 살았으니 섭섭했겠지. 이젠 바빠도 한 번씩 짬 내서 얼굴 보고 밥이라고 한 끼 먹고 그렇게 해.

공부해보니까 '정말 내가 바보였구나' 그런 마음이 들 때가 많아. 『자본론』을 읽으면서, 거참 내가 무릎을 치면서 혼자 그래. '이건 노동자가 되기 전에 읽어야 하는 건데, 이걸 다 늙어서 읽고 있으니……' 어떡하면 이걸 노동자에게 읽힐까 생각하면서 읽지. 그런데 이게 우리 것도 아니고, 우리 같은 노동자들에겐 너무 어려워. 아는 만큼 보인다고, 2007년엔 민주화심의위원회에서 청계노조 조합원들 모두 보상을 받았어. '해봐야겠다' 용기를 낸 건 공부한 덕일지도 몰라. 외로운 점도 있지만 좋은 것도 많지. 주위에서도 선망도 있고 샘도 내고 하지만, 작게나마 공부하는 분위기를 만들어준 것에 고마워들 하지. 주변에서 중학교 검시 준비하는 사람도 생기고. 뭔가에 몰입하는 것 자체가 자기 성장이야. 요샌 20

대 젊은이들도 너무 빨리 포기하잖아. 나이든 아줌마가 도전하니까, 새로운 희망이랄까 뭐 그런 긍정적 모델이 되어주기도 하지. 나이 들면 그러잖아. '이 나이에 뭘 해?' '볼장 다 봤잖아' 이렇게 생각하는 사람들도 자극이 좀 되는 거 같아. 내 위치라는 자체가 도움이 되는 수도 있어. 다 늙어서 무식하던 사람이 뭘 하려고 꼬물꼬물 하니까, 주저주저 하면서도 앞으로 자꾸 나가니까. 스물다섯 살 넘으면 다 알아서 한다고 하는데 자식은 아닌 거 같더라. 아프면 죽이라도 끓여주고 싶고 그게 다 좋은데 공부하는 입장에서는 다 스트레스지. 아무도 뭐라고 안 하는데 내 스스로가 어렵고 미안해. 나이도 그렇고 형편도 그렇고 내 용량이 안 되잖아. 스폰지처럼 빨아들이질 못하잖아. 그럴 때 난 속으로 그래. '너네는 말 가는데 나는 개미 걸음으로 따라간다' 고.

지식인들한테 좀 서운한 거 있어. 공부하다 보니까 때로 지식인들이 쓰는 노동자 개념에 화가 날 때도 많아. 모를 땐 그냥 그러려니 했는데 공부하다 보니 열 받을 때 있어. 그래도 진보 쪽이라는 지식인이 그러더라고. "노동자들이 지식인처럼 자식을 키운다"고. 그럼 노동자 자식은 안 가르치고 못 배우고 계속 노동자만 해야 해? 말이 안 되잖아. 말발로는 안 되고 약은 오르고 그럴 때가 있어. 공부하다 보니 '펜이 칼보다 무섭다' 는 걸 절감해. 저번에 누가 또 그러더라. "70년대는 그래도 노동자들이 탄압을 안 받았다"고. 하 참, 그게 무슨 소리야? 옛날에 우리는 만나서 일을 하면 이름도 안 물어봤어. 왜? 다 끌려가니까. 알면 불어야 하니까. 그 소중한 이야기들을 메모도 못 하고 머릿속에 다 집어넣으려 안간힘 썼어. 왜? 다치니까. 그래서 우린 기록이 별로 없어. 경험한 사람 머릿속에 있는 거 말고는 증거할 게 별로 없는 거야. 증거를 못 대니까 그렇게들 생각하겠지. 증거를 못 남기는 사람들은 기록할 줄 모르는 사람들이야. 그럴 형편도 안 되고. 그걸 감안해서 보는 게 진짜 지식인이지.

안 그래? 묻어 있는 속갈피를 읽어내야 한다고. 드러난 것만 갖고 함부로 단정하면 안 되지.

공부하고 나서 일했으면 참 좋았을 거 같애. 아직도 미싱하고 있는 조합원들 있잖아. 열 몇 살에 시작해서 지금 머리가 희끗희끗한 나인데 드륵드륵 미싱을 밟아. 『전태일 평전』은 교과서처럼 돼 있잖아? 근데 말이야. 핵심적인 것은 맞지만, 그 당시에 시다 미싱사로 일하면서 경험했던 사람으로서는 아쉬움이 좀 있지 않겠어? 새롭게 정리도 되고 나를 돌아볼 수 있는 눈도 생긴 게 참 좋아. 눈이 떠지니까 후회되는 것도 좀 있어. 공부를 하고 김밥 장사를 했으면 더 잘했을 텐데……, 내가 뭘 좀 알았으면 미싱도 사회적 기업으로 만들어서 고생하는 사람들 힘도 되게 했을 텐데……. 내가 힘드니까 미싱도 김밥도 어떡하면 그만둘까 생각하고 버렸어. 김밥도 그래. 요식업이 다 영세업이잖아. 이거를 나 혼자 하루하루 먹고살기 위해 하는 게 아니라, 그냥 돈 벌기 위한 것만이 아니라, 함께 사회적 기업으로 만들었으면 나도 이웃도 더 잘 살렸을 텐데. 그게 다 못 배우고 몰라서 그냥 몸으로만 때운 한계겠지. 이 세상이 하도 몸으로 하는 걸 인정해주지 않으니까, 노동도 어떡하면 더 많이 해서 거기서 벗어날까 기를 쓰고 일하잖아. 어떡하면 작업을 덜할까 생각하고, 일자리도 나누고 더 행복해지는 쪽으로 사는 걸 고민하면 참 좋을 텐데……. 어떡하면 노동을 더할까, 우리 모두 그렇게 살고 있잖아? 어떡하면 평생 한자리에 들러붙어 있을까만 생각하잖아. 정규직 못 되면 잘리고 노동자들이 죽고. 하루에 다섯 시간 노동을 위해 싸워야 되는데, 어떡하면 정규직에 붙어 있을까만 생각하잖아. 그게 카이스트랑 뭐가 달라? 물론 시스템이 잘못돼서 그런 일이 생기는 거겠지만, 우리 마음 바닥엔 그게 깔려 있어. 모두가 일등 하겠다는 거야. 밑바닥은 싫다는 거야. 모두 위에서 군림하겠다는 거 아니야? 외국 노동운동 사례를 봐도 정부가 다 한 게 아니

야. 노동자가 보편적 복지를 향해 스스로 나가야 돼. 우리 밥그릇은 스스로 챙겨야 돼.

아무것도 안 하고 살아도 100만 원이야. 그냥 세금 내고 핸드폰만 가지고도 나가는 게 한 달에 기본이 100만 원이라구. 우리 사회가 하도 소비문화가 돼서 아무것도 안 하고 살아도 그래. 열무 한 단, 무 두 개 사다가 버무리면 통으로 두 통이야. 그거 가지면 며칠 먹지. 근데 그 사이에 외식하지, 고기라도 사다 먹지, 우리가 너무 많이 먹어. 머잖아 몽땅 망하게 생겼어. 난 백화점 같은 거 몰라. 그래도 난방비 전기료 수도세 통신료, 낼 게 뭐가 그리 많아. 가스비만 지난겨울에 40만 원이야. 구옥이라 추워. 돈은 없지 살 건 많지 카드는 있지, 망할 수밖에 없어. 공황이 올 수밖에 없잖아. 서울이라는 데가 그래. 대도시라는 데가 다 그러고 사는 거야. 개인이 아무리 노력해도 살 수가 없어. 비정규직이 지금 50퍼센트가 넘어. 개인이 어떻게 해보려고 기를 쓰고 있잖아. 죽을힘을 다해 발버둥쳐도 그게 혼자 힘으로 안 돼. '88만원 세대'들이 아무리 벌어도 자식 공부 못 시켜. 등록금 대출 받아도 부모가 어떻게 해주겠지 생각하지. 마음 있어도 능력이 안 되는데 어떡해. 요는 자기 문제야. 스스로 자기 문제로 처절하게 느껴야 학생들이 나서지. 등록금 낮춰야지. 학생들이 더 나서야지. 노동자들도 그래. 사회보장제도 싸움 해야 돼. 사택을 짓는다거나 시스템을 만들어야 돼. 정규직만 되면 만사 오케이인 것처럼 그게 목표가 돼서는 몽땅 다 죽어. 나랑 똑같아. 내가 미싱 하고 김밥 장사 하면서 허리가 아프니까, 몸땅이 아프고 돈이 안 되니까, 어떡하면 이 힘들 걸 안 할까 면해볼까 그것 하나만 신경 썼어. 내가 그런 것이랑 뭐가 달라. 진보가 아니야. 우리 사회는 나아지는 게 아니라 자본주의에 놀아나고 있어. 끌려가고 있어.

"공부해서 뭐 할래?" 저번에 신인령 선생님이 물어. "선생님, 전 노동자들 최저임금 받게 해주고 싶어요." 선생님이 막 웃으시데. 우리 한글 배울 때 '삼양사'의 '삼', '청계천'의 '청' …… 이러면서 글 익혔어. 청계에서 일하던 시다 미싱사들도 나랑 엇비슷했어. 대부분 한글도 제대로 몰랐어. 글을 모르니 통장도 못 만들고 은행도 못 다녀. 물론 은행 다닐 시간도 없었지만. 지금 최저임금이 4810원이라는데 그것도 안 주는 데가 있어. 근데 그걸 처벌하는 데가 아무 데도 없어. 알게 되니까 보이는 게 많고 할 거는 많은데……. 저번에 대학 청소부 아줌마들 싸움하고 고생들 하고 있는데…… 참 마음이 그리로 달려가. 누가 좀 붙어서 싸워주지, 금방이라도 달려가고도 싶고…… 오라는 덴 없어도 다 내 할 일 천지야. 앞으로 뭐를 할지 뭐가 될지 아무도 모르지. 지금 이 찌질이가 상상도 할 수 없는 공부를 하고 있는데…….

나는
지금도
운전한다

택시드라이버
김인수傳

김인수 씨는 1939년 전남 신안군 도초
도에서 태어났다. 열여덟 살부터 차장으
로 차와 인연을 맺기 시작하여 트럭 운
전 10년하고, 1978년도에 개인택시를
받은 이래 지금까지 줄곧 택시 기사로
일하고 있다.

잠깐 앉아 쉬다 영 가는 친구도 허다하지라. 운전, 이거시 말이여 항시 죽음을 데꼬 댕기는 일이랑께. 아차 허는 순간에 가부러요. 훼메, 이런 거를 직업적으로다가 평생 하고 살았으까이? 막말로 공장에서 기계가 고장나믄, 기계를 딱 세우고 고치면 돼야. 근디 달리는 차 속에서 뭣이 한나라도 잘못되믄 생사가 오락가락한당께. 언제 어느 장소에서 잘못 될랑가 어쩔랑가, 고 복잡시런 기계 속을 어찌 알겠소? 터널 속이나 고속도로서 핸들이나 기어가 잘못되믄 기양 끝장이랑께. 비 오고 눈이라도 와서 길이 얼어붙어불믄 정신 바짝 차려야 쓴께, 뒷덜미 땡기고 머리도 무겁지라우.

　　훼메, 쪼께 더하믄 나가 100만 명을 만나분 폭이겄소잉? 앞으로다 더 좋은 인연 맺고 살아야 쓸 거인디……, 택시 타다 말이오, 뭐 좀 서운한 거이 있어도 이해허고 지발 용서해주씨요.

"한번은 서울 구경 못 해본 고향 친척 분들이 한꺼
번에 올라와부렀는디, 한 스물 남짓 되었을 것이오.
우리 집서 다 주무시고, 밥 맛나게 해 자시고, 창경
원에 벚꽃 구경 갔소이."

'장작 패쇼, 장작 패쇼' 외치고 다니는 소리가 지금도 들려부네. 나무 팔러 다니는 아제들 소리가 말시 겁나게 정겨워부러. 나가 중학교 댕기다 까까머리 채로 상경했지라. 아무것도 모르는 촌놈 섬놈이 서울이라고 왔는디 눈이 뱅글뱅글 돌제라우. 첫 직장이 뭣이냐고? 고거이 식당인가 선술집인가 모리겄다. 하여튼지 간에 을지로6가 계림극장 앞에 있었지이. 간판은 뭐시기 식당이라고 딱 붙여놨는디 주 메뉴는 감자탕이드만. 그거이 안주라고? 그라믄 술집이었으까나. 짐꾼이랑 막노동꾼덜이 겁나게 많이 드나들었지라우. 뽀짝 옆이 청계천이고 을지로고 그랑께 입들이 얼매나 많겠소이? 뽀짝 옆이 술 도매상이었응께, 술을 싸게 받아다 겁나게 싸게 팔았는갑소.

하여간에 북적북적 발 디딜 틈도 없었지라우. 퇴근 시간이면 들어오도 못한당께. 의자도 없이 서서 보글보글하니 대파가 죽 누웠는 감자탕 한 그릇 가운디다 놓고 대포 몇 잔 들이켜고 나가는 손님덜도 많았지라우. 고 복작시런 디를 나가 물고기 맨치로 비집고 다녀부렀으라우. 시중들다 보믄 "하따, 고놈 참 빠릿빠릿하고 똑똑허다" 함시롱 까까마리도 맨져주고 동전도 몇 푼 쥐어줘부러. 기억력 하나는 겁나게 좋아서 말시, 나가 심부름한 테이블이 머릿속에 환해부러. 안주 얼마, 술값 얼마, 정확하니 머릿속이다 넣어분당께. 아따, 열여섯 살이래도 시방 애덜로 치믄 초등학교 5, 6학년 키밖에 안 돼야. 고런 어린놈이 객지라고 나와 식당 심부름하고 밤에는 마룻장 깔린 홀에서 혼자 잔께 그거시 쪼깨 힘들었제. 주인 들어가 버리고 나믄 그 넓은 홀에서 오싹허고 외롭고, 엄니 보고 잡고 그러등만.

바닥이 겁나게 찬께 군용 침대에서 자는디. 그게 으찌게 생겼느냐고라? 거시기 가운데가 푹 들어가 있고, 색깔은 군인들 입는 국방색이랑께. 메트리스도 뭣도 없이 나무로 맹글었는디, 그기 요새 침대맨치로 크지도 않어라우. 날마다 '오늘 밤은 혼자 잘 참고 자야쓰겄다' 각오는 하지라우. 헌디, 막상 밤이 온게 그 생각이 확 달아나부러요. 하여간에 식당 근처에 집안 형님이 둘 일하고 있었는디, "지발 와주쇼, 와주쇼이", 사정 사정 해불제. '내일 일할라믄 오늘은 쪼깨 일찍 자야쓰겄다' 하지만, 그것도 안 돼부러. 밤이믄 밤마다 뭐시 그렇게 할 야그가 많았으까이? 밤새 떠들다 셋이 그 좁은 데서 자는디, 이불도 하나, 요때기도 하나. 훼메, 시안(겨울)에는 얼매나 떨려분지, 마룻바닥에서 냉기가 올라와불믄 이놈의 몸땡이가 달달달 하는디, "훼메 너 시방 안 멈출래? 맞고 멈출래 그냥 멈출래?" 아무리 협박을 해싸도 몸땡이가 말을 안 들어 먹어라우. 그 좁아터진 디서 어찌게 싯이 자느냐고라우? 한 놈은 오른쪽 보고 자고, 한 놈은 왼쪽 보고 자고, 가운데 놈은 침대 바닥을 죽어라 꽉 붙들고 자지라우. 아따, 양쪽에서 누르는 심에 찡겨서 숨도 못 쉰당께라우. 하여간에 침대가 배겨날 재간이 있겄소? 어느 날 본게 가운데가 팍 쪼개져부렀어라우.

"찹쌀떠억 메밀무욱 사려" 아따 그 소리가 똑 노래 같아불어. 몇 년 전이만 해도 골목서 그 소리가 가끔 들렸는디, 나가 밤이믄 웨장을 얼마나 치고 다녔으믄 말시, 찹쌀떡 소리 들으면 말이여라우, 싸아허니 춥기도 허고, 거 머시냐, 속이 아리아리 허기도 허고, 반갑기도 허고 그래라우. 나가 서울서 시작한 두 번째 일이 머시냐믄 바로 고 찹쌀떡 장시여라우. 식당에서 몇 년 굴르다 고등학교를 좀 다녀봐야 쓰겄다, 작심을 허고 신당동에 있는 찹쌀떡 집이 들어갔지라우. 밤에 장사를 하고 낮이는 핵교를 다녔어라우. 한성고등공민학교 댕겼소. 하여간에 시안에는 "찹쌀떠억 메밀무욱" 여름엔 "아이스께끼나 하~드". 참말로 많이 웨장 치고 다녔네글씨. 한참 돌아냉기다 보믄 "딱 딱 딱" 소리가 나라우. 딱딱이들이 막 손뼉을 치는 소리지라우. 딱딱이가 뭐이냐고? 순사 경찰 야경꾼 그런 아자씨들이지라우. 손바닥을 딱딱 치면서 얼른 들어가라고 엄포를 놓는디, 제복을 딱 입고 있응께 그 소리만 들어도 무섭지라우. 말하자믄 통행 금지 시간이 임박했다는 신호겄지라우. '딱 딱 딱' 소리가 들리믄 그날 장사도 종치는 거다 이 말이오.

"아이스께끼나 하~드" 요것은 말시, 하와 드 사이를 요렇게 혀를 둥 그러니 굴림시롱 달콤하게 해야 써라우. 그래야 달짝지근한 하드 맛이 입 안에 고이지라우. 아이스께끼 장시는 파란 나무 상자에다 얼음을 넣어 갖고 다님서 팔지라. 아이스께끼라야 요새 아이들이 먹는 아이스크림 하고 영판 달르지라우. 물에다 사카린 넣어서 얼린 건께, 고거이 무신 맛이 있어으까이? 그래도 한여름엔 불티나게 잘 팔려부러. 여름에는 낮에 아이스께끼 팔고 밤엔 야간학교 다니고. 잠? 거시기 신당동 찹쌀떡집이서 같이 께끼 장시하던 애덜하고 잤지라우. 밥은 남은 떡으로 때우는디, 밥은 밥이고 떡은 떡입디다. 하여간에 사람한티는 밥이 최곱디다잉.

차 운전을 해봐야 쓰겄다, 생각한 시발이 차장을 하믄서부텀이오. 차랑 인연을 맺은 거이 그랑께, 1957년도에 차장 일을 할 땐께, 그 시절엔 여자 버스 차장이 없었소. 정류장마다 서서 어디어디 가요, 함시롱 말하자믄 호객 행위도 하고 돈도 받고 하지라우. 버스 차장을 한 지 2년 만에 나가 면허증을 따부렀당께. 차장을 하다 본께, 차를 내 손으로 몰고 싶더란 말시. 몰래몰래 운전을 배웠지라우. 운전사 우습게 보믄 안 되어라우. 당시 운전사라면 지금하고 영판 달러분당께. 차도 별로 안 막히고 환경도 좋았어라우. 그땐 자격증 가진 사람도 별로 없었응께, 다덜 부러워하는 고급 기술직이었단 말시, 나 말은. 시방도 면허증 딱 내놓으믄 다 놀래부러요. 아마도 우리 고향서 아직 살아 있는 사람 중엔 나가 면허증 1호일 것이오. 워메, 한마디로 촌놈이 출세해부렀소이.

면허 딴 지 2년 만에 운전대 잡았소이. 처음엔 합승 버스 했지라우.

합승이란 시방으로 치자믄, 마을버스 같은 것이지라우. 운전대 잡은 지 얼마 안 돼 4·19를 맞아부렀소. 운전대 떡하니 잡고 종로를 가는디 시위대와 만나부렀당께. 시상이 몽땅 다 들고일어나 부렀는디, 나가 먹고 사니라고 그것도 모르고 말시, 옛날 서울대 자리를 지나다 시위대한티 차를 뺏겼지라우. 딱 벌어진 국방색 룩색(rucksack)에 책은 없고 짱돌만 가득하등만. 고런 학생덜이 우르르 타는디, 아따 무섭다. 승객은 어느 참에 다 도망가 불고, 글시, 나 혼자 식은땀 흘림시롱 학생들이 가라는 대로 차를 몰았지라우. 서울역으로 가던 중이었는갑소. 갑자기 학생덜이 돈암동으로 차를 돌리라 합디다. 헐 수 있간디요, 꼼짝없이 방향을 틀었지라우. 학생덜이 해코지는 않겠지만서도 속으론 무서워 죽겠지라우. 그 당시 차라는 거이 엄청 큰 재산이었단 말시. 내 차도 아니고 말이여. 잘못하다 뺏기거나 망가트리믄 나가 신세 망치는 거이제. 하여간에 가랑께 돈암동 쪽으로 갔지라우. 워메, 거긴 아주 전쟁판이드만요. 짱돌에 허연 연기에 정신이 없지라우. 사태가 그렇코롬 된 줄 몰랐으까, 학생들도 무서웠으까, 아니믄 어디 다른 디로 몰려가려고 그랬으까? 어찌됐든 학생들이 우루루 다 내려부렀당께. 워메, 죽을 둥 살 둥 모르고 차를 몰아 미아리 종점으로 들어와부렀지라우. 우찌게 나가 운전을 해서 간지 모르겠소. 그라고 본께 나가 하도 정신이 나가 있응께 누가 와서 운전을 해줬으까나? 그란디 그날 저녁부텀 총소리가 나등만이라우. 경무대에 떼거지로 몰려가니깐 발포를 했다등만. 다음 날 가본께 미아리 공동묘지 근처에 버스란 버스는 다 나동그라져 있고 길음교 밑에도 차가 엎어져 있드랑께. 그 학생덜은 총 안 맞았나 몰러. 혹시 그 중에 죽어뿐 학생도 있을란가? 휘메, 고 징글징글한 4·19고 5·16이고 다 서울서 겪었구만이라. 우찌우찌 하다 본께 나가, 딱 군대 갈 나이가 되야부렀네. 쬠만 더 있으면 기반이 잡힐 것인디 말시.

나라가 시키는 일인디 우짜겠소, 헐 수 없이 고향 내려갔지라우. 신체검사 하고 영장 나오기 기다리고 군대 갔다 오고 하다 본께 7년을 살아부렀네. 거그서 농사도 짓고 결혼도 하고 큰딸도 낳았지라우. 쟁기질하고 베늘(볏집) 쌓는 것만 빼놓고 다했지라우. 거 말시, 베늘 쌓는 일은 진짜 예술이드랑께. 배우고 잡은디 고거이 몇 년 해갖고 되는 기 아닙디다. 닥치는 대로 농사지었는디 자식 키우고 식구들 거두고 살기가 쉽지 않드만요. 그래 7년 만에 식구들 다 두고 홀홀단신 재차로다 상경했다 이 말이시. 68년도에 다시 운전대를 잡았지라우. 한국공업사라는 디서 꼬박 10년 동안 짐 트럭 몰았소. 그라고 나서 개인택시가 당첨됐어라우. 10년 무사고에, 갑근세 10년 내고 난께 개인택시가 내 앞으로다 굴러와부렀당께요.

개인택시가 하늘의 별이었어라우. 몇천 명 모인 디서 한 200명 뽑은께 그거이 반짝반짝 잡기 어려운 별이 아니고 뭐겠소이? 강남 면허시험장 옆에서 전국노래자랑 사회 보는 송해 씨가 와서 사회를 봄서 추첨을 하는디요, 큰 통에 구멍을 뚫어 놓고, 이녁 번호가 쓰여진 콩알만 한 것이 떨어지믄 당첨이 된단 말이오. 거의 마지막까지 내 번호가 안 나옵디다. 되는 사람보담 떨어지는 이가 몇십 배 많은디 그게 쉽게 될 일이오? 그만 맘속으로다 포기할라고 하는디 글씨, 딱 고 순간에 내 번호를 부르등만. 27번…… 27번이란 숫자, 시방도 귀에 쟁쟁하요이.

아버님 어머님 조상님 부처님 하느님…… 나가 돌아감시롱 고맙다고 절해부렀소. 하늘한티 대고 땅한티 대고 지나가는 사람덜한티도 기양 싱글싱글 절하고 다녔당께요. 그날 가서 본께 말이요, 여의도에 택시가 가득 차분디, 고 가운데 딱 하나가 나으 택시란 말이오. 그날을 나가 죽을 때까정 못 잊을 것이오. 나으 인생에서 젤로 기쁜 날……. 하여간에 그 비슷한 거인디, 환장하게 좋고 행복시럽고 아무리 웃어싸도 그거이

"여의도에 택시가 가득 차분디, 고 가운데 딱 하나가 나으 택시란 말이오. 그 날을 나가 죽을 때까정 못 잊을 것이오. 나으 인생이서 젤로 기쁜 날……."

바닥이 안 나더만이라우. 젊어서 청상 되신 울 엄니 차에 곱게 모시고, 큰엄니 옆에 모시고, 반짝반짝하는 미인 마누라 차 옆에 떡하니 세우고 기념사진 박아부렀제. 진짜로 우리 집사람이 무지하게 미인이어라우.

　내 인생은 딱 10년 만에 한 번씩 바뀌등만이라우. 트럭 운전 딱 10년 한께 개인택시 자격이 되등만, 개인택시 딱 10년 한께 처음으로 나으 집이 생겨불고, 또 10년 더 한께 자식들이 시집 장가 가불고. 나가 8자하고 인연이 깊당께요. 트럭 운전 처음 한 게 68년이고, 개인택시 받은 게 78년이고, 집 산 건 88년이고, 98년 되니까 의정부로 이사를 하고 말시. 10년, 고거 우습게 보믄 안 되겠습디다. 인생 60, 70이 별거 아니이라우. 눈 깜박할 새 10년 몇 번 가고 난께 70입디다. 휘메, 언제 이렇게 가부렀으까이, 고 파릇파릇하던 나가 인자 80을 바라보고 달리고 있어라우.

나가, 쩌어그 섬에서 났어라우. 기묘년 생인께 나가 나이가 일흔 둘인가 서인가? 자꾸 작년 나이가 생각나부네요이. 하여간에 나가 지도에도 잘 안 나오는 끄트머리 섬에서 태어났소. 목포서 한 시간 더 배 타고 들어가믄 하의 장산 비금 도초 섬덜이 쪼르르 있는디, '도초'라는 데가 바로 나으 고향이여. 이 섬이 인자는 관광지가 돼부렀소. 홍도와 목포 중간쯤에 있다고 보믄 될 것이오. 섬이라고 바다에 갇혀 있는 중만 알제? 아녀. 눈을 딱 들고 보믄 논밭이 쫘악 펼쳐져부러. 배에서 내려서 잊어불고 산등성이 몇 개 넘어야 포도시 옹기종기 사람 사는 마을이 나온당께. 산도 있고 밭도 있고 지름진 논도 있고, 목화도 심고 벼도 심고, 시한에도 바닷바람 먹고 시금치가 퍼러니 잘도 자라고, 고 옆이서 봄동도 퍼런 치맛자락 다 펼치고 있응께, 눈이 폭폭 쌓여도 치마는 징하게 퍼렇고, 저고리 들추믄 속이 박속같이 허옇고 노랗고, 아주 보기 좋지라우. 갯가에 가믄 게도 발발발 기어 댕기고 고둥도 줍고 구멍 파면 낙지도 나오고 쌀이 좀 귀해서 그렇지 먹을 거는 땅이랑 바다가 다 갖다 준당께요. 나가 4남 5녀 중 차남으로 태어났는디, 위에 형님이 일찍 죽어부렀소. 아부지가 열한 살에 돌아가셨응께, 말하자믄 내가 가장인 폭이제. 열한 살 때부텀 가장노릇 톡톡히 했지라우.

우리 자랄 땐 거지들이 겁나게 들끓었소. 하루 걸러 오는 거지도 다 손님 대접해서 보냈지라우. 거시기, 그냥 밥 한 술 퍼 주는 게 아니고라우, 마루에다 고실고실한 밥이랑 반찬이랑 국이랑 떡하니 차려서 손님 대접했당께요. 오갈 데 없는 거지한티 밥 해 먹이고 잠 재워 보내는 것이 사람 도리라고 합디다. 우리 동네선 머슴한티도 상전 대접했어라우. 도시 나와서 식모 살던 일꾼들 보고 나가 놀래부렀소. 식모가 거 뭣이냐 여자 일꾼인디, 일꾼과 식모 이거이 천양지차등만. 일제시대도 거그서 겪고 전쟁도 거그서 겪었지라우. 거 말시, 나가 자랑스럽게 생각하는 거이 하나 있는디 말이라우, 나가 사는 디서는 거 동족상잔인가 뭣인가 하는 거이 없었당께요. 진짜여라우. 나가 어른들한티 들은 바도 있고 내가 본 것도 있응께. 이건 뭣이냐 진짜 증언인 폭인디, 나가 열두 살 때 전쟁이 터졌는디, 막 서로 좌다 우다 갈라져 서로 밀고하고 죽이고 했다 안 합디여? 근디 도초선 그런 일이 안 벌어졌당께요. 동네 어르신들이 나서서 그랬답디다. 거 뭐이냐, 한풀이 같은 거 허지 말고 척진 것도 다 풀고 좋게 좋게 하자, 양쪽 다 모아놓고 선은 이라고 후는 저라고 다 풀어줘서 사람 하나도 안 다치고 넘어갔다 안 허요? 타향서 들어온 거지도 밥 맥여서 보내는디, 그거 사상이 뭐이라고 이녁 가까운 사람덜한티 해코지하고 그랬으까이?

머슴도 아제라 깍듯이 불렀소잉. 작은아부지 삼촌 부르대끼 아제라 불렀지라. 어린 아그덜이 뭐를 알겠소? 어른들이 고렇코롬 시킨께 그랬지라우. 나가 자랄 적엔 머슴이 무척 많았어라우. 1년에 나락 몇 가마 받고 일해주는디, 명절이 되믄 이녁 식구들과 똑같이 새 옷을 해준당께. 이녁 밭에다 목화를 키워갖고 손수 미영 베 짜갖고 물들여서 곱게 한복을 해 입혔지라우. 귀한 명절인께 손에 뭐라도 들려서 보내지 빈 손으로는 절대 안 보낸당께요. 나가 자랄 때 보던 머슴은 지금 테레비나 영화서 보대끼 거렁뱅이 같은 종이 절대 아녀라우. 거 뭣이냐 품위도 있고 말시, 재주덜도 많았어라우. 이녁 식구와 똑같당께요. 사랑방에 머슴이 기거하는디, 그 방에 가믄 무척 재미져부요. 아제가 새끼도 꼬고 덕석(멍석)도 엮음시롱, 옛날 얘기를 해주는디, 밤새는 중 몰르지라우. 그 아제덜이 떠돌아댕긴 디가 많아서 아는 것도 많고 낭만적이구 또 에지간히 재능들도 많아라우. 노래도 불리감시롱 물고구마 단맛 나게 쪽쪽 빨아감시롱 노는디 무척 재미지단 말여. 텔레비가 있소, 라디오가 있소. 그 아제 방이 핑핑 막 돌아가는 활동사진이제.

도시 나온께, 옛날 흑백 영화 '식모'에서 보대끼, 훼메, 아주 종처럼 부려먹어불고, 순진한 처녀 꼬드겨 신세도 망쳐불고 그라드란 말시. 우리 자랄 때만 해도 하도 없응께, 입 하나 덜려고 없는 집 큰애기덜이 식모살이 엄청 했지라우. 그 당신 부잣집도 수도가 마당에 있었어라우. 시안에는 수도 녹이느라 밤새 꾸벅거림서 뜨거운 물 데퍼 붓느라 잠도 잘 못 자듯만. 뜨건 물도 안 나오니 찬물에 빨래하느라 손도 다 얼어 터져불고. 월급이나 꼬박꼬박 주간디요? 어릴 때 들어가믄 멕여주고 재워주고 시집갈 적에 한 밑천 해줄 텐께, 함시롱 실컷 부려만 먹어쌓드라고. 입성은 또 뭣이냐, 주인집 아씨들 나이 또래 옷을 물림해 입히드만. 구박구덩이여도 나가지도 못하지라우. 거 뭣이냐 어디로 이동을 할래도 이녁 수중에 돈이 있어야지라우.

없이 살었어도 옛날이 참 인간적이었어라우. 나가 요새 사람 같이 않게 쪼깨 막혔단 소리 듣고 사요. 보수적인 디서 자라다 본께 안 그라요. 운전하다 말시, 고등학생 정도로밖에 안 보이는 아그덜이 담배 불 좀 달라고 하믄 맘이 불편시럽소. 담배만 피워도 괜찮을 틴디 상스런 욕도 해불고 나가 아버지뻘 되는디 암시랑토 않게 어깃장 놓고 하믄 심장이 벌렁거려불제. 우리 자랄 땐 어른 앞에서는 무조건 무릎 딱 꿇고 앉아야제, 언감생심 으디서 말대답을 해라우? 기양 딱 하고 앉아서 어른 얘기 들어야 쓰고, 웃어른은 무조건 존경하고 받들어야 써요. 도회지 나와 다들 자기 하나 먹고살려다 본께 위아래도 읇어불고, 근메 우리가 사람 귀한 것도 다 잊어부리고 사요이. 안 그러요? 시대가 그렇당께, 아, 다덜 그래싸니까 못마땅해도 어쩔 수 없이 따라가지라우.

아따 참말로 애속합디다. 아니 없으면 나가 어찌저찌해서 '돈이 없다'고 까놓고 말해 줄 것이제, 그랑께 이담에 어찌저찌해서 드릴 것인께 요만조만허니 오늘은 내 사정을 쫌만 봐주시요, 할 것이제, 야밤에 아파트 밖에서 몇십 분씩 기다리게 해야 쓰겄소잉? 뭣 땜시 그라느냐고라? 거, 멀쩡하게 잘 차려입은 젊은 사내가 허벌나게 기분 좋게 타고 왔는디, 아파트 앞에서 내림시롱 그랍디다. "집사람이 산달인디요 갑자기 진통이 와갖고요, 야근허다 뛰어오는 통에 나가 지갑을 깜박했응께 조금만 기달려 주쇼." 사색이 되야갖고 통사정을 한께, 믿고 기달렸지라우. 장거리 손님인께 기양 공짜로 내리라고 헐 수도 없고 말시, 거 기름값이 얼만디요? 아 참, 산통 헌다는 마누라 태우고 병원에 간다는디, 아파트 동·호수까지 일러줌시롱, 싸게 뛰어간께 찰떡같이 믿었지라우. 나가 택시 경력이 얼만디 그런 비슷한 일이 없었겄소? 그래도 믿어진께 기다렸당께요. 이거 저거 싸고 업고 들고 나올라믄, 아 시간이 솔찬히 걸릴 거 아니겄소? 으슥한 산 밑에 있는 새로 개발된 아파트라 차 잡기가 쉽지 않당께요. 한 30분 기달리다가 고 젊은이가 친절하게다 일러준 동·호수를 찾아 벨을 눌렀는디, 아 글시, 감감무소식입디다. 몇 차례 더 눌렀지라우. 근디 어떤 아짐씨가 나옵디다. 얼굴에 짜증이 다닥다닥 붙어갖고 얼굴을 내민 아짐씨가 근메, 배부른 처자가 아니고라, 손주까정 안고 나오는디 기가 콱 막혀부러요. 기양 나중에 주겄다고 했시믄 그 시간에 차라리 기름값 벌충이나 할 수 있었을 텐디…… 거, 아버지뻘 되는 사람한티 해도 너무 한다 싶습디다이.

　척지고 살지 않아야 쓴다고. 거시기, 내가 배운 건 별로 없어도 도리는 배운 사람이란 말시. 어릴 적부터 나가 어른들한테 수도 없이 배운 거시기는 사람은 도리를 지켜야 헌다, 겉모양이 아니라 도리를 지켜야 사람이라고 배운 사람이랑께. 도리 제1번은 남에게 원망을 사지 않아야 한다는 것이여. 원망을 사지 않아야 잘 사는 것이랑께. 어른들이 늘 그랴. "남한티 척지지 말고 살아야 쓴다"고. 도리 2번은 뭣이냐? 남덜 미워하지 말고, 남헌티 미움 받을 일도 하지 말라는 것이제. 나가 만인에게 존경받고 살기를 바라겠소? 원망 받을 일 않고 내 몸땡이로 한평생 살았으면 되는 것이제. 서운한 마음이 와불고 원망허는 마음이 오믄 나가 그랴, 잘 살았응께 되았다, 기양 다 잊어불고 다시 허자, 그라요. 큰 숨 한번 돌리고 오늘은 차를 쪼깨 더 천천히 몰아야 쓰겠다, 함시롱 운전대를 잡지라우.

　　잠깐 앉아 쉬다 영 가는 친구도 허다하지라. 운전, 이거시 말이여 항시 죽음을 데꼬 댕기는 일이랑께. 아차 허는 순간에 가부러요. 훼메, 이런 거를 직업적으로다가 평생 하고 살았으까이? 막말로 공장에서 기계가 고장나믄, 기계를 딱 세우고 고치면 돼야. 근디 달리는 차 속에서 뭣이 한나라도 잘못되믄 생사가 오락가락한당께. 언제 어느 장소에서 잘못 될랑가 어짤랑가, 고 복잡시런 기계 속을 어찌 알겠소? 터널 속이나 고속도로서 핸들이냐 기어가 잘못되믄 기양 끝장이랑께. 비 오고 눈이라도 와서 길이 얼어붙어불믄 정신 바짝 차려야 쓴께, 뒷덜미 땡기고 머리도 무겁지라우. 위장병, 그건 암것도 아녀라우. 고건 기본으로다 달고 다녀부러. 손님 태우고 달리다 보믄 제때 밥 챙겨 먹기가 쉽지 않응께 말시. 딱 밥 먹을라고 어딜 가믄 꼭 급한 손님이 탑디다이. 이녁 밥 먹겠다고 어떻게 손님 급한 일을 마다 하겠소이? 종일 차 속에 앉아서 엑셀과 브레이크만 밟아댄께 허리도 안 좋지라우. 운전할라믄 다리를 얼마나 까딱까딱 해싸요? 관절염도 기본이어라우. 하도 피곤하믄 앉아서 잠깐 쉬지라우. 그러다가 기양 고대로 영 가분당께요.

　　과로사, 누가 좋아서 한답디여? 살다 보믄 형편이 어려울 때가 있응께, 집안에 병자가 생기거나 애덜 줄줄이 등록금 나가고 말시, 뭐 이런저런 사정으로 목돈이 막 들어가고 빚도 지고 말시. 그라믄 그거 돈 몇 푼 더 벌어서 벌충할라고 열네 시간, 열여섯 시간 쉬도 않고 차를 몰아부러.

어느 누가 그렇게 죽고 싶겠소? 다 과로 안 할라고 허제라우. 근디, 그거이 맘대로 잘 안 돼야. 차 막히제, 돈 안 되제, 으찌으찌 하다 보믄 금세 두세 시간 넘겨분당께. 고 딱 한 시간 두 시간 만에 사람이 가불제라우. 그거이 바로 과로산디, 고거이 생각보다 많어라우. 목숨은 건져도 몸이 못쓰게 돼갖고 운전도 못 해불고 수족도 못 쓰고 말시. 운전 요거이 머리만 쓰는 것이 아니고 수족만 쓰는 것도 아니어라우. 거 뭣이냐, 정신노동도 되고 육체노동도 되고 거시기 이것이 종합 노동이란 말시. 장시간 긴장하고 산께로 심장병도 겁나게 많소이. 이 정신 사납고 시끌시끌한 도시 한복판을 댕긴께, 매연은 또 얼매나 많이 마셔대겠소? 알게 모르게 기관지도 약해지고 폐도 서서히 망가져부요.

여름엔 한증막이구 겨울엔 냉동실이었제. 옛날에 에어컨이나 히터가 시원찮을 때는 휘메, 참 심들었단 말시. 몇 십 분 타고 내린께 손님덜은 잘 몰렀겠지만서두, 왼종일 그러고 다니믄 어찔 땐 환장해부러. 길이 잘 터지믄 공기도 들어오고 한께 참을 만헌디, 차가 줄줄이 나래비를 서믄, 차 문을 열어놔도 밖에서 더 뜨신 바람이 들어오고 말시. 시방같이 에어컨이 잘돼 있어도 마찬가지랑께. 여름이믄 꼼짝없이 냉방병이고, 겨울에도 춥다고 손님 태우고는 문을 못 연께, 머리가 띵하니 아프고 목덜미가 땡겨불지. 이거이 몇 평이나 되까이? 꽉 막힌 요 공간이 우리 직장인디, 이 직장에서 젤 모지란 거이 바로 산소요이.

새복에 눈 뜨믄 찌뿌둥하니, 여기저기 삭신이 안 쑤시는 데가 없지라우. 속이 쓰린 걸 보고 날이 밝았구나 생각허요. 비몽사몽 중에 가슴을 이라고 쓰다듬고 누워 있으믄, 도마질 소리도 나고 우디서 솔솔 밥 냄새가 나지라우. 우리 집사람은 이날 평생 끼니때마다 고실고실 새 밥을 해줬소. 반찬은 몇 없이도 밥은 꼭 먹기 전에 바로 지어갖고 숟가락 들기 전에 차려주지라우. 아그덜 한참 자랄 적만 해도, 아니오, 엄니가 살아 계셨을 적에만 해도 그 사람은 푹 자본 적이 없어라우. 우리 집이는 엄니를 찾아오는 시골 어르신네들이 늘 있었지라우. 단칸방에서 자식 며느리 눈치보며 사시는 엄니 친구 분들도 기시고, 거 뭣이냐, 막 상경해서 잘 데도 마땅한 직장도 아즉 없는 동네 친구 친척들이 늘 있었어라우. 일이 안 풀려갖고 우리 집이서 거둔 형제들 조카들까지 늘 복작복작했지라우. 그 많은 사람 밥을 누가 했겠소? 그 많은 인사들 누가 덮어주고 빨고 청소하면서 뒤치다꺼리 했겠소? 한번은 서울 구경 못 해본 고향 친척 분들이 한꺼번에 올라와부렀는디, 한 스물 남짓 되었을 것이오. 우리 집서 다 주무시고, 밥 맛나게 해 자시고, 창경원에 벚꽃 구경 갔소이.

넘의 일도 걱정되믄 잠을 못 자부러요. 우리 집사람이 나한티 그라요, 성격 참 이상하다고라. 나가 성격이 좀 이상하지라우. 이녁 일은 고사하고 넘의 일도 걱정되믄 잠을 못 자부요이. 나가 운전하면서 근근이 살다 본께, 나라에 낸 거야 없제만은, 힘닿는 데까지 의리를 지킬라고 무진 애쓰고 살았지라우. 누나네 식구도 다 멕여살리다시피 했지라. 동생들 누나들 조카들까지 열 명 넘게 북적거릴 때도 많았소. 그래도 인간으로 태어났는디, 어려울 때 함께 나누고 사는 게 인간 아니겠소? 아따, 집이 와서 자고 가믄 차비라도 줬으면 좋겠는디, 그거 몇 푼 못 쥐어주믄 우째 그라고 마음이 불편할까라우. 몇 푼이라도 찔러주고 나면 그렇게나 재미지단 말시. 나가 그 이유를 모르겠지만 하여당간에 내 맘은 그렇단 말시.

쌀을 늘 두 가마 가웃 팔았지라우. 금호동 묵동 두 칸짜리 세 칸짜리 전세 살 때 늘 우리 집이는 쌀가마가 쌓여 있었소이. 그라고 본께 몇 년 전까지는 우리 식구끼리 밥을 먹어본 적이 한 번도 없어부네. 섬에서 먹고살기 어렵다고 워찌게 서울서 살아보겠다고 짐 보따리 달랑 들고 오믄

"젊어서 청상 되신 울 엄니 차에 곱게 모시고, 큰엄니 옆에 모시고, 차 옆에 떡하니 세우고 기념사진 박아부렀제. 개인택시가 하늘의 별이었어라우."

으짜겠소? 멕여주고 재워주고 일거리라도 찾게 돈 대줘야지라. 참말로 우리 집이 동네 사랑방이었당께요. 조카도 아직 애기 적에 데려다 다 키워서 시집보냈지라우. 그랑께, 우리 남동생이 일찍 죽어부렀소. 청상과부로 남은 삶을 살기엔 작은 제수씨가 너무 젊었당께요. 해서 아이를 우리한테 떼놓고 멀리 가라 했지라우. 우리 집사람이 나서서 총각한티 중매를 놨지라우. 우리 동상 싸게 다 잊어불고 잘 살라고 시집 보내부렀소. 나사 이녁 핏줄인께 괜찮지라우. 집사람이 몸고상 맘고상 허벌나게 했지라우. 이 사람이 우리 엄니도 평생 모셨당께요. 지 애비 에미 없다고 우리 어미님이 조카애 역성을 많이 들었지라우. 조카애와 우리 애가 싸워도 엄닌 우리 애만 쥐어박고 혹시 차별이나 안 하나 집사람도 감시했소이. 내둥 잘해주고도 좋은 소리도 못 듣고, 집사람한티 미안한 거는 나가 말로 다 못하제라우.

　나가 고향서부텀 소문난 효자요. 자식 줄줄이 달고 청상이 되어부렀으니 내 맘으로다 엄니가 얼마나 안쓰러웠겠소? 나 맘속에는 늘 엄니한 티 효도해야 쓴다, 그것밖에 없었소. 뭣이든지 엄니가 기준이었지라우. 엄니도 나한티 의지허고 애착을 많이 했지라우. 엄니한테 만큼은 입에 혀처럼 편하게 해주고 잡습디. 장가들 때까지 그렇게 잘해 드렸응께, 엄니가 내 아들 뺏겼다 생각이 들어가불제. 그라니 생각 좀 해보쇼, 며느리 타박이 얼마나 심했겠소? 효도를 해도 나가 좀 현명했으믄 될 거인디 나가 쪼께 막혔소. 중간 역할도 잘 못하고 어머니 편으로 팍 기울어갖고 집사람을 다그치기만 했응께. 살갑게 대해주기나 했간디요? 집에 들어오믄 무조건 엄니 방에 가서 주무실 때까지 놀고, 엄니가 술 좋아항께 늘 술 사다 드리고 그랬소. 어머니가 얼마나 깔끔한지 방 안을 반짝반짝허게 닦아부요. 아니지라우, 당신 방 당신 바로 코앞만 반짝반짝한당께요. 한복 저고리에다 여름엔 모시 적삼에다가 그렇게 늘 깨깟허니 꼿꼿허니 앉어계신디, 그 뒤치다꺼리를 누가 했겠소? 나가 좀 맥힌 사람이라, 오직 엄니만 편하게 해드린다 생각하고 살았응께, 집사람이 한때는 정신이상이 되다시피 했지라우. 이 자리서 나가 처음 하는 말인디, 이 사람한테 정말 미안허요.

　참 이 사람 성격이 이상도 하요이. 이녁 일은 고사하고 넘으 일에도 걱정되믄 잠을 못 자부요. 객지 나와 고생하믄서 다들 집 사 갖고 잘 사는디, 우리 친척 큰형님은 집도 없이 어렵게 산다고, 그걸 생각하믄서 이거를 어찌야 쓰까, 우찌게 해야 맘 편히 먹고 살 디를 맨들까 뒤척뒤척 한당께요. 이웃 누구누구 아배가 식구들 데꼬 서울 왔는디 어디 일자리가 있으까나? 자다 보믄 고심함시롱 한숨을 폭폭 쉬고 앉았고라우. 누가 진짜 억울한 일을 당해분다거나, 죽게 아퍼불믄 끙끙 앓음서 겁나게 괴로워하고요이. 마음을 고로코롬 쓰고 사는디, 뭔 놈의 살이 붙겠소? 하여튼간에 저 사람은 웃겨분당께요. 그게 저 사람 병이랑께요.

그 이상한 성격 땜시 사람덜이 바리바리 싸들고 오는지 모르겠소이. 아따, 시골만 갔다 오면 풍년이랑께. 이거 저거 읎는 게 없어라우. 사람들이 다들 싸들고 오는디. 거그서 나는 거믄 뭐든지 정성으로 싸주요이. 고사리에 취에 고구마 순에다가, 꼬들꼬들 말렸다 꽁꽁 싸서 나물 한 보따리, 깨 콩 고춧가루 참기름 해서 한 보따리, 석화에 말린 생선에 또 한 보따리. 겁나게 싸 주요이. 다른 사람들한티 미안해 죽겠어라우. 미안함서도 고맙고 좋지라우.

집안에 척진 사람들도 우리 낯을 보아서 대소사에 올 정도로 애들 아부지가 인심 하나는 얻고 살았어라우. 돈은 크게 못 벌었어도 이녁 고생해서 남들한티 나쁜 짓 안 하고 인심 얻고 살았으믄 됐지 뭘 더 바라겠소. 아이들 셋 다 잘 자라 주고 제자리 차지하고 사니 고생한 보람이 있어라우.

—'미인 마누라' 이성자

아침 8시에 차 몰고 나서지라우. 운전해 먹기도 예전 같지 않응께, 가는 길마다 막히고 하루가 다르게 공기도 매캐허니, 몇 시간 달리다 보면 목이 금방 따끔거린당께요. 예전엔 나가 서울 거리 골목골목 훤하게 꿰고 있었소. 손님이 어디를 가자고 하믄 골목골목 돌아서 물어도 안 보고 휭 하니 갔당께요. 요샌 몇 번 안 가면 없던 순환도로가 생겨불고 말시, 멀쩡하게 한 달 전까지 있던 산이 없어져불고, 그 밑이 길도 없어져불고, 멀쩡하던 골목에 다른 건물이 들어서불고, 워메, 정신차려야지 늘 낯선 길인께요. 내가 그려도 총기가 좀 있는 폭인디, 네비 나오기 전이는 손님한테 미안하고 당황스러울 적이 많았당께요.

나가 속 쓰러울 때가 쪼깨 있었는갑소. 술 마시고 여럿이 타서 시비 붙어불고, 시트에 토해불고 미안하단 말 한마디 없어불고, 어깃장 부려불고, 목적지 근처서 몇 바퀴 빙글빙글 돌려불고, 말꼬투리 잡아서 신고한다고 그냥 내려불고. 계획적으로다 허는 경우도 있지라우. 아까 나가 말 안 합디여? 금방 돈 가져온다고 기달리라 하고선 안 나와분다고. 나 몇 층 몇 호 산다고 가서 안 와분당께요. 기다리다 가보면 엉뚱한 사람이 나오는 일도 숱하지라우. 그럴 땐 참 야속했지라. 아따, 그런 인연들은 잊어불고 살아야 쓰겄습디다. 훼메, 말이라고 허요? 몸땡이 아픈 것보다 더 속상하지라우. 푸대접 받고 무시받으믄 어느 인사가 좋다 하겄소? 다 이녁 몸땡이 굴려서 살제마는 누이 좋고 매부 좋고 그람은 얼마나 좋겠소이? 필요한 디 델다 줘서 고맙고, 나는 밥값 해서 고맙고 말시. 서로서로 그람은 얼마나 좋겠소잉? 사회적 눈길도 그라고 대우도 그라고 좋다고만 볼 수 없지만서두, 나 생각이는 그것보담 오늘 하루 기분 좋게 사람 하나 잘 태우는 거이 젤로 중하요이.

우리 기사들이 쪼깨 얄미운 짓도 가끔 허고 사요. 용서해주씨요. 우리 사정이 쪼깨 어려운께 그라지라우. 회사 택시는 환경이 더 안 좋아라우. 이 바닥이 말시, 시간이 지내도 별반 발전성이 없어라우. 훼메, 옛날처럼 나이 들어갈수록 대접 받고 살믄 얼마나 좋을 것이오? 무신 일이든 간에 평생 한 길 또박또박 잘 걸었으믄 존경해주고 대우해주고 갸륵하게 생각해주면 오죽이나 좋을 것이오? 열 우물 파서 모은 물보담 한 우물 파서 나오는 물이 많다, 안 헙디여? 아따 50년 했시믄 뭐를 해도 눈 감고 안 하겄소잉? 근디 말시, 이 운전이라는 기 눈 감고 팔 우물이 아닌 모냥입디다. 근메, 이 길은 말시, 늘 처음인대끼 애기 안고 가대끼 조심해야 쓰요.

트럭 운전 10년, 개인택시 40년, 합승 차도 하고 버스 차장까지 했응께 도합 합치면 55년이네 글씨. 나가 그랑께 55년간 차 속에서 차랑 살아부렀네. 그라고 본께 집사람허고 산 거이 아니고 허이 참, 차랑 산 거이네.

아따, 그라고 본께 나가 꼭 할 말이 있소. 며칠 전엔 테레비서 근메, 그릇 굽는 노인네가 나오는디, 그 어르신이 말시, 평생 우리 그릇을 굽고 살았드랑께요. 외길 인생이라든가 뭐라든가. 참 그 노인데 얼굴이 편안하니 겁나게 좋드만요. 이웃들도 존경하고 아나운서도 올려다봐부러요. 하기사 시상이 존경해주고 인정해주믄 얼마나 좋겄소. 한참 재미지게 보다가 말시, 거시기 뭐랄까 마음이 싸아하니 쪼깨 쓸쓸해집디다이. 나 김인수도 누구 못지않게 성실하게 평생 운전대 잡고 애쓰고 살았응께 후회는 없는디, 내 속에 뭐시 큰 거이 하나 보이드란 말시. 뭔지 잘 몰랐는디, 55년 동안 나가 운전대 잡음서 맘속에 그거 하나가 꼭 백혀 있었는갑소. 그게 뭣이냐고라? 나가 요로코롬 한정 없이 떠들어쌓는지 모르겄소. 한번 생각해보쇼이. 아따, 높은 사램이나 낮은 사람이나 속마음은 다 똑같지 않겄소? 그럼 당신 속 깊은 디는 무엇이 백혀 있소? 근메, 진짜 당신 맘이 바라는 거이 뭣이냐고요? 고걸 당신이 맞히믄 나가 서울 구경 공짜로 다 시켜줄 것인게. 서울이 어쩌다 저쩌다 해도 이쁜 디가 얼매나 많은 줄 아요? 머리 가운덴 건물이다 뭐다 답답허지만서도 살짝만 벗어나믄 참 이쁜 데 천지여라우. 나가 말시, 남산 케이블카 타는 디도 데려가 불고, 청와대 뒷길 따라 세검정 지나 터널 지나 굽이굽이 이쁜 길들 데꼬 구경시켜줄랑께 잘 생각해보쇼이.

인생 반절을 차 속에서 보내부렀응께. 나가 하루에 얼마나 달렸느냐고? 하루 250킬로나 될랑가 넘을랑가? 그라믄, 50년 동안 얼마냐고? 근메, 가만 봅시다. 개인택시 40년에 트럭 운전 10년, 합승 차까지 치믄 글씨, 한 만 날이 쪼깨 넘을 것이오. 머리 좋은 당신이 계산해보쇼이. 그려?

250만 킬로나 돼부요? 지구 둘레가 얼마라고라? 그랑께 나가 지구를 200바퀴 돌아부렀다고라? 기양 날마다 일어나서 하루하루 운전한 것뿐이디, 참 세월이란 거시 무섭소이. 언제 나가 그렇게 많이 달려부렀으까이? 사람 몇이나 태웠느냐고라? 참 이상시런 것도 물어쌌네. 글씨, 하루 평균 마흔 번 정도 타고 내리니께, 한 번에 두 명 잡으믄 하루 80명이고 말시, 만 날만 쳐도, 그랑께…… 80만 명이라고라? 훼메, 나가 그렇게나 많은 사람들을 태워부렀소? 훼메, 쪼깨 더하믄 나가 100만 명을 만나분 폭이겄소잉? 아따 신기해부네. 옷깃만 스쳐도 인연이라등만, 나가 그라고 많은 사람덜하고 인연을 맺어부렀는갑소이. 앞으로다 더 좋은 인연 맺고 살아야 쓸 거인디……, 택시 타다 말이오, 뭐 좀 서운한 거이 있어도 이해허고 지발 용서해주씨요.

내
물깊이를
안다

해녀 김석봉傳

1926년 제주 모슬포에서 태어난 김석봉
씨는 열서너 살부터 물질을 시작해 65
년간 해녀로 일했다. 서른 중반 경북 영
덕 축산으로 이사한 이래 2007년 돌아
가시기 1년 전까지 물질을 했다.

휘이휘이 다 마실 보내고
남은 몇 가닥 정신 바늘에 꿰어
마지막 공사 하시더라 팔순 먹은 김석봉이
스웨터 벗어 아랫단 막고 소매 막고 빙 둘러 목도 막고
성게 가시 찌르는지 움찔움찔 해가며
빛깔 고운 전복 따다 남몰래 숨겼는지 삐그시 웃으며
아 슈우, 시원허다,
몸빼 속바지 차례차례 벗어던져
살 들어간 자리마다 뚫린 구멍 매꾸더라
구멍이란 구멍은 다 막아버리더라

시집보낸 정신 잠시 불러와 하는 말 좀 들어보소
병원비 좀 가져다주 냉장고 옆에 성경책 올려놓은 책상 있거덩 장판 까면 구들 꺼진
자리 널빤지 아래 비닐 겹겹 꽁꽁 싸서 50만 원 숨겨놨져
글자도 은행도 몰랐거덩
물질해 받은 현금 허랑방탕 남편 만나 탈탈 털리며 살았다게
부뚜막에 항아리 속에 장판 밑 지붕 밑에 숨기느라 바빴져

세상사 줄줄 새는 터진 속 천지라게
눈물 닦고 침 닦고 흘린 국물도 닦고
꼬질꼬질 손수건마저 주머니에 쑤셔 넣고 막아버리더라
구멍 속 바다는 메워도 메꿔도 끝이 없주
모래성 쌓는 아이같이 골똘히
연애하는 여인네처럼 배시시
참 구멍 공사 열심이더라

―「해녀 김석봉」

"시멘트 바르기 전에는, 이 마당이 다 꽃밭이었
다게. 족도리, 국화, 봉숭아······ 빠작빠작 다 피
어서난 꽃잎 뭉개질까 깨금발 들고 댕겼시난."

해녀들한틴 전복이 최고주. 그만큼 값진 거라. 전복은 잡기만 하면 손질할 게 없으난, 그 자리에서 바로 업자한티 넘기주. 전복은 1년 내내 하주. 바위에 딱 달라붙어 있어 손으로는 안 떨어진다게. 빗창으로 전복이 안 상하게 조심조심 떼내야주. 전복은 살로 걸어다녀 눈에 잘 안 띈다게. 전복은 추워야 살이 찐다게. 추운 디서 미역 다시마 먹고 자라난 맛도 좋고 향도 좋아. 껍질로 자개농도 만들고, 어디 하나 버릴 게 있시냐. 사람 손이 안 닿는 깊은 바당 속에 숨어 있시난, 전복은 수이 캘 수 없다게. 아무 데나 없곡 전복이 잘 붙는 바위가 따로 있다게. 상군 해녀(동네 해녀들 중 물질 경험이 풍부하고 기술이 가장 좋은 해녀)는 하루에 5킬로 따는 사람도 있신디, 나는 요샌 힘이 없어 잘 잡으면 1, 2킬로 잡는다게. 오뉴월 좋을 땐 많이 따주. 가을엔 씨를 밸 때라 못 잡게 헌다게. 굵은 것만 골라 쓰고 잔 것은 바다에 도로 던져버리주. 저번엔 씨종을 잡다가 고발해서 잡혀가서 두 달 영창 산 해녀도 있고, 또 야미로 팔아먹다가 잡혀간 사람도 있주. 옛날엔 잔 전복은 배양장 넣고 큰 놈 될 때까정 키웠다게. 지금은 귀해져서 아예 씨종은 못 잡게 한다게. 씨종을 잡으믄 바당에 돌려주주.

성게를 잡아 오면 온 식구들이 달라붙는다게. 성게는 하나부터 열까지 일이 아주 많다게. 한 사람은 칼로 성게를 쪼개고 나머지 식구들은 알하고 똥창을 나눈다게. 알을 까면 모아서 고운 채로 바닷물에 흔들어 깨끗이 씻고, 업자에게 넘기면 무게를 달아 그 자리에서 돈을 준다게. 전량 일본으로 수출된다게. 바위가 많은 데서부터 깊은 데도 자라고 모래밭에도 자라거덩. 성게는 뜰채로 주워 담어. 잡아 올라오믄 뒷손이 많이 가주. 여름에는 바깥에서 식구들이 다 달라붙어 일을 해도 네댓 시간은 걸렸시니. 겨울에는 성게 알이 작고 침이 잘다게. 그런 놈은 밤새도록 작업했시니. 성게 껍질은 보리 재에 삭혀 거름 되라고 보리밭에 뿌리거정. 성게는 침 같은 가시가 박혀 있곡, 껍질도 딱딱하정. 성게 까는 작업 하당

가시에 찔리면 손도 붓고 생살이 곪아 고름이 나정. 성게를 많이 잡는 날은 장갑 끼고 일해도 손에 가시가 박혀 있다게. 물질하고 집에 오난 바늘로 성게 가시를 후벼 파내곡, 찌든 소금기를 빼야 되난 수건에 펄펄 끓는 물을 축여 올려놓주. 벌겋게 물집이 잡혀도 데는지도 모른다게. 가려우난 살이 데도 아픈 줄 모르주. 그렇게 안 하면 가려워서 잠을 못 잔다게.

고무옷 때문이라. 고무옷은 서른두 살부터 입기 시작했져. 고무옷 입기 전에는 옷이 허술해서 추우니까 작업하다 나왕 불만 쬐고 불만 쬐고 해서 오래 물일을 못 했다게. 추우면 잠수복 입고 장갑도 끼고 모자도 쓰면 뜨시거덩. 하도 고무옷을 입으니까 밖에 나오면 화끈화끈하고 몸이 막 근지럽주게. 내 손 봐라. 손이 이렇게 삐틀어졌다게. 하도 짠 바당서 일을 해대난 손이 부어가지곡 이게 내 손이 아니라. 해녀들은 전부 뇌신을 들고 다니주. 수압에 늘 머리가 아프거든. 혈압도 높고 가는귀 먹은 사람도 많다게. 작업을 많이 하난 이 질긴 고무옷도 갈라진다게. 고무옷이 갈라지면 칼로 밀어서 헌 고무옷에서 조금 떼어서 오려 붙여 입었주. 고무옷이 비싸거덩. 이 잠수복 입으면 걸어 다니질 못 한다게. 허리도 성치 않주. 물에 곤두박질치려고 납 차고 물로 들어가니까. 납이 아주 무거우난. 요새는 어깨 아파서 영세민 카드로 병원에 물리치료 다닌다게. 하르방이 군인 갔다 와서 상이군인 돼서 연금도 타 먹을 걸 제대증 잃어버려서 혜택도 못 받고 살았주.

잠녀라게. 좀녀, 좀네라고도 불렀시니. 일본 놈 시대에는 잠녀를 천시해서 해녀라고 막 불렀다게. 조무질 하는 사람들은 이녁이 천하니까 자식들한티 한 자라도 더 가르쳐서 뭍에서 벌어먹고 살게 하지 자식들 안 시키거덩. 어떡하든 내가 돈 벌어서 대학 시키고 공부시킨다. 고생스러우난 자식들한테 물려줄 일이 아니주게. 살림은 힘들고 자식을 키우다 보난 이 나이 되두룩 물질허게 됐주게. 물질한 지 60년이 넘었주. 내 고향은 제주 모슬포 바닷가라게. 예닐곱부터 물장구치고 놀다 열두세 살되난 두렁박 차고 물질 시작했다게. 제주서 물질허는 잠녀들 다 그렇게 한다게. 풍덩풍덩 놀던 것이 평생 업이 된 거라. 어머니가 자식 열두 남매 낳았신디, 내가 막냉이라, 일할 중도 모르고 밥 헐 중도 몰랐다게. 조무질이야 갯가에서 살았시니, 날 더우면 바닷가서 놀당 그냥 배워졌주 뭐. 쪼맨헐 때부터 해나난(해봤으니) 늘었주게.

조무질 하면 추워도 추운 줄 모르고 신나게 해진다게. 고향서 나왕 축산 항에서 40년 넘게 살았신디, 축산은 내 고향 동네와 같은 곳이라. 제주는 큰 섬인디 여기는 삼면이 바다로 둘러싸여 있어 섬이랑 한가지라. 삽짝만 벗어나면 용바위에 무지갯골에 배 대는 항구라. 더울 땐 물이 뜨시고 입동 나면 참고, 음력 정월은 물이 참아서 힘들주. 샛바람 불면 바닷물이 참고 눈 녹은 물이 바당으로 흘러가거덩. 전복은 사철 허곡, 미역은 물이 찬 정월에 하는 거주. 추우난 옷을 많이 입었주. 고무옷 있기 전엔 무명베로 만든 물옷을 입었주. 아랫도리에 소중이 걸치고 우아게는 물적삼 입고 머리엔 물수건 쓰고 바당에 뛰어들었시니. 춥주게. 추워도 해야주게. 미역 허곡 전복 잡으면 힘이 나서 추운 거 모른다게. 신나게 하정. 물에 들어가면 얼진 안 하거덩. 고무옷 입고 불가사리도 잡아내고. 불가사리가 바당을 망치거덩.

물에서 나오면 추우난 얼른 불턱으로 뛰어가주. 벌벌 떨다 불턱에서 옷 갈아입고 머리도 말리고, 불턱 밑불에 감자 고구마 묻어 두었다가 꺼내 먹고. 조무질 하다 올라왕 요기도 잠깐 허고 한숨 쉬었당 기운 나믄 다시 물속으로 들어가주. 불턱은 바위틈이나 옴폭한 곳에 있다게. 옷 보따리도 숨겨놓고, 추울 땐 고무옷이 찢어지기도 하난 불이 있어야 하주. 불턱 가운데 따뜻하니 타오르는 불꽃을 보난, 몸도 녹고 마음도 녹고, 서러운 얘기도 나누고 우스갯소리도 허고 누구 흉도 보고 이집 저집 사정도 들고 재밌었주게. 애기들이 엄마 마중 나와 기다리던 곳도 불턱이주. 엄마 기다리다 미리 피워놓은 불에 고구마 감자 구워 먹던 곳도 불턱이다게. 지금은 다 없어졌다게. 방파제로 다 막아부난 불턱도 없어지고 찬데서 이젠 옷도 안 갈아입고, 그게 다 옛날 얘기라.

밀가루 반대기 참 맛있다게. 밀가루에 소금 좀 집어넣어서 반죽해 보리개떡처럼 손바닥으로 눌러서 밥 할 때 얹으면 되주. 반대기에는 밥풀이 묻어 있다게. 호박잎 좋을 때는 깔아서 밥풀 안 묻게 하주. 헤헤, 처음부터 넣으면 반대기가 다 풀어져버리주. 가마솥이 부르르 끓으면서 밥물이 잦아들 때 불땀 줄이면서 반죽을 넣어야주. 한 열 개씩 쪄서 물에 가지고 가주. 옛날엔 다 밥 위에 올렸다게. 밥 위에 가자미도 올려서 찌고 성게도 찌고. 밥솥 한가운데 성게알 든 그릇을 찔러 넣는다게. 성게찜이 참 맛있다게. 바다 냄새 나고 힘도 나고. 나는 황소밥 먹주. 배에 힘이 없으면 무건 납 차고 물질 못 한다게. 내 밥은 양푼으로 퍼 담고, 하르방은 쪼만한 밥그릇에 푸고. 거 배로 들어간 술 팔아서 쌀을 팔았시난 자식들 평생 먹고 산다게. 쌀가루도 빻아놓다 쑥버무리도 해 가고 콩 삶은 거 넣고 시루에 넣어서 쪄 가고.

물에 가면 세월 보내긴 좋았주. 예전에 물질 나갈 땐 보따리가 많았다게. 아침밥 지을 때 밀기울 반죽해서 불 앞에서 말랑말랑하게 밀(밀랍)을 만들주. 밀을 귀에 틀어넣어야 물질할 때 귀에 물이 안 들어오주게. 뒷바당 무지개골 불턱에다 불 피울 장작이랑 성냥도 들고 가고. 허리에 차는 납(봉돌)도 챙긴다게. 허기를 달랠 요깃거리로 보따리에다 고구마 밀가루 떡 찔러 넣고 가고 그랬시니. 조무질 할 땐 모르는데 나오면 배고프다. 물질하면서 숨 쉴 때 끌어안고 쉬는 태왁, 채취한 거 담는 망사리, 작살, 전복 따는 빗창, 바위틈에 돌멩이 뒤집는 골갱이에 고무옷에다 오리발 수경까정, 짐이 한 보따리라게.

슈우우우…… 깊은 물 들어갈수록 숨소리가 길주게. 성질 급한 사람들은 '휙' 급한 소리가 나거덩. 전복을 따다가도 빨리 숨 내쉬고 누가 따가기 전에 들어가야 하니까. 숨을 물고 물속에 들어갔당 물숨에 맞춰 해산물 캐고 다시 올라올 때 내뱉는 숨이 숨비소리라. 무자맥질 해서 30초 60초 작업하는데 대상군 해녀(상군 가운데 최고의 덕성과 기량을 겸비한 해녀)는 2분도 한다게. 슈우우우…… 해녀들은 육지에서도 숨비소리를 내고 다니주. 습관이 돼서 늘 입에서 이 소리가 나온다게. 빨래할 때도 밭 맬 때도 걸어갈 때도 저절로 나오주. '슈우우우우……' 노래처럼 길게도 나오고 '휘익' 휘파람 소리도 나오고, 해녀들은 다 그런다게.

젊어서 고향 떠나 객지에 나왕 의지할 일가붙이도 친구도 없이 외롭게 살았다게. 자식들 낳아 키우는 재미로 어려움을 이겨냈신디. 큰딸은 어릴 때 낳아서 의지하고 살았신디, 시집가서 몹쓸 병이 나서 자식도 못 낳고 죽어불고, 우리 아들은 신학교 나와서 해병대 군인까지 갔다 와서 결혼해 딱 1년도 못 살고 죽어불고……. 그렇게 둘이나 없애버리고, 또 쪼매만 할 때 셋이나 없애버리고…… 키우지를 못 하고…… 물에 빠져서 죽고…… 자식은 가슴에 묻는다. 밭에서 일을 해도 집에 가만있어도 잃어버린 자식 생각에 울떡증이 생겼다게. 가슴이 두근거리고 불이 붙은 것마냥 아프고. 슈유우우……. 남편은 오죽 속을 썩였시냐? 돈 벌 생각은 안 하고 꺼떡하믄 술 마시고 성질부리고 자식 잘못된 것도 다 내 탓을 허곡, 속을 털어놀 데가 어딨시냐? 이꼴 저꼴 안 보고 일이라도 해야 다 잊어불지. 바당에 나가는 것이 그래도 속 편하고 좋았주. 아이들도 실패하고 하난 즐거운 일도 없고 반가운 일도 없었다게. 물에 가면 해 가는 중 모르곡 세월 가는 중 모르곡 아픈 일 괴로운 일 좀 잊을 수 있시난.

물질하는 기술이 좋으난 있는 대로 다 하주. 배 나가면 대게 뱃겨주고 반찬도 얻어먹고 한 시간에 5000원씩 품값도 받고, 노가리도 널고 오징어 건조도 하고. 오징어는 뒷일이 많주게. 오징어는 한 시간에 1700원씩 받고 손질해 널어준다게. 오징어가 워낙 많이 나난 요새도 한다게. 손가는 게 많아서 오징어는 일이 많주게. 몸통 따서 바닷물에 깨깟이 씻어서 덕장에 말릴 때도 오그라들지 않게 잔손질을 많이 해야주. 피들피들 바닷바람에 말려 구워 먹는 오징어 피데기는 참 맛이 좋다게. 남편이 한참 뱃일 할 때난 그물에 걸린 대게를 떼어내는 일도 했다게. 대게 다리가 그물을 꽉 움켜잡고 있시난 살살 잘 떼어내야, 대게도 안 다치고 그물도 안 상하주. 영덕대게는 알아준다게. 여기 바다가 개흙도 없고 모래가 깨깟하니까 맛도 좋고 상품이주. 배 스쿠루에 밧줄이나 해초가 막 엉기면 배가 뜰 수 없시난 선주들이 해녀를 사주. 정해진 액수가 없시난 5만 원도 주고 오래 걸리면 더 주기도 허곡.

　　돌문어는 한 번에 못 잡는다게. 돌문어 만나면 낫으로 다리 하나 꽉 찌르고 올라오거덩. 숨 쉬고 다시 들어가 또 찌르고 해서 잡는다게. 문어는 갈고리로 대가리를 눌러서 잡주. 문어가 힘이 좋아 놓치기도 허곡 문어한티 당하기도 허주. 뜰채를 대고 문어가 들어오길 기다리기도 한다게. 문어가 통속에 숨는 걸 좋아하거덩. 성게, 전복 캐다 가자미도 잡주. 바닥에 엎드려 있는 가자미는 창으로 찔러 잡는다게. 돌문어 다리 볶아서 아이들 도시락 반찬 해주곡, 생선 말려서 하르방 밥상에 올리곡, 식구들 아프면 전복죽 끓여 먹이고, 바당은 반찬거리 천지주. 해삼 멍게는 기어다니난 손으로 하나씩 잡아 손뜰채에 주워담앙 물 위에 올라와서 조래기에 담는다게. 여기 미역은 참 좋은 거라. 기장 미역처럼 바위에서 자라는 진짜 돌미역이거덩. 로프 줄에서 자라는 줄미역(양식 미역)하고는 맛이 다르주. 돌미역은 음력 정월에 시작해서 입춘 되기 전에 끝나주. 가을 들면 입동 안까정 미역 바당밭을 매준다게. 짬매기라 하주. 짬매기 해줘야 미역 질이 좋고 맛있주게. 풀이 바위에 우북 돋아나면 미역 씨가 자리를 잡지 못하난 깨끗하게 풀을 밀어준다게. 짬매기는 일이 고되난 일당 12만 원 받는다게. 아침 7시에 물에 가서 진종일 하주. 미역 철에 미역도 많이 따주. 줄미역도 있시난, 잠녀는 자연산 돌미역만 하주. 일하고 얻어온 미역은 집이서 날 좋을 때 말려난 잘 간수했다 돈도 만들주.

　놀 새가 어딨슨? 하르방 밥 해줘야주, 방도 닦아야주, 수건 걸레도 더러븐 거 빨아야주, 이방 저방 치워야주, 마당도 청소해야주, 밥 먹고 난 그릇 기름기도 뜨거운 물에다 깨깟이 닦아야주. 일 천지다게. 내 손 안 가면 하르방이 할 중 아나? 나는 아무리 바빠도 더러븐 거는 못 보거덩. 물질하멍 그 일 다 했다게. 저기 리어카 봐라. 내가 어디 갈라믄 저거 밀고 다닌다게. 허리가 꼬부라정 저거 의지해야 걸어갈 수 있다게. 오징어 생선 미역 줄기 말령 자식들한테 보내곡, 아픈 남편 뒷바라지도 내 몫이주. 물에서 나와도 할 일이 태산이다게. 살림만 사는 여편네들 하는 일도 다 하주. 농사철에는 새벽 일찍 밭 한소끔 매고 들어왕, 식구들 밥 해서 먹이고 해 뜨면 바다로 나갔져. 바당 갔다 돌아왕 해 빠지기 전에 밭 둘러보고 남은 밭일 하고 이거저거 따오고 했져. 가진 것 없이 영덕 축산에 들어와서 밭을 여섯 개나 샀다게. 제주서 가져온 종자로 메밀, 유채, 차조 심고, 깨, 고구마, 콩도 갈고. 인제 다 팔아먹고 하나 남았져.

　술 하르방 만나 고생했주게. 하르방은 제주도 한림 사람인디 목수질도 잘하고 배 기술도 좋았다게. 대여섯 태우고 선장도 하고 기계도 잘 만져 고대구리(작은 저인망 어선) 타고 기관장 일도 허곡. 첨엔 내가 조무질도 힘들여서 안 했져. 하르방이 기관장질 선장질 할 때 많이 벌었다게. 하르방은 돈 벌엉 다 술 먹어 없애불지 집에는 안 가져와. 엉겨 붙어 싸움도 많이 했다게. 하르방이 술 먹고 며칠씩 집에 드러누우면 나는 물에 가고…… 술에 질려서 하르방 모르게 술약도 먹였주. 벌면 돈이 있나 혼자만 벌어서야 남자들이 돈을 벌어야지. 지금은 나이도 많고 병들어서 배

"물에서 나오면 추우난 얼른 불턱으로 뛰어가주. 불턱에서 옷 갈아입고 머리도 말리고, 불턱 밑불에 감자 고구마 묻어 두었다가 꺼내 먹고. 조무질 하다 올라왕 요기도 잠깐 허고 한숨 쉬었당 기운 나믄 다시 물속으로 들어가주."

못 타주. 고집도 세고 불뚝하는 성질이 있시난, 선주나 뱃사람들과 다퉈서 한 곳에 오래 붙어 있지 못하난 돈도 못 모았주.

하르방이 늘 뚝딱거리며 뭔가를 만들었다게. 손재준 좋다게. 돈 6000원 들여서 나무 사다 초가집도 짓고 슬레트도 올리고, 문도 잘 짜고 가구도 잘 짜고. 저 리어카 만든 것 봐라. 옛날 리어카 뼈대 남은 것 자르고 다시 끼워 맞춘 것에다 널판을 짜서 리어카 통 만들고 바퀴는 헌 자전거 바퀴를 떼다가 붙여서 이렇게 기차게 하르방이 만들어줬다게. 손재주 좋아가지고 대패 끌 페인트 다 쌓아놓고 천날 만날 맨들었다 부수고 또 만들고 그런다게. 내 연장도 다 하르방이 만들었주. 빗창도 벼리고 태왁도 만들고 물질하는 연장 모두 하르방이 만들었다게. 술병 꿰차고 다녀도 목수 솜씨가 좋아서 '태왁' 테도 만들고 망사리도 만들고. 지극 정성으로 만들주. 소나무 박달나무 여러 날 물에 담가 말렸다 불에 쬐가면서 둥글게 구부리주. 조래기 끼워 달고 스치로폼도 달아, 자랑스럽게 나한 티 내밀주. 동네 해녀들 연장도 다 해줬다게. 연장이 탈나면 작업을 못 나가난 그것만큼 중한 일이 없주. 하르방 솜씨를 아난 아쉬운 해녀들은 다 하르방을 찾아오주. 연장을 손봐주면 고맙다고 술도 받아 오고 담배 도 들고 와서 놓고 가고정. 그 덕분에 술만 더 늘었주. 손재주만 좋음시 냐? 우스갯소리도 잘하고 만담도 기맥히게 잘한다게. 하르방이 글 하는 머리는 일등이었단다. 서당 다닐 때 일등 해서 시어머님이 절 받고, 콩 볶아 한 볶음씩 나눠 주고 선생님 고무신 한 켤레 사다 주고 책걸이 했단 다. 머리 좋아도 머리를 잘 써야지 쓸 줄 모르면 못 써 먹는다. 하르방은 투자해서 뭘 할 줄 몰라. 공부만 한다고 살림살이 사는 건 안 뇔래더라.

옛날 우리 언니들은 먼바다로 다녔져. 동해 속초 주문진 원산 황해 도도 가고 일본도 갔주. 일본 구경도 가고 돈 벌러도 가고. 나는 막냉이 라 어릴 때는 겁이 많아 곳물질(근해 작업)만 했다게. 애기들 낳고부터 먼 데 주문진 동해안도 다녔주. 한번은 하르방이 빚보증을 잘못 서 집이 날 아가게 생겼신디, 그 돈 갚을라고 원정 물질을 나갔주. 원정 물질은 해녀 들 몇이서 업주한티 선수금 받고 몇 달씩 다른 동네 바당으로 가서 방 얻 어 살멍 물질하는 거주. 명절 때나 집에 오주. 쉬지 않고 작업을 하난 어 물 채취량도 많고 수입도 많았다게. 사진2동, 시늘, 말발, 반넘이, 대진, 장사, 고래불…… 모두 우리가 일한 바당이주. 이 바당 끝까지 다니며 작 업했져. 오늘같이 파도가 많이 치면 물질 못 하주. 구경하기야 좋지만 물 밑도 잘 안 보이고 파도에 휩쓸리면 사람도 죽는다게. 바위에서 미끄러 져서도 죽고 대진 바당은 꼭 사람 죽는다게. 여기 와서 물질 많이 했주. 이 바당이 천추(우뭇가사리)가 많이 났다게. 이젠 오염이 돼서 천추도 없다 게. 옛날에 이 앞바당에서 다 했시난 시대도 바뀌고 찻길도 넓어지난 물 질하기도 어렵주. 옛날엔 이 먼 길 동네 다 걸어다님서 물질했주. 고무옷도 여기서 갈아입고 했시니.

　바당 사서 일하면서 인심이 각박해졌져. 여기에는 피붙이가 없으난 고향에서 나온 해녀들과 친형제처럼 지내멍 어려운 일 궂은일 나누며 살았주게. 친목계도 하고 어려울 때 돈도 빌려 주고 경조사도 함께했주게. 조무질은 절대로 혼자서 할 수 없다게. 조무질이 목숨을 내놓고 하는 일이난 해녀들끼리 피붙이보다 더 진한 정이 있지. 물에서 나오면 고무옷이 딱 달라붙어 혼자 벗지도 못한다게. 우리 오고 몇 년 뒤에 나온 양씨는 같은 고향 사람이거덩. 그인 조무질 잘하는 상군이주게. 멀리 딴 지방까지 가고 배 타고 나가서 먼바다에서 작업도 한다게. 남편 죽어불고 혼자 산다게. 양씨 말고도 해녀들은 과부가 많주. 그래서 서로 의지하고 살았주게. 물질 같이 다니멍 친해지거덩. 모듬계 해서 구경도 댕기고 옛날엔 그랬주. 요즘은 자기들끼리 바당 사서 하면서 인심이 각박해젼.

　젊어 물질 한창 헐 땐 여럿이 한 물에 들었주. 지금은 여섯 일곱씩 자기들끼리 무리지어 다닌다게. 여기서만 바당 사서 1년 내내 작업하는 사람이 아홉이라. 자기들끼리 돈 내서 전복 성게 같은 것 거둬들이주. 나처럼 자기 바당이 없는 사람들은 여기저기 다니면서 물질한다게. 인제 축산에 해녀는 한 스무 명밖에 안 남았다게. 자기 바당 없는 사람들은 미역 철이나 여름 때 잠깐 하다 말주. 지금은 바당도 다 주인이 있져. 돈 있는 사람들이 구역 사고 해녀 사서 허곡, 나처럼 나이 들거나 돈 없는 해녀들은 맘 놓고 물질도 못 한다게. 이거 저거 못 하게 하는 법도 많아서 혼자 들어가도 안 되고 뭐는 캐면 안 되곡. 법 없어도 옛날엔 어린 거 잡으면 그냥 바다에 돌려줬져. 불턱에서 불 쬘 때도 나이 든 해녀들은 연기가 덜 나는 쪽으로 앉혔져. 그런 풍습도 다 사라졌져. 지금은 옷 갈아입을 때도 고무옷 위에 허름한 것 걸치고 집에 와서 씻고 갈아입곡, 다 따로따로고 계산만 분명해졌져.

'…… 내 사랑 너는 어여쁘고 어여쁘다. 너울 속에 있는 네 눈이 비둘기 같고…… 네 목은 방패가 달린 다윗의 망대 같고……' 아들이 하느님을 하늘로 아니까 에미 노릇 한다고 성경도 베껴 쓰고 했시니. 우리 아들이 신학교 다니고 전도사 하다가 죽어버렸다게. 하나뿐인 잘난 아들이 죽고부텀 다 낳다게. 한 20년 낙심했다 하느님 다시 믿은 지 얼마 안 됐주. 나는 아들한테 모든 걸 둬서…… 남한테 해롭게 안 하고 싶다. 우리 물질하는 해녀들은 미신도 많고 뭣도 많다게. 나는 일제시대 때 잠깐 학교를 다녔신디 일본말만 배우고 한글은 가갸거겨만 따라하다 말았져. 나는 아들이 하늘같이 믿는다는 '그분'을 알라고 글을 배우기 시작했져. 밤에 성경책 펴놓고 그리듯이 베껴 쓰멍 따라 읽으멍 한 자씩 글자를 깨쳤져. 나는 총기가 좋앙. 암산도 잘허곡 이야기를 들어도 잊어버리는 법이 없었다게. 장부 정리도 나 혼자 아는 법이 따로 있져. 배우다 만 그 글마저 지금은 많이 까먹었져. 눈도 어둡고.

나는 늘 기도한다게. 성경 보고 혼자 중얼거리며 물질할 때나 잠들 때나 늘 자식허곡 손자들 죽은 자식들 위해 한다게. 축산항이 바람이 센 곳이라 높은 산도 없고 바람막이도 없져. 바람 불고 파도가 치면 지붕이 퍼덕퍼덕 울어대는 밤도, 온몸이 꽁꽁 얼어붙은 기나긴 겨울밤도 나는 두 손 모으고 기도한다게. 하느님한테 다 편케 해달라고 기도한다게. 손자들한테도 말하주. 할머니 위해서 기도해달라고. 기도할 때 축산에 있는 외할머니 김석봉 씨, 하느님 아버지 건강과 은혜와 축복을 허락해달라곡. 할머니가 오래 살아야 니들도 여기 오지 할머니가 죽어불면 여기 살러 올래? 아무도 없으면 여기 못 올 꺼 아니냐 하니까, 그 말에 아이가 눈물이 글썽해갖고 가만히 말도 안 하고 있는 거라. 그때 내가 아구, 하느님 아버지 감사합니다, 벌써 다 철이 들어가지고 할머니 고생하고 불쌍한 걸 알지 생각하니까 나도 막 눈물이 났다게.

내 물깊이를 알아야 한다게. 젊은 해녀들이나 상군들은 멀리 배를 타고 나가고 깊은 물속으로 들어가주. 나는 축산 앞바당에 만족한다게. 힘도 부치고 몸도 약해져서 두 시간도 못 버텨. 나는 둥둥 떠서 많이 못 하주게. 물에 잘 못 내려가니까 납만 많이 차곡, 물에서 나오면 잘 걷지도 못하곡. 슈유우우…… 인제 어디에 전복이 많은지 훤히 다 알아도 욕심 내서 그곳에 들어가려 하지 않는다게. 내가 들어갈 물깊이를 내가 알주. 대여섯 명이 몰려다닐 때도 내 망사리만 덜 차고 볼것없어도 속상할 것도 없주게. 전엔 오징어도 말리고 미역도 말려 자식들한테 팔아달라고 했는데 지금은 힘들어서 그것도 못 하거덩. 인제는 자식들 나눠 줄 만큼만 한다게. 조무질 그만둘까 하다가 작년에 15만 원 주고 고무옷 또 샀다게. 몸 움직일 때까정 하다가 더 못 하면 양로원에 들어가 살아주. 자식들 폐 안 끼치고…… 나 죽어불면 누가 여기 오겠나? 사는 날까정 살다 여기다 뼈를 묻어주. 슈유우우우…….

갑옷 같은 물옷을 입고, 발부리가 닿지 않는 망망한 바닷속을 뒤지고 다니던 김석봉 씨는 이제 세상에 없다. 그의 둘째 딸이 전한 이야기를 그대로 싣는다.

걱정 마라 걱정 마라, 혼자 먹고는 사니까 걱정 마라 했니더. 어머닌 아버지가 돌아가시기 직전까지 가까운 바당서 하루 대여섯 시간씩 일했니더. 여든 다 돼서도 말입니더. 소라 골뱅이 해삼 전복 성게 따면 6~7만 원 벌이는 된다고, 걱정 마라 걱정 마라……. 지금도 그 소리가 귀에 들립니더. 한평생 미워만 하던 아버진데……, 어머닌 애면글면 잡고 있던 그 어떤 것을 놓아버린 것 같았어요. 돌아가시기 전에 어머닌 병원 다니면서 우리 집에 몇 달 계셨니더. 집이라고 옹색하고 좁아터진 데서 생애

마지막 여름을 보냈니더. 참 희한하데요. 어머닌 그때 온종일 바느질만 하셨니더. 소리가 없어 들여다보면 이불을 꿰맬 것처럼 실을 길게 꿰어 가지고 속바지고 몸빼고 차례차례 벗어서 터진 데를 다 막으시데요. 막다 막다 나중에는 주머니까지 막았니더. 스웨터도 목까지 다 막아버렸니더. 밤새 그 공사를 하다 아침 녘에야 잠에 드셨어예. 바느질할 때만은 놀랍도록 집중하셨어예. 정신이 반쯤 나간 듯 멍하셨는데예, 그때만큼은 편안해 보이고 행복해 보였니더. 마치 세상일에는 관심이 없는 놀이에 빠진 아이로 돌아간 듯했지예. 바느질하고 닦아내는 것, 그것이 어머니의 마지막 공사였어예. 손바닥만 한 손수건 한 장 가지고 모든 걸 닦아내는데예, 침이 한 방울만 떨어져도 닦고 국물을 흘리면 물기도 다 닦아내고예. 다 닦고 나면 그 손수건을 구멍을 찾아 쑤셔 넣었지예. 그라고예, 손수건조차 속이 안 보이게 꿰매버렸지요. 나중엔 장판지 구멍까지 메꾸는데예……

아버지한테 밥 한 그릇 얻어먹는 것, 어머니 소원은 아주 단순한 것 같았니더. 허랑방탕한 남편 만나서 평생 풍족함이라고는 못 누려본 어머닌 가끔 혼자 중얼거렸니더. "남편 뒤 닦고 혼자 자식 키우려니 그게 제일 서럽다게." 물질은 현금 거래니까 평생 돈을 만졌지만 당신 한 몸 위해서는 돈 한 푼 못 썼지요. 손에 가진 것도 늘 탈탈 털리며 살았으니까요. 그런 탓이었을까요. 어머닌 정신 멀쩡할 때도 숨기기를 잘했니더. 예순 넘어서야 시작한 예금 거래는 통장으로 입금해주는 정부 보조금 때문이었지요. 그전엔 은행은 아예 모르고 살았니더. 돈이라고 손에 쥐면 무조건 어디에고 숨기기 바빴니더. 자식들에게 우편환으로 송금하고 난 돈을 어머닌 평생 장판 밑이나 부뚜막이나 지붕 천장에 숨기며 살았니더. 한번은 어머니가 포항에 입원해 있을 땐데, 지한테 집에 가서 돈 좀 가져오라 하대요. "돈이 어디 있는데요?" 물었더니 그러시대요. "건넌방 냉장고 옆에 성경책 올려놓은 책상이 있다. 그거 치우고 장판지 걷어내면 구들 꺼진 자리가 있는데, 거기 잘 보라게." 구들 꺼진 자리를 보니까, 판자를 메우고 비닐로 겹겹이 둘둘 싸서 50만 원을 숨겨놨대요. '아프면 병원비 한다' 꼬요. 절대로 움직이지 않는 곳에 숨기는 게 어머니에게는 평생 습관이 되어 있었던 거지요.

아버진 당뇨 합병증으로 오래 고생하셨습니다. 발가락이 썩어서 다리까지 잘라야 된다고 했는데 어머니가 죽어도 다리는 못 자른다고 버텼니더. 저승 가서 절뚝거리고 다니면 좋겠냐면서. 결국 발가락 두 개만 잘라냈니더. 수술한 지 세 철 만에 돌아가셨지요. 어느 날엔가는 아버지가 약값 좀 보내달라고 하데요. 제가 그랬니더. 애들 사 줄 과자값도 없다고. 부모한테 약값도 못 보내는 제 처지와 형편이 화가 나서 그렇게 말해버렸니더. 그랬더니 며칠 후 소포가 왔는데 미역하고 오징어하고 싸서 보냈는데 미역 속에 편지가 들어 있었니더. '애기들 과자값'이라고 써 있고, 퍼런 지폐 두 장이 들어 있대요. 그걸 보고 웃다 울다 다시 웃었니더. 솔직히 지가 아버지 속에서 나왔다는 게 늘 싫고 챙피했니더. 늘 술이나 마시고 자식이라고 따스한 눈길 한 번 안 주는 아버지가 미웠니더. 아버지 돌아가셔도 울지 않을 끼라고 절대 눈물 같은 거 흘리지 않을 끼라고 생각했니더. 아버지 돌아가시고, 염을 하는데 솔직히 지는 보기 싫었니더. 그런데 아버지가 눈을 감고 있는데 핏기도 다 가시고 말개져서 내 앞에 있는데, 아버지 이마를 만져봤니더. 갑자기 눈물이 쏟아지데요. 맞아요, 내 아부지여서 그랬겠지요. 아버지가 아니었으믄 내가 와 그 사람을 미워했겠는교? 아부지니까 이래야 한다 저래야 한다 기대하고 바라는 맘 때문에 원망이 컸었지, 이 사람이 내 아버지가 아니었으면 내가 왜 그렇게 미워하고 원망하고 그랬겠능교? 어머닌 그때 정신도 놔버렸니더. 아버지 땅에 묻고 1년 만에 어머니도 가셨니더. 참 이상하데요.

하마 평생 사랑이 고팠을 깁니더. 어머니는 부모님이 일찍 돌아가시는 바람에 큰외삼촌 집에 얹혀서 눈칫밥 먹고 자랐다고 하대요. 전폭적인 사랑을 한 번이나 제대로 받아본 적이 없던 분이 내 어머니시더. 막낸데도 부모 없이 자라선지 어머니는 한 번 마음을 주면 간 쓸개도 다 **빼**줄 것처럼 관계를 맺곤 했지요. 그런 관계 중 하나가 곰배팔이 아줌마였어요. 목너미 동네서 점방을 하며 빵도 팔고 우유 술도 팔고 근처 초소에 있는 군인들에게 라면이나 술국을 팔아주며 혼자서 딸 하나 데려다 키우며 살던 여자였니더. 그 아줌마랑 의형제 맺은 어머닌 말년에 자매처럼 의지하며 살았니더. 전복 따면 가져다주고, 명절 선물 들어오면 몇 **빼**다가 갖다 주고, 옷도 갖다 주고 뭣도 갖다 주고 하면서, 참 지극정성으로 잘했니더. 한번은 그 곰배팔이 아줌마가 그러데요. "니네 엄마 참 불쌍한 사람이다. 세상에서 제일 불쌍한 사람이다. 니 엄마한테 잘해라" 그 소릴 듣는데, 자식보다 그 아줌마가 엄마의 속마음을 깊이 알고 지냈다는 생각이 들데요. 엄마는 평생 외로웠을 겁니다. 형제들은 연락도 두절한 채 제주도에서 각자 살고, 남편이라고 대꾸라도 하는 사람도 아니고, 자식들이라고 살갑기를 하나, 무슨 얘기들 들어주기를 하나, 다들 멀리 나가 살고, 누구한테 당신 속에 켜켜이 담아논 아픈 맘을 털어놨겠는교?

집에 갈란다 집에 데려다 줘 데려다 줘, 하시더니 축산 돌아간 지 얼마 안 돼서, 어머닌 목숨줄을 놓았니더. 평생 물질하고 살아온 데로 돌아간 거지요. 겨울 나러 다시 오겠다던 어머닌 그해 겨울 그렇게 가셨니더. 어머니 고향인 제주에선 이어도가요, 참말로 좋은 데라고 하대요. 배도 안 고프고 아프지도 않고 서로 미워하거나 할퀴지도 않고, 뭐 하나 안 숨겨도 되는 꿈꾸는 세상이었지 싶네요. 그런 편한 데로 어머니가 가 계시면 참말로 좋겠니더. 평생 바다 보고 평생 물질하고 바다에서 살았으니 바닷속에 숨어 있다는 그 이어도로 가셨을 겁니다. 저는 그래 믿니더.

그들도
우리처럼

방글라데시에서 온 레자와 몰라, 버마
에서 온 마웅저와 부따·아따·마웅마
웅수·틴솔, 네팔에서 온 나랜드라와
쉬디……. "새로운 인생을 만들고 싶어
서" 갖가지 사연들을 품고 한국으로 건
너온 이들은, 아픔 속에서도 새로운 꿈
을 만들어간다.

그것은 침대 위와 풀밭 위에 밝게 비춰진 휴식, 열도 없고 우울함
도 없는.

그것은 친구, 치열하지도 무기력하지도 않은 친구.

그것은 연인, 고통을 주지도 받지도 않은 연인.

한 번도 찾아온 적 없는 대기와 세계. 인생.

―정말 이런 것들일까?

―다시 몽상은 깊어져만 간다.

―아르튀르 랭보, 「밤샘veillées」(「채색판화집Illuminations」) 중에서

숱한 금요일 중 어느 금요일 한 미얀마 청년이 종각역에서 전차에
뛰어들었다. 허리가 동강난 채 남은 주검의 배후에는 못 이룰 사랑이니,
정신 질환이니, 종교에 너무 심취했었느니 하는 추측만 무성했고 곧이어
가십거리로 사라졌다. 수많은 여러 봄날 중 어느 봄날 하루 의정부에서
싸이플 이슬람이라는 스물여섯 살 청년이 화상을 입은 지 두 달 만에 세
상을 떠났다. 컨테이너박스에서 사장 몰래 도둑잠을 자다 배고픔을 참지
못해 라면을 끓여 먹고 담배를 피우기 위해 라이터를 켠 순간 가스가 폭
발했던 것이다.

한창 목련꽃잎 열리던 지난봄 중 어느 하루, 가구공장에서 일하던
한 노동자가 잠자다 죽었다. 새벽 4시경 가슴을 움켜쥐고 몇 번 비명을
지르다 허공에 내젓던 그의 손은 이내 떨어졌다. 젊다고 말하기엔 너무
어린 열여덟 살, 그의 이름은 로만이었다. 부검 여부와 병원비를 둘러싼
우여곡절 끝에 로만은 눈감은 지 사흘 만에 자신이 태어난 땅 방글라데
시로 돌아갔다.

숱한 사람들 중 하나가 숱한 날 중 하루, 한 시점에서 사라진다. 내
죽음은 영영 만져볼 수 없는 관념일 뿐, 죽음은 늘 남의 것이다. 남의 죽

음이 지나가면서 나를 잠시 흔드는 건, 내 생애 어느 순간과 만날 때일 뿐. 짜장면 곱빼기 서너 그릇쯤 너끈히 비울 수 있고 쇳조각도 소화시킨 다는 고교생 나이 로만의 육체는 왜 멈추었을까. 왜 싸이플 이슬람은 라 면 한 그릇과 생을 바꾼 것일까. 모든 질문이 우습고 모든 의문이 사치다 싶을 때쯤 사건은 사건의 생리대로 곧 뇌리에서 사라진다. 하지만 남의 사건이 내 육체가 기억하는 통증의 어느 순간과 만났을 때, 나에게 각인 되는 시간은 길어지고 때로 새로운 통증과 결기를 불러일으킨다.

라면 한 개와 목숨을 바꾼 싸이플 이슬람은 서른두 살에 세상을 떠 난 내 후배 김주리로 다가온다. 그녀는 아무도 출근하지 않은 어느 여름 날 아침, 지하 봉제공장에서 가스가 폭발해 한 달 만에 죽었다. 생면부지 의 이슬람은 나와 함께 먹은 밥이 아마 두세 가마는 족히 될 김주리의 살 아 있는 형상으로 그려지면서, 추상이 형해의 껍질을 벗고 걸어 나온다. 이제 얼굴도 가물거리는 정례는 어느 날 새벽에 자취방에서 죽었다. 열 여섯 살부터 하루 12시간씩 고참 미싱사한테 쪽가위로 맞아가며, 관리자 에게 혼나가며, 월급도 뜯겨가며 살아온 객지 생활 6년 만이었다. 그가 사라진 자취방에는 수1 정석과 성문종합영어가 놓여져 있었고, 부엌에는 타다 만 연탄이 시커멓게 식어 있었다.

"새로운 인생을 만들고 싶어서" 왔다는 발랄 호사인 몰라는 "이제 내 인생 없어졌어요"라고 말한다. 그는 남양주에 있는 가구공장에서 일 하다 이미 고장 났던 곤돌라에 소파 다리를 싣다 4층까지 솟구친 곤돌라 와 함께 떨어졌다. 뼈라는 뼈는 다 부러지고 얼굴도 부서져 3년에 걸쳐 열댓 번의 수술을 했다. 다리에는 쇠로 된 빔이 17개나 박혀 있다. 피를 하도 쏟아 옛날 피가 한 방울도 남지 않았다는 그는 기적적으로 살아 "우 리 눈에 눈물 없어요"라고 말한다.

중국 연변에서 온 배 씨는 오른팔을 깜박잠 몇 초와 바꿨다. 원단이

엉키거나 끊어지지 않도록 두 눈 부릅뜨고 지켜야 할 한밤중에 팔 하나가 쌩쌩 돌아가는 로울러에 감긴 것이다. 토요일 늦은 야근 후 계속된 특근 때의 일이다. 그는 한국에 온 후 줄곧 하루 14시간에서 16시간씩 일했다. 시키는 대로 일하고 하라는 대로 했다. 불성실한 연수생으로 찍히면 체류 연장 허가를 받을 수 없기 때문이었다. 주 44시간의 기본급 42만 1490원만으론 입국하기 위해 빌린 1000만 원을 갚을 길이 없었다. 어깨까지 잘려진 그의 오른팔은 말해준다. 기본급이 42만 원인데, 한 달 월급으로 111만 4000원을 받았다면, 도대체 얼마나 일해야 하는 걸까? 일주일에 100시간에서 200시간 연장근로를 하는 인간 기계의 예정된 결과가 로울러에 들어간 팔이 아닐까. 한 달에 이틀만 쉬었어도 그런 일은 일어나지 않았을 것이다.

방글라데시에서 온 후세인 씨는 밤 8시 반경 가슴 통증을 호소했다. 위독하여 큰 병원으로 옮겼으나 밤 10시 반경 사망했다. 원인은 '과도한 노동과 스트레스로 인한 급성심근경색증'이었다. 그가 다니던 이불공장은 먼지와 솜털로 자욱했지만, 집진기나 환풍 시설은 없었다. 강제 추방·단속으로 사람이 줄어 그는 몇 달째 서너 명이 하던 일을 혼자 하고 있었다. 그는 매일 14시간 넘게 일했고, 때로는 새벽2시까지 포장 작업도 했다. 도망가고 싶어도 임금이 밀려 회사를 그만둘 수 없었다. 게다가 강제 단속으로 인한 두려움으로 외출조차 하지 못한 채 몇 달째 숨어 살고 있었다. 저녁을 먹고 작업장으로 올라와 밀려 있는 일을 처리하던 중 가슴을 부여잡고 소리를 질렀는데, 그것이 지상에서 그가 지른 마지막 노래가 되었다.

장미는 장미고 엉겅퀴는 엉겅퀴인 것처럼 저마다 저 이외의 어느 존재도 될 수 없지만, 또 다른 존재의 속으로 들어갈 수 있는 유일한 존재도 인간이다. 혹여 다른 존재인 척했을지도 모를 내가 그들처럼 위장취

업자로 살았을 때, 나는 하루 12시간 이상을 노역했다. 월급날 다른 아이들이 돈뭉치를 셀 때 난 잔업 시간을 먼저 세었다. 한 달에 150시간이라니. 150시간의 잔여 노동은 한 주에 두 번 철야하고 수요일을 뺀 나머지 모든 날들을 잔업해도 채우기 힘든 시간이다. 그 시간 육체는 어떤 반응을 보였던가. 허리를 곧추세워도 다시 내려앉아도 허리 통증은 사라지지 않았다. 머릿속은 하얗게 칠해놓은 것처럼 텅 비고 손발은 자동적으로 움직이는 기계처럼 움직였다. 어떤 생의 기미도 추억도 미래도 연인도 친구도 이념도 내가 바로 그곳에 있는 이유조차도 안개 속으로 사라졌다. 어떤 아이들은 동터올 무렵 미싱대에 머리를 처박고 기절하곤 했다. 임금을 떼먹고 도망간 사장을 고발하고 기계와 원단을 지키면서 노동부에 갈 차비가 없어 부평에서 하인천까지 걸어 다녔다. 몇 달 전부터 몇 프로씩 밀린 임금 때문에 빵 하나 사 먹을 돈이 없었던 우리는 몇 달을 오이짠지와 미역냉국만으로 버텼다.

지구라는 행성에 사는 사람의 반이 하루 2달러 이하로 생활한다. 극빈자의 수가 가장 많은 인도네시아, 중국, 방글라데시, 인도, 파키스탄 등에는 가난하다고도 형용할 수 없는 비참한 삶들이 넘쳐난다. 그들의 피부는 대개 검거나 갈색이거나 누렇다. 우리의 크레파스에 쓰였던 살색이라는 색깔은 그들 나라에서는 다른 색깔이다. 뜯기고 맞고 다치고 무시당하는 가난한 나라 사람들은 단지 피부색 때문이 아니라 그들의 나라가 가난하기 때문이라는 걸 본능적으로 안다.

최인석의 소설 『이상한 나라에서 온 스파이』에는 '밥어미'라는 스파이를 파견한 '열고야국'이 나온다. 그 나라의 율법은 인간과 사랑과 즐거움이다. 먹고살기 위해 노역을 하거나 사람을 사고파는 짓은 물론 없는 세계다. 전쟁도 착취도 차별의 벽도 없이 오로지 이해와 관심만이 잔칫집 대문처럼 열려 있는 곳……, 그런 나라는 진정 꿈일까. 이런저런 인연

으로 산재병원이나 자취방, 거리에서 만난 네팔과 방글라데시, 버마 노
동자들의 육성을 들어본다.

돈 없으면 사랑도 없어

—레쟈(방글라데시, 1958년생), 인천우리의원

잡혀갈까봐 병원에 못 갔어요. 1년
전부터 배가 아팠어. 불법이니까 일 안
줘. 비자 있어야 일할 수 있어요. 월급
이 안 나왔어. 나 비행기 값 없어 집에
못 가. 모아둔 돈 하나도 없어. 갈 데 없
어. 무서우니까 밤에만 다녀. 돈 없어
하루에 한 끼 먹었어. 김치하고 물고기
하고 계란 프라이. 라면, 빵 있지만 배
아파서 못 먹어요. 배고파 잠만 자. 나
생각 아주 많아. 자식 생각, 아내 생각, 고향 생각. '이제 나 어떻게 살아
야 해?' 고민하니까 머리 아프고 배고파요. 그래서 잠만 자. 추워도 보일
러 기름 많이 때면 안 돼. 한 시간 쓰고 꺼요. 너무 아파 참을 수 없어 혼
자 동네 병원에 갔어요. 검사하니까 아무 이상이 없대. 검사비만 20만
원. 이상이 없다는데 이상했어요. 더 많이 아팠어. 그래서 큰 병원에 갔
어. 십이지장 출혈이래요. 하루만 늦었어도 죽었대요.

처음엔 관광비자로 놀러 왔어. 나 방글라데시 다카(Dhaka)에서 왔어.
92년에 관광비자로 놀러 왔다 눌러앉았어. 3개월 일하고 돌아갔어. 방글
라에 일 없어 다시 왔어. 방글라 사람들 배운 사람들 창피해서 일 안해.

계급 때문에. 한국에서는 아무나 일해도 되니까 1년 후에 또 나왔어. 하지만 지금은 못 가. 아내, 아들 보고 싶어도 못 가요. 지난겨울 강제 단속이 시작됐어. 불법 상태니까 자취방에 갇혀 살았어. 월급 안 주고 회사가 부도났어. 체불 때문에 나 돌아가고 싶어도 돌아갈 수 없었어. 한국에 온 지 10년 넘었어. 인천밖에 몰라. 인천이 나한텐 한국이에요. 누구 아는 사람도 없어. 손을 내밀 수 없었어요. 신고할까봐. 다른 공장도 못 찾아갔어. 10년 넘게 한 공장에서 일했어. 다른 공장은 아무 데도 몰라. 무서워서 다른 데 못 가.

우리 사장님 좋아, 야근할 땐 '닭 사 먹어' 해. 만 원, 2만 원씩 줘. 처음 공단 거리 지나다 우리 사장님 알게 됐어. 우리 사장님, 너무너무 잘해주고 좋은 사람이었어. 지금 우리 사장님 노동부에 신고됐대. 임금 체불 때문이래요. 부동산과 예금이 15억이나 된대요. 아, 이거? ─링거를 꽂은 그의 손등이 사포로 문질러놓은 것처럼 딱딱하게 굳은살이 붙어 있다─ 내가 카우스(커프스. 소맷단을 일컫는다)를 많이 돌려서 그래. ─소매 끝부분을 박을 때 손을 뒤집어 계속 밀어가며 360도 돌려야 한다─ 10년 동안 아주 많이많이 돌렸어. 잠바 만들었어요. 사장님, 과장님이 칭찬했어. "레자 잘해. 한국 아가씨보다 두 배로 일 잘해" 했어. 처음에는 아이롱(다림질) 하고 옷 뒤집고 실밥 따는 일 했어. 재단할 때 잡아주고 심부름하고 시다 했어. 미싱 배워 미싱 많이 했어. 사장 좋은데 월급 적었어요. 처음엔 30만 원, 다음엔 50만 원. 여권은 사장이 가지고 있었어요. 여권 없으면 아무 데도 못 가. 한국에서 나쁜 사람 아직 못 만났어.

퇴직금 월급 받으면 집에 가고 싶어. 생각만 하면 나 아파. 마음도 아파. 너무 생각 많이 하면 피곤해. 돈 없어 며칠 동안 약 먹고 일당일 하러 다녔어. 지금은 너무 아파 일 못 해. 집사람이 많이 아프대. 보고 싶고 생각 많아서 아파. 1년 됐어. 병원에 갔는데 머리가 이상하다 그랬대. 아들 보고 싶어. 5년 동안 못 봤어. 이번 주에 대학 입학했다고 해. 하지만 나 지금 돌아가지 못해. 돈 없으면 사랑도 없어. 아들이 "만 원 주세요" 해. 나 "돈 없어" 해. 그러면 아들이 이렇게 돌아서 나가. 돈 있어야 사랑 있어. "1년만 기다려. 나 돈 없어도 돌아간다" 약속했어. 그러나 어떻게 될지 나도 몰라.

우리 눈에 눈물 얹혀요

—발랄 호사인 몰라(방글라데시, 1972년생)

제 이름은 몰라. 공장에서 "네 이름 뭐냐?" 물으면 "몰라"라고 대답 해. "네 이름이 뭐냐니까? 네 이름 몰라?" "제 이름은 몰라예요" 몇 번 묻고 대답해야 해. 이름 때문에 사람들이 놀리고 웃었어. 그래서 닉네임 '쟈베르'로 불러줬어. 저는 방글라데시 탕가일에서 태어났어요. 수도 다카에서 버스로 한 시간 반 정도 걸려. 제 밑으로 남동생 둘, 여동생 둘 있어. 저는 장남이에요. 도시에 있으면 잘살 수 있어. 시골 사람들은 힘들어. 제 부모님 땅 없어요. 방글라데시 많이 안 춥고 많이 안 더워. 인구 아주아주 많아. 나라 좁은데 사람은 1억 4000만 살아.

우리 나라 홍수 아주아주 많이 나. 버마, 중국, 파키스탄에 비 많이 오면 다 우리 나라 지나서 바다로 가. 우리 나라 40퍼센트가 강이에요. 우리 나라 옛날에는 25퍼센트 산 있었어. 지금은 인구 많으니까 나무 때야 하고 집 지어야 해. 농사지을 땅도 만들어야 해. 그래서 지금은 15퍼센트밖에 산이 없어. 비 많이 오면 땅이 다 잠겨. 인도에서 독립하기 전에는 큰 일 나면 강 건너갔어. 홍수 안 나면 1년에 세 번 농사지을 수 있어요. 홍수 물 들어오면 한 번밖에 농사 못 해. 홍수 나면 물속에서 살아요. 3개월 4개월 물이 안 나가. 물 안 나가면 사람들 일 못 해요. 시장도 집도 물속에 잠겨. 집도 못 들어가고 먹을 것도 없어. 배로 왔다 갔다 해. 배에서 살아. 집 없고 못 먹으니까 가난한 사람들 병나고 많이많이 죽어.

정부도 많이 안 도와줘. 높은 사람들 안 좋아. 부자 나라에서 도와줘. 가난한 사람들한테 돈 안 줘. 그 사람들 다 자기들 돈이라 생각해. 일자리도 안 줘. 우리 나라 정부 사무실밖에 일자리가 없어. 가스, 기름, 사람 많지만 정치가 불안해서 회사를 만들지 않아요. 의원들도 나쁜 사람이에요. 외국에서 들어온 돈을 자기 거라고 생각해요. 돈 없는 사람은 못 살아요. 그래서 계속 파업해. 파업하면 사람 많이 죽어. 독립한 지 얼마 안 됐으니까 사람들한테 총 많이 있어요. 일자리 없으니까 놀다가 배고프면 총 들이대. 손에 총이 있으니까 총으로 돈 원해. 안 주면 죽여.

맨날 싸워서 가난해졌어. 1947년까지만 해도 인도, 우리 나라, 파키스탄은 한 나라였어요. 200년 동안 영국 왕 있었어. 이 사람들 1947년에 나갈 때 인도하고 파키스탄하고 갈라졌어. 종교가 달라서. 인도는 힌두교 많아요. 파키스탄하고 방글라데시는 이슬람 종교 많아요. 두 나라는 한 나라였어요. 파키스탄은 서파키스탄, 방글라데시는 동파키스탄, 이렇게 적고 지도도 이렇게 만들었어. 그런데 동서파키스탄이 언어 때문에 싸우기 시작했어. 파키스탄은 우루두 말을 쓰고 방글라데시는 벵갈어 써야 한다고 했어. 싸움 때문에 우리 나라 사람 많이 죽었어. 우리 나라 사람들 총 없었어. 옛날부터 파키스탄에 총 만들어놓은 것 많이 있었어. 싸움 때문에 우리 나라 여자들도 사고 많이 당했어. 일본이 한국 사람들한테 그런 것처럼. 파키스탄 군인들 우리 여자들 임신 많이 시켰어. 파키스탄에서 1971년 독립했어. 방글라데시 새 나라로 출발했어. 9개월 만에 우리 나라 처음 새 지도 만들었어. 지금 파키스탄 사람들 우리 나라 사람들한테 미안해 해. 함께 있었으면 전쟁도 안 했어. 사람도 많이 안 죽었어. 이렇게 가난도 안 했어. 전쟁 때문에 두 나라 돈 많이 썼어. 독립군하고 인도 군인들하고 우리 나라 돈 많이 가져갔어. 그래서 세 나라 중 우리 나라가 제일 가난해졌어.

새로운 인생 만들고 싶어 왔어. 돈 없으니까 어려서 5킬로미터씩 학교 걸어 다녔어. 점심시간 도시락 없으니까 그냥 굶었어. 나 공부할 때 이렇게 힘들었으니까, 한국에서 돈 벌면 동생들은 고생 안 하게 해주고 싶었어. 여동생 맨 아래에 둘 있어. 여자들 우리 나라에서 살기 더 어려워. 여자 안 가르쳐. 일자리 없어. 조우뚝(여자가 분비하는 결혼 지참금) 줘서 시집보내야 해. 돈 없으면 시집도 못 가. 시골에서 못 배우고 가난한 사람들 빨리 딸을 처리해야 한다고 생각해. 다른 나라로 팔려 가기도 해. 나 돈 벌어서 동생들 새로운 인생 만들어주고 싶었어요. 내가 장남이고 나 혼자 일할 사람이에요. 부모님 땅 없고 일 없어. 동생들 다 어려. 난 우리 나라에서 인도 역사 공부했어. 원래 과학 공부 했었어요. 과학 공부 하면 돈 많이 들어. 대학 마치고 수도 다카에서 소화기 장사했어. 돈 없으니까 장사 힘들어. 소화기 장사 때문에 빚 많이 있었어. 그래서 생각했어. 외국에서 몇 년만 돈 벌어서 다시 시작하자고.

처음에 산업연수생으로 왔어. 1994년 7월 21일 한국에 왔어. 방글라데시 사람 맨 처음 리갈 비자(합법 비자) 나왔을 때. 한국 올 때 한국 브로커하고 방글라데시 브로커한테 돈 많이 들었어. 노는 사람 많으니까 돈 안 주면 다른 사람 보낸다고 했어. 하고 싶은 사람 많으니까 돈 많이 낸 사람 보낸다 했어. 법으로 1000달러 사인하고 비밀로 또 1500달러 주고 한국 나왔어. 천안 LPG 만드는 회사 들어갔어. 연수생은 월급이 적어. 16만 4000원 받았어. 한국 사람 80만 원, 90만 원 받았어. 외국 사람 비자 1년 연기했어. 그다음 해 28만 8000원 받았어. LPG가스 만드는 회사에서 2년간 빚 갚으라고 1000달러 고향에 보냈어. 식구들 먹이고 동생들 공부시켰어. 2년 동안 돈 벌어서 다 보냈어. 한 푼도 예금 못 했어. 나 생각했어. '나 돈 다 보내고 돈 없는데, 지금 고향 가면 먹고살 게 없어.' 그래서 다시 일했어요. 연수생 나와서 다른 데 들어갔어. 의정부 7공단 가서 일했어. 다시 인천 남동공단 타일 만드는 회사 들어갔어.

그런데 한국에 IMF 터졌어. 사장님 말씀하셨어. 1998년 1월 14일, 사장님이 IMF 때문에 외국 사람 일 안 시킨다고. 벌금 나오니까 3월 말까지 나가라고 했어. IMF 때문에 한국에 일 없었어. 한국 사람도 놀아. 회사 많이 문 닫았어. 우리 회사도 일 없어서 문 닫았어요. 그래서 우리 나라 친구들 다 고향에 간다고 해. IMF 끝나면 다시 온다고 했어요. 우리 친구들 열세 명 1월 21일 우리 나라 가는 비행기 표 샀어. 방글라에서 전화했어. "몰라, 당신 여기 우리 나라 오면 일 없어요. 땅도 없어요. 농사일도 없어요. 오면 동생들 어떻게 공부하느냐, 무얼 먹고 사느냐?" 그래요. 그래서 생각했어. 한국에서 다른 나라로 가면 일할 수 있다고. 한국에서 불법으로 부산에서 배로 일본으로 많이 갔어. 한국 브로커에게 6000달러 주면 일본 가. 그런데 돈 하나도 없으니까 일본으로 갈 수 없었어요.

한국 친구들이 도와줬어. 4년 한국에 있었으니까 한국 친구들 있었어요. 친구들이 말해. "한국 IMF 끝나면 일자리 있어. 방글라데시 가면 일 없으니까 굶어. 거지밖에 할 게 없어. 여기 1년만 있어. 가면 어떻게 한국에 다시 올 수 있냐?" 이 친구들 내 가족 역사 다 아니까 걱정해. 그래서 비행기로 친구들 다 가고 혼자 남았어. 금곡교회 목사님이 쌀도 주고 계란도 주고 한국말 배워야 한다고 했어. 그래서 열심히 공부하며 기다렸어요. 그러다 경기도 남양주에 있는 가구공장에 들어가게 됐어요. 우리 사장님이 2층에 있는 대명도장 사장님한테 외국사람 소개해달라고 부탁했어. 일주일에 5일만 일한다 했어. 한 달에 22일만 일하고 70만 원

준다고 했어. 앞으로 많이 일하면 토요일 일요일도 이렇게 계산해 돈 준다고 했어. 빨간 날도 일 안 하면 돈 안 준다고 했어. 일당 3만 2000원 받고 서전쇼파에서 타카(나무나 가구에 징을 박는 도구, 혹은 그런 일) 일 했어.

곤돌라가 옥상에서 떨어졌어요. 다치기 3일 전 곤돌라가 부러졌어. 사장님하고 나하고 같이 붙였어. 기술자 부르면 돈 많이 든다고 안 불렀어. 사고 날은 6시에 일이 끝났어. 그런데 사모님이 말해. 3층 소파 작업 먼저 하고 2층에 가구 컬러링 한다고. 내일 소파 배달해야 하니까, 밤에 2층에서 컬러링 하면 아침에 나와서 세팅할 수 있다고. 일 끝나고 도와줘야 오후에 배달할 수 있다고 해. 빨리빨리 도와 달라 해. 그래서 소파 다리를 곤돌라에 담았어. 콜마를 잡고 있으면 사모님이 스위치 누른다고 했어. 몇 번 스위치를 누르는데 곤돌라가 안 움직였어. 올라가지도 내려가지도 않았어. 그래서 몇 번 더 눌렀어. 그런데 갑자기 곤돌라가 4층 옥상까지 올라갔어. 나는 콘크리트 바닥으로 떨어졌어.

"이 사람 죽었어. 이 환자는 안 살아요. 이 외국 사람 죽으면 어떡해요? 도와줄 사람도 없는데" 의사 선생님 말씀했대. 한 달 중환자실에 있었어. 그때만 회사 사모님하고 아들하고 왔대. 사고 나고 회사 이사했대. 상태 나빠 국립의료원으로 보냈어. 조금 살아서 성남 인하대학병원으로 옮겼어. 거기서 6개월 있다가 다시 국립의료원으로 옮겼어. 다시 화성 산재의료병원으로 갔어. 또 인천 중앙병원으로 갔어. 안과, 이비인후과 없어 다시 국립의료원으로 갔어. 3년 동안 병원에만 있었어. 1년 동안 못 움직였어. 말도 못 했어. 처음 1년간은 기계 때문에 목소리가 안 나왔어. 집 주소도 몰라.

내 옛날 피 한 방울도 없어. 의사 선생님이 말해. 당신은 행운아야, 당신 같은 환자 90퍼센트는 죽는다고. 살아도 말 못 하고 기억 없고 또라이 된다고 해. 작년 10월에 마지막 수술 받고 휠체어 타고 다녀. 올 1월부터 목발 짚고 다녀. 다리 속에 빔을 열일곱 개 박고 2년 동안 다녀야 해. 고름이 나면 빼야 해. 사고 나고 지금도 무서운 꿈 많이 꿔. 잠도 잘 안 와. 약을 먹어야 잠을 자. 잠들어도 꿈 때문에 깨. 바다에 배가 엎어지고 코브라 뱀이 나오고 도망가야 하는데 발이 안 떨어져. 우리 나라에서 장마 때 뱀이 많이 나와. 뱀에 물려 사람들 많이 죽어.

돈 안 줬어. 사장님, 셋집에도 돈 안 줬어. 병원에도 안 와. 이 아픈 외국 사람 불법 사람이다. 외국 사람하고 한국 사람하고 다르다고 했어요. 사장님 산재 처리도 안 해줬어. 4개월 동안 5000만 원 넘게 병원비 나왔어. 처음에 사장님 돈 하나도 안 줬어. 의사 선생님이 사장님께 말했어. 앞으로 수술해도 돈 많이 나온다고. 돈 안 주면 저 외국 사람 살리지 못한다고. 저 외국 사람 치료 안 받으면 죽는다고. 이주노동자 사무실하고 의사 선생님하고 사장님한테 얘기해서 산재 해줬어요. 산재 내줄 때 사장님이 일당 2만 원이라고 거짓말했어. 70퍼센트 하니까 하루에 만 4000원밖에 안 나와. 수술 많이 하니까 본인 부담 많이 나와. 본인 부담 나오면 약 먹기 어려워.

앞으로 어떻게 살아야 해? 돈도 한 푼 없어. 부상 장애도 조금밖에 안 나와. 근로복지공단에서 누구 말을 믿겠어요? 국립의료원 원무과 배정숙 전도사님이 말했어. 회사가 어머니처럼 계속 도와줘야 한다고. 이렇게 많이 다친 사람 만 4000원으로 어떻게 치료하느냐고? 그러니까 사장님이 원래 약속한 돈 적어줘야 한다고. 사인 받아서 우체국에서 근로복지공단으로 보내라고. 한 달 지났어. 사장님 안 나와 이주노동자 사무실에서 또 전화했어. 왜 약속 안 지키느냐고. 그래도 안 주니까 우리도 화가 나서 다시 전화했어. 환자한테 약속한 사인 안 하면 노동부에 신고한다고. 사장님이 불법 사람 썼으니까 사장님도 불법이라고.

거지 손보다 힘쓰는 손 좋아해요. 이 사람 거지 아니에요. 일 안 하면 우리 비난해. 불법 사람도 한국 사람처럼 인간이고 똑같아. 노동자는 다 같은 노동자고 다 형제예요. 우리 일하면 사장님 돈 벌어서 노동자 쓰고 일 없고 돈 못 벌면 노동자 안 쓴다. 이렇게 생각하면 외국 사람들 마음 편해. 불법 사람 제일 싫어하는 게, "이 사람들 한국 달러 집에 다 가져간다"고 하는 거예요. "이 사람들 때문에 한국에 IMF 터졌다"고. 우린 이렇게 생각해요. 우리 일해서 제품 만들어 우리 월급 받는다고. 이 제품 외국에 팔아서 달러 번다고. 이 사람들 월급 100퍼센트 집에 안 보낸다고. 여기서 밥 사 먹고 옷 사 입고 좋아하고 재밌는 거 하고 노래하고 선물만 보낸다고. 80만 원 월급 받으면 남는 것만 가족 보낸다고.

불법 사람도 인간이에요. 지도 보면 어떤 나라 잘살아. 거기 가서 일하면 돈 벌 수 있어. 유럽, 아메리카, 일본, 한국, 싱가포르. 부자 나라 사람들 가난한 나라 사람들 서로 도와주면 좋다고. 나 가난한 나라 사람이고 돈 없으니까 한국에서 일해. 미국에도 불법 사람 많이 있어. 외국 사람 일시키고 돈 많이 벌어. 아시아에서 제일 잘사는 일본 싱가포르도 외국 사람 많아. 사우디도 본국 사람보다 외국 사람 많아. 지금은 한국도 잘살고 공장도 많으니까, 한국에 외국 사람 많이 있어. 가난한 나라 사람 힘든 일 더러운 일 하고 돈 받고, 잘사는 나라는 일시키고 돈 번다고.

세상에 하느님이 보내준 사람들 아주아주 많아. 자기 식구처럼 대변도 받아줬어요. 처음 1년간 병원에서 움직이지도 못 하고 말도 못 하고 누워 있었어. 돈 없어서 간병인 못 썼어. 간호사들, 다른 환자 가족들이 똥, 오바이트 다 닦아줬어요. 명동성당 리디아 수녀님은 외국 갔어. 아시아 가난한 나라들, 부탄, 파키스탄, 네팔, 스리랑카……, 3개월씩 돌아다니다 방글라데시 가서 우리 어머니 만났대요. 내 소식 전해주고 땅 팔아서 돈 보내줬어. 금곡에 있는 정 목사님, 병원 전도사님, 리디아 수녀님, 금곡 정상백 치과의사님, 그리고 간병인들……, 너무 많이 도와줬어요. 이빨이 다 부러져서 치과의사님이 550만 원짜리 그냥 해줬는데 너무 미안해요. 국립의료원 배정숙 전도사님은 아들이 서른두 살인데 저를 아들처럼 생각했어. 다른 병원 옮겨 갈 때도 차로 옮겨주고 수속 밟아주고. 그분들이 저를 살려줬어요. 고마운 분들 많은데 제가 드릴 게 없어요. 그저 마음속으로만 감사하고 감사드려요.

그 사람들 다 하느님 제자예요. 내 생각에 우리 어머니 기도 많이 해주고 한국에 여러분이 많이 도와줬으니까 저 살아났어요. 이슬람도 하느님 있어요. 한국말로 하느님, 미국말로 가드, 우리말로 알라……, 이름은 다른데 하느님은 한 분이에요. 하느님이 예수 선지자 보냈어요. 하느님이 모하메드도 보냈어요. 성경, 코란, 다 하느님 말씀이에요. 병원에서 나쁜 사람도 만났어. 아들 간병하던 사람이 많이 도와줬어. 실밥 뜯을 때까지 아버지처럼 도와준다고. 퇴원 수속도 해야 하고 퇴원 후 갈 데도 없었어. 이 사람이 자기 집으로 데려가 치료해준다고 했어요. 그래서 통장을 맡겼는데 다 찾아서 도망갔어. 이제 통장에 5058원 남았어요. 환자 돈 떼먹고 도망가는 사람 어디 있어요?

한국에 좋은 사람 많이 있어. 다른 나라에도 나쁜 사람 있어. 나쁜 사람은 나쁘고 좋은 사람은 진짜 좋아. 하느님이 좋은 일 하라고 해. 나쁜 일 하지 말라고 해. 나쁜 일 하고 좋은 세상 만들면 죽은 다음 천국에 간다고 해. 나쁜 일 하면 지옥에 가서 벌 받는다고 해. 하느님은 한 분이에요. 사람만 다르고 종교만 따로따로예요. 하느님, 알라, 가드, 다 하느님이에요. 하느님이 좋은 일도 보내고 나쁜 일도 보냈어. 나 하나님 있어서 안 죽었어요.

하악 정중부 골절 / 하악 우측과 두돌기 골절 / 치아 파절, 치아 탈구 / 우측 대퇴골 원위부 골수염 / 외이도 협착 / 외상성 고막 천공(좌측) / 외상후성 관절 유착증(우슬관절) / 외상성 비골 및 비중격 골절 / 지속적 통증 및 관절 경직 / 신경마비 증상 / 약물 투여 물리치료 / 향후 지속적 장기적 치료 요함 소견 / 외상후 스트레스 장애 / 역류성 식도염, 십이지장 궤양 / 주의력 장애, 언어 기억력 장애, 추상적 개념 형성 능력 장애 —정신과 치료도 요함

—병명 및 결정 내용

전신마취를 열다섯 번 받았고 수술도 열다섯 번을 했습니다. 또 수술을 해야 돼요. 대변, 소변, 피 검사, 초음파 검사, 위내시경 검사, 장내시경 검사, 폐 엑스레이, 심장 검사, 장 시티촬영……. 며칠 후 검사 결과 나오면 수술 날짜 잡아야 합니다. 이 외국 사람 이렇게 병 많아요. 이렇게 죽을 때까지 일 못 해요. 이 몸 보면 몰라요? 얼만큼인지. 앞으로 치료 끝나도 이 사람 얼만큼 장애가 있을 거예요. 아직은 치료가 덜 끝나서 장애진단서 안 나왔지만. 비자 연기해줘야 한국에서 치료받을 수 있어요.

—국립의료원 정형외과 OOO 과장

나 이제 인생 없어졌어. 미래도 없어졌어. 너무 가난해서 한국에서 돈 벌면 동생들 고생 안 하게 해주고 싶었어. 여동생들 생각하면 내 눈에 눈물이 얹혀요. 막내가 초등학교 다닐 때 서 한국에 왔어요. 그 후로 아직 못 봤어요. 전화할 때마다 오빠 오빠 소리만 해. 계속 울어. 지금 나 때문에 다른 식구들도 인생 없어졌어. 나 돈 벌어서 동생들 새로운 인생 만들어준다고 약속했는데……, 나 이제 어떡해? 동생들 인생도 없어졌어

요. 다시 집에 가면 다른 사람들한테 어떻게 손 벌려요? 막내 남동생은 스물세 살인데 형 도와준다고 한국 왔어. 인천 석남동 사출공장에 다녀. 핸드폰 속에 니켈 넣는 거 만들어. 7월 30일까지 불법 신고하라고 해. 친구들도 많이 잡혀갔어. 동생 잡혀가면 저는 어떻게 해요? 의사 선생님 말해요. 계속 치료받아야 한다고. 지금 이렇게 젊지만 할아버지랑 똑같다고. 할아버지처럼 이빨 아파, 다리 아파, 어깨 아파, 이렇게 할아버지처럼 다 아프다고. 그러니까 앞으로 일 못 한다고. 이렇게 앞으로 산다면 식사비 있어야 산다고. 치료하려면 비자 연기해야 돼. 연기하려면 500만 원 벌금 내야 한다고 해. 나 통장에 5000원 있는데.

　　장가도 아직 안 갔어. 이제 서른두 살인데……, 결혼하면 장애 사람 부인이 도와줄 수 있어. 다른 사람은 부인처럼 도와줄 수 없어. 그런데 돈 없으면 어떻게 결혼할 수 있어요? 동생들 아직 어려서 돈 벌 수 없어. 뭐 먹고살까? 치료하면 돈 많이 들어가는데 어떻게 치료할까? 저 때문에 가족들 잘 살았어요. 앞으로도 잘 살 수 있었어요. 그런데 저 때문에 식구들 미래 없어졌어요. 하지만 절 도와주신 분들이 위로해요. 다리 때문에 무거운 일 못 하지만, 앞으로 1년 2년 치료받으면 쉬운 일 할 수 있다고. 산재 환자니까 장애연금 받을 수 있다고. 조금씩 재활과에서 쉬운 일 배우면 먹고살 수 있다고 내 눈물 닦아줘.

　　어머니 많이 보고 싶어. 어머닌 신경 많이 써서 머리 많이 안 좋아. 장남 때문에 눈물 계속 흘려요. 아버지 편지 보니까 어머니 계속 울어서 정신치료 받고 있어. 내 여동생 전화하면 나 돌아오면 어떻게 치료받느냐, 돕고 싶어도 아무것도 해줄 수 없다고 울어. 동생이 이렇게 얘기하면 우리 눈에 눈물 얹혀요. 보고 싶어도 이렇게 살 수밖에 없어. 우리 가족 돈 없으니까 돌아가도 치료 못 받아. 나 다리 한쪽이 이렇게 짧아요. 다리가 다 안 구부러지니까 좌식변기에 앉을 수 없어. 우리 나라엔 입식변기 없어. 나 산재 환자니까 여기서 치료받을 수 있어. 먹을 거 있어. 또 이주노동자 도와주니까 쉼터에 자리 있으니까 통원치료 받을 수 있어. 그래서 보고 싶어도 참아.

우리는 조국의 미래를 준비한다
—마웅저와 그의 동료들(버마, 부천)

—한국에 언제 왔나요?

마웅저 '8888민주항쟁' 이후 한국 왔어요. 1988년 8월 8일 군부가 무차별 총격을 해 수천 명이 죽었어요. 나는 그때 아직 고등학생이 었어요. 그때 나에겐 세 길이 있었어요. 감옥에 갇힐 것인가? 총을 들 것인가? 외국으로 뜰 것인가? 나 고민 많이 했어요. 그중 세 번째를 택했어요.

—고용허가를 받았나요?

마웅저 고용허가 받으려고 고향 다녀왔어요.

—돈이 많이 들 텐데…… 한 번 갔다 오는데 얼마나 들어요?

마웅저 미얀마대사관에 270만 원 냈어요. 빼앗긴 여권도 재발급하고 3년 동안의 세금도 냈어요. 왕복 비행기 표 값까지 해서 400만 원 들었어요. 그래도 저는 형편이 나아요. 고용허가를 받았으니까요.

—그럼 못 받은 사람들은?

마웅저 다른 친구들은 대부분 숨어서 일해요. 임금을 못 받았으니 까 허가 받을 돈이 없어요. 한국에 오느라 진 빚도 못 갚았으니까, 어떻게든 숨어 일할 수밖에 없어요.

—모아둔 돈이 있었나요?

마웅저 그렇게 큰돈이 어디 있겠어요? 빚졌어요.

—숨어 일하거나 빚내서 허가 받는 길 두 가지밖에 길이 없나요?

마웅저 지금 고용허가제는 '돈 들여서 만들어서 다시 들어와라, 다시 들어와서 불법 체류자가 되라' 는 법이에요.

—왜 다시 불법이 되지요?

마웅저 1년마다 재계약해야 되니까. 허가 받고 재계약해도 그렇게 해도 3년밖에 못 하게 해요.

—마음들도 불안하고 정신적 압박도 심하겠네요.

마웅저 버마 사람 정신 나간 사람들 많아요. 몇 년 전 친구 하나 지하철 역 넘어갔어요. 이상하니까 친구 둘이 붙어 다녔는데 갑자기 지하철로 뛰어들어 죽었어요. 붙잡을 시간도 없었어요. 최근 정신 많이 나가서 얼마 전 세 명 버마 보냈어요. 어떤 사람은 너무 정신이 많이 나가 비행기도 탈 수 없었어요. 그래서 정신병원 보내 치료받고 고향 갔어요.

—누구랑 사나요?

마웅저 후배 셋이랑 방 하나 얻어 살아요.

—방 하나? 월세가 얼마나 되나요?

마웅저 22만 원.

며칠 후, 부천에서 40여 분가량 버스를 타고 내려 시장통을 돌고 돌아 자취방에 도착했다. 3층 양옥에 부엌 하나 딸린 방이 약 서른 개쯤 있는 닭장 집이었다. 시멘트 바닥인 화장실 겸 창고 하나가 딸려 있었고, 옷장 하나, 티브이 하나, 책상 하나, 컴퓨터 하나 놓인 방은 네 명 눕기에는 좀 좁아 보였다.

부따(1977년생)

―이분 이름은?

마웅저 부따예요.

―붓다? 세상에서 젤 높으신 분이네.

마웅저 (종이에 써주며) 부따예요.

―아하, 부따. 기분이 아주 좋아 보이네요. 데이트 하러 가나요?

부따 모임에 가요.

―한국말이 아주 유창하네요.

부따 한국어 공부한 지 3년째예요.

―그럼 오늘 밤도 한국어 배우러 가시나요?

부따 오늘은 우리 나라 역사 공부하러 가요.

마웅저 부따는 노래도 박사예요. 한국 친구들도 노래 듣다 모르면 부따에게 물어봐요.

―웃음도 아주 유창하세요. (전원 웃고 한 고개 넘어 노래 하나 부르고) 뭐 만드는 공장 다녀요?

부따 신발 공장이에요. 일한 지 5년 됐어요.

―오기 전에 버마에서는 뭐 하셨어요?

부따 대학 2학년까지 다녔어요. 92년 12월에 모두가 데모해서 전국의 모든 대학이 4년 동안 문 닫았어요. 88년부터 닫고 열고 닫고 열고……. 우리 나라 공부할 처지가 안 돼요. (웃음) 졸업 빨리 하고 싶으면 버마 가면 되요. 공부 안 해도 졸업장 줘요. (웃음) 그냥 줘요. 정치운동만 안 하면 졸업할 수 있어요. 그런데 학교 다니며 싸움 안 하는 사람 없어요.

―그럼 아무도 졸업 못 하겠네요?

부따 네. 학교도 안 가고 먹고 자고 놀기만 하니까 아버지가 "야,

너 뭐 어차피 학교도 문 닫았는데 돈 벌든지 뭐 하든지 해라" 그랬
어요. 우리 나라에서는 할 일도 없고 그래서 돈이나 벌자 해서 왔
어요. 처음 파주에서 5개월 동안 야간작업만 했어요. 2교대로 매
일 12시간 일했어요. 사출기 만드는 일인데 잔업 철야 수당 없고
일 매우 힘들었어요. 힘들어도 참았어요.

—어떻게 참았어요?

부따 3000달러, 3000달러, 3000달러, 속으로 중얼거리면서 일하
면 참을 수 있어요. 아버지한테 3000달러 빌려 왔잖아요. 빚 못 갚
고 그냥 가면 안 되잖아요. (웃음)

아따(1976년생)

—아따는 얼굴이 백인처럼 희군요.

마웅저 아따는 카렌족이에요.

—그럼 아따, 종교는?

아따 크리스천이에요. 노는 일요일에 청량리에 있는 교회 나가요.

—교회 말고 좋아하는 거 따로 있나요?

아따 축구 좋아해요.

마웅저 축구 아주 잘해요.

—아따, 돈 벌어 뭐에 쓰나요?

아따 형편 어려운 집안 동생들 사촌들한테 보내줘요.

—카렌족이라고 했는데 버마에 여러 민족이 있지요? 민족이 달라
서 어려움들이 많다고 들었는데요.

아따 버마는 135개 민족 있어요. 그 중 카렌족은 기독교를 믿어요.
다른 민족도 독재정권에 반대하지만 소수민족은 더 많이 당했어
요. 그중 카렌족 아주 많이 죽었어요.

마웅저 말은 대놓고 안 하지만 아따 집안 친척들 어려움이 많았을 거라 생각해요. 카렌족은 영국 식민지 되면서 탄압 많이 받았어요.

—모여서 공부한다고 했지요? 주로 뭐 공부해요?

마웅저 비디오 보고 책 보고 우리 나라 상황 공부하고 토론해요. 우리 나라에서는 서로 싸우지만 우리끼리는 공부하면서 서로 다른 게 뭔지 함께 공부해요. 또 민주화되면 각 민족마다 연방제도로 가자 한 나라로 독립하자 입장 다를 수 있어요. 위에서 대표끼리 친해서 되는 일 아니잖아요? 밑에 있는 우리가 서로 친하게 지내야 되잖아요? 불교 기독교 얘기도 하고 카렌족 당하는 것 미얀마 사람 때문이 아니라 군부 때문이라고 그거 이해해주라고 서로 말해요. 다른 인종끼리 종교끼리 많이 싸우잖아요. 인도네시아 태국 동티모르······, 이슬람 기독교 불교 서로 죽이고 마을 태우고······ 그래요. 우리 50년 동안 무장투쟁 했어요. 우리는 남의 종교 문화 이해해야 돼요. 그래야 민주화되어도 서로 싸움 없어요.

양손에 한 보따리 먹을 것을 싸 들고 듬직하게 생긴 두 분이 "안녕하세요?" 한국말로 인사를 하며 등장했다.

마웅마웅수(1964년생)와 틴솔(1960년생)

—먹을 게 한 보따리네요. 선배님이라 다르시네요.

마웅저 이분은 마웅마웅수예요. 우리 후배들이 '버마 대장'이라 불러요.

—아, 역시 대장님이라. 청년들보다 늦게 와서 일 배우기 힘들었겠네요.

마웅마웅수 마흔 다 되어 왔는데 나이 생각 안 하고 열심히 적극적으로 일을 배웠어요.

—지금 뭐 만드는 공장 다니나요?

마웅마웅수 밸브 만드는 회사에 다녀요. 여기 틴솔 선배랑 살아요. 고용허가제 때문에 고향에 다녀오느라 돈 많이 썼어요. 어려워도 서로 끌어주고 도와줘야 해요. 우리 나라 형편 어려우니까 더 힘을 보태야 해요. 한국에서 아무리 힘들어도 우리 나라보다 편하다 생각 들어요. 그렇게 생각하고 참아요.

—제일 힘든 게 있다면요?

마웅마웅수 애기 보고 싶은 거예요. 결혼 늦게 해서 우리 애기 아직 어려요.

—힘들고 애기 보고 싶을 땐 뭐 해요?

마웅마웅수 부천역 나가 당구 하고 놀아요. 텔레비전 드라마 보면 잊어버려요. 한국 드라마 재밌어요.

—술은 안 마시나요?

마웅마웅수 토요일 저녁부터 다음 날 아침까지 술 마시고 놀아요.

—밤새 꼬박 마신다고요?

마웅마웅수 평일날 술 하면 일 못 나가니까, 토요일에 한꺼번에 마셔요. 그리고 친구들하고 한 달에 한 번 노래방 가서 노래 많이많이 불러요.

—버마 노래요?

마웅마웅수 아니오. 태진아, 김건모 노래 불러요. 사랑 노래, 즐거운 노래 많이많이 불러요.

—틴솔 형님 웃는 눈이 젖었네요. 누가 보고 싶으신가?

틴솔 나는 일찍 장가들어서 딸이 셋이에요. (가족사진을 꺼내 보여준다) 얘는 첫째 딸이고 대학교 다녀요.

마웅저와 후배들 이렇게 이뻤어요? 우리한테 안 보여줬는데.

틴솔 애는 둘째고, 얘는 셋째 고등학교 다녀요.

—근데 틴솔 얼굴이 사진 속의 얼굴하고 많이 다른데요. 못 알아보겠어요.

틴솔 한국 와서 살이 많이 빠져서 그래요.

—왜……?

틴솔 잠을 잘 못 자서요. 한국에서 잠이 잘 안 와요. 딸들이 공부 잘하고 있는지, 별일은 없는지, 학교 마치고 무슨 일 할 수 있는지, 일 없으면 나처럼 고생하는 거 아닌지, 생각이 많아요. 우리 언제까지 이렇게 사나? 하루 종일 일 힘들게 해도 잠 잘 못 자요.

—그렇군요…… 무슨 계를 만들었다고 했지요?

마웅마웅수 만원계.

틴솔 국경에 있는 아이들 학교 돈 보내는 거예요.

—학교 이름이?

마웅마웅수 '양지오 스쿨'이에요. 1만 원씩 걷어 월세 보내줘요. 작아도 우리 마음이니까.

마웅저 태국과 버마 국경에 난민 많아요. 나라에서 쫓겨난 민주화운동가들 합쳐 150만 명이나 돼요. 거기 학교 다닐 수 없는 아이들 10만 명 돼요. 부모 없는 고아 살펴야 해요. 거기 마약 밀수 많아요. 거기 성 매매, 소매치기, 거지 많아요. 우리 생각했어요. '학교 있으면 아이들 보살필 수 있다.' 그래서 운동가들이 땅 건물 빌려 학교 세웠어요. 우리 하는 만원계 이름은 APEBC(Assistance Program for Education of Burmese Children)이라고 해요.

— 원래 아이들 교육에 관심이 많았나요? 아니면 어떤 계기가 있었어요?

마웅저 처음엔 우리 나라 정권만 바꾸면 잘 살 수 있다 생각했어요. 민주화되면 개인적으로 가족과 그냥 편하게 살고 싶었어요. 그래서 정당 활동 했어요. 하지만 이제 알아요. 정부 바뀌어도 민주화되는 거 아니다. 군사정권 무너져도 해결해야 할 문제 많이 있어요. 우리 아이들 공부 못 하면 평화적으로 해결할 수 없다고 생각해요. 우리는 간디 방식, 수지 방식, 비폭력 평화 방식 좋아해요. 인종 문제, 종교 문제, 폭력 문제, 여러 문제 해결할 방법으로 비폭력밖에 없다 생각했어요. 그래서 장기적으로 평화 인권 활동 하고 싶어요.

싸우기 싫은데 그 길밖에 없어요
—나랜드라(네팔)

명동성당 돌계단에 앉아 밥을 먹고 있는 나랜드라를 만났다. 플라스틱 대접에 비닐을 씌우고 밥과 닭볶음과 김치를 한데 얹어 먹으며 꽃무늬 치마를 입고 있는 한국어 선생님과 정담을 나누고 있었다. 얼른 보아서는 볕에 그을린 한국의 젊은 농부처럼 넓은 얼굴에 째진 눈, 그는 우리와 같은 몽고 계통의 구릉족이란다.

"3D란 3D는 다 해봤어요. 1997년 7월에 산업연수생으로 왔어요. 처음 공장은 의정부 덕계리에서 '스위밍 풀' 만들었어요. 한 달 했어요. 너무 힘들어 그만두었어요. 그다음에 인천 주안 가서 '노가다' 했어요. 1년 하다 IMF 터져서 1년간 일 못 했어요. 홍콩에 가 있는 여자 친구가 돈 보내줘서 생활했어요. 1999년부터 다시 일 많아져서 의정부 가서 '금형'

하고 '샤링(shearing)' 했어요. 아침 8시부터 저녁 7시까지 일했어요. 너무 힘들었어요. 거기 월급 너무 적어서 1년 다니다 인천에 넥타이 만드는 공장에 들어갔어요. 칼라 만들고 염색하고, 프린트도 하고 포장도 했어요. 염색일 어려워요. 유해 물질 아주아주 많아요. 화학물질 많기 때문에 옷에 약물이 떨어지면 바로 빵꾸 나요. 옷은 버리면 되지만 팔 얼굴에 튀면 아주아주 위험해요. 눈에 안 들어가게 안경 쓰고 일해요. 나랜드라는 여러 일 거쳐서 기술 많아요. '귀뚜라미 보일러' 만드는 데서도 일했어요. '도금' 일도 8개월 했어요. 냄새 나서 힘들었어요. '컴퓨터 자판' 만드는 것도 몇 달 했어요. 그 일은 조금 잘못하면 사이즈 안 맞아서 다시 해야 해요. 그리고 다시 또 넥타이 공장 들어갔어요. 공장 부도 나서 그만두고 플라스틱 공장 들어갔어요. 자동차 배터리 분쇄해서 내용 빼고 재활용하는 일 아주아주 오래 했어요. 한국에서 이 일 저 일 아주 많이 배웠어요.

위험한 일 아주아주 많이 했어요. 안산 배터리 분리수거 공장에서 책임자로 일했어요. 월급 170만 원 받았어요. 네팔에서 노동일 해본 적 없어요. 한국 와서 열심히 일해서 베테랑급 기술자가 되었어요. 문제가 생기면 사장님이 농성장으로 전화해서 물어봐요. 자동차 배터리 분리하면 위험한 유리 많아 조심해야 해요. 납이 엄청 많이 나와 아주 무거워요. 하루 몇 번씩 지게차로 실어다 줘야 해요. 두 시간만 하면 납이 이렇게 쌓여요. 납은 아주 위험해요. 얼굴에 튀면 큰일 나요. 얼마 전에 한국 친구 납이 얼굴에 튀어서 열여덟 바늘 꿰맸어요. 그런 위험한 일 한국 사람 잘 못해요. 하지 않아요. 2년 넘게 나랜드라, 그 일 했어요. 사장이 지금도 막 오라고 해요. 저 돈 벌 수 있는데 벌어야 하는데, 공장 안 가고 여기서 농성해요. 나 고국에 가고 싶은데 안 가고 여기 있어요. 우리 후배들 생각하면 마음 아파서 고향 못 가요. 여기 와서 내가 한 고생 똑같이 해야 하나? 이런 생각 들기 때문에 노동허가 모두 받을 수 있을 때까지 여기 있을 거예요. 우리는 싸울 수밖에 없어요.

어릴 때부터 떠돌았어요. 카트만두로 인도로 에베레스트로……, 왔다 갔다 해서 공부 많이 못 했어요. 아버지가 왕정 반대해서 땅을 다 빼앗겨서 인도로 나가게 되었어요. 거기서 9년간 살았어요. 네팔 왕국에서 들어와도 좋다고 해서 들어왔어요. 하지만 가진 게 없어 너무 힘들게 살았어요. 내 마음속에 우리나라 생각 떠나지 않아요. 일하고 쉬는 때, '네팔공동체'에서 일해요. 95년 NBF(Nepal Buddist Family)를 만들었어요. 불교 단체예요. 이곳에서는 네팔의 문화나 종교를 알려요. 거기에서 모으는 수익금과 월급의 일부를 모아 네팔로 보내요. 가난한 아이들을 위해 쓰지요. 네팔은 내전이 오래 계속됐어요. 소수 부자와 왕정에 반대하는 반군이 싸웠어요. 내 꿈은 헤어져 사는 여자 친구와 결혼하는 거예요. 그리고 아버지 뜻을 이어받아 조국의 민주화를 위해 일하는 거예요. 한국에서 자원봉사자들 보면서 나도 네팔 가서 그렇게 살고 싶어요. 물 없어 우리 빨래 못 해요. 자원봉사자들이 여기 와서 우리 빨래 들고 가서 빨아다 줬어요. 날씨 추워지니까 천막에 두꺼운 옷이랑 담요랑 갖다 줘요. 밥 해주고 김치 만들어 주고 약 갖다 주고……, 고마워서 눈물이 나요. 저도 그렇게 살고 싶어요.

인간 사는 세상에서 인간으로 와서 이게 뭘까요

—쉬디 버랄(네팔)

지난겨울 감기로 마스크를 쓰고 있을 땐 쉬디가 그렇게 불상을 많이 빼닮은지 몰랐다. 따스한 봄날 햇빛 아래서 다시 보니 까무잡잡하니 이

목구비 수려하고 기품 있는 웬 젊은 부처가 서 있는 게 아닌가. 그는 브라만 계급 출신이라고 했다. 석가모니가 태어난 히말라야 아래 옆구리쯤에서 태어났다 했다. 천막에서 지낸 지 다섯 달째, 갈비뼈 앙상한 설산의 석가모니처럼 말랐다.

　—겨울에 많이 추웠을 텐데……. 천막 온도가 얼마나?
　쉬디 겨울 동안 천막에서 잤어요. 추울 때는 영하 18도까지 내려가요.
　—난방이나 먹을 거는……?
　쉬디 난방은 안 돼요. 생필품과 식수도 모자라고요.
　—더운 나라 사람들이 적응하기 많이 힘들겠네요.
　쉬디 많이 아파요. 농성자 중에 산재 환자들이 많으니까. 춥고 영양도 부족하고. 감기, 근육통도 많고. 날이 풀리니까 병원 더 많이 다녀요. 대부분 당치수와 혈압이 높아요. 아픈 것보다 대꾸가 없으니까 많이 지쳐요.
　—지치고 아프고 메아리도 없는데 무엇 때문에 싸우나요?
　쉬디 동물처럼 살기 싫어서. 아직 산업연수생제도 문제 그대로 있어요. 고용허가제 산업연수생제도 같이 하니까. 계속 1년마다 연장 계약해야 하고 돈 못 받고 월급 적어도 한 회사만 다녀야 해요. 사업장에 들어가면 사장한테 여권 뺏겨요. 그것 때문에 노예처럼 붙어 있어야 해요. 그냥 주는 대로 받아야 해요. 20만 원 받기도 하고. 견디다 나가더라도 무능력자 돼요. 불법자 되는 거예요. 어느 나라 가도 내가 네팔에서 왔다는 건 여권, 그거 하나밖에 없어요. 그거 뺏기고 나면 어디 옮겨 가지도 못 해요. 우리가 동물도 아닌데. 동물한테도 자유롭게 나둘 수가 있는데……. 인간 사는 세상에서 인간으로 와서 이게 뭘까요? 이런 문제 10년 계속 있어 왔어요. 그런데 이런 법 하나도 바뀌지 않았어요.

—연수생제도가 부가적으로 문제를 많이 낳는다는 건가요?

쉬디 연수생 몇 명 데려오라는 것만 허락하지 정부에서 직접 관리 하지 않잖아요? '중소기업협동조합' 그런 민간 단체에서 우리를 관리해요. 거기에 수많은 로비 자금들이 있어요. 한 달에 1인당 2만 4000원 받아요. 한 사람이 2만 4000원이지 몇 십만 명이라고 생각해보세요. 몇 백억? 우리 생각할 때 그렇게 문제 많은 연수생 제도 왜 안 없애나? 그 돈 때문인가 이런 생각 들어요.

—쉬디가 가장 원하는 것이 있다면요?

쉬디 합법적으로 노동비자 받고 일하고 싶어요. 다 쫓아내고 한국 사람만 일하든가, 일을 시키려면 노동자 권리를 다 주든가 둘 중 하나를 선택했으면 좋겠어요. 노동자로 일하지만 뭐 남의 집 못 가게 끈으로 묶어놓은 개처럼 취급받기 싫어요. 우리 일하면 노동 자로 인정받고 세금 내고 싶어요. 인정해줄 걸 해주고 혜택 받을 건 받고.

—고용허가제 법안이 바뀌었는데 더 나아진 게 없나요?

쉬디 우리들 공장에서 일하고 있고 일할 수 있는 자격 가지면 노동 자예요. 그런데 계속 연수생, 일 배우는 사람으로 되어 있어요. 일 은 기계처럼 해요. 그게 제일 나빠요. 물론 이번 고용허가제는 우리들이 노동자라는 것 인정해요. 하지만 공장을 옮길 자유 없어요. 3년 미만자만 합법적인 신분 얻을 수 있어요. 4년 이상 체류한 사람 모두 떠나야 해요. 합법 받아내도 맘대로 공장 옮길 수 없으면 금방 불법체류자 돼요. 이런 거 보면 노동자는 노동잔데 이상해요. 노동자 권리 하나도 없어요. 이거 어떻게 이해해야 돼요? 3,

4년 된 사람 이제 막 빚도 갚아가고 일도 잘하고 말도 알아들어요. 문제 해결하려면 몇 년 연수생 안 받고 이 사람들 일 시키면 돼요.

—문제의 핵심이 산업연수생제도에 있다고 생각하나요?

쉬디 네. 처음엔 중소기업 인력난 해소한다고 생겨났어요. 그런데 달라졌어요. 비리, 인권 침해, 불법체류자 문제 낳았어요. 이 제도는 편법이에요. 연수생으로 되어 있는데, 연수는 없고 노동만 있어요. 연수 취업 계약서에는 국내 최저임금 이상 준다고 되어 있어요. 그런데 실제는 달라요. 최저임금도 안 줘요. 도망가는 거 막는다고 월급도 많이 떼요. 외출도 못 하게 하고 여권을 빼앗아서 어디 도망갈 수도 없어요.

—그러니까 연수생보다 차라리 불법이 낫다는 말이네요?

쉬디 단속에 걸릴 위험만 빼면 불법체류자 신분이 연수생보다 훨씬 나아요. 불법체류자는 낮에만 일해도 연수생이 잔업하고 특근한 것만큼 벌어요. 연수생들은 연수 후에 더 남을지 말지도 회사가 결정하기 때문에 신분이 불안하기는 마찬가지예요.

—인권 침해가 심각하다던데…….

쉬디 가스총 그물총으로 짐승 잡듯 내몰아요. 출입국관리소 직원만이 아니라 경찰까지 와서 잡아가요. 가스총 그물총은 짐승이나 강도 체포할 때 쓰는 거 아니에요? '인간 사냥'이에요. 사람이 아닌 짐승 취급하는 거예요. 우리들 남의 나라서 죄 지어서 그렇게 끌려가면 범법자 되고 감옥 가요. 법안보다 우리가 이렇게 모여 싸우는 것은 인간 사냥 때문이에요. 집회 마치고 돌아가는 이주노동자들에게 경찰과 출입국관리소 직원들이 가스총까지 발사하면서 연행했어요. 10여 명 부상 입었는데 병원도 못 가요. 연행된 사람은 화성보호소로 갔어요. 거긴 '현대판 노예섬'이래요.

—다 출국시킨답니까?

쉬디 단식 들어갔어요. 깨비, 헉, 굽다, 바뜨라시 네 명으로 시작한 단식투쟁이 며칠 사이 열일곱 명으로 늘어났어요. 보호소 측은 이주노동자 여섯 명을 독방에 감금시키고, 16일째 단식을 진행한 열한 명의 이주노동자들을 강제출국 시켰어요.

—많이들 몸이 약해져 있을 텐데요…….

쉬디 몽골 바뜨라시와 다아가 피를 토하고 하혈을 했는데 기침약만 주고 의사도 안 보냈어요. 일기장이나 수첩, 개인 소지품도 다 압수했어요.

—단식 효과가 좀 있었나요?

쉬디 바뜨라쉬, 다아, 뭉크엘띠나, 초거엘띠나 몽골 노동자들 16일째 단식하다가 강제출국 당했어요. 독방 갇혀 있던 알렉세이랑 알렉산더……, 러시아 노동자들도 단식 중 러시아로 강제퇴거 당했어요.

—고향 돌아가고 싶지 않나요?

쉬디 내 고향에 물고기 모양의 산 있고 그 앞에 호수가 있어요. 아침에 일어나면 호수 속에 푸른 물고기 산이 들어 있어요. 아름다워요. 보고 싶어요. 그래도 우리 이대로는 고향 못 돌아가요.

사바세계 남선부주 해동하구 제일 조선국에 바다 건너 살기 위해 왔다 운명을 달리한 망자, 좋은 곳으로 보내려고 진오기 단오기로 대령입니다. 산천신령님 본향님 육서낭님 약주 한 잔 드시고 산지기 산문 열고 묘지기 묘문 열어 망자 씨를 곱게 인도하시고 혼신일랑 넋반에 모시고 오는 길 가는 길 열어주시고 곱게 다녀가게 해주사이다.

팔도 없고 다리도 없고 날갯죽지 부러지고 몸뗑이 성한 것 하나 없는 이것들은 다 무엇인고? 그래, 망자 간 내력이나 들어보자. 거기 목에 지렁이 감겨 있는 너희들은 어떻게 왔는고? "내가 돌리던 기계에 밧줄 매고 물속에 뛰어들었소." "변소 쓰레기통 밟고 밧줄에 목을 걸었소." 물이 깊어 못 넘어가는 사람 다리 놓아 월천시켜 주고, 산이 높아 못 넘어가는 사람 업어 넘겨주었는데 어찌 사바세계 법도가 이리 독할 수 있단 말이더냐? 거기 바스라져 돌아댕기는 망자는 어찌 갔느냐? 속 씨원히 말좀 해보그라. "달려오는 전동차에 뛰어들었소." 거 푸르죽죽한 놈은 어찌 갔느냐? "이놈은 강제단속 피해 집 나와 노숙하다 얼어죽었소." 길가에 우물 파고 목마른 사람 물 주고 없는 길도 만들어 행인공덕 하였건만 들리는 것이 곡성이요, 흘리는 것이 눈물이요, 뿌리는 것도 눈물뿐이로구나.

꽃 찾아 나비같이 팔랑팔랑 날아다닐 젊디젊은 너의 생전 이름은 무엇이냐? "싸이플 이슬람이오." 꽃 같은 니 몸뚱이 아직도 불꽃이 활활 타오르는구나. "컨테이너박스에서 사장 몰래 도둑잠 자다 불에 타 죽었소." 먹을 거 없는 사람 먹을 거 담아주고 옷 없는 사람 옷을 주어 적선하였으니, 밝은 샛별 초롱 삼아 남녀를 구별할제 이승에서 못다 한 사랑 서리서리 펴게 해주사이다. 몽우리도 채 못 핀 목련 같은 넋아, 니 이름은 무엇이냐? "로만이오." 나이는 몇 살인고? "열여덟 살이었소." 너는 어쩌다 그리 일찍 떠났는고? "가구공장 다니다 목련꽃 필 때 자다가 그냥 심장이 멈추었소."

내 죄구나 내 죄구나, 내가 죽었구나 내가 죽었어. 새벽부터 밤까지 칠하고 밀고 당기고 하루 걸러 야근하더니 샛별 따라 떠나갈제 가슴을 움켜쥐고 떠는데 보고만 있었구나. 새벽 4시 울부짖는 소리가 천지간에 가득한데 듣고만 있었구나. 미안하다, 미안하다. 니 고향 방글라 가는 먼 길 고개고개 인정 깊은 물 얕은 물 가시덤불 넘어가도 고통 없이 가도록

만인정을 안겨주소. 가슴 부여잡고 있는 니 이름은 무엇이냐? "후세인이
오. 도망가고 싶어도 임금이 밀려 못 도망갔소. 강제 단속이 무서워 외출
조차 못 하고 몇 달째 숨어 살고 있었소." 후세인아, 후세인아, 내 가슴이
터지는구나. 먼지 솜털 날리는 이불공장 집진기도 환풍기도 없이 일하다
가 갔구나. 날마다 열네 시간씩 일만 하다 갔구나. 심장이 터져서야 고향
땅에 돌아갔구나. 가슴을 부여잡고 몸부림치는구나. 눈도 못 감고 떠난
넋아 쌩쌩 돌아가는 로울러에 들어간 넋아. 미안하다 미안하다, 네 사랑
내 사랑, 한아름 부둥켜안고 뒤넘이 치던 사랑. 오르내리면서 네 울음소
리 흰 이팝에 물 말은 것이 목이 덜컥 메이는구나.

　육신은 어디 가고 이젠 혼이로다 넋이로다, 무주공산 삼원혼량, 혼
이라도 다녀가소, 넋이라도 다녀가소. 오시는 것을 누가 보며 가시는 것
을 누가 알랴. 꿈결 같은 세상살이 헌신같이 저버리고 황토석침 돋우 베
고 홍디를 울로 삼아 잔대 송잎 쓸어 밟아 밝은 샛별 등불 삼아 두견새
벗을 삼아 다방솔로 정자 삼아 달게 빚은 술을 받아 마시고 누워 잠이 들
었으니 어느 님이 찾아주며 어느 님이 깨워주리. 다 죽은 서낭나무에 우
는 새야 추워서 떠는구나. 살아생전 못 입은 옷 천금 지금 깨끗한 옷 한
벌 받아가소. 잎이 없으니 꽃이 아니 피었고 열매가 없거늘 무엇을 보고
울고 지느냐. 배가 고파 우는구나. 고봉으로 밥을 지어 담았으니 고픈 배
는 불려가고 쓰린 가슴 전주르고 가거라. 무명천 갈라 길을 내었으니 살
아생전 몸에 결박된 살 앞가슴에 맺힌 살 다 풀고 가거라. 미안하다 미안
하다. 한 번 감으면 다시 못 뜨는 몸이 비단에 수결같이 은하수에 물결같
이 흐르듯이 가거라, 빛으로 가거라 빛 되어 가거라.

바다가
다 받아주리

현대상선 '콜롬보' 호의 선장 김종휘, 기관장 이해근,
갑판장 문갑종, 갑판수 신군식, 조기장 김기화, 주방
장 김청훈, 조갑장 전용범, 기관사 김성운, 3기사 한
인욱과 강연익, 2항사 김상수, 실항사 김대안 등……
이들은 말 대로 한 배를 탄, 동지들이다. 이들의 손에
의해 거대한 배가, 더 거대하고 망망한 대양을 건넌
다. 이해근 기관장의 아내 전옥희 씨, 시인 이원규,
소설가 한창훈과 오수연이 함께 항해했다.

큰 배가 항구에 접안하듯
큰 사랑은 죽을 만큼 느리게 온다
나를 이끌어다오 작은 몸이어,
온몸의 힘 다 내려놓고
예인선 따라 가는 거대한 배처럼
큰 사랑은 그리 순하고 조심스럽게 온다
죽음에 가까운 속도로 온다

가도 가도 망망한 바다
풀 어헤드로 달려왔으나
그대에게 닿기는 이리 힘들구나
서두르지 마라
나도 죽을 만치 숨죽이고 그대에게 가고 있다
서러워하지 마라
이번 생엔 그대에게 다는 못 닿을 수도 있다

— 「데드 슬로우」(『축제』, 애지, 2007)

"요래 큰 배한테는 항구가 너무 비좁아예. 항구에 접안할 때는예, 엔진도 끄고 요래 천천히 들어가야 한다
아입니꺼? 데드 슬로우(dead slow)로 안 죽을 만치 천천히 갑니더."

그녀 이름은 콜롬보, 생년월일은 2007년 1월이다. 탯줄 끊고 바다로 나온 지 얼마 되지 않았지만, 키는 무지무지 크다. 63빌딩 뉘여놓은 것보다 길다. 340미터나 된다. 살땡이는 물론 근육, 뼈 할 것 없이 온몸이 철판인 그녀는 힘도 세다. 그녀 배 위에 1000톤짜리 컨테이너를 6800개나 올려놓을 수 있다. 그러니까 콜롬보는 6800Teu(1Teu는 20미터 컨테이너 1개)의 컨테이너선이다. 미스 콜롬보의 숨소리가 느껴진다. 거대한 덩치로 자고 일어나도 늘 가고 있는 쇳덩이가 우직하고 바지런한 노동자 같다. 아이에게 곰돌이가 살아 있는 몸으로 여겨지는 것처럼, 육중하지만 부드럽게 떠가는 철판이 생명체 같다. 입출항 시를 제외하고 24시간 쉬지 않고 달려가는 배는 우리 같은 뭍것들에겐 경이이자 기적이다. 마음을 주면 물(物)도 유정하다. 참 또박또박 간다. 참 착실하게도 간다. 움직이는 만큼 간다. 애쓰는 만큼 간다. 남지나해, 저 멀리 담뱃갑만 한 배 두 척이 가고 있다. 거대한 배지만 이 대양에서는 가랑잎 하나다. 물방울 하나다. 빛나던 태양도 수평선 밑으로 잠수했다. 하늘과 서녘 하늘을 물들이는 건 검은 물뿐, 파도 치는 거대한 바다 위에 아무것도 없다. 옆을 보아도 앞을 보아도 뒤를 보아도 배 한 척 없다. 홀로 간다. 망망대해를 간다. 고독하게 간다. 들리는 건 배 밑에서 힘쓰는 엔진 소리와 프로펠러와 바람 소리뿐. 허공과 바다만 펼쳐져 있다. 이미 지나온 길과 가야 할 길이 다 바다다.

배에 크게 쓰여진 'HYUNDAI'를 '용달'이라고 읽어 계속 용달을 타고 가는 착각을 불러일으키게 했던 이원규 시인, "착한 사람이 선원이 되는 겁니까? 아니면 선원은 다 착한 겁니까?" 하도 진지하고 엄숙하게 물어서 대서양과 태평양을 140번이나 오다닌 반야선 백전노장에게서 위대한 침묵을 불러오고 만 오수연 소설가, 딸내미에게 전화를 한다는 게 배 전체에 긴급 무전을 치고 만 나까지, 소설가 한창훈이 머리 안 돌아가는 사람들만 불러 모은 듯한 의구심이 들게 하는 네 명이 배를 탔다.

　"저것들은 다 뭐냐?" 검사 나온 관리 질문에는 "접시닦이들"이었고, 접시만이 아니라 선원들이 먹은 국그릇 밥그릇도 죄다 반질반질 열심히 닦았지만, 사실 우리들은 밥 먹고 설거지 할 때만 제외하면 종일 지치지도 않고 바다와 하늘만 바라보는 가무시, 즉 '쓸데없는 것들'이었다. 그럼에도 열심히 노력한 덕에 직책도 올라가 가무시 접시닦이에서 갑판 시다바리를 거쳐 승승장구로 부선장이라는 직함을 얻고 말았으니, 그 연유는 한 번 보이고는 꼬리를 감춘 고래랑 날치 좀 출몰시키라고 항해사들에게 내린 오더 때문이었다. 항해사들이 나만 나타나면 바다 속사정을 면밀히 보고하게 된 지 어언 며칠, "마, 선장은 따로 있는데 와 자꾸 접시닦이한테 보고하는 기고? 기왕지사 이리된 거 오늘부터 부선장으로 임명하입시다." 직급이 올라가자 의무도 뒤따랐다. 작은 섬이나 거대한 바다에 목욕탕에 떠다니는 때만큼이나 작아 보이는 배가 나타나면 부딪치지 않게 해달라고 항해사들이 오더를 내리는 바람에, 팔로 쭈욱 밀기도 하고 양옆으로 젖히기도 하고 물 아래로 집어넣으면서 힘깨나 썼겠다.

　배를 타자마자 갑판에 철갑을 두른 거대한 스핑크스가 수수께끼를 하나 던졌으니, '동지애(fellowship)'란 단어에 왜 배가 들어가는지 알아내라는 것이었다. 이 기록은 홍콩에서 남지나해를 거쳐 인도양 홍해 지중해 대서양을 선원들과 동선하며, 보고 듣고 느끼고 인터뷰하면서 수수께끼 푸느라 고심한 흔적들을 모은 것이다. 가슴에 엔진을 장착한 듯 온몸 휘어 비트는 진동을 받아내온 우직한 심장들을 위하여, 망망대해 칠흑 같은 밤 희미한 희망처럼 깜박이는 불빛처럼 어둠 속에서 감지 못한 형형한 두 눈과 바람과 파도 헤치고 곧게 버텨온 아픈 허리를 위하여, 멈추지 않고 바다를 건너온 묵묵한 다리들을 위하여, 닦고 기름칠하고 조이고 풀고 당기고 밀며 물살을 헤쳐온 거룩한 시간들을 위하여, 살기 위

"들어오고 나가며 항구는 늘 현재진행형이다. 하늘로 뻗은 팔을 펴고 쉬던 크레인들도 다시 팔을 걷어붙이고 짐을 내린다. 공중에 떠 있는 크레인 기사가 아래를 내려다보며 집게발을 오무렸다 편다."

해 죽어간 선원들의 고독한 죽음을 위하여, 경배. 지금 이 순간도 항해 중인 모든 선원들의 안전과 행복을 빈다.

어지간하면 땅에 발붙이고 살고 싶죠
—김상수(2항사, 1983년생)

바다에도 길이 있어요. 이게 해도인데요, 전체 지도에서는 깨알만 한 점이 해도상에서는 거대한 장애물이지요. 두 개의 콤퍼스를 계속 맞춰가며 피해 가야 할 항로를 표시해야 해요. 이렇게 큰 배는 처음 타요. 처음엔 걱정 많이 했어요. 항로도 그리고 항해 장비도 제가 관리해요. 2

"풍랑 앞에서는 리듬을 타야 합니다. 오른쪽으로 흔들리면 오른쪽 다리에 힘을 주고, 왼쪽으로 롤링하면 왼쪽 다리에 힘을 주고. 장딴지와 아랫배에 힘을 주고 두 다리를 벌려 바닥을 굳건하게 디뎌야 합니다."

항사 몫이에요. 날씨도 좋고 혼자 힘으로 하고 있으니 기분 좋죠. 날씨가 좋아서 너무 다행이네요. 몇 주 전에 여기 지나가던 배는 태풍 땜에 컨테이너 날아가고 배도 찌그러졌대요. 우리 배는 지금 화합도 좋잖아요.

저는 물을 싫어하는데요. 삼촌이 알아보고 돈 안 드는데 다른 데보다 낫지 않겠냐 그래요. 기성회비가 120만 원, 수업료 없지, 기숙사비 없지, 식대 없지, 집안 사정이 넉넉하지 않으면 아주 좋은 조건이죠. 집안 도움을 못 받는 형편이면 이게 딱이죠. 사실 대학 다닐 때 갈등이 많았어요. 대학 자체가 군대식이어서 기분 나쁘면 때려서 힘들었죠. 선배들이 파워가 있으니까 자다가도 맞고 그게 싫었죠. 왜 맞는지도 모르고 그냥 맞아요. 나중에 이해는 되었지만 방법이 틀렸잖아요. 고등학교 때보다 더 힘들었어요. 사관학교도 아니고 군대도 아닌데 왜 이렇게 괴롭힐까,

심각하게 고민한 적이 있어요. 근데 어머니가 제 사주를 보시더니 "넌 물하고 못 떨어진다더라. 넌 가족이랑 멀리 떨어져 산다더라" 그러시는 거예요. 그래서 갈등 좀 하다 내 운명으로 알고 제 일을 긍정하게 됐어요. 요새는 많이 학구적이 됐어요. 해양대 4년은 시장 자리와도 안 바꾼다는 말도 있어요.

기숙사 생활에서 배울 거 다 배웠어요. 저학년 때는 제약이 많아요. 기숙사 사감한테 검사받을 게 얼마나 많은지, 정복까지 깨끗이 빨았는지 확인받아야 돼요. 승선 생활도 기숙사에서 미리 다 익혔죠. 모든 시간대가 배와 같게 짜여 있어요. 당직사관도 있고 선장님께 보고하는 요령도 습득하고, 자기 일에 대한 관리도 미리 배우고요. 아침 6시에 구보하고 7시에 씻고 밥 먹고, 9시부터 저녁까지 9강 10강까지 수업해요. 실습 때문에 불리니까 좋은 회사 나가려면 꽉 차게 들어야 하죠. 한 학기에 25학점 따야 하거든요. 오후 6시까지 공부하고, 또 7시부터 9시까지 학습 시간에도 참여해야 돼요. 9시부터 10시까지는 쉬는 시간인데, 모여서 야식 먹고 청소하고 인원 점검하고 12시쯤 잤죠. 침대에서 못 자게 했어요. 침대에 앉지도 않았어요. 저희 일이 서서 하는 일이니까, 책상 앞에 앉아서 공부하는 시간 말고는 다 서 있어요. 자유 시간도 별로 없었어요. 시간이 없어서 여자 친구도 못 사귀는 거예요.

가장 큰 애로 사항은 역시 여자 친구……? 아무래도 제 또래는 그게 제일 크죠. 저도 첫사랑 여자 친구랑 헤어지고 나서 2005년 첫 배 탔는데요, 사람들이 배에서 자꾸 그래요. "넋을 놓고 있다" "넋 빠진 사람 같다"고요. 제가 일을 하긴 하는데 집중을 잘 못했나 봐요. 나는 다 잊고 열심히 하느라고 하는데 마음이 빠져나갔나 봐요. 사람들이 저를 보고 불안해하더라고요. 어느 때 보면 배 타고 있는데 갑자가 연락이 두절돼요. 제친구 하나는 "자기, 나 MT 가" 그게 마지막 메일이었어요. 갑자기 전화가 안 되는 경우도 있어요. 어떤 선배는 7년이나 사귄 여자 친구가 그랬대요. "자기야, 옛날엔 집에 돌아오는 6개월이 너무 빨리 돌아와서 기다리기 쉬웠는데. 이제는 너무 길다. 6개월이 6년 같다." 그렇게 떠났대요. 그래서 휴가 때 모든 정성을 쏟아요. 한두 달 휴가 받으면 온통 거기에다 걸어요. 휴가 일수요? 한 달에 7일이 휴가니까, 여섯 달 곱하기 7일 하면 42일이고 거기다 일요일하고 공휴일 합하면 거의 두 달이네요. 옛날에는 훨씬 더 짧았대요. 한국에 안 들어가는 배 타면 8개월을 못 봐요. 이름만 남자 친구죠. 기다리고 기다리고 또 기다리다 떠나죠. 이번 휴가 때 친구 안 만나고 웬만한 일 아니면 다 제끼고 여자 친구만 만났어요. 거의 매일 만났죠. 만나고 맨날 새벽에 돌아오는데 어머니가 좀 걱정하시죠. 본의 아니게 '로미오와 줄리엣'이 되는데, 안 그러게 생겼어요? 몇 달 얼굴도 못 봤잖아요. 제 여자 친구가 힘들어할 때 가족 분들이 도와줬대요. "니가 그런데 바다에 떠 있는 애는 어쩌겠냐? 걔는 얼마나 더 힘들겠니?" 6개월, 8개월? 그 시간은요, 말 못 하던 아이가 말을 할 만큼 길어요.

항해사의 기본 업무는 항해죠. 2등 항해사의 고유 업무는 항로를 그리고 항해 장비를 관리하는 일이에요. 위험한 지역이나 입출항 시 그리고 통행량이 많을 때는 선장님이 직접 지시하세요. 항해 중 특별한 위험을 느낄 때도요. 선장님은 따로 당직이 없는 대신 24시간 당직 선다고 보시면 되요. 항상 대기 중이시니까. 당직 항해사의 일은 선장님을 대신하는 항해 업무예요. '내가 이 시간만큼은 너에게 위임한다. 하지만 니 뒤에 내가 있다' 하는 거죠. 낮에는 보이니까 괜찮은데 밤에는 안 보이니까 불안하죠. 그래서 선장님은 새벽까지 안 주무시는 거 같아요. 동지나해와 남지나해는 어선과 상선이 짬뽕이 돼서, 레이더에 모래알 뿌려놓은 것처럼 잡혀요. 안으로 죽 들어가면 점차 길은 보이지만요. 만일에 하나 부딪치면 우리 배는 크니까 괜찮지만 저쪽 어선은 다 죽어요. 내 실수 하나로 누구를 죽게 한다 생각하면 아찔해요.

항해 사고는 돌이킬 수 없어요. 사고가 한 번 나면 규모가 무지 크죠. 기관 사고는 엔진이 망가져도 2억 부서지지만, 항해 사고가 나면 컨테이너가 4000개인데……, 저거 하나가 다 개별 재산이고 전 재산인 사람도 많을 거 아니에요? 인명 문제도 따르고요. 그래서 당직 항해사는 믿음이 가도록 하는 게 제일 중요해요. 다 자동인데 배를 피하는 것만큼은 자동이 안 되니까 항상 깨어 있어야죠. 그래서 당직 서게 되면 브리지를 못 비워요. 기껏 맘 놓고 자봐야 일곱 시간이 채 안 돼요. 배에서 자니까 피로가 잘 안 풀리죠. 복잡한 상황 만나면 똥줄이 타죠. 머리도 아프고요. 그래도 제가 긴장하는 기색 보이면 타수도 따라 긴장하니까 안 그런 척해요. 작은 배가 보일 때 늘 그러죠. '저게 잘 안 지나가면 어쩌지?' 속으로 애가 타면서도 겉으론 의연하지요. 네 시간 내내 긴장할 때도 있어요. 다 지나가고 나면 그제야 마음의 평정을 찾지요. 베셀(Vessel; 대형 선박)이 유럽은 잘되어 있어요. 중국엔 무자격 선박이 무지 많아요. 규정 안 지키고 저 바다 밑에서 투망하고 있는지도 모르니까 두렵죠. 우리 배는 물 밑으로 14미터가 잠겨서 가는데, 그 가장 밑바닥에 프로펠러가 있거든요. 그게 어마어마하게 커요. 물속에 잠겨 가는 프로펠러에 투망 그물이라도 걸리면 하, 생각만 해도 머리 아파요. 1항사님이나 선장님께 조언을 구하기도 하지만, 결국 혼자 고민하고 스스로 결정해야 해요. 모두 의존할 수 없잖아요. 그게 힘들죠.

1학년 때부터 현대상선을 목표로 삼았어요. 일이 잘 풀려서 여기 이렇게 있습니다. 육상 업무에 비해 연봉이 많습니다. 육상에 자리는 많지만 흔한 직업이 아니니까 돈이 안 맞기도 하고 그래서 못 내리는 경우도 있죠. 갈등이야 많죠. 갈등이 길어지면 못 내려요. 연애할 때는 애인도 막 내리라 하지만, 결혼하면 내리지 말라고 한대요. 처가에서들 그런대요. "마누라 걱정 안 시키지, 월급 또박또박 주지, 자네가 최고야." 우스갯소리지만 뼈가 있는 말이잖아요. 저는 펀드 세 개, 적금, 개인연금, 주택마련 그렇게 들어가요. 제가 좀 계산적이에요. 그거 굴리고 재테크도 해요. 3년차에 가장 많이 번 경우 1억까지 가요. 저는 제가 돈을 관리하고 모으는데 6000~7000만 원 정도 돼요. 정상적일 경우, 이게 평균이라고 보시면 될 거예요.

윗사람 없어서 직장 생활이 안 힘들어요. 관계가 좀 안 좋아도 길어야 6개월, 그 시간만 견뎌내면 다시 교체되잖아요. 배에서 출근하는 것은 교통이 안 막히니까, 늦었을 때 "차가 밀려가지고요", 이런 변명 못 하죠. 생각할 시간이 많다는 게 장점이자 단점이죠. 제가 사색을 즐기는 아이라서 잡생각도 많이 하고 책도 간간이 읽고 그래요. 언젠가 컴퓨터가 고장 나서 자는 사람 깨울 수도 없고 일주일 내내 읽었는데 세 권이 후딱 봐지는 거예요. 그때부터 잡히는 대로 책을 읽었어요. 엔진 소리 말고는 방해하는 사람이 없으니까 공부하기는 참 좋아요. 육상 있으면 밤 11시 12시까지 근무하는 경우도 있잖아요. 육지에서 일하는 것도 팍팍해 보여요. 그래서 적응 못 할 거 같아요. 또 육상은 친구도 선배도 경쟁자가 되잖아요. 거기선 비법도 잘 안 가르쳐준대요. 선상에서는 항해 파트에서 1항사님과 선장님이 위로 계신데, 배에서는 알려주고 배우고 서로 잘해야 서로 편하고 안전하니까 동반 관계가 되죠. 직책상으론 상하지만 업무상으로 각자 고유 업무가 있으니까 자기 책임을 확실히 질 수도 있고요.

이 직업 가지면서 성격 많이 바뀌었어요. 3학년 실습할 때부터는 자신감도 생기더라구요. 사람들한테 먼저 다가가기도 하구요. 제 성격이 원래 먼저 말 걸고 그러질 못했어요. 제 또래 여자애 하나만 있어도 말을 잘 못하는 거예요. 그런 내 성격이 무지 싫었거든요. 그게 사회생활 하는

"누구는 그러데예. 시간을 돈으로 바꾼 사람들이 선원이라꼬. 돈으로만 바꾸는 게 아니고예 목숨도 많이 바꾼다 아입니꺼?" 자칭 1/4선장 신군식(왼쪽)과 24시간 당직인 선장 김종휘(오른쪽)

데 무지 불편하거든요. 사귀는 데 오래 걸리면 그만큼 손해잖아요. 근데 이 일 하면서 긍정적으로 바뀌었어요. 사람 사귀는 것도 빨라지고요. 저 컨테이너 보세요. 다 이 안에 들어 있는 거잖아요. 우리들이 뭍에서 먹고 입고 사는 게 어디서 온지도 모르고 살잖아요. 몇 년 해보니까 그런 생각 이 들어요. 보고 있으면 고맙다는 마음이 들더라구요.

배 탄다고 하면 '뱃놈'이라고 해요. 조금 나아졌지만 요새도 크게 안 바뀌었어요. 모임 자리에서 어떤 여자가 직업을 물어서 "상선 항해사입 니다" 이랬더니 표정이 바로 싹 바뀌는 거예요. 물론 표정 관리를 하긴 하는데, 묘하게 내리 보면서 "돈은 많이 버시겠어요" 하면서요. 그 순간 부터 나를 아래로 바닥으로 보기 시작하는 게 느껴지는데 무슨 대화가 되겠어요? 그만큼 짜증 나고 힘든 직업인데 돈은 좀 버는 그런 정도로만 막연하게 알려져 있어요. 그게 제일 속상해요. 사실 선장 자리는 여왕이 와도 안 내주는 거예요. 아무나 앉는 자리가 아니라고요. 그렇게 사회적

"보트 타고 내리는 비상 훈련 아입니꺼? 참 사는 연습 하다가 억수로 많이 죽었다카이."
김청훈 주방장(오른쪽)

인식이 별로니까요, 언론 플레이도 하고 잘 좀 알려주세요. 좋은 직업임에도 불구하고 이 직업 가졌던 사람이 정계에도 진출 안 하고 홍보도 없고 해서 조금 서운해요. '해기사협회'에서 대외 홍보도 많이 했으면 좋겠어요. 인식도 좋아지고 자긍심도 갖게 되잖아요. 군대 메리트 없더라도 좋은 아이들이 해양대에 많이많이 올 거예요. 있는 그대로만 잘 알려주면요.

저희는 직업 특성상 모일 수가 없어요. 항해 중 파업은 불법이고요, 속해 있는 항구에 가서 파업해야 하는데 파업이 불가능하죠. 직장 다니는 건 똑같은데 우린 모일 수가 없잖아요. 집회가 불가능한 직업이라서 사회적으로 목소리를 높일 수 있는 기회가 없잖아요. 불쌍해요. 할 말 못 하고 살잖아요. 배에서 구시렁거리기만 하지, 뭘 구체적으로 할 수가 없으니까. 전에 선원 가족 모으고 상륙한 선원들 모여서 해양수산부에 몰려갔대요. 주 5일제 요구하면서요. 그 전엔 한 달 배타면 휴가 일수가 5

일이었는데 그 덕에 7일로 늘었어요. 유럽은 4개월 타면 4개월 휴가 준대요. 휴가가 기니까 두 가지 일도 할 수 있대요. 배 내리고 노후에 할 일도 미리 준비할 수 있고요. 불만이라면, 인원이 너무 적은 거 같아요. 바쁠 땐 정말 항해사가 더 있었으면 하는 생각 많이 해요. (각 배에 따른 배치도를 보여주며) 이거 LNG선 보세요. 여기 항해사가 여섯 명이잖아요. 하나 터지면 200킬로미터 전방이 날아가니까 이해는 되지만, 그래도 컨테이너선이 이렇게 큰데 너무 하잖아요. 포트(Port) 수당도 좀 조정이 돼야죠. 보셨잖아요? 항구 입출항 하는 거. 제가 말했잖아요. 하도 졸리니까 밥을 국자로 푸고 국을 주걱으로 풀 때도 있다고요.

밤 12시부터 4시까지 당직 서고, 내려가면 일이 있어요. 차트(해도) 업데이트하고 지금 이 해도가 120장인데, 이거 업데이트 받아서 소개정(小改正)해요. 그것은 항로가 변할 때, 전문 책자가 30권인데 이 페이지를 보고 실제상에 이렇게 조렇게 고쳐라 하는 거예요. 천문학자처럼 망원경 보고 콤파스 들고 계산하고 그러죠. 새벽 6시까지 이런 업무하고 6시부터 11시까지 취침합니다. 11시 15분에 점심 먹고 올라와 11시 45분에 당직 교대합니다. 12시부터 4까지 낮 당직 서고 또 새벽처럼 한 6시까지 남은 업무 처리하고 저녁 먹고 한 몇 시간 더 자죠.

수평선처럼 둥글게 둥글게 살아야죠. 좋은 게 좋은 거잖아요. 내가 좋으면 남도 좋고 내가 싫으면 남도 싫은 거잖아요. 언젠가 엄마가 설거지하라 그래서, "엄마가 치워. 귀찮아" 그랬더니 엄마가 "네가 싫은 건 남들도 싫은 거다" 하셔서 한 방 얻어맞았잖아요. 그거 뭐라고 하죠? 내 맘을 미루어서 남 이해하는 거요. 아, 역지사지, 역지사지잖아요. 배에선 집중할 시간이 많아요. 맘만 먹으면 뭐든 공부할 수 있어요. 함께 해서 즐거웠어요. 고마워요.

죽느냐 사느냐 게 배라카는 겁니더

—김기화(조기장, 1957년생)

　여가 산소 아세틸렌 창곱니더. 요게 산소 용접통이고예, 조게 절단용 가스통입니더. 이 관이 물관이라예. 배 전체 340미터 전체를 돕니더. 여긴 비품 창곤데예, 배는예, 나사 손잡이 뭐 하나만 잘못돼도예, 대양 한가운데 서버릴 수 있습니더. 나사 하나까지예, 완전무결하게 체크해야 합니더. 저기 불빛 나오는 데가요 엔질실인데예, 5층짜리 아파트보다 큽니더. 저 엔질실 힘으로 이 배가 가는 깁니더. 지는 저기서 기관장을 돕는데예, 조기장이라캅니더. 지는 기관실서 뜯고 붙이고 선반 깎아서 부품 만들고…… 깎고 지지고 만든다 아입니까? 이게 필요하믄 이걸 만들고예. 저거 필요하면 저거 만들고예. 조기장은 육상으로 말하면 공장장이라예. 고마 온갖 것 다 합니더. 전기용접, 산소용접 다 합니더. 마, 배 탄 지 30년 넘었어예. 열여섯 살부터 배 탔다 아입니꺼? 고바리선(운반선)에서 주방 일부터 했지예.

　닻 놓고 예서 고등어 잡히기는 처음인데예. 낚시줄 내리기만 하면 고등어가 올라오네예. 금세 바케스 두 통 가득이네예. 요거는 청새친데예, 큰 거는 사람보다 큽니더. 학꽁치 닮았데이. 이거 한 점 묵어보이소. 제가 저기 남해 욕지도에서 태어났어예. 배가 고파가마 배를 탔지예. 통영에서 목포 가는 배 타고 소금 싣고 다니던 배라예. 주방 일부터 시작했습니더. 한 10년 고바리 타고 쌀 미역 소금 싣고 다니고예, 그다음 여객선하고 화물선 타고, 그다음 LNG선도 타고예. 나중에 상선 탔다 아입니꺼? '세양선박'이라꼬 상선을 한 10년 탔다 아입니까? 동남아 구석구석 안 들어간 데가 없었습니더. 참 세상 구경 잘했다 아입니꺼? 기계 만지는 일은 80년이니까 스물여섯 살부터 했습니더. 상선 타서 선반 용접 일 배우기 시작했습니더. 그때부터 기관실서 근무했고예. 기술 배울 때 선배들한테 많이 얻어터졌다 아입니꺼? 현대상선은 90년에 들어왔습니더. 20년 다 됐다 아입니꺼? 대서양이고 태평양이고 유럽이고 미국이고 브라질이고 남미고 다 돌아댕겼지예. 정년이 하, 몇 년 안 남았심니더.

힘든 건 별로 없는데예, 시차 이거 있으면 잠을 잘 못 잔다 아입니꺼? 특히 한국 돌아올 때 시간이 당겨지니까예, 어쩔 땐 잠을 꼴딱 샌다 아입니꺼? 배에선 건강해야 합니더. 알아서 스스로 챙겨야 합디더. 배 한가운데서 아프면 병원도 없꼬 방법이 없습니더. 5시 30분에 일어나 한 40분 어퍼 데크(upper deck: 상갑판)에서 조깅한다 아입니꺼? 좁아도 합니더. 그기 한 300미터 되니께예, 몇 번 왔다 갔다 하면 운동이 되지예. 바다 한가운데서 아프면 큰일 납니더. 목욕하고 밥 묵고 바로 기관실 내려간다 아입니꺼? 거그서 일하고예 저녁 묵고, 8시쯤 40~50분 조깅한다 아입니까?

괜찮습니더. 배에서도 서로 연락할 수 있어예. 식구들 친구들과 2~3일에 한 번씩 저녁에 메일 주고받습니더. 궁금한 거 있으면 물어보고 친척들 가정사 어떻다 저떻다 서로 주고받습니더. 바다에 떠 있으니까예, 무슨 일이 생겨도 마음대로 뛰어갈 수 없지만예, 괜찮습니더. 그냥 이렇게 사는 기지예. 배를 탔으니 지는 그냥 배에서 최선을 다한다 이렇게 생각하고 삽니더. 제 방에 좋은 오디오가 있는데요, 제가 트로트 억수로 좋아한다 아입니꺼? 최석춘 쪼매 많이 좋아합니더. '꽃을 든 남자', '꽃잎 사랑' …… 꽃? 좋아하지예. 또 '사는 동안 미워하지 않으리'도 있네예. 한 30년 배 타니까예, 이제마 진동 잘 못 느낀다 아입니까? 84년도에 '세양선박'에서 원목 싣고 가다 죽을 뻔했다 아입니까? 배에 물이 들어와서 보트 타고 나왔습니더. 옆에 철판 용접 부위가 깨져서 물이 들어왔어예. 죽느냐 사느냐, 그게 바로 배라 카는 깁니더.

요래 세 배 타면 2년이
훌떡 날아간다 아입니꺼?
─전용범 조갑장(1962년생)

안개가 코밑까지 고마 깔려서 시야가 안 보일 때도 있습니더. 옛날에 배는 기관실 소음이 엄청나게 컸어예. 그게 얼마나 크게 들리는지 억수로 힘들었지예. 말도 마이소. 한겨울에 북태평양 가는데 영하 40도라예. 눈 뜨고 수장된다는 게 이런 거구나 싶데예. 팔 하나 휠 잡고 한 손으로 키 잡고…… 중심을 잡아야 하니까예, 팔이 감각이 없어예. 다리에 얼마나 힘을 줬으면 몸에 아무 감각이 없어예. 이 큰 배도 겨울에 북태평양 나가면 목욕탕 때 하나만큼도 안 됩니더. 아모것도 안 보이지예, 바람은 불지예, 배는 흔들리지예……. 컨피던스 호도 미국 들어가기 전 3일 앞두고 메이데이까지 쳤다 아입니꺼? 극적으로 살아났지예. 인도양 이 부근에서 시껍했습니더. 배가 작으면 파도 길이를 극복하지 못합니더. 수에즈에서 하루 반나절, 지브랄터 해협, 카사블랑카, 지나갈 때 억수로 긴장하지예.

배가 한 번 나갔다 돌아오면 1항차라예. 한 배 타모 한 항차가 50여 일 됩니더. 그걸 세 번 왔다 갔다 합니더. 대여섯 달 걸리지예. 요래 세 배 타면 2년이 훌떡 날아간다 아입니꺼? 지금 얘기고예. 옛날에는요, 6개월, 10개월도 탔어예. 12개월 이상 탈 경우도 있었지예. 휴가는예, 6개월 타면 두 달 쉽니더. 서로 친해도 여간해서 만나기가 쉽지 않아예. 신군식 아저씨를 7년 전에 같이 타고 이번에 만냈습니더. 김 조리장은 20년 전에 함께 배 타고 이번에 만냈다 아입니꺼? 만날 확률이 10퍼센트도 안 돼예. 아이 그것도 안 될 끼라예. 옛날에 유조선을 탔는데예, LNG선 말입니더. 항구에서도 안 쉬고 7~8개월 동안 땅 한 번 못 밟아보고예, 계속 배만 탔다 아입니꺼. 지는 25년 탔으니까예, 하마 150항차 가차이 될 깁니더. 뭍에서 산 기간이 평균 잡아서……그기 하마 5~6년 정도 될 깁니더. 우리 선원들은 바다가 집이라예. 집에서 산 시간보다 바다서 산 시간이 훨씬 많지예. 입항하고 출항하기가 힘들긴 한데예, 뭍에 내릴 수 있으니까 좋지예. 그치만 억수로 긴장되고 힘들어예.

배가 서쪽으로 갈 때는 후진하고예, 돌아올 때는예 반대로 전진합니더. 전진할 때는예, 예민한 사람은 날밤 샌다 아입니꺼? 8신데예, 시계가 전진해서예, 9시 10시가 되는 거라예. 시간이 팍 없어져 버리는 기라예. 일주일에 몇 시간이 팍 당겨지는 거라예. 한번은예, 지가 새벽 4시부터 8시까지 당직 섰는데예, 2~3시까지 잠 못 자고 다시 오후 4시부터 서야 하는데예,

"배에서는예, 내 일 내가 안 하면 누군가 크게 다칩니더. 누구 하나가 다치면 전체가 다친데이. 한 배 타면 동지라예." 전용범 조갑장

억수로 힘듭디더. 한잠 못 자고 다시 할라카믄 억수로 힘들지예. 수에즈 운하 통과하고 전진할 때는 쉴 시간이 한 시간 날아가버립니더. 심리적인 부담이 생겨서 오는 잠도 달아나지예. 미국 갈 때는예, 하루가 밀립니더. 한 시간씩 가는 게 아니고예, 날짜를 싹 변경한다 아입니꺼? 전진할 때는 24시간이 팍 줄어듭니더.

배에서는예, 내 일 내가 안 하면 누군가 크게 다칩니더. 누구 하나가 다치면 전체가 다친데이. 한 배 타면 동지라예. 살면 같이 살고 죽으면 전

부 다 같이 죽는다 이 말입니더. 니 목숨 내 목숨이 다 한 배 안에 있지예.

뱃놈이 아니라 뱃님이라 불러주이소
—신군식 갑판수(1951년생)와 김청훈 주방장(1959년생)

김청훈 부산 영도다리 밑에서 거지가예, 배가 고파 일어나다가마 반쯤 누어서예, 런닝구를 요래 올리고예, 배를 뜩뜩 긁으면서 뭐라카는지 아십니꺼? "아, 배나 탈까?" 요래 말합니더. 누구는 그러데예. 시간을 돈으로 바꾼 사람들이 선원이라꼬. 돈으로만 바꾸는 게 아니고예 목숨도 많이 바꾼다 아입니꺼?

신군식 저기 시끼면 물속으로 억수로 많이 들어갔다 마. 우리 비상훈련 안 합니꺼? 보트 타고 내리는 거 말입니더. 참, 사는 연습하다 미리 죽었다카이. 지는 현대상선 들어온 지 10년 넘었고예, 그전엔 조양상선에서 근무했다카이. (갑판에서 일하는 필리핀의 소텔로를 가리키며) 재가 억수로 맘이 따뜻한 놈이라카이. 맥주 캔 뚜껑 천 개 모으면 다리 저는 사람 맥주회사에서 휠체어 준다꼬, 저걸 저렇게 모으고 있어예. 제가 말입니더, 오더를 따라서 키를 맞춘다 아입니꺼. 언제 오더 올지 모르니까네 항상 대기한다고예. 지는 쿼타 마스터라고 합니다예, 4분지 1 선장이라고예. 지는 오더(order)를 받아야 수행합니더. 입출항 시에는 수동으로 하는데예, 이것이 기술이라고예. 빠르게 갈 때는 자동이지만예, 자동으로 갈 스피도가 있고, 늦게 갈 때는 수동으로 해야 됩니더. 그거를 제가 다 한다 안 합니꺼?

김청훈 일류 중의 일류라예.

신군식 작가 선생들 고맙습니데이. 덕분에 주식이 올랐다 아입니꺼? 우리 아지매가 전화로예, 고맙다 하니까네, 배 탄 보람이 나데예. 우리 아지매 강진 사람인데 생전 고맙단 말 안하는데예, 억수로 눈물나게 고맙습니다 하데예. (맥주를 들이켜며) 짝 빨아불면 한방에 날아가부릴 낀데…… 하, 산은 산이요 물은 물이요, 그 말 한 사람 누고? 스님 있다 아입니꺼? 그 말은 나도 하겠데예. 산은 산이고 물은 물이고 그런 야기 들으라꼬 삼천 배 할라 카믄 반나절 꼬박 걸릴 낀데, 우리 같은 사람은 돌아뿌리지예. 우리 무지몽매한 사람 가르쳐줄라꼬 그런 깁니꺼? 아, 그라모 안 억울할 낀데…… 나처럼 못 배운 뱃놈들은…… 어어어 나도 모르겠다마. (혀를 쑥 내민다) 우리 요가 선생 우리 몸 비틀어놔갖꼬 우리 몸 베리놨다 아입니꺼? 우린 죽었습니더. 나가 나 안 죽을라고예, 우리 아지매 즐겁게 해줄라꼬 억수로 노력 많이 합니더.

김청훈 아모리 거지가 배나 탈까 하는 게 선원이지만예, 뱃놈 뱃놈 하지 말고예, 마, 듣기 좋게 뱃님이라 불러주면 안 되겠십니꺼?

운명인가 봐요
―기관사 김성운(2기사, 1981년생)

살면서 힘든 일은 크게 없었어요. 제가 2004년 3월에 입사했는데요, 두 달에 한 번 들어가니까, 저는 그래도 괜찮은데 어머니가 많이 보고 싶어하세요. 제가 1남 1녀에 장남이거든요. 근데 어느 날 보니 어머니가 늘 곤두서서 신경을 쓰고 계시는 거예요. "태풍이 올라온다더라" "어디서 선원이 잡혔다더라" "무슨 배에 사고 났다더라" 엄마가 전에는 날씨나 풍랑이나 파고 그딴 것 신경도 안 썼거든요. 한번은 부모님이 방선을 하셨는데, 아버진 배를 죽 둘러보시고 신기해하시는 쪽이고, 어머닌 걱정이 더 느신 것 같아요. 기관실 계단 내려가시더니 사다리가 이렇게 가파른데 떨어질까 그것도 신경 쓰시데요. 기관실 들어가선 "이렇게 시끄럽고 덥고 위험한데 어쩌냐……?" 어머니가 그러실 줄 알았으면 아버지만 방선하게 할 것 그랬어요.

제 월급 잘 몰라요. 어머니한테 가니까. 어머니가 적금 들어주세요. 아마 한 200여만 원 넘는 걸로 알고 있어요. 거기다 상여금 보너스 합하면 좀 더 되려나? 월급이 많은 건 아니지만 배에선 쓸 데가 없잖아요. 배에선 크게 살 것도 없고 돈 쓸 시간도 없고. 안 써서 버는 게 더 커요. 휴가 땐 주로 친구들 만나 술 마셔요. 여수에 있는 고등학교 친구들 만나고, 해양대 휴가 맞는 동료들 만나고, 육상에서 근무하는 친구들 만나고. 병역특례는 2년 10개월인데 그동안 선상 생활하면 군필이 돼요. 군 문제는 그래서 다 끝났어요. 가끔 육상 근무 유혹도 있어요. 사실 더 탈지 내릴지 고민 중입니다. 이 일이 특이하고 정신적으로 육체적으로도 쉬운 것만은 아니라서. 모든 일이 쉬운 일은 없는데……그렇잖아요. 하지만 배에 있으니까 어디 자리가 있는지도 잘 모르고 정보도 없고 하니까 타는 동안은 일만 생각해야죠.

이 직업은 적성보다 참을성이 더 중요해요. 이 분야에 특출 난 사람이 아닌 바엔 참고 하다 보면 그게 자기 길이 되죠. 저희 일이 좋은 것 중 하나는 직장이 가깝잖아요. 1분이면 직장인 기관실에 내려가니까, 잡다한 시간 안 뺏기고 눈뜨자마자 바로 일에 전념할 수 있잖아요. 아침에 기기 점검하는 순번이 있어요. 두 시간 가까이 기계 순찰 돌고, 밤 12시에 당직 있어서 한 번 더 순찰하는데, 먼저 기기 운전 상태를 점검하지요. 압력계, 온도계 등 기기 소리도 듣고 진동도 느껴보고 소리가 좀 이상하다 싶으면 바로 작업에 들어가죠. 매일 보니까요, 소리가 달리 나면 '이게 좀 이상하구나' 바로 알아차리죠. 하지만 이상 있을 때만 작업하는 건 아니고, 각자가 맡은 기기가 다 따로 있어요.

이게 컴퓨터 작업도예요. 여기 보면 각 엔지니어마다 담당 기기에 따른 작업 주기가 있잖아요. 예를 들어 실린더 라이너라면 3600시간에 한 번씩 라이너를 빼서 교체하라는 지시예요. 그거 빼서 들어가는 부품, 실링이나 오링 같은 것들을 교환하죠. 기계 트러블 없을 때도 내려가면 일이 매일 하나씩은 있어요. 제가 맡은 기기는 발전기 네 대와 청정기 여섯 대인데요, 그 밑에 서른 개씩 아이템이 더 있고, 서른 개 하위에 몇 개씩 더 있으니까……, 몇 개죠? 다 곱하면 발전기 하나만 해도 평균 1200개 정도 되네요. 제가 제네레이터 머신 담당이니까 열여섯 개를 맡는데요. 각 기기마다 많게는 네 개부터 적으면 한두 개까지 기계를 점검해요. 기관실 기계가 약 70여 개가 있는데 담당 엔지니어가 다 따로 있어요. 그것만 있는 게 아니구요. 스페어 파트(Spare Parts; 예비품)가 또 있는데요. 예비로 보유하는 개수죠. 보셨잖아요. 기관실이 무지 덥고 시끄럽잖아요. 작업 환경으로 치자면 기관 엔지니어를 저희끼리는 4D 업종이라 부르죠.

저는 반쪽짜리 엔지니어예요. 작동하고 운전하고 관리하는 사람을 오퍼레이터(operator)라고 하거든요. 제가 하는 일을 뭐로 비유하면 좋을까? 배터리를 갈 줄 안다는 거하고, 소프트웨어 메뉴를 조금 더 아는 정도랄까? 부품을 교환하고, 아하, 저를 교환자나 부품 교체자라고 하면 되겠네요. 카센터 있잖아요. 거기 정비사랑 비슷하다 생각하면 되겠네요. 사람이 차 갖고 오면 엔진을 다 뜯는 건 아니고, 부분적으로 부품을 수리하고 교체하는 작업을 하잖아요. 그거랑 아주 유사하네요. 기술자들이 서로의 일은 잘 몰라요. 배전하는 사람은 기계를 모르고, 기계 만지는 사람은 전기를 모르고, 우리는 전기도 만지고 기계도 만지니까 서로 소통할 수 있지요.

제 밑에 3기사가 둘 있는데요, 강연익(1984년생)은 선내 에어컨 시스템, 엘리베이터, 냉동 컨테이너, 선내 분뇨 시스템을 하는데요, 분뇨는 탱크에 모아놓았다 양 보아가며 배출해요. 탱크는 기관실에 있는데, 냄새 안 나게 밀폐되어 있죠. 설거지 물과 샤워 화장실 물은 그냥 나가고, 기관실 기름 섞인 물만 모아서 정수 처리해서 버려요. 한인욱(1982년생)은 보일러 담당인데요, 물 데워서 보일러를 따뜻하게 유지하고 물 나오는 시스템도 점검하고 물 만들고 기관실 하수와 폐수도 처리하죠. 배에서는 아무 데나 못 버리니까 폐수도 모아놓아요. 지중해나 홍해나, 그런 데 바다는 안 흐르고 머물러 있는 곳이라서 버리면 안 되거든요.

제일 힘든 것은 디스턴스(distance; 거리), 그 닿을 수 없는 거리가 젤 견디기 어렵죠. 배 타면 몇 달 동안 다른 사람 못 만나니까요. 보고 싶어도 못 보잖아요. 친구나 집이나 어디 뭐가 일어나는지 알 수도 없구요. 참아야죠. 참는 수밖에 없어요. 배가 커지다 보니 솔직히 좀 힘들어요. 아무래도 배가 무거우니 로드(roud; 과부하)가 많이 걸리죠. 어쩔 땐 전혀 못 쉬고 거의 여덟 시간 일할 때도 있어요. 잠깐잠깐 쉬러 올라와서 티타임이나 갖고 다시 내려가죠. 특히 우리 탄 콜롬보처럼 새로 나온 배는 더 힘들어요. 기계가 아직 잡혀 있지 않았잖아요. 점검이 채 안 되어 있고 발전기도 생소하니까, 신경이 더 쓰이죠. 내 생각대로 기계가 고쳐지면 짱 기분 좋고 안 고쳐지면 스트레스, 짜증 나고 고민되죠. 3기사 강인욱이 그러잖아요. 힘들어도 혼자 끙끙대다 그냥 삭히는 수밖에 없다고. 잠이 안 와도 내일 과업이 있으니까, 억지로 자야 한다고. 슬프건 기쁘건 자야 한다고. 기분 나쁘다고 학생 때처럼 술 마시며 터놓고 밤새 얘기할 수 있나요 뭐…….

제가 사람 만나는 걸 좋아해요. 만나서 한잔 하고 싶은데 배에선 그게 안 되잖아요. 한 번 타면 6개월이고 8개월이고 그냥 죽 배에서만 살아야 하잖아요. 어쩔 땐 반 감옥 같다는 생각이 들어요. 젊은 나이에 사람도 못 만나고 이렇게 갇혀 살아야 하나……. 젊은 혈기에 애인이라도 있으면 많이 보고 싶을 것 같아요. 저는 애인이 없으니까 참을 만한데. 이

행로 다닐 때 전에 애인이 있었는데요, 무지 보고 싶었어요. 요샌 메일 시스템도 잘 되어 있고 전화도 되니까 괜찮아요. 또 정신없이 일하다 보면 시간이 금방 가니까 저희는 괜찮은데, 여자 친구는 시간도 많고 하니까 보고 싶을 때도 많다고 하더라구요. 그러다 지치면 떨어져 나가는 거죠. 사람이 병드는 것보다 떠나는 게 낫잖아요. 친구들 보고 싶을 때, 다운 받은 드라마 보다 포장마차에서 술 마시는 장면 보면 미치겠어요. 배에선 드라마나 다큐나 보내준 걸 다운 받아 시간 날 때 보거든요. 비 주룩주룩 오는데 어둑한 포장마차 환한 불빛 속에서 사람들이 술 마시는 거 보면 미쳐요. 친구들 보고 싶고 그립고, 뭐 하고 사나 싶기도 하고……, 많이 보고 싶죠.

뱃사람만큼 성격 좋은 사람들도 없는 거 같아요. 이 좁은 데서 매일 얼굴 보고 사는데 큰 트러블 없이 잘 지내는 걸 보면. 뱃사람 하면 포악하고 거칠고 욕하고……, 그런 선입견이 있잖아요. 근데 사실은 달라요. 다들 보면 섬세하고 부드러운 사람들 같아요. 맘 안 맞는 사람과 타게 되면 그게 좀 힘들 텐데, 제가 사람복은 있어서요, 사람 때문에 크게 고생한 적은 없어요. 싫은 사람과 매일 마주치고 함께 밥 먹고 생활해야 하고 그건 못할 짓이잖아요. 육지에서는 직장에서 보고 말지만, 밥도 같이 먹어야 하고 배가 아무리 커도 배 안이니까 돌아다니다 보면 마주칠 수밖에 없잖아요. 저는 혼자 있는 거 안 좋아해서 주로 한인욱 3기사와 강 기사 그리고 1기사랑 얘기하고 가끔 모여 놀죠. 전 잘 때 빼고는 혼자 잘 안 있어요. 특별히 할 얘기가 있어서가 아니라요. 맨날 보니 할 말도 사실 별로 없거든요. 아무 말 안 하는데 나 말고 사람이 하나 더 있으면 드라마도 더 재밌어요. 그게 뭔지 모르지만 말없이 앉아 있어도 같이 있으면 더 좋아요.

운명인가 봐요. 고3 때 담임선생님이 해양대 가라고 권유했는데 그땐 별 신경을 안 썼어요. 한번은 자율학습 하고 있는데, 담임선생님이 '해양대 원서 넣고 싶은 사람 와라' 하대요. 공부하기 싫으니까 그땐 핑계 삼아서 좀 쉬려고 그냥 넣었어요. 원서 내면 이틀 정도 학교 안 가도 되니까요. 그렇게 10월에 수시로 우연히 접수하고 수능 시험을 봤는데, 바로 합격 통보가 왔더라구요. 운명 비슷한 게 있는 것 같아요. 우연이 운명이 되는 거 아닌가 싶어요. 항해과 해양경찰학과도 있었어요. 애들은 다른 과 많이 넣고 기관과는 나랑 친구랑 달랑 두 명밖에 안 넣었거든요. 그래서 지금 이렇게 기관사가 되었잖아요.

기관실 엔진은 심장이고 브리지는 배의 눈이라예
–이해근(기관장, 1951년생)

1년 1만 2000시간 중 8000시간 엔진이 돌아갑니더. 메인 엔진이 돌아간다는 것은 배가 항해한다는 뜻이지예. 배는 1년 중 333일 동안 계속 달립니더. 배한텐 한 달이 휴가지예, 정박해서 정비도 하고 필터도 갈고 합니더. 저기 피스톤 하나가 5층 높이는 되어 보이지예? 기린처럼 목을 늘여도 끝이 안 보일 낍니더. 저놈아 배 속은 340도라예. 조래 늘씬하게 잘 빠졌어도 1분에 100회전(100rpm)씩 열심히 돌면서 불이 끓고 있다 아입니꺼?

4500마리 말이 뛰고 있는 기라예. 마력(馬力)이라고 하는데예, 고속으로 달려도 90퍼센트만 가동한데이. 경제속도로 따져서 평균 4500마력이지예. 그러니까 지금 우리 배는 평균 45km로 달리고 있습니더. 그러면 배가 무엇으로 가느냐? 말 밥으로 가지예. 그럼 말 밥이 무엇이냐? 벙커씨유와 압축공기입니더. 요래 피스톤이 12기통—각도가 열두 개 다 다르게 조립되어 있다—이 위아래로 직선운동과 전체 회전운동을 해서 프로펠러가 돌아가는데예, 피스톤 열두 개가 순번적으로 폭발하면서 회전합니더. 그럼 말 밥이 얼마나 드느냐? 만일 22노트(1knot는 한 시간에 1해리, 곧 1.8km를 달리는 속도. 22knot는 시속 약 45km)로 달린다면 약 50톤을 먹습니더. 경제속도는 1분에 83회전 하는 것을 말하는데예, 말 밥이 약 180톤 소요되지예. 여기서 나오는 배기가스를 이용해서 증기로 보일러를 데워 온수로 사용합니더.

한 놈에게만 말 밥을 많이 주면 그놈만 고생한다 아입니꺼? 모자란 놈한테 더 넣어주고 충분한 놈은 좀 쉬어 가게 그만 주고, 열두 놈 똑같이 일해야 불평이 없지예. 그렇지 않으면 문제가 생깁니더. 사고 나면 1기통 죽여서 비상시에는 기름 안 넣고 죽여버려서 갈 수도 있지만예, 그러면 속도가 느려집니더. 그런 상황을 배기가스 온도로 측정을 합니더. 온도가 너무 낮거나 높아도 문제가 생기는 거지예. 한 항차에 약 7200톤쯤 필요합니더. 지금 1톤에 350불이지예. 로테르담 가면 시꺼먼 콜타르 말 밥을 싣고 다시 또 오는 거지예.

피항이라고 있십니더. 바람이 요래 거셀 때 큰 배는 항구를 피해야 한다는 말이지예. 항구에 부딪치모 배도 으깨지고예, 항구도 다친다 아입니꺼? 배끼리 부딪치몬 뼈도 못 추린다카이. 풍랑이 거세지면예, 잘 보이던 작은 배가 없어졌다 다시 올라왔다 카지예. 바람이 요래 많이 불믄예, 기관실에 말 몇 마리 더 투입하지예.

뭐, 자기 혼자 배 타나?
—전옥희(동선한 이해근 기관장 아내, 1951년생)

한 15년 전에 동선을 처음 했는데요, '하, 배 탈 게 아니구나' 생각했어요. 높은 파도 만나면 힘들고 멀미하고, 기관실에서 올라올 때 보면 팬티 런닝 흠뻑 젖어서 올라오데요. 기관실이 억수로 덥잖아요. '그 두꺼운 오렌지 작업복 입고 찜통 같은 데서 이렇게 고생하는구나' 애처로웠어요. 기관부서 일하는 사람들 작업복에 기름 묻혀가지고 다니는 걸 보면 '더운 데서 저렇게 고생하는구나' 그러다가도 마음 고쳐먹어요. 마음 아프니까요. '자기 혼자 배 타나? 다른 사람도 다 타는데…… 또 다른 직업은 고생 안 하나?' 그랬어요. 막상 기관실 가서 보니 '저걸 다 어째?' '기계가 저리 크고 많은데 고장 난 걸 어떻게 다 찾아내나?' 참말로 궁금하고 신기하기도 했어요.

교회에 다니는 해양대 후배 통해 만났어요. 스물다섯 살에 맞선을 봤는데 인상이 참 좋았어요. 나이도 동갑이고 해서 되겠나 싶었는데 남포동에서 만나자고 연락이 와서 바로 결혼했어요. 76년 5월 11일. 친정서 두어 달 살고 달셋방 얻어 나왔는데, 남편이 아들 일곱 중 장남이니까 벌어서 동생들 다 책임지고 살았지요. 고3, 중3, 초등6학년 시동생 차례로 데려와서 단칸방에서 함께 살았어요. 그래도 다락방이 붙어 있었으니까. '대한선박' 들어간 지 얼마 안 돼서 수중에 한 푼도 없었어요. 우리는 빈손으로 시작했어요. 그때 신랑 통장에 18만 원 있었는데 시골서 빌려서 100만 원 줘서 그걸로 결혼식 하고, 산동네 언덕에서 달세 살았지요. 12월에 퇴직금 60만 원 받아서 30만 원짜리 17인치 텔레비 사고, 남은 30만 원 주인한테 줘서 반전세가 된 거지요. 조금씩 모아서 나머지 월세 30만 원도 줘버리고 전셋집 만들었어요. 언덕 밑이라 어둡고 창문도 아예 없었는데, 거기서 아들 낳고 키우며 안 쓰고 모아서 적금 넣어 250만 원 만들어 평지에 있는 아파트로 가고, 3년 만에 15평짜리 집 샀어요. 신랑이 대한선박에서 영국 일본 수출선도 탔는데 12개월 승선하고 열 달이나 몇 달 원하는 대로 쉬고 그랬지요. 수출선은 국내선보다 월급이 많았는데, '현대상선'은 90년 9월에 들어왔어요.

"돈 잘 벌겠네""늘 신혼 같겠네" 남들이 그래요. 돌아오면 재밌다가
도 한 달 가까이 되면 '빨리 갔으면 좋겠네' 그런 마음도 있지요. "떨어
져 어떻게 살아요?""편하겠다" 그런 사람도 있는데, 편키는 편치요. 신
랑 있으면 먹는 것도 신경 쓰이고 그렇잖아요. 없으면 그런 걱정 안 하니
까. 처음에 안 오다가 오니까 이상하데요. 남자가 뭔지도 잘 모르고 교회
나 가고 일주일 생활이 뻔하다 같이 계속 있으니까 좋다가도 이상하고
불편하고 좀 그렇데요. 그냥 사뭇사뭇 남편 없어도 외로운지 모르고 살
았어요. 남자가 그립고 그런 건 없었어요. 가끔 한눈 파는 경우들도 있는
가 보던데, 난 교회 다니고 성가대 하고 애들 키우느라 바빠서 한눈 팔
새도 없었어요. 아빠가 내 성격 아니까 의심도 안 하고, 하루 뭐하고 지

"한 놈에게만 말 밥을 많이 주면 그놈만 고생한다 아입니꺼? 모자란 놈한테 더 넣어주고 충분한 놈은 좀
쉬어 가게 그만 주고……. 바람이 요래 많이 불은예, 기관실에 말 몇 마리 더 투입하지예." 이해근 기관장
(오른쪽 두 번째)

내는지 훤히 다 아니까 100프로 믿어주고. 보고 싶을 때도 있지요. '우리 신랑, 오늘이 내 생일이란 걸 알까?' 옛날에는 달력에 동그라미 쳐놓고 자꾸 쳐다보았는데, "떨어져 사니까 선물도 못했다" 미안해하고 그래요. 배 출항 할 때 "당신 필요한 거 사라" 20~30만 원 미리 주면서 가고 그래요. 이제 나이 들어서 그런지 생일도 자꾸 잊어버리고, 몇 년 전부턴 별로 신경도 안 써요. 남편 생일 때도 '오늘 우리 아빠 생일인데……' 내 쪽에서 전화 못 하니까 그리 생각하고 말지요. 남편 안 챙기면서 받으려고 하는 게 여자들한테 있잖아요. 한 10년 전인가 그것 때문에 대판 싸운 적 있어요. 내 생일인데 모르는 척 말도 안 하는 거예요. 내내 가만히 있다가, 해가 뉘엿뉘엿 지니까 그제서야 "저녁 외식하러 가자" 그러는 거야. 미리 말해주지. 표현 안 하니까 나는 모르는 줄 알고 울면서 대들었잖아요. "우리 집에 금년부터 생일 없다. 내 앞에서 생일 얘기하지 마라" 하고 싸웠잖아요.

나는 표현하고 뒤끝 없는 사람이 좋은데, 쌈할 때 팍 싸우고 그런 게 나는 편한데, 우리 신랑은 사람은 좋은데 내성적이에요. 표현을 잘 안 해요. 마누라한테 할 말이 별로 없나 봐요. 귀국해서 시골 시댁 가면 끝까지 말 한마디 안 하고 오는 때도 있어요. 나이 드니까 부모님께 전화도 하고 그렇지, 젊었을 적엔 전혀 말이 없었다니까요. 부부끼리 모임이 몇 팀 있는데, 말도 잘하고 재밌고 장난기 있고 그런 사람 보니까 부러웠어요. 그런 사람과 안 살아봤으니 속은 모르지만…… 착하기는 무지 착해요. 시골 가도 잘하긴 잘해요. 평생 잘했지요. 장남 역할 다 하고 동생들 다 돌보고. 부모님이 농사짓지 말고 살라고 경남공고를 보냈는데, 이렇게 평생 배 타게 되었어요.

한번은 내가 "당신 내리면 뭐 할 끼고?" 물어봤거든요. 그랬더니, 큰 소리로 그래요. "놀 끼다. 실컷 놀아야제" 카데요. "놀면 빨리 늙는다. 규칙적 생활도 안 되고 100만 원 벌이라도 해야지……" 했더니 그래도 논다 카데요. 집에 오면 솔직히 힘들어요. 아침 점심 저녁 내내 밥 해대느라 하루 다 가요. 며칠 그러다 주식학교 간다꼬 추리닝 벗고 옷 갈아입고 나가요. 돈 없을 때는 한 푼이라도 모아야지 생각했는데…… 이젠 자기 하고 싶은 거 하고…… 고생했으니…… 그렇게 해줄 수 있지요. 정년이 60세까지니까, 한두 살 연장되니까 얼마 안 남았네요. 30년 넘게 외길 고집스럽게 살아왔는데……. 기계를 볼 줄 아니까 "육지에 공장에 다닐 수도 있고, 공장장도 하고 그럴 수 있었는데. 그 길 선택할 수도 있었는데……" 가끔 그랬어요. "이렇게 배 오래 탈 줄 알았으면 항해과 갈 걸." "공부해서 도선사도 할 수 있는데……" 하면서 후회도 했어요. 젊었을 땐 형편이 어려우니까 좀 다니다가 전문직 간다고 생각했다 카대요. "실컷 놀 끼다" 하더니, 배 내리면 엔진 선용품하고 선박에 납품하는 일 많이 있다꼬, 퇴임하고 배 계통에 있는 일에 종사하는 경우도 많다꼬 고민해본다 카더라구요.

항구에 들고 나는 일은 피가 마르는 일, 죽을 만큼 천천히 가라

슈퍼크레인이 홍콩 항에서 컨테이너를 올리고 내린다. 키가 45미터나 되는 22열 이상인 크레인이 줄지어 일한다. 짐을 다 실은 거대한 크레인이 직각으로 몸을 세운다. 별을 찌를 것처럼 높다. 출항을 준비하는 배가 움직이기 시작한다. 1센티미터씩 조심스럽게 조금씩. 입항하는 배 또한 작은 예인선에 의지해 보이지 않는 속도로 땅에 닿는다. 작은 배 하나가 제 몸의 백 갑절은 되는 거대한 배를 인도한다. 큰 배는 작은 몸을 따라서 순하게 움직인다. 요트 크기의 예인선이 '콜롬보'의 앞뒤를 오가며 어미배를 항구 밖으로 데리고 나간다. 천천히 길을 터준다. 홍콩 항을 떠난다. 짐 가득 싣고 떠나는 우리 배 옆으로 역시 컨테이너를 가득 실은 배들이 들어오고 있다. 들어오고 나가며 항구는 늘 현재진행형이다. 하늘로 뻗은 팔을 펴고 쉬던 크레인들도 다시 팔을 걷어붙이고 짐을 내린다. 공중에 떠 있는 크레인 기사가 아래를 내려다보며 집게발을 오무렸다 편다. 고공 위에서 물줄기가 흘러내린다.

"저게 뭐냐꼬예? 크레인이 용쓰다가예, 가끔 땀도 흘리고예 가끔 오줌도 싼데이."

싱가포르에 접안하기로 한 몇 시간 전부터 브리지는 바쁘다. 항해실은 전투를 지휘하는 사령탑으로 변한다. 선장과 도선사와 항해사들은 망원경과 해도에 표시된 도면을 보면서 무전기로 교신한다. 배는 속도를 한껏 낮추고 나가고 들어오는 수많은 배들을 피해서 미끄러지듯 들어간다. 접안 30~40분 전, 하얀색 작은 배 두 척이 다가오고 있다. 싱가포르 접안을 책임진 도선사가 탄 배란다. 도선사는 입출항 시 배를 지휘하는 임시 사령관이다.

"빠이롯트라고 하지예. 항구마다 그 지역을 맡는 도선사가 있어예. 억수로 잘난 척한다 아입니꺼? 선장도예 빠이롯트 지시대로 움직인다 아입니꺼?"

도르래에 감겨 있다 풀리는 정박용 로프가 어른 허벅지만 하다. 컨테이너 정도의 작은 예인선이 천 배는 되어 보이는 큰 배를 밀고 끌며 항구에 들어간다. 가는 밧줄을 굵은 로프에 매단 봉을 항구에 던지고 나서, 굵은 줄을 풀어 바다 속으로 넣는다. 볼링공보다 작은 검은색 봉 하나가 육지에 붙들어 맬 밧줄을 팽팽히 당긴다. 밧줄을 항구에 묶자 기린 모양의 크레인이 다가와 하역할 준비를 한다. 양옆이 그물인 기나긴 알루미늄 사다리가 내려간다.

"요래 큰 배한테는 항구가 너무 비좁아예. 항구에 접안할 때는예, 엔진도 도프하고(stop engine), 요래 천천히 들어가야 한다 아입니꺼? 항구는 주차장이라예. 자동차보다 천 배는 클 낀데 속력 내면 큰일나지예. 예인선 따라 데드 슬로우(dead slow)로 안 죽을 만치 천천히 갑니더. 항구에 들어간다꼬 배가 뭍에 붙어부리마 항구가 아작나불지예. 배도 다치고예."

빠르게 가는 것만이 힘든 게 아니구나. 천천히 가기 위해서도 '저속의 힘'이 필요하구나. 거대한 힘을 아끼고 숨기는 것도 힘이구나. 입항이 거의 마무리될 즈음, 안개구름이 모이더니 빗방울이 떨어지기 시작했다. 아직 어린 티도 채 가시지 않은 3항사가 환하게 웃으며 말한다.

"우리 배는 복도 많아요. 다 도착하니 여기까지 오느라 고생했다고 비를 내려주잖아요."

"스탠바이 올 스테이션(Stand by all station; 배를 옆으로 바짝 대라)."

"정신 바짝 차려."

항구를 들고 나는 일은 피가 바짝 마르는 일. 무전기를 통해 도선사와 선장의 출항 준비 지시가 배 안에 울려 퍼진다. 자동차 수천 대 크기인 배가 비좁은 물 주차장을 빠져나가려 한다. 육지에 매인 밧줄이 풀린다. 분주히 일하던 선원들이 배에 올라오고 하루 반나절 뭍에 다리를 걸치고 있던 사다리도 천천히 올라온다. 흔들리는 사다리 끝으로 구명조끼를 걸친 선원이 내려가 마지막 밧줄을 푼다. 몹시 위태롭고 위험해 보인다.

"위험하지요. 반드시 2인 1조로 작업해야 합니다. 한 5년 전에 비바람이 몹시 치던 날이었는데 혼자 작업하던 사람이 계속 응답이 없어요. 나중에 시체로 건졌습니다. 예인선 줄 하나 끊어지면 옆에 있던 사람이 바로 나가떨어져 버리지요."

"데드 슬로우" 소리와 함께 배와 예인선을 묶어놓았던 밧줄이 드디어 풀렸다. 줄은 바다에 떨어지고, 수면에 보이는 구렁이 같던 줄이 슬슬 예인선 안으로 감겨든다. 예인선과 콜롬보는 헤어져 서로 다른 방향으로 머리를 돌린다. 배가 촘촘히 서 있는 좁은 항구를 얌전히 빠져나간다. 죽

양옆으로 모래땅, 미칠 만큼 천천히 배가 간다. 배는 철로 만든 짐승이다. 짐승처럼 묵묵히 간다. 40도의 폭염 아래, 수에즈를 통과하고 있다.

음의 속도로 항구 방향으로 틀어 후진하다 한 바퀴를 돌아 드디어 선수(船首; 뱃머리; fore castle; foxele; 폭슬)가 대양 쪽을 향했다. 10여 분 달리자, 윙브리지에 있던 파이로트가 구명조끼를 입고 사다리를 내려가 줄을 타더니 아슬아슬 줄에 매달려 있다, 근접해온 예인선으로 발을 내린다. 선원 둘이 사다리를 내려가 줄을 감고 약 5분여 줄을 당기더니 줄을 손에 감아서 올라온다. 봉도 하나씩 뽑아서 들여놓는다. 파이로트가 잡고 내린 봉 사다리를 빼고 봉에 달린 밧줄을 감아올린다. 사다리 끝으로 내려가 허공에 대롱대롱 매달린 줄사다리를 둘이서 끌어올린다. 밧줄을 모두 모아놓는다. 사다리는 접힌 채 배에 밀착된다. 몇 분 달리자 "풀 어헤드(Full ahead; 전속 전진)!". 항구는 멀어지고 이제 물뿐인 바다다.

줄이 풀리고 거대한 배가 뭍의 마지막 연결부인 항구로부터 스르르 이탈할 때, 손가락 하나에서 팔뚝만큼 벌어지고, 점점 넓어지는 그 자리에 시퍼런 물들이 넘실거릴 때, 나는 땅에 붙박혀 있던 굵은 사슬들이 떨어져 나가는 듯한 묘한 느낌이 들었다. 아무도 매놓은 자가 없는데 마흔 몇 해 동여진 밧줄이, 어느새 점점 굵어지고 만 온갖 밧줄이 스르르 풀려져 나가는 듯한 기이한 느낌이었다 할까. 어쩌면 우리가 삶이라는 것을 버리고 떠날 때도 이러지 않을 것인가. 애면글면 끌탕하고 안 떨어지려 안간힘으로 잡고 있던 밧줄을 버리는 순간, 아니 몸을 바꿔 타는 순간, 매여 있던 온갖 사슬들이 굉음을 내며 툭 떨어져 내리지 않을까. 이번 생과의 이별 너머엔 바다처럼, 끝도 깊이도 잴 수 없는 무한한 세계가 펼쳐질지 누가 알겠는가. 그렇다면 떠난다는 것은 미리 죽는 연습일 수도 있겠다.

맨 앞에서 물살을 뚫고 가는 선수(船首)의 음성은 나직했다

"말라카를 지나가는 배는 해적의 밥입니다. 90년대 초반인데요, 소리도 없이 해적들이 올라왔습니다. 별수 있습니까? 뭐, 해적들한테 묶여서 끌려 나왔지요. 도리가 없어요. 오르기 전에 막아야지 일단 배에 오르고 나면 순순히 따라야지요. 안 그러면 사람이 다치죠. 해적들이 노리는 건 선장실 돈. 나중에 보니 쇠줄에 묶였던 손목에 피가 흥건하더군요. 말라카가 지중해 인도양 이런 데 비해서 좁으니까 속도를 너무 내도 안 돼요. 또 너무 느리게 가면 해적이 올라올 수 있으니까, 속도를 중간에 딱 맞춰야지요. 중동에서 무기도 쉽게 구할 수 있다고, 섬에 사는 어민들도 예전에는 해적질을 했다는데…… 항해도 그렇고 당직도 정신 바짝 차리고 서야지요."

말라카 해협은 해상 실크로드. 지금 우리는 인도네시아 수마트라 섬 옆구리를 지나가고 있다. 말라카 해협은 인도네시아 수마트라 섬과 말레이 반도 사이에 형성된 폭이 좁고 긴 바다로 폭은 40~100킬로미터이고 길이는 900킬로미터 정도 된다. 세계 물동량의 25퍼센트를 차지해 매년 6만 척의 배가 지나간다. 해적 사고는 연간 400~500여 건 발생하는데 말라카 해협이 20퍼센트를 차지한다고 한다. 오더에 따라 가무시들도 해적 당직을 섰다. 밤 9시에서 11시 사이, 김기화 조기장님과 내가 한 조, 이원규 시인과 에디가 한 조가 되어 작업복 안전화 안전모 다 갖춰 입고 쓰고 스타보드로 갔다. 에디는 등선 17일째인 요리 보조로 한국말을 전혀 못 한다. 현대를 '용달'이라고 읽는 이원규 시인의 영어 실력은 에디와 침묵 수행을 하게 했다.

"300미터 넘는 배 포트를 열두 번 왔다 갔다 하느라 진땀 뺐네. 말도 안 통하지 당직도 처음이라지, 한 시간 내내 6킬로미터 거리를 조깅만 했네."

"오지 마래이. 마, 큰 배 부딪치모 뼈도 못 추린다 카이."

총 대신 나불나불 입만 들고 선수와 선미 사이를 오다니며 당직을 섰다. 하늘엔 밤의 물보라만큼 환하게 빛나는 은하수가 손에 잡힐 듯하고 소원 빌 새도 없이 별똥별이 연이어 떨어졌다. 아래를 살피던 김기화 조기장님은 사이사이 열쇠 꾸러미를 꺼내 연장실, 비품실, 산소 아세틸렌 창고 등을 보여주셨다. 물어보지 않으면 말을 거의 안 하고 늘 삐긋이 웃는 조용한 분이었지만, 꼭 필요한 것은 놓치지 않고 보여주셨다. 그중 하나가 선수(船首)다. 선수는 놀랄 만큼 고요했다. 밤에도 보일 정도로 폭포처럼 쏟아지는 하얀 물보라가 일고 있는 푸프(poop; 船尾)를 이미 본 나는 말이 없어졌다. 물살을 헤치고 나가는 큰 배의 앞머리라 훨씬 더 시끄러울 줄 알았는데, 거대한 폭포가 옆으로 쏟아지는 것처럼 하얀 물길이 열리는 선수는 정말로 고요했다. 맨 앞에서 물살을 뚫고 가는 자의 음성은 나직했다. 기나긴 시간을 착실하게, 또박또박 걷는 자의 얼굴은 온화한 듯 단호했다. 선수는 무심한 듯 사려 깊은 수심 깊은 바다의 고요를

"바다에도 길이 있어요. 지도에서는 깨알만 한 점이 해도상에서는 거대한 장애물이지요. 만일에 하나 부딪치면 우리 배는 크니까 괜찮지만 저쪽 어선은 다 죽어요. 내 실수 하나로 누구를 죽게 한다 생각하면 아찔해요." 김상수 2항사(가운데)

닮았다.

밤 8시, 당직 빼고 전 선원과 작가들이 사롱에서 상견례하다. 한참 얘기하고 노는데 3항사가 시계를 거꾸로 돌렸다. 시계를 뒤로 돌리는 바람에 다시 8시가 되었다. '이상하다. 내내 먹고 마시고 웃었는데 그게 다 없어져버렸다? 0초 사이에 우리의 행위가 존재했다?' 생전 처음 겪는 일이라 시간에 대해 다소 형이상학적 생각이 들었다.

"저번에는요, 입항하고 밥을 먹는데요, 국이 잘 안 떠지는 거예요. 보니까, 제가 국을 밥주걱으로 푸고 있더라니까요. 갈 땐 후진하고 올 땐 후진하지요. 입출항이 힘든 데다요, 시차 적응까지 해야 하니까 좀 힘들어요."

귀여운 3항사가 눈 감고 밥주걱으로 국을 푸고 있는 모습이 그려지면서 다시 시간 속으로 돌아왔다. 홍콩에서부터 서진한다고 한다. 하루 걸러 한 시간씩 후진하는데, 수요일과 목요일에 한 시간씩 후진하고, 금요일은 거르고, 토요일과 일요일도 한 시간씩 후진한다. 월요일은 또 거르고 화요일은 한 시간 후진하고, 수에즈 전에는 두 시간씩이나 후진한다. 수요일은 통과하고 대서양에서 다시 두 시간 후진한다고 한다. 후진이 있으니 전진도 있을 것이다.

풍랑 앞에서는 리듬을 타야 합니다

인도양, 63빌딩보다 큰 배가 이리저리 흔들린다. 낮 11시 30분 브리지, 해심 3900미터를 지난다. 점점 파고가 높아진다. 거센 바람 때문에 뭔가를 잡지 않고는 서 있을 수 없다. 바다에는 피신처가 없다. 떠서 견뎌야 할 바다뿐이다. 바람을 뚫고 광폭하게 춤추는 물살을 가르고 8만 6000마리 말이 질주한다. 비 온 후 45도 각도로 부는 몬순(monsoon) 바람에 머리카락이 볼을 때린다. 물보라는 바다가 바람의 옷깃에 닿아 생긴 자식. 파도는 바다와 바람이 만나서 들어 올려지는 한바탕 하얀 춤. 어둠과 풍랑 속의 인도양, 조타수와 3항사만 깜깜한 항해실을 지키고 있다. 칠흑 같은 어둠 속에서도 한 10여 분 서 있으니 바깥의 물체가 희미하게 보이기 시작한다. 어둠에 익숙해지면 눈이 밝아진다.

아라비아 해 한가운데를 지나간다. 윙브리지에서 부는 바람이 모든 걸 날려버릴 기세다. 컨테이너들도 흔들리며 삑삑 금속 음으로 운다. 이런 바람과 파도와 싸우며 선원들은 생사의 위협 속에서 물길을 건너 다녔구나. 늘 죽음을 한 팔에 껴안고 사는 삶이란 안온하게 살아온 자들이 체감하고 이해하기 힘든 세계일 터, 바다의 낭만 너머 생존을 위한 항해는 인간으로선 어찌해볼 수 없는 자연의 힘 앞에 겸손히 무릎 꿇는 것. 자연의 위력과 위대함이 위협이자 동시에 경이일 수 있다는 것. 그래서 선원들에겐 긴장과 평화라는 대조된 얼굴이 공존하는지도 모른다. 바람이 더 세졌다. 붙잡지 않으면 휘익 바다로 날아가겠다.

온 바다가 거품 제조기다. 수천 수만 마리 흰 고기 떼가 뛰노는 것 같다. 바람 안에서 모두가 일었다 사라지는 거품이다. 파도가 가끔씩 얼굴에 세례를 주고 간다. 날마다 태양을 베고 자면서도 태양에 손 한 번 못 적신 우리에게 바다가 친히 올려다 주는 선물이리라. 브리지로 올라온 파도의 짭조름하고 찐득한 흔적이 종이 위에도 묻어나고 있다. 난바다에 물거품과 우리 배 뿐이다. 별도 항해를 한다. 배가 롤링하는 대로 깜박깜박 흔들리며 흐른다.

"풍랑 앞에서는 리듬을 타야 합니다. 오른쪽으로 흔들리면 오른쪽 다리에 힘을 주고, 왼쪽으로 롤링하면 왼쪽 다리에 힘을 주고. 바람이 거세지면 의자고 쟁반이고 다 날아다니지요. 의자도 다 묶어놓고 밥 먹는 접시랑 그릇이랑 다 끈끈이로 바닥에 붙여놓아야 해요. 밥술 떠 넣기도 힘들지요. 기우뚱 흔들흔들하는 선내에서 수저를 목구멍에 조준하기가 생각보다 쉽지 않아요. 겨울에 태평양 나가면 파고가 훨씬 높습니다. 무언가를 잡지 않고는 서 있을 수도 없어요. 장딴지와 아랫배에 힘을 주고 두 다리를 벌려 바닥을 굳건하게 디뎌야 합니다."

쇠줄에 묶인 컨테이너의 노랫소리가 들렸다

바람이 거세지니 컨테이너도 크게 운다. 삐걱삐걱 금속 음으로 운다. 저 컨테이너 하나하나마다 수많은 사람들의 손이 들어 있다. 벼랑에서 따고 삶고 말려서 냉동시킨 홍합이 들어 있고, 납품 날짜에 맞추느라 철야를 강행한 불면의 밤들이 녹아 있다. 컨테이너 하나를 채우기 위해 밤낮으로 일한 손들이 있다. 서 있기 힘든 관절염과 감기 고열 속에서도 나와 저울에 무게를 재가며 담고 포장해야만 비닐봉지 하나 겨우 채울 수 있다. 그렇게 쌓아온 수천의 비닐봉지가 모여 박스를 채우고 공장에서 농장에서 해안에서 트럭으로 실려져 이 배에까지 왔다. 그 수많은 손들과 크레인 기사와 도면을 조직적으로 짜는 플래너와 트럭 운전사들의 손들이 이 배에 동선하고 있는 것이다.

　이 숱한 손들이 이어진 인드라망이 직사각형 쇠붙이로 보일 뿐이다. 만일 저 컨테이너 6800개 중 하나가 옷이라면 농부의 손을 거쳐 실을 잣는 방적공장과 천을 짜는 방직공장을 거쳐 봉제공장의 재단사와 라인 작업을 하는 열댓 명의 미싱사 시다와 검사의 손을 거쳐 본사에 납품되어 이곳에 이른 것이다. 컨테이너에 들어 있는 물품을 돈으로 환산하면 1000억에서 4000억 사이라 한다. 이제 바다를 건너 항구에 닿으면 하역을 하는 크레인 기사의 손을 거쳐, 네 면을 집게발로 집어 한칸 한칸 블럭 쌓듯이 쟁여놓은 몇 천 컨테이너가 임자를 찾아 또 먼 길을 갈 것이다. 이 옷가지 하나는 주인을 만날 때까지 앞으로도 수많은 인연의 손들을 만날 것이다. 우리는 이 무한대의 손들과 동선하고 있다.

　　바닷놀 거센 인도양 한가운데서
　　실습선 두 번째라는 실항사 김대운이 주문한
　　무인도를 소리 높여 부르다 나도 몰래 음을 낮추었다
　　쇠줄에 묶여 삐걱대는 컨테이너 소리가 들려
　　금속성 울음 속에 담긴 움추린 손들이 생각나서
　　아들뻘 되는 항기사들 함께 일어나
　　어깨 걸고 신나게 소리 높이다
　　가장 좋아하는, 불어라 바람아 드높아라 파도야,
　　딱 이 대목에서 쉬잇,
　　허리 낮추고 순간 소리 삼켰더니라
　　납기일에 쫓겨 새운 불면의 밤들이 떠올라

질주하는 컨베어라인 앞에 서 있는 파스냄새 나는 등짝들이 떠올라

절벽에서 물밑에서 숨 참고 건져올린 홍합 굴 전복

아픈 물질에 베인 숨소리가 들려오는 것만 같아

속으로 가사 바꾸어 마저 불렀더니라

살살 다가와다오 바람아 우리 컨테이너 다칠라

저 말 못하는 어둑한 속내엔 일당에 쫓겨

쿨럭거리는 생계가 따개비처럼 붙어 있나니

열달만에 그리던 님 만난 듯 파도야 살살 어루만져다오

—「컨테이너」(『축제』, 애지, 2007)

모세는 홍해를 포트에서 스타보드까지 전속력으로 건넜다

바다는 가를 수 없다. 배가 지나가도 잠시 하얀 줄이 그어질 뿐 금세
하나로 돌아간다. 적도 곁을 지나간다. 가고 가고 또 간다. 가도 가도 바
다뿐이다. 바라보고 바라봐도 다시 바라보게 하는 바다, 검푸른 밤바다
경계 없는 바다, 금도 선도 없는 바다, 1000미터가 넘는다는 저 깊은 수
심 속에는 무한대의 생명들이 살아 숨쉰다. 핸드폰도 메일도 없다. 텔레
비전도 오디오도 영화도 보지 않는다. 일상적이던 회의도 모임도, 때로
거절할 수밖에 없는 불편한 제안도, 시간을 다투는 책무도 없다. 무한히
자유롭고 편하다. 내 몸의 스케줄대로 컨디션대로 산다. 살아진다. 얼마
나 경이로운 시간들인가. 덮개가 없는 허공과 바다처럼 나도 뚜껑이 열
렸다.

대양에 물 한 바가지 떠 가고 있다. 공덕이 대양 가득인데, 인간은
각자 자기 그릇을 대양에 띄우고, 거기에 담긴 물을 잃지 않으려 안간힘
쓰다 지쳐 쓰러져가는 거 아닌가. 내 작은 바가지를 그냥 엎어버리고 에
라 모르겠다……그냥 대양에 푹 나를 담가버리면…… 바다가 되는 것 아

닐까. 제한 없이 주장 없이 다 열어버리면…… '나다' '내것이다' '내 생각은 이렇다', 한없이 새끼 치는 이 나와 연관되는 고리들…… 다 놓아버리면, 원래의 거대한 나로 돌아가는 것 아닐까…….

　모래바람이 분다. 낮에 보았던 홍해 한가운데, 마린블루는 비단자락을 펄럭거리며 어디론가 미끄러지듯 사라지고 바다는 쪽빛 짙푸른 색깔로 옷을 갈아입었다. 같은 바다인데, 전부 다 이어져 있는데, 한 몸인데 물길마다 자리마다 빛깔이 다르구나. 시추선이 불을 뿜고 있다. 유조선 탱크가 바다에 박혀 있다. 출항할 때 보고 열흘 동안 보지 못했던 새들이 보인다. 연안과 육지가 가깝다는 증거다. 반갑다. 넓은 데서 보니 새가 나비처럼 작다. 배가 방향을 트는지 선미가 남긴 흔적이 천천히 포물선을 그리며 따라온다. 족적은 정직하다. 물거품조차 가는 대로 형상을 빚어낸다.

　"이 홍해를 모세가 포트(port)에서 스타보드(starboard)로 풀어헤드(full ahead)로 건너갔지요. 스타보드는 바다 한가운데서 보면 별이 오른쪽에서 보이니까 그렇게 부르지요. 말하자면 오른쪽을 가리키는 거고, 포트는 항구가 왼쪽에 있으니까 왼쪽을 가리키는 말이구요."

　그래도 이해 안 가기는 마찬가지다. 별은 사방팔방 다 있는데…… 선박 용어라니까 그냥 그대로 이해했다. 어쨌든 이집트와 요르단을 끼고 가는 중이다. 희미하게 황산 석산 황색 주름살이 잡히는, 둔덕처럼 생긴 육지가 보인다. 저기서 전쟁이 벌어지고 있다는 게 믿기지 않는다. 이렇게 잔잔하고 아름다운 푸른 바다를 바라보았을 사람들이 붉은 피를 흘리며 수세기 동안 서로의 가슴에 총부리를 들이대왔다니…….

　2항사가 보는 차트를 보다 홍해와 지중해를 그리고, 바늘 구멍만 한 지브롤터를 그렸다.

　"와, 진짜 잘 그려요. 정말 신기해요. 저 지브랄타가요, 구멍 하나로

대양을 항해하는 작가들. 왼쪽부터 이원규 시인, 오수연 소설가, 김해자 시인, 한창훈 소설가

물이 들어오는 거잖아요."

크로아티아를 그렸다.

"왜 싸울까요? 주먹 뒤집으면 한 손인데, 이게 기독교고 뒤집으면 이슬람인데."

비스케이 만을 그렸다.

"여기는요, 겨울에 무지 무서워요. 북태평양 못지않게 춥고 바람도 세요."

울트라마린 블루 속에서 움틀움틀 뭔가 파닥거리다가 피용피용 물방울이 튀더니 휙 하고 뭔가 날아오른다. 날치다. 지느러미가 날개로 변신한다. 수면 위로 줄곧 따라 오는 걸 보면 배만큼 빠른 속도로 나는 듯 헤엄치는 모양이다. 잠자리처럼 얇은 은빛 날개로 10여 미터에서 50여 미터 정도 날아가다 스르르 물속으로 잠긴다. 햇살이 뿌려놓은 은빛 알갱이들이 푸른 비단 자락 위에서 춤춘다. 물별, 물꽃, 은가루처럼 부드럽고 영롱한 빛깔, 저 빛은 어디에서 왔는가. 아름다운 것들은 어디에서 왔다 어디로 가는가. 어느새 선수엔 해가, 선미 쪽엔 일곱 달 배부른 임산부 배 같은 달이 부지런히 따라오고 있다. 해가 땡기고 달이 밀면서 간다. 시간이 후진하니 해와 달이 동시에 출연한다. 눈을 반쯤 감았다 실눈을 뜨니 보랏빛 원반 하나가 블루 속으로 잠겨가고 수평선에 황사 띠가 길게 누워 있다. 홍해는 붉지 않다. 붉기는커녕 빙하가 녹으면서 비치듯 아름답고 투명한 아이스 블루 빛이다.

해도상으론 바다가 중심이다. 바다 외곽에 필요한 만큼 지명이 표기되어 있다. 바다의 안쪽에만 국경이 있다. 해도상 수에즈는 육지다. 땅을 파 물을 채운 운하인 게 분명하다. "물을 채우고 난 나머지가 육지랑게." 한창훈 말이 맞다. "누가 지구라 캤노? 이게 지구(地球)가? 수구(水球)지." 시인 안상학 말도 맞다. 바다는 이어져 무한히 펼쳐져 있고 육지는 찰나에 사라진다. 운하를 벗어나자 좌우로 지류들이 보이고 멀리 희미하게 푸른 선들이 그어져 있다. 점점 다가가니 그어진 선들이 다 물이었다. 지중해였다. 육지의 마지막 눈은 바다로 열려 있고, 바다 또한 그 끝에 이르면 육지에 닿는다. 바다에는 금이 없다. 붉은색 신호등이 없다. '땅 따먹기'는 있어도 '물 따먹기'는 없다. 때로 무용한 노동도 필요하다. 뒤에서 바라보는 자의 눈도 필요하다. 보이지 않게 기원하며, 앞에서 행하는 자들의 마음을 읽으며, 뚜벅뚜벅 함께 따라가는 자의 보이지 않는 노동도 필요하다. 사는 데 별 이득이 없는 소소한 데 목숨 거는 소설가, 세상에 써먹지 못하는 것을 써먹는 시시한 시인 몫인지도 모른다. 견고한 땅의 세계에 지친 자여, 푸른 신호등뿐인 저 넓은 바다로 가자.

수에즈 통과하기

앞의 군함을 따라 미칠 만큼 천천히 배가 간다. 좁은 운하를 따라 우리 배가 가고, 우리 뒤에는 간격을 띄운 채 컨테이너선이 따라온다. 배는 철로 만든 짐승이다. 짐승처럼 묵묵히 간다. 느려서 수동으로 조타를 한다. 휠을 보니 10노트, 18km이다. 40도에 육박하는 후덥찌근한 오후 내내 지루하게 수에즈를 통과하고 있다. 도선사는 시종 무전기로 잡담만 한다. 무전기가 어나운싱이 되어 상대 여자의 소리가 전 선내에 울려 퍼지는데도 아랑곳하지 않는다.

"수에즈에서요, 저렇게들 해가지고요 배가 땅으로 갔어요. 세 번이나요. 오더를 받고 따라하거나 맞춰줄 수밖에 없으니까 우리가 이중으로 고생하잖아요. 저기 보세요. 우리 선장님은 뒤에 가만히 서 있고 지들끼리 시시껄렁한 대화를 몇 시간째 하잖아요. 브리지에서는 도선사만 도선 사용 의자에 앉는대요. 파나마 운하 통과할 땐 훨씬 더 어려워요. 24시간 계속 서서 가야 돼요. 말보로 담배 여섯 보루 서랍에 넣어뒀어요. 각자 두 보루씩 줘야 해요. 말보로 안 주면 시비 걸고 땡깡을 부려요. 뒤가 안 좋으니 비위를 적당히 맞춰줄 수밖에 없지요. 우리가 더 잘할 수 있어도 수에즈 운하를 소유한 이집트 측의 강제 조항이기 때문에 할 수 없이 도선사의 군림을 용인해야 해요. 조금만 참으면 지중해예요."

봐도 봐도 모래 언덕뿐이다. 양옆으로 모래땅. 왼편으로 늪지대인지 푸른 나무숲이 가끔 나타나고, 운하를 따라 초소가 몇 미터 간격으로 계속 보인다. 모래는 바람 따라 물길 따라 둔덕을 만들고 모래 무덤을 만들고 굳어져 옆모습의 파라오 형상을 빚기도 한다. 오른편은 더 황량하다. 집도 절도 없고 긴 파이프들만 모래언덕 위에 한없이 도열해 있다. 따가움을 넘어 뜨겁다. 열사의 열기가 온몸에 체감된다. 모래바람 때문에 해적 두건을 쓰고 같이 서 있는 오수연 소설가에게 묻는다.

"이라크도 이렇게 뜨겁냐?"

"그럼, 더하지. 눈뜨기도 어렵다. 숨쉬기도 어렵다."

갑판에서 고생한 필리핀 선원들도, 하데스에 갇혀 있던 기사들도, 저 '외롭고 높고 쓸쓸한' 올림푸스 신들도 다 내려와서 먹고 마시며 위아래 없이 만나 즐긴다. "사연을 안고 온 물과 사연을 싣고 가는 물은 다르"다는 배 위에서……

"저 뜨거운 길을 얼마나 걸을 수 있을까?"

"아랍인들은 하루 종일도 걸어갈 수 있어."

참고 가다 보니 어쨌든 빠져나가는 길이 생겼다. 모래땅만 보이던 왼편에 도로가 보이고 제법 차들이 다닌다. 홍해가 끝나가는 마지막 항로, 홍해와 지중해를 잇는 항로가 거의 끝났다. 앞에 사묵사묵 가던 군함이 어느새 시야에서 사라졌다. 미스 콜롬보도 노트를 올리고 피치를 올리기 시작했다. 콜롬보의 심장이 빨리 뛰기 시작한다. 열두 개의 피스톤이 번갈아 폭발하며 말들이 뛰기 시작한다. 배의 진동이 점점 크게 느껴진다. 검은 콜타르 밥을 먹은 말들이 지중해 넓은 세계로 뛰어나간다. 수에즈가 저만치 멀어져 간다.

지중해 위에서 바베큐 파티를

"혹시 수영 잘합니까? …… 아, 그렇다면 참 다행입니다. 언젠가 오늘 같은 보름달이 뜬 밤이었는데 방금 전까지 달을 보고 있던 항해사 하나가 없어졌지요. 다 뒤져도 배 어디에도 없었지요. 나중에 보니 젊은 항해사의 방에 방금 읽다 만 책만 펼쳐져 있고……."

황금빛 사다리를 내려주던 태양이 쉬러 가자, 만삭이 된 보름달이 포트 쪽에서 나오며 은빛 사다리를 내려주신다. 먹구름에 만월 가듯이 배는 흘러가고 별들은 배의 스피드에 맞춰 움직인다. 한참들 서서 올려다보며 달님과 접선을 하던 우리 접시닭이들은 말이 없어졌다. 차례로 갑판에 누웠다. 요는 지중해 바다요, 시트는 철판이요, 이불은 달과 별이다. 망원경 원 안에 오직 하나, 만월만 가득하다. 환한 동그라미에서 나오는 빛은 마치 내 안에서 환히 터져 나오는 양, 빛 한가운데서 태초의 순수하고 환한 생명체가 금방이라도 걸어 나올 것만 같다. 천 개의 달이 바다에 떠 있다. 만 개의 눈이 바다를 비춘다. 팔만 사천억 손이 바다를 수놓는다. 오늘밤 당직은 보름달, 밤새 눈 감지 않는다. 만 개의 밝은 눈이 어둠을 껴안으며 간다. 천 개의 따스한 손이 바다를 쓰다듬으며 간다. 눈 한 번 찡긋할 때마다 달님이 내건 은빛 사다리가 가슴에 닿는다. 이 길 따라 걸어가면 그의 환한 볼을 만질 수 있을 것 같다. 저 둥근 중심(中心)에 들어가 나도 쉬어 가야겠다.

지중해 바람은 알맞게 선선하고 태양 또한 적당히 따스하다. 변화무쌍하기로 대양을 따라올 자가 없다. 어느새 옷을 갈아입은 바다는 한순간도 그대로 머무를 수 없는 덧없고도 아름답고도 고해스러운 세상 한가운데서 단조로운 곡조로 파도친다. 수억만 물결이 솟았다 스러진다. 수십억 거품이 빛나다 사라져간다. 허공을 만나 빛을 비추고, 해가 바다를 만나 은빛 금빛 찬란한 조각들을 물 위에 빚는다. 물별이다 물꽃이

다. 부서지는 것들이 저리 찬란하다. 사라지는 것들이 저리 아름답다. 푸른 목숨들의 일렁이는 춤사위다. 수많은 하나가 모여 하나를 이루었다면, 하나가 가고 하나가 태어난다면 죽음이란 애당초 없는 것, 삶이 저리 찬란한 율동이라면 죽음 또한 축제가 아니겠느냐. 영원 또한 저기 있지 않겠는가. 생각도 의지도 여의고 모두 다 놓아버렸을 때, 홀연 빛은 찾아온다. 붙잡으려 하지 마라. 흘러가는 대로 두어라. 다만 깨어 있으라. 침묵하라. 저 대양의 물처럼. 탄식도 눈물도 바다에 부서지는 은빛 햇살처럼 스러져 간다. 아무것도 사라지지 않았으리. 바다가 다 받아주었으리. 바다가 다 받아주리. 내 몸의 반은 교체되고, 내 정신의 절반이 수리되었다.

지중해 한가운데서 바베큐 파티를 했다. 저녁때에 맞추어 선상 옥외에서. 방금 탁구 치던 다이가 갑판에 나와 만찬 탁자로 변신했다. 고기도 지글지글, 생선도 자글자글, 조개도 보글보글……. 갑판에는 바람 따라서 연기가 흘러가고, 갑판에서 고생한 필리핀 선원들도, 하데스에 갇혀 있던 기사들도, 저 '외롭고 높고 쓸쓸한' 올림푸스 신들도 다 내려와서 먹고 마시며 위아래 없이 만나 즐긴다. 늘 일에 쫓기며 엄숙 비장하던 3항사도 바베큐 파티에선 웃었다. 그는 시계를 거꾸로 돌려 방금 죽은 애인을 살려내는 슈퍼맨이다. 산골에서 흘러온 물 위에서 모두 함께 먹고, 돈도 안 드는 물 위의 노래방에서 노래도 부르고 춤추며 즐겁게 놀았다. 노래도 나이도 몫도 사연도 제각각이지만 같은 배를 탄 동지들이었다. "사연을 안고 온 물과 사연을 싣고 가는 물은 다르"다는 배 위에서 한 식구가 되었다.

바늘 구멍만 한 지브롤터가 거대한 대서양으로 통하는 문
흰 목화솜들이 허공을 후진하고 푸르디푸른 창공이 얼핏 보이다 사

지중해 노을 때문에, 순전히 장중하고 숨어 타서 더 아름다운 노을 때문에, 미칠 수도 있다. 다음 날부터 배에는 '먹구름 노을 금지령'이 내려졌다.

라진다. 달려온 길을 뒤돌아보니 물거품을 지우며 다시 흐를 뿐 흔적을 남기지 않는다. 사람이 가는 길도 저리 하얗게 빛나는 족적일 수 있다면. 머무르고 싶어도 금세 지우고 마는 물거품 길을 만들며 배는 간다. 이 넓은 대서양에 어선 두어 척이 가고 있다. 종이배만치 작아 보인다. 크기와 깊이는 상대적이다. 이 넓고 깊은 바다를 보기 전에도 숱하게 바다를 보아왔다. 대양을 보기 전에도 다 바다였다. 하지만 바다의 전부는 아니었다. 바다의 표정은 비슷하나 아무리 지나가도 그의 얼굴 전체를 볼 수 없다. 부분적인 경험의 축적으로 바다의 전체를 짐작할 수 있을 뿐. 하지만 부분도 거대하다. 부분에 집중하여 깊이 들여다보면 일부를 통해 전체를 관통하는 거대한 성해(性海)를 완벽하게 마주칠 수 있다.

　"모로코에서 스페인으로 넘어가는 작은 배들이 많아서 위험해요. 모로코가 가난하니까 일자리 찾아서 유럽으로 많이 건너가지요. 밀항 중인 경우가 많아서 앞도 안 보고 막 가요. 그래서 선장이 직접 지시합니다. 부딪치면 우리 배는 크니까 괜찮은데, 작은 배들은 완전히 부서지고 사람도 다치니까⋯⋯. 스타보드 투 에이트 세븐."

하늘에 불이 났다. 시뻘겋게 달구어진 몸뚱이가 장렬하게 타고 있다. 흰빛과 잿빛이 섞인 물띠를 두른 수평선 위로 장중한 잿빛 구름이 관을 쓰고 날아가는 공작의 날개를 물들이며 불타오른다. 해는 불꽃이요, 구름은 불꽃에서 피어난 연기다. 배가 가는 방향으로 한 시간여 계속 타 내려가는데, 대양 가득 물이 가득하지만 저 하늘 불을 끌 마음이 전혀 없도다. 가무시들은 말이 없어졌다. 유리창에 얼굴을 갖다 붙이고 소주잔만 기울인다. 노을 때문에, 순전히 장중하고 숨어 타서 더 아름다운 노을 때문에, 미칠 수도 있다. 다음 날부터 배에는 '먹구름 노을 금지령'이 내려졌다. 이제 바다를 보지 않는다. 노을도 보지 않는다. 다만 바람에 몸을 맡기고 서 있다. 정신을 데리고 와보니 접안 하루 전이구나. 내일이면 로테르담에 닿고 다음 날이면 항해가 끝난다. 제법 배들이 많다. 배의 불빛이 별이다. 오늘 별들은 모두 바다를 항해한다. 사람도 별이다. 저마다 행로를 따라 항해하는 행성이다.

지브롤터 해협 세 시간 전, 지중해 이별도 세 시간 남았다. 배가 북동쪽으로 가고 있다. 차트를 보니 오른쪽이 스페인, 왼쪽은 모로코다. 대서양 바다는 검고 바람은 차다. 한여름인데 겨울파카를 입고 있다. 홍해가 중복이라면 대서양은 동지다. 바다는 4계를 넘나든다. 며칠 새 여름이 겨울이 되고 겨울이 가을이 된다. 여름갈겨울 없이 바다엔 거품 꽃이 핀다.

이리저리 흔들리지 않기 위해 닻을 내리다

"렛츠 앙카(Let's anchor; 닻을 내려라)." 무서운 속도로 굉음을 내며 묶여 있던 팔뚝 길이의 쇠줄이 내려온다. "폭슬 렛츠 앙카." 선장님의 지시에 따라 버튼을 누르면 얌전히 도르래에 묶여 있던 앙카 체인이 쇠밥과 진흙덩이를 토해내면서 바다로 뚫린 파이프 속으로 내려간다. 30초 간격으로 앙카 체인이 들어간다. "네 개 하지." 두 번째, 세 번째, 네 번째. 송영신 1항사와 문갑종 갑판장은 선수 아래를 내려다보며 얼마나 닻이 내려갔는지 살핀다. 선수 밑에 앞뒤로 도끼날이 두 개씩 붙은 나비 모양의 앙카가 보인다. 닻은 쇠로 만든 샴쌍둥이 나비다. "일곱 개까지 다 내려버려." 1항사 명령에 세바스찬과 소텔로가 손가락으로 사인을 보내며 앙카 체인을 내린다. 서서히 닻이 내려갔다. 닻은 물속으로 들어가고 보이는 건 탯줄뿐. 어미인 배와 연결된 굵은 체인은 오랜 시간 물속과 물 밖을 오다닌 탓인지 녹이 슬었다.

"닻은 수심이 낮아 대기해야 할 때나, 바다의 병목에 들어서기 전 내리지요. 이럴 땐 속도를 늦추기 때문에 배가 떠밀려 갈 수 있어요. 말하자면 조류와 바람에 떠밀려가지 말라고 배를 뻘에 붙들어 매두는 역할을 하는 게 닻입니다. 병목 들어서기 전 폭슬 쪽에 닻을 놓습니다. 돛은 달고 내리고, 닻은 들고 놓고…… 돛은 달리기 위해서 달고 닻은 움직이지 않기 위해 내리고……."

항아리만 한 동그란 구멍 속에 바닷물이 흐르고 있다. 물 위에 앙카와 연결되어 있던 팔뚝 굵기의 쇠줄이 바바바박 금속 음을 울리며 내려가고 있다. 앙카 내릴 때 굵은 쇠사슬에서 묻어 있던 진흙들이 떨어지면서, 파바박 불꽃을 튕기면서 육중하게 아래로 아래로 내리 떨어진다. 움직이지 않기 위해서도 얼마마한 안간힘이 필요한가? 이리 저리 휩쓸리지 않기 위해서, 그 고요한 정지를 위해서, 얼마나 굵은 사슬이 필요한가? 얼마큼 불꽃을 튀어야 하나? 온몸에 붉은 칠갑을 얼마나 묻혀야 하나?

"엔진 스탑. 데드 슬로우."

"배 타고 나오지 않으면 이런 노을 볼 수 없는 거 아닙니까? 바다가 어릴 때부터 제 놀이터였습니다. 인도 양, 지중해, 홍해, 대서양…… 바다마다 다르고 시시각각 다릅니다. 지금 바다 빛깔은……." 김대안 실항사

고등어 안주에다 술 한잔 하는 사이 불빛이 보인다. 브리지 위로 올라가니 은빛과 금빛 초록의 찬란한 불빛 사이 희미하게 풍차도 보인다. 로테르담 항구란다. 1600킬로미터를 달려와, 이제 10미터 남겨두고 있다. 앞뒤로 아주 작은 예인선에 의해 항구에 다가간다. 거의 다가가자 예인선은 빠지고 뭍에 있는 트럭에 밧줄을 맨다. 마지막엔 밧줄의 힘으로 항구에 접안한다. 엔진을 끈 배는 밧줄에 이끌려 천천히 전진한다. 항구는 빽빽한 주차장처럼 앞뒤 간격이 없다. 데드 슬로우로 후진했다 천천히 붙는다. "어헤드, 원 쓰리 제로." 뒤 배가 너무 가까워서 앞으로 전진하는데 밧줄을 매단 트럭이 천천히 앞으로 전진한다. 크레인이 컨테이너 박스를 내린다. 밤 12시, 접안 완료.

내가 걷는 걸음은 늘 한 발뿐. 이 한 발이 모여 나를 이룬다. 이 한 발

이 모여 항구에 도달한다. 우리가 도착할 자리, 항구는 죽을 때까지 가는 것이다. 들이마시고 내쉬는 숨처럼 목숨처럼 수없이 입출항을 반복하며 가는 것이다. 내 배포의 항해실이 희망과 낙관과 멀리 보는 눈이라면, 기관실은 기쁨과 열정과 공평으로 불타는 심장. 역시 갑판은 손과 발에 대한 정직한 믿음이다. 지극히 미미한 것일지라도 수많은 사람들의 약속과 관계망 그리고 소통에 의해 과업은 이루어지고 생명은 계속된다. 우리가 일생을 통해 도달해야 할, 마침내 닿고 마는 그 항구는 어디인가?

사라지는 것은 없다

노동운동가
최명아傳

1963년 충북 음성에서 태어난 최명아는 이대 정외과를 졸업하고 인천에서 신발과 가구 만드는 공장을 다녔다. 이후 '인천노동자협의회' 결성에 주력하여 노동자 상담과 교육을 했으며, 민주노총에서 조직부장으로 일하던 중 뇌출혈로 쓰러져 서른일곱살에 세상을 떠났다.

생전 씩씩하고 늘 쾌활했던 여인이여 이제는 뜨거운 숨과 피 그리고 눈물 들고 나던 아홉 구멍조차 찾을 길 없는데 바람 속 묻어나는 네 냄새를 좇아 나는 진흙살 속으로 곤두박질 쳤구나

마흔아홉 날 바람이 불었다 갈라진 절벽 사이 너는 떨어져가고 아니 나였던가, 아래로 아래로 떨어져 내릴 때 부드러운 흙이 다가와 너를 감싸 안았구나 하늘로 땅 밑으로 산산이 흩어진 혼백, 나는 한 조각 한 조각 너의 흩어진 흔적을 찾아내었노라 조각그림 잇듯 반 듯하게 맞추었노라

살꽃을 문질렀더니 살이 붙고 뼈꽃을 문질렀더니 뼈가 살아나고 피꽃을 문질렀더니 피가 티워지이다 네 입술에 대고 바람꽃을 불어넣으니 숨이 트여지이다 너는 막 태어난 아기 처럼 눈을 뜨고 내가 보니 좋았더니라

— 「거룩한 복도」(『축제』, 애지, 2007) 중에서

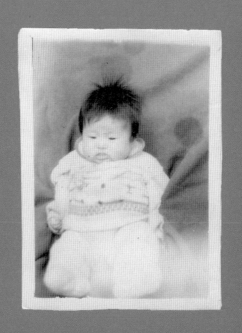

그날 하루 전

내친 김에 더 걷기로 하자. 미아역에서 내려 버스를 타려다 바람이 좋아 그냥 걷는다. 제법 날이 풀렸는데도 등을 잔뜩 구부리고 종종걸음 치는 사람들 모습이 지지직대는 티브이 화면처럼 스쳐간다. 거리의 소음 너머 아득한 곳에서 들리는 듯한 낯익은 노랫가락이 들려온다.

"바람 불고 비 오는 어~두운 밤길에도 홀로 걷~는 이 가슴에 즐거움이 넘칩니다."

소리 나는 곳으로 고개를 돌리니 한 사내가 엎드려 있다. 고무로 감싼 다리를 질질 끌고 구멍이 숭숭 뚫린 빨간 플라스틱 그릇을 안은 채. 수세미며 때밀이 타올이며 귀후비개며 손톱깎이 등속이 가득 실린 작은 구루마가 석양에 빛난다. 고무 끈으로 달아 매놓은 레코드 사이로 들려오는 노랫가락이 제자리서 맴도는 고장 난 테이프마냥 계속 돌아간다.

'즐거움이 넘칩니다. 즐거움이 넘칩니다. 즐거움이 넘칩니다.'

술 거나하게 드시면 어김없이 흥얼거리던 작은아버지 십팔번이다. 왠지 좋아 철들면서 따라 부르던 노래다. 갑자기 목이 메인다. 즐거움이 넘치지 않는다. '님께서 가신 길'이었으므로, 나는 역사라는 추상 속으로 흘러가 버리지 못하는 사람들을 붙잡고 살아왔다. 그렇다. 님께서 가신 길을 따라 누구의 질문에도 다른 직업을 댈 수 없는 노동운동가로 나는 살았다. 밤낮없이 뛰어다니던 15년을 중생을 위해 기도를 했다면 벌써 해탈도 했을 수 있고, 그 마음으로 밥을 지었다면 수만 명의 고픈 배도 부르게 했을 세월이다. 15년 같은 일을 했다면 눈 감고도 땜질할 수 있는 전문가가 되어 있을 터. 하지만 진정 누구 하나 배불리 먹여준 적이 있었던가? 진정 누구 하나 정성스럽게 사랑해준 적이 있었던가? 몸은 곤했으나 내 노고만큼 누군가를 행복하게 해준 적이 과연 있기나 했을까.

고개를 세차게 흔든다. 요새는 사소한 장면도 과거 비슷했던 일과 겹쳐져 수만 갈래 사념에 빠져들곤 한다. 하루 이틀 살고 떠날 사람처럼 백 프로의 순도 높은 금(金)을 고집하는 내 속의 나를 보곤 한다. 하, 쇠파이프 때문인가. 애써 지우려 하지만 노사정 합의안에 부결을 선포했던 대의원대회 장면이 잊히질 않는다. 박살이 난 유리창 사이로 찬바람이 들어와 얼굴을 할퀴던 그곳. 음영이 드리워진 수백 명의 얼굴 뒤로 동만이 모습이 선명히 떠오른다. 쇠파이프를 들고 일어선 사람들을 제지하던 동만의 붉은 얼굴. 노여움과 흥분으로 벌게진 동만이의 모습은 5년 전의 여리여리한 그가 아니었다. 회사 이름이 찍힌 작업복이 아니었다면 동만이를 알아보지 못했을지도 모른다.

동만을 처음 만난 것은 인노협(인천노동자협의회) 시절, 그의 사업장에 파견 교육을 나가서이다. 교육부장을 맡은 지 얼마 안 되어서인지 교육 때마다 긴장이 되었다. 더욱이 대기업 남성 사업장일 경우는 술자리가 되어서야 사람들 눈을 제대로 맞출 수 있을 정도로 얼어 있었다. 임투 교육을 마치고 벌인 술자리에서야 나는 마음이 놓여졌다. 그날도 여느 때처럼 며칠 밤 설쳐 가며 교육안을 만들어온 탓인지 술 몇 잔에 얼굴이 금세 달아올랐다.

"안주랑 같이 드시죠? 점심도 못 드신 거 아니에요?"

해물탕을 내 앞으로 밀어놓던 목소리의 주인공은 의외로 앳돼 보였다. 소리도 없이 빙긋이 웃던 동만은 그 후로 인노협을 찾아올 때마다 과일이나 떡, 만두 같은 걸 사 들고 오기도 하고, 박카스며 피로회복제를 들고 와 실무자들을 감동시키곤 했다. 그런 인연으로 만난 동만은 나이가 어린 편이었지만, 꽤 빠른 속도로 노조 활동의 감을 익히고 실무 조직 능력에도 뛰어나 지역의 핵심 간부가 되었다.

그런 동만과 나는 주안 지역 간부 수련회가 끝나던 날 결정적으로 가까워졌다. 1박 2일의 빠듯한 일정을 끝내고 헤어지는데 동만이 뭐를 툭 내밀었다. 봉투를 열어 보니 뜻밖에도 위궤양 약이 들어 있었다. 의외이기도 하고 머쓱하기도 해서 웃으니까 동만이 머리를 긁적거리다 금세 사라졌다. "혼자 살면 위 버리기 쉬워요. 꼭 챙겨 드세요"라는 말이 공중에서 메아리쳤다. 혼자 자취하며 사는 게 궁상맞아 보일까봐 내색 않으려 애쓰지만, 때로 배려 받고 싶은 마음이 한구석에 항상 숨어 있던 나는, 순간 동만에게 허를 찔린 것 같았다. 그러면서도 무어라 말할 수 없는 기쁨이 차올라, 자취방 가는 언덕길을 오르며 나도 몰래 노래를 흥얼거리고 있었다.

"홀로 가는 이 발길에 즐거움이 넘칩니다."

예기치 않은 일로 동만과의 사이가 어그러지기 시작했다. 지역 핵심 간부 교육을 두고 벌어진 정파 간 입장 차이 때문이었다. 어쩔 수 없이 밀려 포기하고 말았지만 사실은 몹시 힘들었다. 하던 일을 빼앗겼다는 박탈감 때문이 아니라, 무언가에 짓눌려 서로 눈치를 보며 더 이상 자연스럽게 눈을 마주칠 수 없다는 게 나를 괴롭혔다. 그 후로 동만이 같은 친구들이 하나둘 나를 등지고 떠났다. 당시는 노조가 생기고 대중 노선이 자리를 잡아가면서 그에 걸맞는 대중 조직을 꾸리는 게 급선무였던지라, 정치 교육은 뒷전에 밀려나 있었다. 힘이 닿지 않아 미처 챙길 수 없는 일들이 개량주의자라든가 조합주의자라든가 하는 딱지가 붙어 돌아왔다. 나는 피폐할 대로 피폐해져갔다.

대의원대회에서 얼굴을 마주친 순간 동만은 고개를 돌렸다. 노사정 합의안에 도장을 찍는 자리에 민주노총의 참관인으로 서 있는 나와, 그 것에 전면 부정하리라 작정 하고 올라온 동만은 앉은 자리부터 달랐다. 욕설이 오가던 대의원대회는 찬성하는 편에 거수가 아닌 기립 방식을 채택하면서 더 험악해졌다. 정리해고 법안은 분배 정의라는 절대 선에 한창 모자라는 조항임에 틀림없었다. 그럼에도 저쪽이 물러설 수 있는 최저 선이 우리 쪽이 이뤄야 할 최저 선을 보장하지 않을 때, 남은 방법은 협상을 결렬시키는 수밖에 없었다. 그런데 결렬이라는 방식도 우리에게 득이 되지 않을 땐 어떻게 하나? 말 그대로 고통을 분담하여, 노동자만의 일방적인 희생이 되지 않도록 견제 조치를 취해야 하지 않을까? 그러려면 반대만 해서는 안 된다. 견제를 할 수 있는 실질적인 조항을 얻어 내야 한다. 얼마나 말하고 싶었던가. 노사정 합의안에 반대하는 입장이 그릇된 게 아니라, 너무 왼쪽으로 가버리면 극단적인 보수화의 빌미가 될 수 있지 않겠냐고. 아, 얼마나 가슴을 맞대고 통하고 싶었던가. 일찍이 경험해보지 못한 이 난국을 헤쳐나가기 위해 우리는 하나가 되어야 한다고. 이 참담한 현실을 뚫고 나갈 수 있는 건 분노와 분열이 아니라 냉철한 상황 판단과 머리를 맞댄 고투뿐이라고. 옳고 그름은 시간이 지나면서 밝혀질 게고, 만일 틀렸다면 다시 길을 찾아 나서면 되는 거라고.

하지만 동만이, 아니 동만이 같은 수많은 동지들은 퇴직금도 못 받은 채 쫓겨나야 할지 모른다. 내 집 없이도 그나마 기댈 수 있었던 사원 아파트에서 하루아침에 길바닥으로 나앉아야 할 형편에 놓여 있다. 가혹하게 몰리는 입장에 처한 노동자들에게 관용과 정도를 밟아야 한다고 주장하는 건 억지다. 폭력이다. 그래 동만아, 네가 옳다. 그러나 아무리 잘못했다 하더라도, 설사 위협용이라 하더라도 동지에게 쇠파이프만은……. 열이 나고 머리가 깨질 듯이 아파오면서, 대회장 얼굴들이 만화 뒷그림처럼 흐릿해지기 시작했다. 밖으로 나와 물을 마셨지만, 날카로운 핀셋으로 집는 듯한 머리 통증이 쉬이 진정되지 않았다.

걷다 보니 시장으로 가는 육교가 보인다. 현대 자동차 영업소를 돌아 골목으로 접어든다. 이렇게 초저녁에 집에 들어가본 지도 참 오랜만이다. 지난 대선 이후로 줄곧 지방 출장이다 지역 간담회다 일이 겹쳐 거의 밖에서 지냈다. 부엌문을 따고 방으로 들어간다. 그냥 눕는다. 바로 곯아떨어질 것 같더니, 머리만 무겁지 잠이 찾아와주지 않는다. 한 달째 이런 상태가 지속되고 있다. 내 몸이 이러니 혜숙이 생각이 나는구나. 몇 달도 아니고 그 아이는 몇 년 동안 얼마나 힘들게 통증을 견뎌왔을까. 서랍을 뒤져 지난 정월 초에 보낸 혜숙이 카드를 본다. 왼손으로 삐뚤빼뚤 지렁이 필체로 써내려간 '사랑하는 명아' 앞에서 눈물이 돈다. 교통사고로 갈비뼈가 내장을 찌르는 통증을 지나오고 이제사 기억을 찾기 시작하는 혜숙이. 똑똑한 척만 했지 어리숙한 내게 혜숙은 늘 언니 같았다. 니 맘 다 안다는 듯, 보이지 않게 늘 위로해주던 혜숙인 인천에 처음 방 얻어 현장에 취업했던 친구이자 동지였다. 몸이 약해 현장을 먼저 떠나고서도 헤어질 때면 주머니에 돈을 집어넣어 주며 건강하라고 당부하던 혜숙아, 이제야 니 손으로 한 수저씩 밥을 떠 넣기 시작하는 혜숙아, 내 친구야, 네가 살아줘서 고맙다. 전화기가 보인다. 고개가 떨궈진다.

'이럴 때 알고 찾아와주는, 아니 전화라도 해주는 사람이 있다면 얼마나 좋을까.'

산다는 거 참 외로운 일이구나. 외롭다 뇌까리니 점점 더 쓸쓸하다. 친구는 친구라서 내 현재 처지를 다 말할 수 없고, 동지는 동지라서 내색을 안 하게 된다. 엄마 아버지 오빠들에겐 더더욱 미안하고 속만 상하게 해드리는 것 같아 입 다물게 된다. 일부러라도 웃고 환하게 대하게 된다. 무슨 염치로 위로를 바라랴. 아니다. 내가 외로울 때 한밤중 전화라도 할수 있는 사람이 있다. 내가 전화하는 것만으로 좋아하고 고마워하는 사람들이 있다. 얼마나 큰 위로고 기쁨인가. 황급히 일어나 수첩을 뒤진다. 갈색 수첩을 열어 빼곡히 들어차 있는 이름들을 찬찬히 살핀다. 이름마다 눈길이 멈춘다. 이지혜라는 이름 앞에서 바로 엊저녁에 만난 것처럼 필름이 돌아간다.

"노동운동이 별거야? 술 마시고 때로 비위 맞춰주고, 그러다 뺨도 좀 맞고…… 몸 주고 마음 주고 밤낮 거리를 헤매고 다니는 게 창녀랑 비슷하지 않냐? 말하고 보니 거 참 괜찮네. 너 뭐 보살이 별건 줄 아냐? 창녀가 바로 보살이여, 힘내고 다 잊어버려."

어깨를 툭 치며 아무 일도 아니라는 듯이, 세상에 아무 일은 아무것도 없다는 듯이 털털털 웃으며 뚫린 구멍을 메꿔주던 지혜 언니. 간도 쓸개도 다 내줄 것 같다가도 한순간 금이 가버리는 운동판에 현기증이 난다며 떠나버린 언니와, 그리 살뜰하게 마음 주고받던 사람들, 그리고 바치는 것이 세상에 있다면 내가 가진 걸 다 바쳐 사랑했던 사람도 있었지. 1년 365일 중 346일을 만났던 사람. 잠시라도 얼굴을 보지 않으면 하루가 마감되지 않던 그리움으로 가득 찼던 그런 시절이 내게도 있었다. 그와 난 무슨 인연으로 만나고 또 헤어져야 했던가. 그 후론 내 사랑이 상처가 될까봐 어느 누구에게도 사랑한단 말 차마 하지 못했다. 나를 살뜰히 바라봐주는 눈길에 고마우면서도 애써 그 눈길 피했다. 나 그랬다고, 사실 그게 아니었다고, 변명조차 못한 채 나뉘어야 했던 사람이 얼마나 많았던가. 설명할 기회조차 주지 않아 끝내 가슴에만 품고 있던 아픈 기억들이 얼마나 많은지. 하지만 금이 가고 헤어졌다고 한때 나누었던 날들이 온전히 사라질 수 있는 걸까. 지금 눈앞에 없다고 지난날 존재했던 사랑이 무의미해질 수 있는가. 이미 내 안에 고유명사로 박혀 있는데. 돌에 새겨진 문장처럼 내가 아직 지울 수 없는데…….

채 가지 못했더라도 간 만큼 남는다. 내가 사랑했으면 됐다. 내가 다 이해했으면 됐다. 이해 못 해도 괜찮다. 사랑은 이해를 초월하는 것. 후회도 미움도 회한도 다 부질없다. 언감생심 이름은 바라지도 않는 내게 다 사라져도 분명 사랑했던 사람만은 남아 있지 않느냐. 매순간 진흙창에서 뒹구는 싸움터 같은 세상에서 엄살을 떨게 하는 상처와 피해의식을 한순간 녹일 만치 분에 넘치게 사랑을 받았다. 영원을 붙들고 싶은 욕심

일 뿐이다. 강철도 산화된다. 하물며 하루에 오만 가지 생각을 하고 사는 인간인 바에야 어디 영원을 바라는가. 아니다. 사람이 강철보다 강한 것은 스스로 산화를 막을 수 있다는 점이다. 또한 끝이라고 생각한 황폐한 땅에 다시 씨를 뿌릴 수 있는 존재라는 점이다. 하기사 그것도 얼마나 징글징글한 노릇인고. 또다시 눈 뜨는 희망, 그것은 축복이자 벌이기도 하다. 아니다. 내 일생이 무너지는 것을 보고도 낡은 연장을 다시 집어 들 수 있다면 실패가 아니다.

살다 보면 참으로 사막에 홀로 버려진 것처럼 앞이 안 보일 때가 있지. 힘으로도 안 되고 능력으로도 안 되는 내가 어찌해볼 도리가 없어 막막한…… 그런 때가 종종 있지. 하지만 몇 날 며칠 비 한 방울 내리지 않는 사막에도 낙타의 발굽 아래 지천으로 핀 작은 꽃들이 그래도 나 살아 있다고 고개 내밀지 않느냐. 그렇다. 길이 있다. 길이 없는 건 내가 길을 막았기 때문이다. 길이 없다고 길을 보지 않으려 하기 때문에 길이 안 보이는 것뿐이다. 희망을 접지 않는 한 모든 곳에 길이 있다. 아니 모든 곳이 길이다.

다시 시작해보자. 이제는 동기의 순결함과 원칙적인 근본주의만으로는 안 된다. 연민으로 시작하여 여전히 연민으로 이끌어가는 나의 운동은 주관적인 짝사랑이다. 더 보태야 말에 대한 책임을 져야 한다는, 그 또한 소박하기 이를 데 없는 나의 동기는 정치력으로 승부해야 하는 이 시대에 빛바랜 흑백사진일 뿐이다. IMF가 터지면서 실무자로서 나의 무능함을 시인하지 않을 수 없었다. 소위 노동운동가라는 자가 일간지에 실린 경제란도 제대로 분석할 수 없다니. 80년대라는 불의의 시대를 만나 나만 편하게 먹고 사는 길을 차마 가지 못한 나 같은 심약한 사람들이 자족적으로 그저 몸높이만 낮춘 운동 양식은 이제 끝났다. 이번 국면만 넘어서면, 몸을 추스르고 경제학 공부를 해야겠다. 경제학 사전도 사고 산업연구원에 등록해서 노동 경제라도 제대로 파악할 수 있는 안목을 가져야겠다. 이제 선의라고 하는 주관적 동기나 순수성만으로는 빵을 만들지도 나누지도 못한다는 점을 인정해야겠다.

삐삐가 울린다. 김 선배구나. 차라도 한 잔 하자고 한다. 노사정 합의 건으로 마라톤 회의를 하고 줄곧 쉬지도 못했을 텐데 후배를 염려하는 그가 안쓰럽다. 나 이상으로 지금 힘들 텐데…… 대의원대회에서 부결과 동시에 불신임된 그는 절망하는 기색도 대의원들을 나무라는 기색도 없다. 노사정 합의안이 나오기 무섭게 언론에서는 장송곡을 틀어대며 노동자의 실익을 자진 반납한 듯한 분위기를 띄움과 동시에, 오늘 세상이 뒤집힌 것처럼 낙담을 부추기는데, 그는 그저 자기 할 일만 묵묵히 하고 있다. 그깟 부풀린 희망 없이도 싸울 수 있다던 김 선배를 만난 건 행운이자 축복이었다.

마흔 넘어서도 그는 여전히 가난하다. 그러나 스스로는 가난하다고 느끼지 않는다. 보다 거대하고 분명하고 확고한 그림을 펼치지 않으면 절충주의자가 되고 보수주의자가 되는 풍토에 아랑곳하지 않고 그는 늘 지금 이 자리에서 자신이 할 수 있는 일을 수행한다. 아무리 사소한 일일지라도 미루지 않는다. 동시에 진행한다. 20여 년 동안 해왔던 그대로 여전히 고아원을 찾고 장애인을 위한 법안을 만들고 관철시키는 일에 골몰한다. 그에게 두세 개의 더듬이가 동시에 작동하여 혁명과 개량을 통합시키는 힘이 있다. 보는 자에 따라 그가 놓인 위치에 따라 모순으로 느껴지기도 하겠지만, 그에겐 같은 일이다. 작은 일은 시시해서 못 하고 큰 일은 너무 버거워 발뺌하기도 하는 내게, 천릿길도 한 걸음부터라는 단순한 진리를 몸으로 보여준 사람이 바로 그다. 원칙은 천명하고 주장하는 게 아니라 구체적으로 도움이 되도록 실행하는 것이라는 사랑이라는 이름의 잣대, 사랑이라는…….

그날

알람이 울린다. 계속 울린다. 눈은 감은 채 더듬어 알람을 끄고 다시 눕는다. 눈을 뜬다. 천장이 흐릿하다. 형광등을 켠다. 여전히 컴컴하다. 눈자위를 꾹꾹 누른다. 손가락이 말을 잘 듣지 않는다.

'이봐 최명아, 씩씩하게 일어나 얼른 나가 봐야지.'

애기 달래듯 나를 타이른다. 능력이 못 따라 많은 건 못 해도 약속은 지키고 무슨 일이 있더라도 제시간에 맞춰 출근부에 도장을 찍어야 한다고 다짐하지 않았던가. 일어서는데 다리가 비틀거린다. 고장 난 오뚜기 같다.

인노협 시절이 생각난다. 비합법 활동만 하다 우리 공간이 생기자 얼마나 행복하고 감격스럽던지, 아침이면 맨 먼저 출근하곤 했지. 계단을 오르다 보면 전화벨이 울리는 거 같아 두 칸씩 건너뛰어 잽싸게 사무실 열쇠를 돌리곤 했지. 사실 그리 급하거나 나를 긴급히 필요로 하는 사람도 없겠지만, 상담을 해오는 사람들이 있고 잡혀갈 고민 없이 큰 소리로 전화를 주고 받을 수 있다는 것만으로도 좋았다. 십정시장 모퉁이부터 달려가 숨을 몰아쉬곤 사무실을 올려다 보곤 했지. 그때 생각을 하면 샐러리맨이 된 것 같은 나를 돌아보며, 매순간 최선을 다해야지 다짐하게 된다.

출근하자마자 걸려 오는 전화로 사무실은 온통 북새통이다.

"관두쇼. 믿는 도끼에 발등 찍혀도 유분수지. 정리해고에 도장 찍고도 민주 어쩌구저쩌구 하려거든, 씨발 다들 관두쇼. 무슨 낯짝으로……."

받는 전화마다 욕지거가 반이다. 자근자근 설명할 수도 있고 모르면 가만있으라고 맞대거리할 수도 있지만, 가만히 듣고 있다. 죄송하다고, 우리 힘이 그거밖에 안 돼서 미안하다고, 최선을 다해 부당 해고는 줄여보자고, 죄인처럼 전화기에 대고 머리를 조아린다. 상대가 제풀에 지쳐

수화기를 내려놓을 때까지. 나라 경제가 이 지경이 됐는데 당신들 앞가림만 하면 다냐는 말이 사무친다. 몸이 이리저리 찢기는 것 같다. 머리 따로 가슴 따로 손 따로 몸통도 따로 노는 것 같다. 이 몸속에 영혼이라는 게 들어 있다면, 영혼도 지금 따로 놀까.

언젠가 동물원에서 본 사불상(四不象) 사슴이 생각난다. 안내판을 보니 머리는 말 같고 몸통은 나귀 같고 다리는 소를 닮았는데 뿔만 사슴이라는 게다. 설명인즉슨, 아무리 다 달라도, 다른 형상들을 닮긴 했어도 엄연히 그놈은 사슴이라는 것이다. 그렇다면 그놈은 얼마나 힘들 것인고. 어쩌다 여러 형상이 한 몸에 들어 있어 갈래갈래 분열되는가. 나는 나일 수밖에 없는데 좌우로 앞뒤로 위아래로 찢기는 거 같다. 내가 사불상이다. 사불상이 바로 나다. 밖에서 이렇다 저렇다 얘기하는 거야 견딜 수 있다. 또한 권력이 손바닥 뒤집듯 안면을 바꾸는 일도 참을 수 있다. 하지만 우리 내부에서의 분열과 반목은 가슴이 찢기는 것 같다. 입장 차이는 있을 수 있다. 나 또한 나에게 동조해주는 사람을 더 아끼고 다른 편에 서 있는 사람을 조금쯤은 경계하는 아집투성이 인간이 아닐 것인가. 하지만 다른 입장에 있는 동지에게 정치판에서나 볼 수 있을 법한 논리와 작태가 합리화되고 뒤통수를 치는 행위들이 정당화된다면 우리는 무엇을 대의라고 주장할 수 있을까.

어쩌면 나란 인간은 운동가 재목이 아닐지도 모른다. 기껏해야 몸으로 때우고 사는 게 편한 입장도 관점도 없는 사회봉사나 한때의 소모품 정도가 적격일 게다. 하지만 나는 내가 하는 바로 이 운동 속에서 내가 자유로워지고 커지고 인간이 모두 그럴 수 있다는 소박한 꿈을 접은 적이 없다. 아, 나는 철들면서부터 분단과 분열과 미움이 당연하게 받아들여지는 세상에서 자랐다. 조국의 반쪽이자 내 아비와 어미와 누이들이 살고 있는 북쪽을 향해 도끼날을 찍는 포스터를 그리고, 그들을 향해 찢어 죽이자는 표어를 베끼면서 컸다. 아, 그런 세상에서 언감생심 평화와 사랑과 조화와 화해를 바라고 꿈꾸었다면 누가 믿을까. 그러나 나는 믿었다. 모순과 대립이 존재의 본성이라는 것을 알면서도, 유전자와 우리 살과 뼈에 각인되어 틈만 나면 분리와 차별을 일삼는다는 것을 알면서도 그 너머 다른 지평이 있다는 걸 믿고 또 믿었다. 대립하고 공존하고 사멸하고 태어나면서 생명을 이어나가듯 우리의 운동도 반드시 그렇게 발전해가리라고, 지그재그 오르락내리락 하면서도 위를 향해 나아갈 것이라고 나는 믿었다.

'니가 믿고 싶었던 거뿐이야.'

'그럴지도 모르지. 하지만 믿고 꿈꾸는 것도 나야. 그 꿈꾸는 속에 내가 있고 다른 걸 꿈꾼다면 이미 내가 아닐 테니까.'

한때 형제 이상으로 가까웠던 동지가 나를 배신했다고 여겼을 때, 나는 술로 떡이 되어서야 그나마 몇 시간 잠들 수 있었다. 하지만 곰곰 생각해보면 내 입장에서 분별했기 때문에 배신이다. 사람은 버릴 게 없다던 아버지 말씀처럼 모든 존재는 필요하니까 존재한다. 아니 존재하므로 서로 필요로 한다. 고속도로를 타고 가다 표지판이 눈길을 끈 적이 있었지. '빗길 눈길 미끄러움'이라든가, '제한 속도 100' 정도의 글귀만 있는 줄 알았던 도로에 자잘한 부호들이 얼마나 많던가. 손바닥만 한 작은 거울 모양이며 형광색으로 꾸며놓은 선이며 다종 다기한 형상들과 방아깨비 더듬이처럼 생긴 것들이 밤새 눈 뜨고 보초를 서고 있는 가로등의 열병식. 별 관심이 없어 있는지도 모르고 지나쳤던 것들이 곳곳에 숨어 있다. 내게 필요한 것만을 의미 있게 생각하는 세상에도 남이 알아주건 말건 제 나름대로 세상 한 귀퉁이에서 버텨온 수많은 존재들이 있었던 것이다. 거의 식물인간이 되어 세상의 기준에선 아무 쓸모가 없어진 내 친구 혜숙이가 그냥 숨을 쉬고 있는 것만으로도 내게 큰 의미가 있고 그

저 고마웠던 것처럼, 저마다의 존재는 모두 가치가 있다. 나름대로 존재의 이유가 있으므로 존재한다.

그렇다. 다른 의미를 가진 존재들이 다르다는 이유로 거부되어야 할 이유는 없다. 다르므로 대립과 모순을 낳기도 하지만, 어찌 보면 삶은, 역사는, 모순을 담보로 유지되는 건지도 모른다. 내 머리가 혁명을 꿈꾸고, 내 가슴이 사랑을 꿈꾸고, 내 손발이 노동이라는 건강하고 활기찬 대지의 꽃밭을 믿은 것처럼, 나는 서로 다른 지향을 억지로 잘라내지 않았다. 기꺼이 분열을 감당하자. 지금 견딜 수 없다고 생각하는 이 상황도 언젠가는 변할 것이다. 하나의 물줄기로 모아질 게다. 골지천과 소천이 어우러져 아우라지로 흐르듯, 북한강과 남한강이 만나 한강으로 흘러가듯, 지금 눈앞에서 흩어지는 지류를 본류로 속단하지 말자. 차이가 합리적인 분화와 역할 분담으로 소화되지 못한 이유는 우리의 운동이 단절의 역사였기 때문이다. 우린 지금 서툴게 싸우면서 그 단절을 메울 진통을 겪고 있는지 모른다.

'이제껏도 견뎌왔는데 최명아, 기운 내자.'

몇 통쨌가 걸려 온 전화로 진을 빼고 앉아 있는데 아침은 먹었느냐는 소리가 들린다.

"예, 대충 때웠어요."

건성으로 대답을 하고 보니 목소리의 주인공이 보이지 않는다. 눈을 비빈다. 그래도 침침하다.

"전화 아주 내려놓지그래. 왜 그렇게 멍하니 있어? 이거 좀 먹으라니까."

그에게 얘기한 적은 없지만 나는 그를 '풀빵'이라 부른다. 전태일이 점심도 거른 채 다락방에서 작업하는 어린 미싱사들을 위해 끼니를 거르고 풀빵을 먹였듯이, 그도 자주 먹을 것을 사 들고 오기 때문이다. 청계피복에서 잔뼈가 굵은 그를 볼 때마다 나는 김이 모락모락 나는 풀빵이 떠오른다. 나를 여기까지 오게 한 것도 어쩌면 하찮다면 하찮을 수 있는 풀빵 때문이 아니겠는가.

최소한의 평등을 꿈꾸었던 청년 전태일. 뼈아픈 현실을 있는 그대로 세상에 알려야 한다는 최소한의 요구마저 차단당했을 때 그는 분신을 결행했다. 그러나 분신이라는 극한적인 방식은 고통당하는 구체적인 사람에 대한 사랑 때문이었다. 우리는 배웠다. 사랑은 구체적이므로 그것을 침해하는 것에 대한 증오와 분노 없는 사랑은 추상적일 뿐더러 거짓이라고. 그러나 그 과정에서 불필요한 증오까지도 낳는다, 해부하고 분석하고 잘게 나누어 나중에는 무엇이 동기였는지도 잊어버릴 정도로 분열과 증오로 점철된 가슴만을 남긴 게 아니었나 생각할 때마다 나는 '풀빵'을 떠올린다. 그래, 한때의 지사적 결단보다 살아서 나날이 풀빵이 되어야 하는 삶이 훨씬 버거운 건지 모른다.

'괜히 폼 잡지 말고 벽에 똥칠할 때까지 풀빵으로 살아야지.'

이렇게 표도 안 나게 매일 전투를 치르면서 벽에 똥칠할 때까지 산다고 생각하니 끔찍하긴 하다. 벌써 얼마나 많은 사람들이 스스로 목숨을 끊었는가. 젊음을 바친 직장에서 하루아침에 길바닥으로 나앉고, 부도 맞아 빚 때문에 자식과 함께 세상을 버린 사람들이여. 얼마나 많은 목숨을 바쳐야 이 국면이 끝날까요. 이제 본격적으로 줄다리기를 해야 할 때다. 이제야말로 정리해고를 줄일 수 있는 투쟁을 조직해야 한다. 정리해고를 원천적으로 막을 수 없다면 사업장에서 벌어지는 부당 해고라도 줄여야 하는 게 우리 몫이다.

말이 좋아 구제금융이지 탐욕스런 공룡의 아가리에 먹기 좋게 길들이려는 자본의 치밀한 덫이 아이엠에프다. 한 줌도 안 되는 소수가 움켜쥔, 눈에 보이지 않는 세계 자본의 칼날에 베이지 않는 곳이 없다. 그러나 강자의 논리가 판을 치는 오늘, 이 세계의 지배 질서가 종착역일 리는 없다. 물적 토대가 충분치 못한 상태에서 인간의 의지만을 믿은 가난한 사회주의가 허점을 노출했다면, 이제야말로 진정한 평등을 꿈꿀 수 있는 토대가 마련되고 있는지도 모른다. 재벌의 구조조정이 곧 정리해고라는 등식을 깨부숴야 한다. 모든 인간은 세계의 한 일원으로서 인간답게 생존할 권리가 있으므로 구걸이 아니라 당당하게 요구해야 한다. 노동 시간을 줄임으로써 일자리를 나누어 갖는 쪽으로 진행시켜야 한다. 그럴 수만 있다면 적게 일하고도 인간답게 살 수 있는 삶을 보장받을 수 있다.

전화를 받으며 부당 노동 행위 사례를 검토하는데 글자가 또 겹쳐 보인다. 이틀 동안 대의원대회다 농성이다 정신이 없는 동료들에게 아프다는 말을 차마 할 수가 없다. 팔도 저리고 얼굴도 자꾸 욱신거린다. 오전만 하더라도 흐릿하게 글자 윤곽은 잡혔는데, 아무래도 안경을 또 바꿔야 할까 보다. 어렵게 짬 내어 찾아간 한의원에서 눈 자체는 이상이 없다며 다른 부위를 진찰받으라고 했다. 뇌에 피가 많이 몰려 있단다. 며칠새 신경을 너무 많이 쓴 탓이리라. 조금 한가해지면 병원에 가보기로 하고 일단 안경이라도 바꾸자. 대충 책상을 정리하고 사무실을 나온다.

전철을 갈아타고 종로에 내리니 벌써 봄기운이 느껴진다. 두꺼운 파카 차림은 나뿐이다. 봄을 기다리는 마음에 들떠서인지 이맘때쯤이면 제법 쌀쌀한데도 사람들은 봄 냄새가 나는 옷을 걸치고 나온다. 봄옷으로 춥고 무거운 마음을 털갈이하려는 게다. 아니 봄을 한시라도 빨리 맛보고 싶은 게다. 종로 거리는 여느 때처럼 20대 초반의 젊은이들로 가득하다. 대학에 합격하고 얼마 지나지 않아 여고 동창회를 한다고 종로서적 뒷골목에 나온 적이 있다. 서울로 전학 온 지 2년이 넘었어도 도농동 오빠 집과 혜원여고 담장만 시계추처럼 왔다 갔다 하는 통에 번화한 서울 거리 구경은 처음이었다. 세련된 청바지 차림에 모직 자켓이며 메이커

파카를 입은 대학생들 속에서 엄마가 짜주신 연두색 스웨터 차림의 내가 촌닭처럼 느껴졌었다. 그로부터 17년 만이다. 17년이 지난 지금도 나는 촌닭으로 걷는다. 촌닭이 촌닭의 때를 벗고 세련된 서울닭이 되느냐, 더 기꺼이 촌닭이 되느냐 갈림길에서 나는 후자를 택한 셈이다.

촌닭으로 살기로 작정했지만 쉽지는 않았다. 관절염으로 다리를 끌며 논고랑 밭고랑을 누비시는 엄마를 잊어본 적이 없다. 대의라는 이름으로 나만 이기적인 것 같아 나 옳다고 식구들 앞에서 주장해보지 못했다. 맘속으로만 엄마의 반만큼이라도 정성스럽고 부지런히 세상을 가꾸면 부끄럽지 않을 거라고 약해지려는 내게 다짐하곤 했다. 익숙하지 못한 손놀림으로 하루 종일 프레스 앞에서 신발 깔개에 싱을 붙이던 때도 있었고 지문이 흐려질 정도로 빼빠(사포)질을 하던 때도 생각난다. 밤새 학습이다 유인물 작업이다 해서 두세 시간 눈 붙이고 출근하던 날이 얼마나 많았던가. 참, 지지리도 모질게 살긴 살았다. 쌀이 떨어져도 누구에게 선뜻 손 내밀기 힘들었고, 아파도 나 아프다 말하지 못했다.

'최명아, 너 아퍼?'

'그래, 나 쬐끔 아퍼.'

'그래? 정말?'

'아니. 좀 많이 아퍼.'

또 혼잣말하는 버릇. 언젠가부터 나는 또 다른 나를 품고 산다. 내 안에 나를 있는 그대로 봐주는 나를 품고 산다. 부끄럽고 미안해서 표현도 못할 때 안에서 그래, 그럴 수 있어, 하고 대답해주는 나, 그런 내 안의 나를 관음이라 불렀었지. 관세음(觀世音), 세상의 수많은 소리를 듣고, 나 자신의 소리도 남의 아픔처럼 듣는, 제 얼굴도 없어 수많은 얼굴이 제 얼굴인 십일면관음이라 불렀지. 관음이 소리를 듣기 시작하면 모든 아픔도 상대에게 향하는 비수도 물이 된다. 저마다 흐르되 몸을 섞어 하나로 흐르는 물의 노래가 들린다. 터널 속에서 홀로 견디는 밤이 많았으나 돌아보면 순간 순간이 기쁨이고 구원이었다. 얼마나 많이 진전되었는가. 거리에서 소수가 선도 투쟁이란 이름으로 일방적으로 구호를 주장하던 80년대 초반을 지나, 함께 협상 테이블을 만들 수 있는 몇 십만의 노조도 생기고 국민 손으로 대통령도 갈았다. 다 그게 그거라 말하기도 하고, 역사란 술 취한 듯 흘러간다고, 아니 역사가 끝났다고 얘기하기도 한다. 하지만 물이 뒤로 흐르지 않듯 역사 또한 절대 거꾸로 흐르지 않는다. 하강 국면을 현미경으로 들여다보며 과장하지 말자. 오른쪽과 왼쪽과 위와 아래와 어제와 내일을 양팔에 꼭 껴안자. 정면으로 바라보며 다소곳하게 길을 가자.

눈이 흐릿하니까 빛의 파동이 더 강렬하게 느껴진다. 빛은 보이지 않아도 촉감은 분명하다. 아직 겨울의 꼬리가 남아 있는 추운 석양빛이 사그라지기 전의 찬란한 기운을 내뿜나 보다. 이상하기도 하지. 떠오르는 태양보다 지는 노을이 더 찬란하고 아름답다니. 석양을 찍으리라. 다 못 사르고 넘어가는 마지막 붉은 기운을 바다를 배경 삼아 가득 담아 보리라. 빛이 따스하다. 눈에 보이거나 손에 잡히는 불도 아닌 것이 어쩌면 이리 따스할까. 사진을 찍을 때마다 빛이라는 보이지 않는 파장으로 형상을 빚는 사진의 위력에 감탄하곤 했다. 같은 형상이라도 새벽빛을 받은 사물과 석양빛을 받은 사물, 그리고 한낮의 강렬한 빛을 통해 빚어진 형상이 현저히 다르다는 게 참 신기하다.

작년 가을부터 사진을 찍으면서 스승에게 배운 게 있다면 으레 깜깜하다 생각하는 밤하늘도 파랗다는 사실이다. 카메라 셔터를 20초 동안 누르고 있으면 밤하늘도 파랗게 보인다. 셔터의 속도가 몇십 분의 일 초 또는 몇백 분의 일 초인 것을 감안하면 그 20초는 참으로 긴 시간이다. 하지만 우리가 살아가는 시간에 비하면 20초는 작은 점과 같다. 역사의 종언을 고하는 20세기의 마지막이 긴 역사에 비하면 아무것도 아닌 것처럼. 참으로 빛이 소중하다면 빛을 낳는 혼돈도 어둠도 기꺼이 끌어안고 가자. 지금 내 앞에 놓인 상황은 내 눈만큼이나 침침하고, 하늘도 캄캄하긴 하지만, 그럴수록 생각의 속도를 늦추자. 내 밤하늘을 60분의 1초에서, 아니 250분의 1초에서 20초의 속도로 늦춰보자. 깜깜한 하늘이 걷히고 점차 어슴푸레한 푸른빛이 살아나리라.

별 취미도, 맘 놓고 좋아할 애인도 없는 내가 사진 하나라도 좋아할 수 있어서 참 다행이다. 하지만 동료들한테 말하지 못했다. 바쁘게 돌아가는 동료들 속에서 나만 호사를 부리는 것 같았기 때문이다. 그래, 사는 게 별거냐. 나같이 덜 떨어진 인간이 이놈의 싸움판에서 한 20년 뒹굴면 됐지. 좋아, 마흔까지만 열심히 해보자. 그때까지만 세상에 최선을 다하고 그 후론 나를 위해 살아야지. 세상 곳곳을 다니며 낯빛이며 눈동자가 다른 사람 얼굴을 담아가면서 여태껏 묻어두고 밀쳐두었던 효도도 하고, 물을 보면 물이 되고 산을 만나면 산이 되면서 바람에 몸을 맡기리라. 그땐 아름다운 걸 아름답게 누려도 죄의식 따위 느끼지 않으리라.

한 사람도 제대로 사랑하기에도 버거운 세상에서 나는 너무나 많은 사람을 사랑해야만 했고, 사랑하는 만큼 정성을 다하지 못해 항상 미안해해야 했다. 끝내리라. 버거운 책임과 무거운 사랑도 이제 끝내리라. 이제껏 마주친 눈빛만으로 나는 충분히 행복하다. 한 번 눈이 마주치면 영원을 마주친 것처럼, 말없이 수십 리를 걸어도 심심하지 않은 사람과 함께 그 순간 살아 있음을 즐기리라. 봄볕 따스한 날이 오면 잠깐이라도 짬을 내어 연두색 투피스를 입고 거리를 거닐어 보리라. 그래, 올봄엔 사랑을 해야지. 격정의 정열로 술을 퍼붓는 괴로운 사랑이 아니라, 아주 예쁘게, 아주 평온하게, 말 없이도 행복한 사랑을 하리라.

틈만 나면 뒤죽박죽된 상념에 젖어버리는 버릇이 부쩍 늘었다. 역시 나는 평범한 사람이다. 명색이 활동가라는 사람이 이런 잡념에나 빠져들다니. 평범한 사람이 평범하지 못하게 사는 것도 죄는 아닐까. 4학년 땐가 후배가 던진 질문이 생각난다. 언니는 하루에 몇 시간이나 운동 생각을 하느냐는 질문을 아주 진지하게 하던 그 후배는 꽤 성실하면서도 상상력에 제한을 두지 않는 자유로운 친구였다. 뻔하지만 어찌 보면 제법 묵직한 듯한 질문에 답을 선뜻 못 하고 웃는데, 큰 눈을 또릿또릿 굴리며 이렇게 말했다.

"언니, 죽자사자 운동에 헌신하는 거 같지만 전요, 하루에 서너 시간 이상은 아닌 것 같애요. 이미 버린 거 같지만 여전히 행정고시도 미련이 남은 거 같고, 다들 자기 앞가림하느라 정신이 없는데 나만 덜떨어지게 목매고 있는 거 같아 억울하기도 하구요."

"나도 마찬가지야. 인간이 그렇게 생겨먹은 거지. 누구는 별다르다니?"

우리는 서로의 함량 미달을 봐주는 공범자의 웃음을 나누었던 것 같다. 그러나 나머지 스무 시간의 함량 미달에 관대하지 못했던 게 사실이다. 지구 한구석에서 매일 그 사소한 밥 때문에 어린아이들이 죽어가고, 매시간 팔다리가 잘리고 몸뚱이가 기계에 빨려들어가 형체도 없이 사라지는 세상에, 진정 자유로울 수 있었으랴. 그렇다. 함량 미달의 정신과 욕망을 가진 인간으로서 세상의 아름다움과 즐거움을 당당하게 누릴 수 있다고 위무해준 적이 있었던가. 동지에 대해서는 봄날처럼 다사롭고, 사업에서는 여름날처럼 뜨겁고, 개인주의에 대해서는 바람이 가을 낙엽 쓸어버리듯 살자고 다짐하던 나는, 나 스스로에 대해서는 참 가혹했다. 최소한의 예의도 지키지 못했다. 덜떨어진 스무 시간도 나의 일부임엔 틀림없는데 말이다. 사소하고 자잘한 사념을 뺀 게 나라면 나는 이미 해탈을 했어야겠지. 이 생각 저 생각 하며 걷다 보니 공안과 간판이 보인다. 두 차례나 안경 도수를 높였는데 눈이 더 나빠지면 어떡하나. 지난 한 달은 총만 들지 않았다 뿐이지 매일매일이 전투였다. 노사정 합의안을 놓고 지역 간담회에 참석하랴, 부당 노동 행위 사업장 노조들의 국민회의 점거 농성 투쟁에 가담하랴, 눈코 뜰 새 없는 나날이었다. 50년대 빨치산들이 총에 맞아 한순간에 죽었다면, 80~90년대 활동가들은 아마도 술과 과로로 서서히 죽어갈는지 모른다. 죽을 때 죽더라도 빨리 안경을 맞추고 사무실로 들어가 봐야지. 몇 차례 병원을 들락날락거리느라 오늘은 전화 몇 통 받은 거 말고는 한 일이 없다. 정신 바짝 차리고 일하자. 잘못하면 굶는 사람이 속출할지도 모른다.

의료보험증을 내고 의자에 앉아 있는데 저만치 앞의 간호원 얼굴도 보이지 않는다. 희뿌연 형체에 분홍빛 색깔이 뭉개져 보인다. 자꾸 졸음이 온다. 눈을 감는다. 어딘가로 빨려 들어가는 것 같다. 여기서 잠들면 안 되지. 아주 멀리서 내 이름을 부르는 것 같다. 가까스로 일어서 문을 열고 검사대에 앉는다. 의사는 눈을 뒤집어 보고 몇 마디 묻더니 고개를 갸웃거리는 것 같다. 그의 얼굴 표정은 흐릿하지만 음성으로 보아 자못 심각한가 보다. 아무래도 뇌혈관에 문제가 생긴 것 같다고 빨리 종합병원으로 가는 게 좋겠다고 한다. 검사실을 나와 가까스로 전화기 앞으로 간다. 병원노련 사무처장 이주호를 찾는다. 서울대 병원으로 갈 테니 병원 측에 진료 받을 수 있게 수속을 밟아달라고 부탁한다. 전화기를 놓는데 세상이 까맣다. 더듬어 가방을 챙겨 들고 몇 걸음 걷는데, 군홧발이 지나가는 것 같다. 망치로 머리를 때리는 것 같다. 총부리로 찌르는 것 같다. 정신을 차릴 수가 없다. 여기서 정신을 놓으면 안 돼. 이를 악문다. 힘껏 저항해보지만 무언가 거대하고 강력한 자장이 나를 떠밀고 간다.

사랑하였으나 이별한다

쇠창살 사이로 칼바람이 사정없이 몰아든다. 구멍 뚫린 유리막을 사이에 두고 아버지가 웃고 계신다. 내 가슴팍에 숫자가 써 있다. 장정 대여섯 명이 납작 들어서 김포 매립지에 버린다. 쓰레기 더미에서 나는 필사적으로 기어 나온다. 정강이가 까져 있다. 내가 다닌 공장이 불에 타고 있다. 공장에 들어가려는 나를 거칠게 밀어낸다. 누군가 담 너머로 학을 보낸다. 학을 펼친다. 학을 펼치자 푸른 빛이 가득 넘친 바다가 된다. 누군가 나를 업고 뛴다. 등이 포근하다. 산을 오른다. 사람들 사이에 엄마의 훈기 같은 빛이 띠를 이루고 있다. 산을 잘 타는 사람도 느린 사람도 비슷한 보폭으로 산을 오르고 있다. 넘어지는 사람은 훈기에 싸여 사람들이 떠메고 간다.

뒤죽박죽된 꿈에서 깨어나니 소독약 냄새가 코를 찌른다. 아주 오랫동안 곤히 잠을 잔 것처럼 몸이 개운하다. 이상하게 낯선 곳이다. 가까운 데서 신음 소리가 난다. 옆에 뼈만 남은 앙상한 할머니가 가래 끓는 소리를 내며 얼굴을 찡그리고 있다. 내가 왜 여기 있는 걸까. 침대에서 일어난다. 몸이 날개를 단 것처럼 가볍다. 유리문을 밀치기도 전에 복도다. 사람들이 복도에서 신문지를 깔고 앉은 채 잠들어 있다. 왜 이 사람들은 여기서 잠들어 있는 걸까. 의자에 앉아 잠들어 있는 얼굴, 천안으로 내려간 상철이 여기 웬일일까. 화장실에서 물소리가 난다. 아, 엄마다.

"엄마 여기 웬일이에요?"

손을 잡아도 엄마는 본 체도 않는다. 엄마 눈이 퉁퉁 부어 있다. 엄마는 뭐라고 혼잣말을 하시면서 내 이름을 계속 부르신다.

"엄마 나 여기 있어."

엄마를 꼭 끌어안는다. 엄마는 여전히 혼잣말을 중얼거리신다. 나는 엄마의 눈자위를 쓸어준다. 엄마는 반응이 없다. 엄마의 퉁퉁 부은 다리를 쓸어내린다. 엄마는 이를 앙다물고 얼굴을 씻더니 복도로 나가신다. 엄마를 졸졸 따라 나도 나간다. 큰오빠가 복도에 서서 물끄러미 벽을 바라보고 있다. 작은오빠도 보인다. 아무런 표정도 없다. 농성을 하는지 신문지를 깔고 사람들이 잠들어 있다. 그러고 보니 전부들 아는 얼굴이다. 벽에 사진이 붙어 있다. 저건 내 얼굴인데. 가까이 다가가 사진 밑에 쓰인 기사를 읽는다.

　'최명아가 뇌출혈로 뇌사 상태에 빠졌다구?'

　그럼 내가 이미 내가 아니란 말인가. 그러고 보니 나와 똑같은 사람이 내 침대에 그대로 누워 있네. 그럼 이렇게 돌아다니는 나는 대체 누구란 말인가. 내 몸을 만져본다. 나는 여전히 나다. 웬일인지 물어보고 싶지만 곤히 잠든 친구들을 깨울 수는 없다. 계단을 내려와 밖으로 나간다. 상큼한 바람이 불어온다. 간밤에 비가 왔나 보다. 비로 몸을 씻은 나뭇가지에 어린 순이 돋아나고 형용할 수 없는 향기가 배어 나온다. 오랜만에 맛보는 고즈넉한 새벽이다. 병원 바깥 긴 의자에 또 아는 얼굴들이 보인다. 은숙 언니와 내 친구 종희가 소주를 마시고 있다. 이들도 몹시 슬퍼 보인다. 기관지도 나쁜 사람이 새벽 댓바람부터 술을 마시다니. 나는 술병을 치운다. 연거푸 술병을 낚아채도 술병은 그대로 벤치에 놓여 있다. 할 수 없이 포기한다.

　병원 복도를 따라 밖으로 나온다. 혜화동 거리를 지나 삼선교 사무실로 올라간다. 자료가 쌓여 있는 내 책상이 보인다. 5층으로 올라가니 몇 명이 자고 있다. 스펀지 요를 깔고 퀴퀴한 호랑이 털 담요를 덮고 옹송거리고 자는 사람들이 추워 보인다. 농성이다 비상회의다 긴급대책이다, 수도 없이 찬 바닥 신세를 지는 사람들, 그들이 안쓰럽지만 이젠 이불을 덮어주는 것도 불가능하다는 걸 알아버렸다. 나는 여전히 나지만 이미 그 전의 나는 아닌 것이다. 그래, 나는 내가 그리 부대끼며 사랑했던 사람들과 마지막 의식을 치르고 있는 중이다. 이제껏 보았던 모든 장면들이 확실히 말해주고 있다. 그런데도 슬프지 않다. 참 편안하다. 살아 혼란스러웠던 엉킨 실타래들이 놀랍도록 투명해진다. 생전에 걸쳤던 육체의 껍질을 벗는 순간 나는 깨닫는다. 모든 존재의 한도와 그 한도가 갖는 안타까움을, 그럼에도 저마다의 한계를 이해하고 사랑했다는 것을. 내가 살며 보고 듣고 행했던 모든 것들이 조화롭게 공존하는 걸 그저 바라볼 뿐이다.

짧지 않았던 세월 동안 나는 행복했다. 가난했으나 세상에 막 눈을 뜬 아이처럼 세상을 바라보던 맑은 눈망울들이 있어 나는 순간순간 기뻤다. 기아와 풍요가 공존하는 야만의 20세기 끝자락을 살면서도 힘과 경쟁의 논리에 끝내 굴복하지 않는 사람들이 있어 나는 씩씩할 수 있었다. 물려받은 대로 운명을 수긍하며 자신이 부당하게 고통받는지도 모른 채 살다 간 수많은 사람 가운데에서 나는 내 운명을 선택하는 행운을 누렸다. 그 자리가 끊임없이 포복하고 배밀이를 해야 앞으로 나아가는 낮은 자리였을지라도, 더 이상 낮아질 것 없어 깊은, 저 평등의 바다를 꿈꾸었으므로, 나는 기꺼이 아래로 흘렀다. 아침에 밭을 갈고 오후에 낚시를 하고 밤에 책을 보며 함께 노래 부르는 세상이 아직 멀었어도, 그 세상을 만들 분신들 하나하나가 숨겨진 씨앗들을 터트려 눈물겹도록 고마웠다. 내일 당장 유토피아가 올 것처럼 꿈꾸지 않아 쉽게 절망하지 않았고, 매일매일 내가 할 수 있는 몫을 살아냈다. 그래, 거창한 희망 없이도 싸우는 내 분신들이 있어 나는 떠날 수 있다.

내가 디뎠던 대지와 내가 눈 뜨고 바라보았던 하늘과 나무, 그리고 오래 눈 마주쳤던 사람들, 사랑했던 그들과 내 영혼으로 작별하는 일만이 남았음을 알겠다. 격랑의 시대를 만나 소용돌이 속에 휩쓸리며 함께 살아온 나날은 이제 내게 없다. 여전히 져야 할 무거운 세상의 짐을 떠맡

기고 먼저 가는 나를 용서하시라. 한때 지극히 사랑했으나 마지막까지 함께하지 못한 사랑했던 사람이여, 부디 나를 용서하시라. 한때 친구였으나 파도에 떠밀려 갈라졌던 동지들이여, 부디 미안해하지 말기를. 우리는 같은 바다에서 헤엄쳐 다닌 하나의 거대한 물고기였으니. 살아서 수만 갈래 찢기던 내 영혼은 이제야 평화에 이르렀으나, 나의 수많은 분신들을 더 이상 위로할 수 없다. 그러나 이 세상에서 사라지는 것은 없으니 부디 많이는 슬퍼하지 않기를. 한나절 피었다 진 작은 풀꽃도 세상의 바람을 맞고 이슬 얹었던 어느 하루의 기억도 지울 수 없나니. 그의 몸과 영혼을 스쳐간 수많은 기억들을 단 한 잎도 다치지 않은 채 고스란히 지니고 가나니. 내가 마주쳤던 수많은 사람들이 살아 있는 한 그들의 가슴에 나는 살아 있나니. 내 이름을 불러준다면. 어릴 적 내 어머니가 품안에 안고 불렀을 그 따스한 음성으로 내 이름을 불러줄 수 있다면.

　　내가 한 줄기 바람이었다면 단 몇 잎의 풀이라도 부드럽게 매만져주었는가? 아, 내가 한 방울의 물이었다면 다만 얼마의 땅이라도 적시긴 했는가? 내가 사랑했던 한 사람 한 사람의 몸을 오래오래 어루만지고 쓰다듬는다. 내가 걸었던 수많은 갈래길에 작별을 한다. 빛이 오는 곳으로 시간이 거꾸로 흘러 내가 점점 작아진다. 어릴 적 발목이 빠지면서 걸었던 고향 고샅길을 지나니 키 큰 은행나무가 보인다. 모란잎이 하나둘 얼굴 내미는 마당 어귀를 지나 사랑방 마루에 앉아 있는 엄마 품에 안긴다. 참 따스하다. 눈을 뜰 수 없을 만큼 강렬하고 투명한 빛이 쏟아진다. 블랙홀처럼 소용돌이치는 빛 한가운데로 내가 쏠려 간다. 아, 저만치 보이는 붉은 꽃나무, 빛의 바다.

에필로그

당신을
사랑합니다

우리 집 바로 앞에 나무 한 그루가 서 있는디요. 고것이 꽃을 피우면 뭣이냐, 똑 연등을 걸어논 거맨치로 환합디다. 3층에서 내려다보믄이라우, 한 송이 한 송이 더할 것도 덜할 것도 없이 하도 완벽해분께 우째 니는 그라고 온전해부냐, 절로 소리가 나와부요. 뭐 별로 치장한 것도 없는디 가만히 들여다보고 있으믄이라우, 컴컴한 지 속이 이상시룹게 흐가게 밝아지더란 말이요. 꽃불이 꺼지고 나믄 지 얼굴만 한 커다란 잎사구를 바로 내놉디다. 빛물이 뚝뚝 떨어짐시롱 촉촉하니 반짝반짝하니 얼마나 이쁘요이. 으디요? 아 저 톡 불거진 것이라우? 우툴두툴 한 것이 끝은 불그죽죽해갖고 쪼깨 야하게 생겼지라우? 암꽃 옆에 뽀짝 붙어갖고 뭐를 하는진 모리겄소마는, 뭣인가 할 일이 있응께 시상에 나와서 조래 버티고 있겄지라우. 가슬 되믄 저 꼿꼿한 머리 꼭대기서 감홍색 알들이 팍팍 터져갖고 사방팔방으로 날아갑디다.

좌우당간 지는 그 나무를 '내나무'라고 부르요. 나무한티는 안 물어봤지라우. 괜찮어라우. 내나무는 뭣이든지 다 받아준께. 내 나문께 쳐다도 보고 내려다도 보고 만져도 보고 그라지라우. 쓰레기 버리고도 모퉁이 돌아가서 기양 한 번 만져보고라우, 새로 돋은 연두 잎도 쳐다보고 말도 걸고 그라요. 보는 눈이 없시믄, 지가 별짓도 다 할 것인디. 아래서 올려다만 봐도 잎사구 사이로 푸른빛이 고로코롬 아름다운디, 고 큰 둥치에 몸을 딱 밀착해갖고 보믄 환장하게 안 이쁘겄소? 고 빙하 속에 스며든 빛 속으로 들어가믄 물관 속에다 지를 태워갖고 주욱 올라가분디 하도 황홀해분께, 근메 나가 뭣땜시 그라고 아팠는지 다 잊어부요. 아따 그것이사 아직 야그를 못하겄고요, 그냥 쓰잘데기 없는 어느 바보 야그 몇 대목만 오늘은 하께라우. 지가 오늘은 좀 유식한 이야기부터 할라요.

거 뭣이냐, 성경도 그라고 서양의 모든 히브리 이야기들이 유토피아 찾아가는 스토리 아니겄소? 고거이 한때 있었다고 허나, 무엇 땜시 쫓겨

난지도 모르고 잃어버린 본향 찾아가는 이야깁디다. 근디, 그 본향이라는 게 진짜 있었을까? 나 말은 이 지구라는 행성에선 한 번도 이루어진 적이 없어 보인다 이 말이시. 근디 또 드는 생각이 뭣이냐믄, 시상에 없는 것을 어떻게 상상할 수 있으까라우. 옛날에 있었든 상상이든 좌우당간 사람덜 은 과거 어딘가 있었다는 에덴동산을 품고 사는 거 같습디다. 깨 할딱 벗 고 눈치 안 보고 니거 내거 없이 살고자븐 거, 고것이 뭣이까? 이념은 아 요? 아따 껍데기도 안 뒤집어썼는디 당신이 나고 나가 당신인디 뭔 지랄 놈의 지배고 착취고 있을랍디여? 빠다내 나는 유토피아보담 지는 샹그릴 라가 좋소. 따라해보쇼이, 샹그릴라. 목구멍 저 밑에서 꽃밭이 좌악 펼쳐 짐시롱 따땃한 온돌방에 얼어붙은 몸이 녹대끼 노글노글 다 풀어지지라. 그거시 뭐라고라우? 아따, 나보담 더 무식허요이. 거 늙지도 죽지도 않고 싸움도 미움도 없이, 물속이고 땅속이고 보석 천진께 천금이 굴러다녀도 욕심도 안 나고, 오직 사랑하고 애끼고 즐기는 것만이 유일무이한 삶의 목적이 돼부는, 해와 달이 뜨듯이 이녁 맘속에 사랑하는 당신이 늘 함께 비춰준다는, 그런 디가 히말라야 어디께 있다고 안 헙디요?

운명이란 것이 있는갑습디다. 하필이믄 광주 학살 터질 때 대학에 들 어갔으까이? 하필 그 지역 출신이었으까이? 허지만서두 성격이 운명을 만든다 안 헙디여? 한 번 몸 담으믄 쫓겨나거나 몸이 망가지기 전까진 떨 쳐버리지 못하는 지 성격이 병통이었겠지오. 사복경찰이 좌악 깔려분 학 교에서 골 아픈 사회과학과 메시아 어쩌고 하는 것들을 학습함서도— 하 기사 뭘 모른께 학습을 당한 거지만서두— 지가 어떻게 살아야 할지 확 신이 안 섭디다. 머리만 지끈거리고 해답도 안 나오고 말이어라루…… 어쩌긴 어쨌겄소? 그냥 공장으로 도망가부렀소.

미끄러지대끼 잘도 흘러가는 컨베이어벨트 앞에서 오디오에 나사 박는 일을 했지라우. 그래도 지는 별반 비극적인 생각도 세상을 갈아엎어야 한다는 뭣이냐, 아주 혁명적이고도 전향적인 생각이 안 들더란 말이오. 점심 한 끼 얻어먹을라고 뙤약볕에 줄 서서 기다림시롱, 하루 수천 개 스크루우를 박아야 하는 단순노동도 그닥 고통시런 현실로다 안 오더란 말시. 이녁 말이 맞소이. 꿈인 거 같았소이. 화들짝 놀라 가끔씩 일어선 것은 말이오, 이 고통시런 시상이 꿈만 같응께 몸만 놀릴 뿐이지, 마음은 다른 디로 놀러가븐 것이지라우. 어쨌거나 일 끝나믄 공장 친구들하고 떡볶이 순대 먹으러 다님서 깔깔거리고 술도 한잔 걸치고 취해서 시집 몇 줄 읽다 곯아떨어져불고.

근디 그거이 아니었던 모냥이오. 책에서 말하는 거맨치로 고통스럽지 않다고 생각했는디요, 지 안의 뭣인가가 획 뒤집어져버렸어라우. 몸으로 뭣을 해분다는 게 그라고 무서운 것이오이. 학교로 돌아온께 수업도 잘 안 들어가고 학교 뒷산 묘지 옆에 누워서 떠가는 구름이나 쳐다보다 바람에 흔들리는 이파리나 올려다보다 도서관으로 들어갔소이. 교과를 공부하는 시간보다 역사나 사회철학을 공부하는 시간이 길어집디다. 뭣을 모른께 이 공부를 하면 다른 것이 궁금하고 하나 끝나믄 그 윗것을 알고 싶고 공부가 끝이 없습디다. 스킨스쿠버 하자던 고향 선배 따라 댕겼으면 물고기맨치로 바닷속 뒤지고 다니느라고 바쁠 거인디 뭐 할라고 그라고 골 아픈 공부만 해쌓을 것이요이? 하여간에 사람은 줄을 잘 서야 한당께요. 그때 공부 원 없이 해부렀소. 온갖 나라 역사에 농민운동사에 노동운동사에 혁명사에 신학 헤겔과 마르크스 경제학 자본주의 원론 휴머니즘에 심지어 정치공학 따위에 영어도 모자라서 가타카나 히라가나 공부해갖고 일본 원서도 읽었소. 언젠진 모르겠소만 어느 날 본께 지 손에서 시집이 미끄러져불고 『악령』인가 『백치』인가 하는 무건 소설들도 스르르 떨어져나갔습디다.

애초에 효율성을 추구하는 생리와는 거리가 먼 인간이었지만서두,

이상하게 지가 뭐에 씌인 것맨치로 변해버렸단 말이오. 하기야 오십 평생 이 나란 물건을 끌고 댕겨도 아직도 모르겠소. 뭣이 진짜 지고 뭣이 지를 이끌어 가는지 말이오. 하지만 지는 비관주의에 빠지지만 않았을 뿐 역사의 진보라는 거시기에 그다지 따순 신뢰를 갖지 못하는 인간이었소. 게다가 현실에다 곧잘 꿈을 버무려 혼동해부는 몽상적 관념론자였는 갑소. 아마 관념과 말에 갇히지 않기 위해 순간순간 내 맘이 옳다고 하는 단순한 일을 해볼라고 애썼을 것이오. 수없이 혁명사를 공부함서도 지는 혁명의 승리에 그다지 확신이 서지 않습디다. 무엇보다 지를 고뇌케 하는 것이, 너무나 쉽게 권력화 되곤 하는 혁명이라는 생리가 달갑지도 않고 싫습디다. 지한텐 혁명이 가죽을 벗기는 일이 아니라, 해와 달 같은 맘속의 샹그릴라 같은 것인디 그것이 이 땅 어느 곳에 있을랍디여만, 그럼에도 불구하고 별로 큰 것을 바라지 않았응께 그냥 앞으로 주욱 나갔지라우. 아마 혁명이 영원히 이루어지지 않는다 하더라도 혁명은 영구히 추구할 가치가 있다고 느꼈는지도 모르겠소. 어쩌긴 어째라우. 그냥 무식하게 몸을 던졌지라우.

고로코롬 고뇌함서 후딱 시간이 흘러불고 졸업반이 되었는디, 알다가도 모를 거이 사람 일입디다. 어느 날 본께 그 어리버리하고 멍청하고 확신 없는 지가 데모 주동자가 되어 있습디다. 사는 것보다 죽는 게 낫다 생각한 것도 그즈음이었지라우. 세 달을 주동하고 혁혁한 가투를 벌여도 뒤만 쫓을 뿐 잡아가지 않던 그 따스한 봄날은 지한테 악몽이었지라우. 권력이 내민 한계가 뻔한 자율화니 민주화니 하는 조치가 내분을 가져와 불고, 명백한 적을 부수기 위해 학습했던 정치공학 같은 것들이 동료나 다른 조직에 대한 기술로 둔갑합디다이. 서로 의심하고 추궁하고 대질심문하더니 난중엔 각목까지 등장합디다. 인간이 인간이 아니고 내가 내가 아니고 니가 니가 아니고, 가을 바람에 물든 단풍잎이 하느작하느작 하는 거를 바라봄시롱 '이것도 꿈일끄나?' 꿈에 벌어지는 일을 바라보대끼, 그냥 그림같이 가만히 있었소. 꿈결 같은 고 가을 바람 속에서 사랑도 날아가불고 신념과 희망이 바스러져가는 것을 망연히 바라보았소.

'내가 사는 것은 다만 잃어버린 것을 찾기 위함이오.' 일제시대 젊디젊은 그 시인도 뭘 잃어버리긴 했는갑소. 무엇 때문에 잃어버린지도 모르지라우. 근메 어느 날 본께 지 가슴에서 반짝이던 보석이 빛을 잃더니 어디로 가부렀습디다. 약국 몇 군데 돌며 수면제를 쪼깨 구해서 잠만 잤소. 이틀이 흘러가분 모양이오. 눈을 뜨고 아직 살아 있구나 싶었을 때, 지는 그냥 떠나기로 했소. 돌아가야 할 곳도 하고 싶은 일도 없고, 천지사방 어디 한 군데도 미래로 뻗어 있는 길이 없습디다. 그냥 살아 있어 살아야 한다면 공장에서 살지 싶습디다. 즉시 이불 보따리 옷짐 싸서 집을 나왔지라우. 학교 댕기는 내내 먹여주고 재워주고 가끔씩 맞아 터져 갖고 다니던 철없는 동생 땜시 입술 짓물러 터지곤 하던 착하고 어여쁜 언니 앞으로 편지 한 장 달랑 써놓고라우.

그렇게 들어간 곳이 바로 부평 4공단이었소. 여고 때 친했던 친구랑 효성동에 보증금 20만 원에 4만 원짜리 월세방을 얻었지라우. 친구는 공장 중에서도 제법 잘나가는 수준급 전자회사 댕기고 있었는디, "나랑 살자" 했더니 가타부타 말없이 거그를 그만두고 지를 따라나섭디다. 미싱을 익혀 봉제공장에 들어갔소이. 두어 달 미싱을 배우고 들어갔지라우. 봉제공장 짠밥들이 얼만디 저거이 기술잔지 초짠지 모르겠소. 관리자가 아니라 귀신이랑께요. 금방 시다로 미끄러져불제. 반장 했소. 시다 반장도 반장은 반장인께. 지가 관운이 중중해서 말이어라우 반장 많이 했소이. 미싱사가 될라고 겁나게 돌아댕겼소. 3일도 미싱 못 타고 하루 만에 반나절 만에도 시다로 좌천됨서, 그래도 밥은 먹여준께 대략 한 열 군데 공장을 전전하다 보니 미싱사가 되어 있습디다. 하이고, 미싱사가 뭐라

성효숙 | 깜박잠 | 캔버스에 유화 | 10호 | 1994

고 그라고 미싱을 타 볼라고 애를 썼으까나. 시방도 우리 집이 미싱이 있
당께. 고 징글징글한 것을 뭣이 좋다고 그라고 말 타대끼 신나게 박고 있
는지 알다가도 모를 일이요이. 하기사 이 세상에 우리가 아는 것이얼마
나 될 것이오? 이녁은 이녁을 다 아요?

　　한 달에 잔업이 140시간쯤 되었을 것이오. 월급? 10여만 원 쪼깨 넘
었을 것이오. 참 공장이란 디가 말이오, 날마다 영화가 몇 편씩 상영되는
디, 어떤 날은 미싱대에 앉은 채로 픽 쓰러져부는 미싱사가 주인공이 되
불고라우, 박카스로 시작해 박카스로 마감하는 얼굴 누렇게 뜬 어린 시
다들도 옆탱이에 쪼깨 나오고라우, 관리자에게 몸을 뺏겨갖고 '식모'인
가 뭣인가 하는 영화에서 보대끼 자궁외임신을 한 미싱사가 데굴데굴 원
단뭉치 속에서 굴르는 장면도 나와부러요. 관리자한티 안 혼날라고 머리
끄뎅이 잡고 소리침시롱 싸우고 시다들을 들볶는 미싱사도 출연하지라

우. 일어나서 잠들 때까지 매 순간이 전쟁입디다. 미싱 모타 소리는 또 얼매나 큰지 50대 70대가 한꺼번에 돌아간께 정신이 없어부요.

고것이 인자 본께 전쟁영화 상영관이었는갑소이. 아참 영화가 아니고 그것도 꿈이었으까나? 하여간에 지는 꿈속에서 벌어진 싸움터에서 무건 깃발을 끌고 들고 가는 어리버리한 엑스트라였는지 모르겠소. 하루 우습게 보지 마씨요이. 하루가 백년이고 백년이 하루여분지 몰른께. 엑스트라도 총알 잘 피함시롬 하루하루 자기 역을 잘 마쳐야 수당을 받지라우. 영화가 따다다닥 총알 볶는 소리만 터지믄 근메 누가 미쳤다고 고 정신 사난 걸 쳐다보고 앉았겠소? 반드시 풀도 있고 꽃도 피고 나무도 흔들리고 곧 죽을 거 같은디도 바람이 어디서 솔솔 불어쌓고 보이지도 않는디 어디서 노랫소리도 들리고 한께, 일어날 심도 없는 병든 병사가 천천히 일어나지 않습디여? 근메 건빵과 뻥이요 과자가 그렇게 맛있어라우. 그거 한 바구니 사서 먹어보는 게 소원입디다. 한번은 자취방을 친구한테 빌려줬는디 다음 날 집에 가본께 세상에 그라고 야속합디다. 거 큰 맘 먹고 뻥이요 과자를 다섯 봉이나 사다 놨는디 한 봉지도 안 남기고 그거를 다 먹어야 쓰겄소이? 하여간에 수요일 토요일 두 번씩 철야 마치고 애덜이랑 2번 버스 타고 월미도에도 가고라우, 영화를 보러 다니기도 한 것 같소이. 진짜 영화 말이어라우.

지가 맘이 강단지질 못해서라우 한사코 도망댕기던 현장 조직에 다시 엮였지라우. 아, 우짜긴 우짜겄소. 다시 머리고생 맘고생 시작돼 부렀제. 밤이는 창문에다가 떡하니 담요를 뒤집어씌워 놓고 비키니 옷장에 들어가서 작업을 안 허요. 거 자취방 벽이라고 생긴 것이 베니아합판 하나 막아논 거맨치 얇응께로 소리 안 나게 할라고 그라지라. 전동 타자기 토독토독 두드려싸믄 간첩이 어디 무전 치는 거맨치로 들린께 신고 안 당헐라고. 좌우당간 고로코롬 두드려갖고 유인물 맹글어 새벽같이 나

가 골목길을 누비는디, 아따 그놈의 개새
끼들은 새벽잠도 없는가 모르겠소. 큰 소
리로 짖는 것들은 개고 늑대고 사람이고
간에 지가 겁나게 무서워하거든이라. 휙
던져놓고 도망가믄 금방이라도 쫓아오대
끼 컹컹 짖어쌓는디, 참 뭐를 한다고 그라
고 허구한 날 밤 새워 토론하고, 연구할 거
는 뭣이 그라고 많았으까. 오늘은 모임이
없응께 쪼깨 자봐야쓰겄다 하고 누워 있이
믄 누가 문을 톡톡 두드리요이. 막걸리 한
병 차고 와서 "이것이 사랑이까 아니까나?
이것이 영원하까나 잠시잠깐 지나가는 것
이까나?" 풍전등화 흔들리는 조국의 운명
맨치로 심각하게 화두를 던지는 가시나가
없나, 눈도 못 뜨고 굵은 눈물 방울방울 흘
림서 용접하다 눈에 아다리가 났다고 찾아

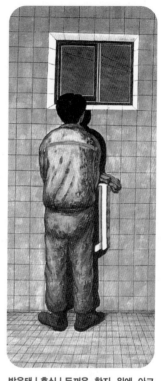

박은태 | 휴식 | 두꺼운 한지 위에 아크
릴 물감 | 80×170cm | 1997

오는 머스마가 없나, 허구한 날 두세 시에 잔께 근메 출근할라믄 정신이
안 돌아와요. 머리통을 통째로 찬물에 집어넣었다 빼갖고 공단 길을 달
리는디, 어느 날은 머리가 하도 무거서 만져본께, 근메 머리에 고드름이
달렸습디다.

　아따, 지 주제에 의식화는 뭘 의식화를 했겄소? 지도 사람인디 맘에
드는 아그들이 왜 없었겄소마는, 글씨 고민인 거이 이놈의 생각이란 것
을 지니믄 말이요, 아그들이 불행해질 거 같은 맘이 들어와분디, 지한텐
강단진 것들은 안 붙고 꼭 순하고 착해빠지고 여리여리한 것들, 싸움이
붙어도 이기지도 못 할 것들만 드글거린디, 안 그려도 고생 원 없이 해부

린 아그들이 이 길을 가믄 쫓기고 두들겨맞음시롱 고로코롬 살 거인
디…… 우짜긴 우째요? 그냥 같이 텐트 속에서 팔씨름 하고 춤 춤서 놀
고, 정신수양으로다 책도 몇 권 사 보고, 신포동 가서 만두도 먹고 쫄면
도 먹고, 고고장 가서 발바닥 땀나도록 비비기도 하고 캬바레도 힐끔거
림서 그냥 놀았지라우. 하기사 놀고 먹고 공부하고 그것도 운동이라면
운동이었지라우.

거 대기업이라는 데가 더 징합디다. 일본이랑 합자한 큰 회사를 들
어갔는디, 나사 한 개 박는 데 얼마 걸리나, 라벨 하나 붙이는 데 몇 초
걸리나, 아주 똑소리나게 계산을 해갖고 일을 시켜먹읍디다. 거 컨베이
어벨트가 사람 잡는 것이더랑께요. 벨트 위로다 뭣이 엄청나게 지나가는
디, 하나 지나갈 때마다 고것을 잡아서 일고여덟 개의 스크루를 박아서
다시 올려야 쓴디, 배탈이라도 나믄 환장하요이. 잠깐 새 내 다이 위에도
옆에도 뒤에도 발 옆에도 선반 위에도 착착 착실하니 층층이 일감이 쌓
이는디, 점심시간도 따라잡느라고 진땀 빼분당께요. 20세기 발명품 중
사람 혼줄을 아주 빼놓거나 정신 사납게 만드는 것 중 하나가 바로 컨베
이어라는 물건이요. 그거 누가 맹글었답디까, 혹시 컨베어라는 사람이끄
나? 이녁은 머리 좋아도 절대 그런 거 만들지 마쇼이. 사람이 차분하니
지금 숨 쉬고 있는 것이 나다고 느낌서 살게 맹글어야 창조라고 허제, 그
라고 정신 나가게 해불믄 천하에 뭣이라도 고것은 좋은 거이 아니랑께.
하여간 뒷사람한티 딸리믄 안 된께 가슴도 늘 조마조마하고, 굴비 꿰어
놓은 것맨치로 줄줄이 앉아서 거 손에도 잘 안 잡히는 쪼끄만 전자계산
기에다 비스를 쉴 새 없이 박아대는디, 거 누가 일하는지 몰르게 손이 빨
라져부요. 컨베어 앞에 앉은 노동자들 손이 바로 신의 손이오. 신의 손이
아니라면 시상에 인간의 손이 그라고 눈에도 안 보이게 빨라불 수 있겄
소? 가만, 신이 진짜 내려와불었으까? 내려다보기 하도 깝깝시런께 직접

강림하셔갖고…… 그라고 본께, 야근할 때 형광등 이고 죽 나래비 선 아그들 머리 위에 광배도 본 거 같소이.

춘삼월 새가 우는디 단칼에 꽃 모가지를 팍팍 비틀어분디, 나무 밑에 어린 꽃숭어리가 한 백 송이나 되었으까라우. 그란디, 댕강 잘린 꽃숭어리들이 들고일어납디다. 어떻게 되긴? 지가 맨날 지기만 하고 산 중 아요? 꽃 모가지가 다시 붙었당께요. 정식 직원으로다 다 채용이 됐단 말이오. 여그까지만 할라요. 나가 일생일대 겁나게 챙피시런 일인께. 그 영화 그 장면만 생각하믄, 안 그래도 바보 소리 듣고 산디 나가 진짜 바보 아니까 생각이 들어와분께 기분이 쪼깨 그라요. 이거 내 야그 아니오이. 진짜로 영화 이야기랑께. 파업이 일어나고 협상도 하고 노동자들이 줄줄이 몰려다님서 집회도 하고 회의도 하고 무신 유인물도 맹글어 뿌리고 그라요. 어느 날 보믄 열아홉에 영아 유기한 전과가 있는 아그 하나가 없어지고, 어느 날은 나이 올려서 입사한 미성년자 하나 없어지고, 솔래솔래 뒷조사가 착착 진행되는디, 싸움한다고 며칠 잠도 못 잔 어리버리한 노동자가 감기에 폭 걸려불었는디 약국이라고 갔겠소? 맨날 밤에 들어가고 아침 일찍 나오는디. 거 콧물이 줄줄 흘르고 머리는 띵하고 삭신은 자근자근 애리고 한께 좀시롱 다리를 바닥에 쳐감시롱 졸음 떨칠라고 애를 쓰는시롱 뒷줄 가서 포장을 하는디, 키가 작달막한 계장이 등장하요이. "박경희 씨, 힘들어 보여요" 어쩌구저쩌구 하믄서 감기가 된통 들어분 거 같은께 약 먹고 하라고, 관리실 가믄 약 있응께 웃음서 따라오라고 한께 정신없는 와중에 있는 어리버리는 아무 생각 없이 따라가는디, 포장박스 천장까지 쌓아놓은 디를 막 지나믄 관리실이 바로 왼쪽에 있는디, 몇 걸음 떼자마자 우디서 양복들이 후다닥 튀어나와갖고 콧물 범벅인 어리버리를 꽉 붙들어갖고 납작 안고 유리문 밖으로 나가부요. 이 장면은 겁나게 길어부요. 40키로밖에 안 나가는 가벼운 아가씨 하나에 떡 벌어진 시

성효숙 | 다시 만난 친구들 | 캔버스에 유화 | 15호 | 1996

커먼 양복들 넷이 붙었는디, 왼팔에 양복 하나 오른팔에 양복 하나 오른다리에 양복 하나 왼다리에 양복 하나 사지가 들려서 그리고 공중에 떠서 발버둥침서 가는디, 이 어리버리한티서 괴력이 나와갖고 시꺼먼 차 안으로 던져지기까지 한 10분은 족히 걸려부요. 얼마나 멍청하믄 명색이 활동가라는 작자가 관리자가 약 먹고 하라는 말을 믿었으까라우? 그 어리버리는 현장에 애기들 있는 디서 소리 한 번 못 질르고 그렇게 끌려가부렀다요.

해고되믄 우째 배가 더 고파집디다. 지가 1000원으로 일주일 먹는 법 가르쳐주까라우? 일단 밀가루 한 봉지하고 호박 하나를 사요. 물을 폴폴 끓이다가 물을 쪼깨 뿌려논 밀가루를 푸요. 그라믄 겁나게 붙어요. 수제비보다 밀가루가 더 안 든당께요. 웬만하믄 걸어다녔소. 마사이족인가 있잖소. 말라갖고 휘청휘청 잘도 걷는 그 사람들마냥, 회수권도 없응께 차 구경 집 구경 해감시롱 내처 걸으믄 하여간에 목적지가 나오긴 나오지라. 그래서 하루도 10리를 안 걸으믄 발바닥에 가시가 돋는 병이 생겨부렀소이. 시방도 열심히 걷지라우. 좌우당간 지한테는 일보담 가난보담 힘든 것이 쌈하는 것이오. 지가 이 지구란 행성에 온 이유는, 싸움이란 것이 대체 뭣이냐 하는 것을 명상하는 목적으로다 온 모양이오. 지는 심장이 선천적으로 약애요. 뭣이 좋은 일에 소리 지르는 것도 생각만 하면 떨리고 괴롭당께요. 식당 가서 밥 먹다가도 라우, 옆에서 조금만 험하게 말함서 잔을 쿵 하고 크게 들었다 놔불믄 밥을 잘 못 먹어부요. 이 세상 이 얼마나 시끄러운 덴디, 그라고 결정적인 취약점을 안고 태어났으까. 하, 세상에 존재하는 먼지 수맨치나 가짓수 많고 맹렬한 시비지심……. 착하고 좋은 일 할라고 하는 일인디 우째 고거이 다 행복하니 서로 사랑 함서 못 하까이? 결국 잡다하기도 하고 거룩하기도 해 보이는 모든 인간 의 행동이 니이체 말마따나 자기 인정과 권력을 향한 의지에 다름이 아 니여부까, 쪼깨 회의가 옴서 지 속의 진심조차 의심되기 시작한께……, 아픕디다. 한 치도 어긋남 없는 것이 몸과 맘이란 물건인디 어째 안 그럴 것이오이. 먹을 것도 방세도 없이 설사를 줄줄 함시롱 헛것이 보인께 헐 수 없이 엄니한티 내려갔소. 위도 장도 간도 다 망가졌답디다.

엄니는 가타부타 말도 없이 지를 끌고 병원으로 한약방으로 다닙디 다. 주는 대로 약 먹고 일어나면 밥 먹고 먹으면 자고……. 몸이 추스려 지자 마땅히 할 일도, 하고 싶은 일도 없습디다. 아따 근메, 그때 맘씨 좋 고 착하고 머리는 텅 비고 심장은 봄날같이 따순 남자랑 눈이라도 맞아 도망가 부렸시믄 좋았을 거인디……, 하여간 도망 못 갔소. 머릿속을 깨 끗이 청소하고 싶은디, 골수에 박혀 안 나가는 무엇인가가 있드란 말이 오. 이브가 따 먹은 사과가 그랬으까? 다 지워져도 공장서 만난 아그들만 은 생생하더란 말이오. 엄니 말이 나와서 말인디 지는 운동이랍시고 쪼 깨 함서 늘 내 엄니만 같아라, 엄니 맨치로만 몸으로 살면 부끄럽지 않겄 다 생각했소이. 사상은 뭔 놈의 사상? 사상 때문에 사람이 목숨을 걸겄 소? 진짜 사상은 농부가 땀 흘려 곳간에 작물을 쟁이대끼 차곡차곡 쌓은 알곡 같은 거 아니겠소? 몸과 맘이 오차가 없대끼 사상이란 것도 몸에서 맹글어진 감동과 1미리도 차이가 없응께, 사람들 속에서 굴름시롱 이녁도 모르게 저절로 맹글어지는 것이제, 고깟 머리에 입력시킨 지식이 1년을 가겠소 10년을 가겠소잉?

뭐하긴 뭐해요? 포도시 살 만헌께 뭐를 다시 했겄지라우. 감옥에서 갓 나온 몇몇 동료들과 어울려 거 뭣이냐, 공동으로다 생산하고 공동으로다 분배하는 공동체를 우리가 만들어불자, 또 꿈을 꿨겄지라우. 내 장점이자 단점은 꿈꾸믄 바로 현실맨치로 느껴불고 즉시 실행에 옮기는 거요. 고거이 해고자를 위한 미싱방인디, 이름이 '미모사'였소. 거기 모인 여인네덜이 미모가 아주 출중해갖고 말이어라우, 보름달맨치로 허여니 오동통한 보미 엄마, 동글동글 어디 모난 데 없이 늘 웃고 다니는 보살 이미옥—우리 엄닌 미옥이를 겁나게 잘 봐갖고 보름달 잘 사냐? 돌아가시기 전까지 안부를 물었소이—, 신윤복의 〈미인도〉에서 막 걸어나온 것 같은 조선 미인 김주리, 아무것도 안 찍어 발라도 고상하니 절로 품격이 넘치는 이미혜—깡패 짓 좀 하던 우리 막내 오라버니 늦장가 가기 전까지도 안부 물음서 군자금 챙겨줬소잉—, 미싱은 잘 못해도 어린 왕자같이 해맑게 생겨갖고 시다바리만은 씩씩하게 잘 하던 최명아……. 아따 농담이지라우. 지 말의 거지반은 귀신 씻나락 까먹는 얘긴께 알아서 들으쇼이. 미싱사덜이 모였다고 미모사라고 지었겄제라우.

작은 공장서 일감 받아다 소매라든가 주머니라든가 앞판 뒷판, 하여간 일부만 맹글어서 납품했소. 하청이 없으믄 놀믄서 기양 이거저거 맹글어갖고 송림시장 거북시장 다님서 팔았소. 뭐 냉장고 손잡이도 맹글고 밥통 받침도 맹글고 뚜껑도 맹글고…… 세상이 덮을 거 천지니께, 명색이 미모산디 뭐를 못 만들겠소? 그란디 수금이 잘 안 됩디다. 다덜 밤일 댕기느라 바쁜께 일도 잘 안 되고라우. 공동 책임이라는 거이 내가 못한 일이 있으믄 누군가가 더 해야 하는디, 고 경계가 쪼께 모호하지라우. 임신한 배가 미싱판에 닿도록 솜뭉치랑 천쪼가릴 들고 댕겨도 미모사를 너무 좋아하드랑께요. 누구긴 누구겄소, 가난이란 작자지. 동료들은 얼마간 수금된 돈을 임신했다고 지를 먼저 챙겨준디, 해결이 되겄소? 그것이 뭣이냐 절대빈곤이라는 것인디…….

입덧을 했던 모양이요. 한번은 짜장면이 하도 먹고 잡어서 결혼반지를 전당포에 맡겼지라우. 동료들이 다 따라와불어갖고 한 방에 다 나가부렀소. 입이 솔찮이 많았을 것이오. 미싱만 한 거이 아니고 뭐 좀 해본다고 노동자 잡지를 또 맹글었응께. 이름은 거창해라우. 〈변혁시대〉, 〈노동자와 정치〉 뭐 그런 거요. 하여간에 식구가 많응께 밥을 해도 15인분씩 쌀을 안치고, 콩나물을 무쳐도 바께스 가득 부어야 한 끼 먹지라우. 집들이 때 들어온 슈퍼타이랑 두루마리 화장지가 쌓였응께, 구멍가게 가서 콩나물이랑 두부랑 바꿔 먹었지라우. 딸 낳고 신랑은 우유배달 함시롱 노동상담소 댕기고, 지는 집에서 미싱 갖고 부업했소. 애기 자박자박 걸을 만한께 탁아소 맽기고, 오리털 파카 만드는 공장 댕겼소. 한 이태 하다 미싱판에 축농액이 뚝뚝 떨어진께 공장을 때려쳐부렀소. 거 봉제공장 욕이 하나 있는디라, "평생 미싱질만 해 쳐묵고 살아라이" 그라고 욕을 하믄 머리끄뎅이 잡고 바로 싸운당께요. 그랑께 미싱사가 화장실이라도 가믄 고 틈에 미싱 한 번이라도 밟아볼라고 살짝 올라가서 몇 번 까딱해보고 얼른 내려오던 시다바리들은 고것이 뭣이 욕이다냐, 이해가 안 가불제. 몇 번 밟고 내려와불어도 "누가 내 미싱 올라갔어?" 귀신같이 알고 소리질러분당께. 싸납고 시다 괴롭히는 미싱사가 관리자랑 밖에서 노닥거리믄 발판 밑이다가 돌이나 솜뭉치 같은 거를 확 눌러놔부요. 발판이 움직이간디? 까딱까딱 난리 치다가 소리소리 질르다 범인을 못 잡응께 별수 있간디? 작업이 딸려분께 잊어불고 다시 일하제라우.

인자 다 잊어분 영어책 국어책 공부해갖고 학원 나갔소. 사람이 참 요상한 동물입디다이. 그래도 지가 학교 댕길 땐 공부 좀 했는디, 하도 정신없이 살다 본께 고것이 다 어디로 도망가부렀습니다. 워메, 애기들 영어 가르칠라고 본께 분사고 동명사고 진짜로 아무것도 생각 안 나부요. 아따 영어는 안 되겠다, 한글로 된 거를 가르쳐보자, 해서 국어를 가르치는디요, 고등학생은 괜찮은디 중학생덜이 선생을 좀 모지라게 봐부요. 지가 법, 이거에 좀 약아단 말이요. 문법 하나 헷갈리면 줄줄이 헷갈려갖고 당최 설명이 안 되어붑니다. 고등학생덜하고 문학 공부할 때가 참말로 행복했소. 애기들 가르침서 문학에 눈떴소이. 다 잊어분 꿈속의 문학이란 것을 고등학생 수준으로다 다시 시작했을 것이오. 근메 시가 그렇게 재미지드랑께요. 딱 읽어갖고 기분 좋은 시는 몇 번 읽으믄 외워져 불드란 말이오.

　한번은 백석의 「여승」이란 시를 가르치는디, 여승이 돼분 꼬질꼬질한 광부 아낙이 섶벌같이 나아간 지아비 찾아서 파리 새끼 달려들어쌓는 애기를 업고, 옥수수 팜시롱 금전판을 돌아댕기는 모습이 바로 앞에서 벌어지는디, 우는 애기를 때림시롱 울어쌓는디 애기는 죽어갖고 도라지꽃 좋아 돌무덤에 들어가불고, 절 마당에서 머리를 팍 깎아분디 하필 산꿩은 울어쌓고 달빛이 머리오리를 적셔갖고 달구똥 같은 눈물은 한올 한올 떨어져쌓고, 오메 환장하겠소이, 지 가슴팍을 열고 조선의 아낙이 확 들어와분디 방울방울 눈물이 흘러갖고 가을밤 같이 차게 울어부렀소. …… 아이고 아그들아 시라는 것이 이런 것이다, 천 마디 말보담 주장보담 이러고 단번에 확 하나가 돼불게 하는 거이 시고 바로 요거이 조선 역사고 민중의 삶이라고 하는 거이다. 챙피한께 그러고 거창하게 얼버무리고 말았소이.

　몇 년 그러고 살다 본께 지 나이가 마흔 가차이 돼부렀습니다. 아따 언제 그렇게 시간이 날아가 부렀으까요이? 딸이 학교에 들어간께, 1년에 한 번 치러야 할 고민이 생기드만요. 부모 직업란에 뭣이라고 쓰긴 써야겠는디, 주부라고 쓰자니 살림 꾸리는 데 충실한 여인네도 못 되고, 사회운동가라고 쓰자니 어디 변변한 소속도 없을 뿐더러 낯 뜨거운 감이 없지 않습디다. 아마 공란으로 비워둘 때가 많았을 것이오. 지 혼자 '꿈꾸는 자'라고 쓸까 생각헌 적도 있소. 지가 미쳤소? 애기가 무슨 대접을 받게 할라고 그라고 쓰겄소? 지 혼자 그라고 생각했다 이 말이제.

아따, 시방 바람이 쪼께 부요. 태풍이 오는갑소. '내나무'를 본께 겁나게 흔들려부요. 그래도 지는 믿소. '당신나무'는 그깟 바람으로 뿌리 뽑히지 않응께요. 내나무 당신나무가 헛갈린께, 하나로 정해서 부르라고라? 아따 나가 당신이고 당신이 나라니께, 그라고 쉬운 말을 우째 못 알아묵으까이? 이름 신경 쓰지 말고 제대로 좀 보쇼이. 당신나무는 하늘하고 땅하고 반씩 나눠서 산께 우린 시방 반만 보는 것이오. 밖으로 펼친 가지만큼 뿌리가 딱 고만치 깊이 들어가 있답디다. 그립고 그립어도 닿을 수 없는 것이 세상천지간에는 있습디다이. 그람 당신 체관으로 들어가보쇼. 속는 셈 치고 죽 들어간 담에 눈 뜨고 보믄 체처럼 생긴 거이 구멍이 뚫려갖고 가고 잡은 대로 갈 수가 있소이. 고것이 내밀한 소통이란 것이오. 하기사 살아 있는 혈관이 누구한티를 못 갈 것이오. 생각만 하믄 저 우주 끄트머리도 한 찰나에 가 있고 천둥 번개보다 빠르고 무소부재한 것이 마음이란 거인디.

하여간에 어둠 속을 돌아댕기다 보믄 활짝 열린 구멍들이 달작지근 촉촉 쪽쪽 빨아묵는 소리가 들려부요이. 어떻게 들리냐고? 고것이사 시간시간 다르고 초마다 다르고 잎사구 뿌리 줄기 다 다르지라우. 이녁이 직접 들어가보쇼이. 숨구멍 막히믄 죽대끼 구멍 막히면 당신나무도 죽는 것이오. 더 이상 위로 쭉 뻗어가지 못한당께. 나무는 위로 올라가야 그것이 나무제라. 그랑께 바로 수직이 나무의 생리라 이 말이오. 수직은 시간을 초월하는 것이오. 시간을 초월한다는 거이 뭣이냐? 밑으로는 땅 끝까지 이어져붙고, 하늘 위로 아주 먼 데까지 한 몸으로 이어져 있다 이 말이오. 말하자믄 천상과 지상을 아울러부는 것이지라우. 아따 우리 눈으로는 잘 안 보이제라. 이왕 수직 어쩌고 유식한 말이 나와부렀응께, 나가 인자 쪼께 진도를 더 나가부러야겄소. 천상과 지상 사이에 우리가 시방 사는 것이오. 그랑께 지금 내나무는 확고하니 여기 서 있지만 동시에 꿈을 꾸고 있는 것이오. 혼란스럽겄다고라우? 땅하고 하늘하고 반반씩 사니께 하긴 그러겄소만은, 그라믄 이녁은 시상 사는 거이 혼란스럽지 않습디여?

맞소. 이녁 말이 맞당께요. 혼란스럽고 모호하고 복잡한 존재가 바로 인간이오. 애써 부정하거나 단순화시켜불믄 고것이 죽어부러요. 혼돈이 정직한 것이오. 정체성의 부재가 진실인 것이오. 거 잘해준다고 혼돈에다 친구들이 억지로 구멍을 뚫어갖고 죽여분 야그를 이녁도 알지라우? 모든 인위적인 단순화는 존재 자체의 모호성을 부정함으로써 탄생허요. 그건 겉으론 명료한 것 같지만 실은 거짓에 가깝지라우. 우린 광기와 폭력과 유토피아가 공존하는 혼돈의 시대에 청춘을 보냈소. 하지만 시방도 혼돈은 끝나지 않았고 인간을 사고파는 인간 시장의 끔찍한 생리도 사라지지 않았소. 고로 이녁과 지를 갈르고 물건 취급하는 타자의 눈을 거부할 수밖에 없지라우. 이성과 지성이란 이름으로 포장된 이 세계의 논리를 부정할 수밖에 없다 이 말이오. 너나 할 거 없이 생각이 맹근 지성이라는 변비에 걸려갖고 삶이 몹시 불편해부요. 이 육체란 것도 내비두믄 말없이 순정한 것인디, 몸뚱이 하나 갖고 벌어먹고 사는 사람들한테 무담씨 이거저거 들이대갖고 복잡시럽게 맹그는 아무짝에다 쓸모없는 정신이라는 작자의 횡포를 이녁은 아요?

하지만 비극은 내 안에도 있소. 지도 그런 세상에서 길들여져 이날 이때까정 생존해왔응께 나라는 물건도 종이짝 하나만치도 차이가 없다이 말이제. 찢기고 타락한 내가 있고, 그걸 매순간 목도하는 내가 있고, 그런 세상의 반영이 바로 나고, 세상 또한 그런 나의 반영인께 피장파장 인디, 지가 세상한티 뭐라고 큰소리를 칠 것이오. 그래도 지가 꾸는 꿈과 사사건건 위배되는 것들이 지를 에워싸고 있응께 도리가 있소? 나란 물건은 여전히 딜레마를 지닌 채 살아갈 수밖에. 있는 그대로의 진실에 맞닥뜨릴라믄 수많은 타자의 거울을 깨야 쓰고, 그 거울에 비친 초라한 내 모습을 바라보며 갈등해야 쓰고, 안 깰라믄 있는 그대로의 적나라한 나와 세상을 곤혹스럽게 바라봐야제라. 혹시 그걸 들여다볼라고 퉁방울 눈을 한 달마가 눈꺼풀을 잘라부렀으까?

괴물 스핑크스가 외디푸스에게 던진 수수께끼 알지라우? "아침에는 네 발, 낮에는 두 발, 저녁에는 세 발로 걷는 짐승은 무엇인가?" 이 물음은 하나이면서 둘이고 셋이면서 동시에 넷인 것을 묻는 질문이기도 하요. 외디푸스한테 이 화두가 던져졌을 때 함정이 있소. 고것이 뭐이냐믄, "니는 누구냐?" 혹은 "니는 니가 누군지 아냐?" 그냥 객관적인 답을 찾으라는 게 아니고라우, 우리가 진실로 뭐냐는 것이오. 세상과 이녁의 답을 한 치도 어긋남 없이 바라볼 때 비로소 답다운 답이 되는 것이오. "스핑크스 당신이오"가 정답이오. 왜? 스핑크스는 인간의 얼굴과 새의 날개, 사자의 몸뚱이를 하고 있는 괴물이니까. 그란디 외디푸스는 인간이라 답했소. 스핑크스는 괴물 노릇 하기도 지겨운께 약간 타협해서 정답 처리해주고 그 자리서 죽었지라우. 그를 이어받을 괴물인 인간 외디푸스라는 후계자가 나타났응께. 허지만 꿈에서조차도 외디푸스는 자신이 괴물인 줄 몰랐소. 장님 테레시아스가 라이우스 왕을 죽인 범인으로 자신을 지목했는데도 털끝 하나 의심하지 않았단 말이오. 자신이 친부를 살해한 범인이자 어머니를 범한 괴물임을 알았을 때 눈을 뽑아부요. 그건 뭐이냐? 지는 안 보고 현상과 바깥으로만 향한 눈은 진정한 눈이 아니라는 걸

통절하게 깨달았다 이 말이오.

아직 드러나지 않는 것을 보고 이미 드러난 것에 오만하지 않았으면 좋겠소. 기운이 없는 자는 절망하지 말 것이며, 이미 힘이 있는 자는 그 밑뿌리를 흔들고 있는 소멸을 정면으로 응시하기를 바라요. 대상에 대한 응시, 고것이 싸움의 대상이 된다 하더라도 반드시 나를 포함했으믄 쓰겄소. 싸울 대상은 바로 자신이기도 하니께요. 지 안에 어둠이 없다믄 지가 어찌 어둠을 볼 수 있겠소이? 지 안에 아름다움이 없다면 어떻게 지가 한량없이 이쁜 눈으로 당신나무를 보고 안고 기뻐함서 감사한 마음이 그라고 한없이 생길 것이요이? 모든 대상은 바로 나요. 대상은 나를 비춰주는 거울일 뿐이오. 우리 모두 혼돈과 욕망의 괴물일 수 있음을 늘 자각하길 바라요.

거시기 뭐 좀 하다 국회위원도 되고 경력 삼아 잘 뻗어나가는 사람들도 많습디다이. 좋은 일이지라우. 거기에 관심이 있는 것만으로도 능력인게 고맙고 대견한 일이지라우. 다 자기 생긴 결대로 사는 게 인생 아니오? 근디 안 잊어부렀으면 좋겠소. 거 시방도 음지에서 사는 사람들이 얼마나 많은디 그 어둠이 슬픔을 넘어 분노가 되지 않았으믄 쓰겄소. 털 끝만치라도 누군가를 위해 헌신했다믄 경력이 절대 될 수 없소이. 거시기 노조가 뭔 줄도 모르고 사는 사람덜이 얼마나 많은 중 아요? 그것이사 모른께 까막눈인께 눈앞의 좌판만 보고 검은 지렁이가 지나가대끼 갈라터진 손으로 파 다듬고 무시 다듬고 맛살 깜시롱 하루하루 먹고사니라고 바쁜디 권익이고 운동이고 고런 어려운 걸 무슨 수로 알겠소이?

아따, 내나무도 모르겄다 안 허요? 당신나무가 나한티 살짝 가르쳐줬는디, 사실 당신은 나무만도 아니랍디다. 우리 눈에 안 보이는 저 아래께는 꿈틀꿈틀 수천 개 발이 동시에 사방팔방 길을 내고, 쩌그 잎사구욱에는 맘만 먹으믄 시방 팔천대천세계 훌쩍 넘나들어부는 팔만 억 날개가 달렸다 안 허요? 그란디 그 많은 날개가 말이요이, 윗분들하고만 접선하는 거이 아니고라, 수십 킬로 떨어진 아주 작은 나무들한티도 닿아갖고, '어디께 노인네가 환상박피 되야서 몸이 못 쓰게 돼부렀다' '누구네 자슥들이 다 살아보지도 못허고 한까번에 타 죽어부렀다' 다 알아봄서 '산 목심을 이라믄 안 되지라우' 함서 이녁 몸에 달린 팔이란 팔 다 들고 항의함서 기도함서 그란답디다.

그랑께 당신나무는 분명 식물인디 식물만도 아니고, 분명 새인디 새만도 아니고, 분명 지 목심인디 지 하나 목심만도 아닌, 뭣이냐 바로 총체적인 존재다 이 말이제. 그랑께 가만히 서 있는 것만 같아도 잘 들여다봐야 당신 속을 제대로 알 수 있을 것이구만이라. 그 정도 됭께 강풍이 쪼깨 불고 맥없이 베어불고 태워불어도 원망도 해꼬지도 않고, 고생고생 열매를 내걸어도 지 입으로는 한 알도 안 들어가고 그라제, 우리 같으믄 고거이 평생 노력해서 되는 일이겄소이? 고요하고 품 넓고 씩씩하니 대지와 하늘을 잇는 참 위대한 당신, 겁나게 사랑허요. 시방 바로 당신이 이녁한티 속삭인디 들었소? 인자 안 갈켜줄라요. 이녁이 온몸이 귀가 되어갖고 잘 들어보씨요.

아 참, 배운 사람이 고 쉬운 것을 못 알아묵으까이? 인제까지 지가 한 말이 내 이야그인 중만 알았소? 나고 내 친구고 그라고 살아분 촌시런 옛 거울 한 조각이랑께. 고 거울이 낡고 깨져갖고 잘 안 보인께, 지가 잘 닦아갖고 비치는 디만 야그한 것이랑께요. 가난하거나 병들었거나 불행하거나 허무하거나 넷 중 최소한 둘은 데리고 살음서도 꿈은 못 버리고 사는, 지가 시방 고 야그를 하고 안 있소이? 비틀비틀함서도 일어서볼라고 하는 진짜배기 사랑이란 것에 허기져갖고 저잣거리를 헤매고 댕기는…… 꿈을 꾸고 있네이. 손가락질하지 마쇼이. 존재하는 것은 사라지지 않고 바라는 것은 어떤 형태로든 꽃필 텐께. 고 정직하기 이를 데 없는 혼돈이란 신랑이 검허한 용광로 속으로 들어가불믄 진짜 순금이 나올 것이오. 각시 배에서 뭇이 튀어나올 때까지 절대 구멍 뚫지 마쇼이. 어느 세대라 한들 자기 결대로 살기 힘든 시대를 헤쳐왔겠지만, 지 또한 80~90년대라는 격랑과 혼돈의 시대를 헤쳐옴시롱 지가 누군지 모르게 뒤죽박죽 살아부렀소. 평범하게 살기에도 힘에 부친 인간이 너무도 큰 꿈을 꿨는갑소. 꿈에 눌려본 적 있소? 꿈도 무게가 있어서 누르면 겁나게 무겁소이. 그래도 꿈 꿀라요. 이 생이 꿈이라는디 꿈속에서라도 꿈을 꿔야 깨어나는 것 아니겠소? 긍께 꿈과 현실의 간극을 메워볼라고 몸부림치다 가는 거이 인생 아니겠소? 그러다 본께 반거충이가 되부렀지만 내 처 더 갑시다이.

　20년 가차이 청소부 해온 아자씨를 만났소. 애기 때 식구들 모두 일 나가고 낮잠을 자다 천장에서 구렁이가 떨어지는 통에 쇼크를 겁나게 받았답디다. 오랫동안 앓니라고 학교 문턱도 못 밟아봤지라우. 글자도 시계도 모르고 돈이 뭣인지 안 것도 얼마 안 됐답디다. 그랑께 달 뜰 무렵 나갔다 다음 날 해가 그림자를 맹글기 시작하믄 들옴시롱 들고 나고 했던 모양이오. 집에 들어와갖고 늦은 점심을 잡수고, 한소끔 자다 부스스 일어나 저녁 먹고 앉아서 졸다 다시 나간께, 하루 열다섯 시간씩 일한 폭이지라우. 시계를 볼 중 모른께 자기가 몇 시간 일한지 모르지라우. 쓰레기봉투 나오기 전에는 일요일도 없었답디다. 하루 500원씩 집집이 돈을 섰어서 내야 월납을 줬다는디, 글자도 돈도 모른께 혼자 수금을 못 하지라우. 막 초등학교 들어가 한글 깨친 딸아이 앞세우고 집집이 초인종을 눌르는디, 큰 대문 달린 부잣집이 더 하답디다. 아, 서너 번씩 고랫등 같은 집 문밖에서 한 시간씩 기다리다 추워 떰시롱 징징 우는 딸아이 쥐어박음시롱 소주병째 나발 불다 쓰레기 더미서 잠들어불고, 언덕길 오르다 구루마 무게에 눌려갖고 거꾸로 처박혀불고, 한밤중에 차에 치여 갈비뼈 몇 개 부러져불고, 아침에 구루마에 수거한 쓰레기를 트럭에다 꾹꾹 눌러 담다 유리 조각에 발이 난자당해불고, 김칫거리 다듬다 신문지에 버린 식칼에 무릎을 찔려불고 했다는디…….

웃음서 들었지만 밖으로 나온께 눈물이 쏟아집디다. 비가 오나 눈이 오나 하루 열다섯 시간을 몇 신지도 모르고 거리를 헤매고 다닌 아자씨 기나긴 날밤들이 지가 겪은 거맨치로 생생하게 떠올라갖고 막 울어부렀소. 말도 잘 못한께 아내를 통해 떠듬떠듬 들은 아자씨 산 역사는 그만의 어둠으로 사라질 것이오. 못나고 너절한 지 꼴 보고 가끔 한숨이 나다가도 지가 만난 사람덜 생각하믄 부끄럽습디다. 뭔 고생이라우? 다 배부른 소리요. 지는 고생 '고' 자도 모리요. 근데 아자씨 이야그 하다 본께 또 눈물이 나부요, 배도 고프고라우. 눈물 쪼깨 닦고 밥 먹고 헙시다이.

배가 부른께 뜬금없이 어디 먼 나라 야그가 생각나부요. 지 옆에 사람치고는 그래도 머리가 쪼깨 괜찮은 이가 있는디, 바닷가서 술 한잔 뽈다가 이야그 허는디, 거 쩌어그 빙하가 시방도 아직 안 녹은 나라에 전해져오는 민담이 하나 있답디다. 긍께 이 시상에는 성자가 꼭 서른아홉 명이 있다 안 허요? 왜 하필 서른아홉 명이냐 한께 그것이사 잘 모르겠는디, 하여당간에 서른아홉 명 중 하나가 고향 별로 돌아가믄 또 하나가 내려오고 함서 반드시 그 서른아홉이 지켜진다는디, 근데 그 사람덜 땜시 시상이 금방이라도 망해버릴 것처럼 보여도 고만고만 털고 일어나고 비틀비틀함서도 앞으로 간다 안 허요. 아따 먼 역할이요? 아무것도 안 한답디다. 거 낫 놓고 기역 자 정도나 알고 땅만 파다가도 가고 그물만 던지다가도 가고 한께, 그자덜이 성잔지 뭐싱긴지 암도 모른답디다.

아따, 답답하요이. 이녁이 성잔 줄 알믄 그것이 진짜 성자겄소? 지도 모른께 그냥 땅이나 파고 길에서 장사나 하다 울다 웃다 때 되믄 가겄지라우. 하여간에 고 이야그를 듣고 본께 '혹시 이자도 그 서른아홉 분 중

하나……? 지 옆에 조신하니 앉아 있는 물색 모르는 물다방 이 양도 한 번 돌아보고, 건너편에 앉아서 술을 뽈고 있는 그림이나 끄적거림시롱 집도 절도 없이 떠도는 크레인 홍 군도 성잔가 뭐신가 하는 분 같아서 자세하니 들여다보는디, 근데 지가 술이 취해부렀으까이, 난중에는 노래도 잘 못함시롱 찰싹찰싹 시끄럽게 벽만 비벼대쌓는 파도도, 시멘트 바닥 우에서 꼼지락대는 낙지발도 그분인가 싶드랑께요. 근디 말이요, 이건 비밀인디 아무래도 지 생각엔 서른아홉은 아닌 것 같습니다. 근메, 지가 만난 성자만 해도 백이 훨씬 넘을 거인디 서른 몇이 가당키나 허요? 긍께 지 말은 지구가 하도 아파분께 하늘에서 규칙을 바꿔갖고 대거로다 한꺼 번에 보내부렀으까 싶단 말이오. 이라고 쓰잘데없는 이야그나 듣고 돌아 댕긴 거 본께 이녁도 혹시……?

당신은 어떻게 생각하요? 지가 만난 사람들 중 지보다 덜 아프게 산 사람은 없었지라우? 그랑께 나가 따로 있는 거이 아니고, 수많은 사람들 이 지를 맹글어갖고 이끌어가는 거 맞지라우? 살아본께 내 의지로 된 것 이 하나도 없습니다. 시방 지금 이 순간 이후 어떤 일이 일어날지 누구를 만나 어떻게 되야불지 하나도 모르겠습니다. 이 작은 머리로 생각하는 대로 되는 것이 아닌디 당신헌티 납작 엎드려야지 별수 있소. 그라고 본 께 내 머리가 터져분 것도 그것 때문이까라우. 내 죄가 아니라고라우? 죄 라는 거는 애시당초 없는 것이라고라? 죄가 없당께 겁나게 홀가분하요 이. 머리에다 호찌깨스 박아분께 지 머리가 텅 비어부렀소이. 고맙소이. 지밖에 모르고 생각이 다인지 알고 살던 지를 이만큼이라도 사람꼴 만들 어준 것이 바로 공장에서 거리에서 만난 사람들이오. 내 날개로 접선한 그 헐벗고 고단한 나무들의 한과 원과 흥과 일과 춤과 노래가 모여 지를 이룬 것이오. 지를 살아 있는 이 세계의 한복판으로 이만큼이라도 움직 여갔응께, 어찌 내가 엎드리지 않을 것이오? 그랑께 부처님도 나무한티 대고 수십만 번씩 나무 아미타불 하지 않습디여?

니 하고 잡은 대로 니 맘이 시키는 대로 죽 가거라, 이거시 당신나무가 우리한티 말을 거는 방식이요이. 이녁이 글을 쓴당께 하는 말인디, 어쩌면 글이란 것이 말이오, 이녁 안에서 사라지지 않는 유령을 불러내는 짓인지도 모르겄소. 거 안이서 지도 지를 어쩌지 못한께 징징 짜고 말이오, 머를 잘 모른께 해꼬지허고 때려부시기도 하는 유령 말이오. 그 사람덜 속의 유령을 달래고 위로하는 건지도 모르겄소. 거 이상하다. 호통 치고 눌러불믄 잠시 잠깐 도망갔다가도 다시 돌아오는디, "니가 시방 그래부냐? 그라믄 속 씨언히 말 좀 해보그라" 험서 귀를 귀울이믄 고것이 조근조근 씨불씨불 뭐라 해쌓다가 간지도 모르게 가부러라우. 이녁 안에 들어와 있는 것이 어찌 이녁만의 것이겠소? 앞뒤도 안팎도 없는 것이 생명이란 것인디, 뿌리치믄 안 들리지만 가만히 듣고 있으믄 사방팔방 밖에 있는 것들이 내 안으로다 들어와갖고, 버릴 거 한 톨 없이 다 이녁이 돼 있을 것이오. 그 울음과 해방을 나누는 것이 글이오. 그라다 보믄 좁쌀만 한 나란 물건이 팍 터져갖고 사방팔방 툭 터져븐 시방세계맨치 커져부리는 것이 바로 확장이고 진화고 대자유라 이 말이시. 이녁은 복 받을 것이오. 뭣이 유령이랑께 무섭소? 그라믄 이녁 속의 떼쓰는 애기라고 헙시다아.

아따, '내나무' 가 맞다고 안 허요? 살랑살랑 흔들거림서 고개도 까딱까딱 하는 거 안 보이오? 거 보믄 속에서 뭣이 말도 안 되는 것이 툭 튀어나오는디, 이녁이 이녁을 어찌해볼 도리도 없이 떼를 써대는 아그가 숨어 있다 울어불믄 '내나무' 가 바로 '당신나무' 가 되부요이. "아따 이놈의 아그가 울어분디 당신이 쪼께 어떻게 해주쇼이." 뭣땜시 떼를 쓰느냐고라우? 지도 몰르겠소. 그것이사 이유를 모른께 "아가, 미안허다, 니가 우째 그래부냐?" 그냥 밥 돌라 하면 밥 멕이고, 껄끄럽다믄 깨까시 씻어주고 함시롱, 해돌라고 하는 거를 그냥 다 해주는 수밖이 없지라우. 그럴 때 보믄 당신이 아부지도 같고 어무이도 같소. 아그가 울어도 배가 고파도 걱정이 별로 없소. 지 힘으로 안 되믄 당신한티 맡겨부리면 된께. 시방 생각이 났는디, 어째서 아그가 징징 짜느냐고 물었지라우? 지를 진짜로 사랑해돌라는 거 아니겄소. 시상 만물 삼라만상이 다 사랑이 고파서 우는 거 아니겄소. 거 이녁은 그런 적이 참말로 없소? 성인이구만이라우. 거시기 자꼬 물어쌓지 말고 진드근히 들어보쇼. 자꼬 심중에 있는 것이 없어져 불라고 한께. 저 나무를 보씨요. 얼마나 지그시 서서 가만히 듣고 있소? 나가 이라고 오래 씻나락을 까도 저라고 가만히 듣고 있는디 가만, 인자 본께 당신은 온몸이 귀인갑소이. 아따 당신 귀는 참말로 크요이.

아따 폼 잡고 이야기한디 촌시럽게 뭔 이름이요? 근메 몇 번을 말해야 쓰겄소? 지 이름이 몰라랑께. 이름 몰르는 사람이 이 행성엔 무지 많습디다. 지도 그 몰라덜 중 한난지도 몰르고 몰라 몇이 합체돼분지도 몰라. 하기사 지나 몰라나 무슨 차이가 있것소? 쪼깨만 야그한다는 기 길어

"고요하고 품 넓고 씩씩하니 대지와 하늘을 잇는 참 위대한 당신, 겁나게 사랑하요. 시방 바로 당신이 이녁한티 속삭인디 들었소? 인자 안 갈켜줄라요. 이녁이 온몸이 귀가 되어갖고 잘 들어보씨요."

져부렀소이. 그라고 본께, 이제까정 떠든 거이 당신나무가 지한테 해준 야그 같은디……

대여섯이나 먹었으까라우? 쪼그만 것이 아침에 눈 뜨면 바로 마당을 가로질러 돌계단에 앉아갖고, 아 뭐하긴 뭐해요? 먼 산 바라보는 거지. 산을 휩싼 안개가 천천히 걷힘시롱 모락모락한 안개 속에서 희불그레한 둥근 덩어리가 솟아오르는디, 참 안개도 안개려니와 고 희여멀건한 디서 우찌게 시방 전까지 없던 것이 아침마다 나오는고. 단어가 짧응께 그땐 몰랐는디 커서 필름을 돌려본께, 신령스럽다는 거였소. 저녁이믄 반드시 산속으로 들어가는 붉은 해도, 돌 틈에 볼그작작 동글동글한 열매도, 무덤가에 핀 하얀 삐비꽃도, 빨믄 단내가 확 속으로 스며들어부는 하얀 미영꽃도 다 신령스러웠소. 지는 아직 꿈꾸고 있소. 비린내 단내 쓴내 있는 그대로 풍기는 날것 그대로의 세계, 거추장시런 껍데기 뒤집어쓰기 전 심장에 아로새겨진 그 신령스런 것이 이끌어가는 삶 말이오. 그래도 으짜겠소? 까딱하믄 변비에 걸려부는 머리통을 떼놓고 살 순 없응께, 호찌깨스 박힌 머리통이라도 심장하고 사이좋게 만들어갖고 또 살아봐야지라우.

저기 보쇼이. 커다란 이파리 사이로 뭐가 비죽비죽 나와 있는 거 보이지라우. 늦봄부터 여름 가을 겨울까지 당신은 꽃을 숨기고 있당께요. 완연한 봄이 오면 느긋하게 등불을 터트리지라우. 그랑께 당신은 1년 내내 꽃을 피우고 있는 것이오. 꽃은 며칠 피고 나면 그뿐 가만히 서만 있는 것 같아도 300날 이상 견디고 있지라우. 하기사 나무가 꽃이나 열매 땜시 피겠소? 그냥 묵묵히 사는 거 아니겠소? 그저 제 할 일 하는 것 뿐이겠지라우. 때로 삭풍 불어닥치고 눈보라 치는 사이, 시절이 오고 가고 그렇게 살다 본께, 잎도 나오고 꽃도 터트려지고 열매도 맺어지는 거지라우. 고맙소이. 하늘 같고 땅 같고 나무 같은 당신, 겁나게 사랑하요이.

세상의 모서리에
부딪는 파도 소리

김형수 시인

1 　김해자의 글은 늘 구원에 대해 생각하게 한다. 내가 기억하기에 그녀는 시를 습득하던 초창기부터 생명에 대한 감수성이 남달랐다. 누가 옳은지 그른지 묻는 시비의 언어, 혹은 무엇이 좋은지 싫은지를 가리는 취향의 언어를 좋아하지 않는다. 말수가 적은 편이 아니지만 전혀 수다스럽지 않은 까닭이 여기에 있다.

　　사실 개인사가 늘 마주하고 있어야 하는 구차스런 사건들이 천상의 것인지 지옥의 것인지 묻는 '단테'적 태도를 근대사회는 항용 신의 영역으로 떠밀어놓고 방치해왔다. 언제나 곤혹스럽고 누추한 일상을 향해 경건한 질문을 던질 수 있는 사람은 신부, 목사, 스님 같은 사제들뿐이다. 하지만 사제들은 그 몫을 위해서 성(聖)과 속(俗)의 경계를 뚜렷하게 나눈다. 김해자는 인간 사회의 내부에 있는 신분의 차이뿐 아니라, 그 너머의 생명체들에게 부여된 선천적 귀천의 차이와 안팎의 경계조차 지워버린다. 그녀에게는 사람이나 동물만 생명인 게 아니라 낱낱의 별들이 그렇듯이 세상 만물의 존재 형식이 다 생명의 형상을 하고 있다. 그것을 「바람의 경전」이라는 시에서도 노래한 적이 있거니와 그녀의 대표작이라 할 「축제」에서는 더욱 진경을 펼쳐 보인다.

　　　물길 뚫고 전진하는 어린 정어리 떼를 보았는가
　　　……
　　　가다가 어떤 놈은 가오리 떼 입 속으로 삼켜지고
　　　가다가 어떤 놈은 군함새의 부리에 찢겨지고

가다가 어떤 놈은 거대한 고래 상어의 먹이가 되지만
죽음이 삼키는 마지막 순간까지 빙글빙글 춤추듯
......
수많은 하나가 모여 하나를 이루었다면
하나가 가고 하나가 태어난다면
죽음이란 애당초 없는 것
삶이 저리 찬란한 율동이라면
죽음 또한 축제가 아니겠느냐
영원 또한 저기 있지 않겠는가
—「축제」 부분

한마디로, 낱소리만 소리인 게 아니라 함성도 소리이다. 물방울만 물인 게
아니라 대양도 물이다. 함성이나 대양을 이루는 낱낱의 알갱이들 속에서 발생되
는 해체의 순간들을 존재의 카니발로 명명하는 대범한 인식은 어디에서 기인하
여 무엇에 관여되는가? 한 존재가 부서지면서 자아보다 더 큰 주체에게 서슴없
이 제 몫을 내놓는 생명의 장엄함은 낱낱의 개체에게 무슨 의미를 주는가? 바로
이곳이 그녀가 행하는 모든 집필 활동의 원점이라 할 것이다.

2 이 책 『당신을 사랑합니다』는 특히 '하찮은 생명의 소리들'에 귀를 기울이
고 있다. 치매에 걸린 할머니의 말을 손바닥에 받아드는 것은 상당히 희귀
한 일이다. 암과 싸우는 아저씨의 자아성찰을 소중하게 채록하는 일도 보기 드
문 태도에 속한다. 가난한 아녀자와 이주노동자를 비롯한 모든 방외인의 존재
내부에서 들려오는 생애의 파도 소리를 듣는 것은 또 얼마나 별난 행위인가. 이
같은, 세상의 심층과 소통할 때 필요한 인내와 자상한 연민을 이즈막의 사람들
은 감내하지 않는다. 말하자면 문명이 그렇게 만들어버렸다. 스펙터클한 영상과
이미지의 과잉으로 범람하는 디지털 세상에서 길도 없이 찰나의 흔적을 남기며
통과하는 물줄기처럼 그것들은 무표정한 발밑을 그냥 지나쳐갈 뿐이다. 예고도
환대도 없이 스쳐간 바람처럼 흔한 자연현상이요, 잊히기 쉬운 미풍이다. 하지
만 그렇게 모습을 드러내지 않고 살포시 지나간 바람이 한없이 부드러운 위안의

손길로 고된 노동을 쉬게 하고, 수줍은 연인을 입 맞추게 하고, 어미 품에서 울다 지친 아기를 잠들게 한다.

김해자 시인이 치열하게 타오르는 순간은 이렇게 무대 밖으로 버려지는 생명의 소리를 들을 때이다. 그것이 설령 누구에게도 주목받지 못하고 기억되지 않는다 하더라도 인간의 삶이 어떻게 '현실을 갖지 못한 관념'일 수 있겠는가? 그것들을 '하찮게' 여기는 모든 정신들에게 그녀는 그렇지 않다고 말한다.

아따, 내나무도 모르겄다 안 허요? 당신나무가 나한티 살짝 가르쳐줬는디, 사실 당신은 나무만도 아니랍디다. 우리 눈에 안 보이는 저 아래께는 꿈틀꿈틀 수천 개 발이 동시에 사방팔방 길을 내고, 쩌어그 잎사구 욱에는 맘만 먹으믄 시방 팔천대천세계 훌쩍 넘나들어부는 팔만 억 날개가 달렸다 안 허요? 그란디 그 많은 날개가 말이요이, 윗분들하고만 접선하는 거이 아니고라, 수십 킬로 떨어진 아주 작은 나무들한티도 닿아갖고, '어디께 노인네가 환상박피 되야서 몸이 못쓰게 되부렀다' '누구네 자슥들이 다 살아보지도 못허고 한까번에 타 죽어부렀다' 다 알아봄서 '산 목심을 이라믄 안 되지라우' 함서 이녁 몸에 달린 팔이란 팔 다 들고 항의함서 기도함서 그란답디다.
—「당신을 사랑합니다」 중에서

화폐권력 아래 복속된 세태의 온갖 척도와 우상을 '추문'으로 만들어버리는 정신적 강단이 그녀에게는 있다. 그래서 모습도 드러내지 않고 목청도 없이 외친다. 언제부터 세상을 '이목'이 지배하게 되었는가? 눈길을 끌지 못하는 것은 의미도 없는가? 세상은 광휘에 사로잡히고 모든 초라한 것들은 소리 없이 시들어가도 좋은가? 눈에 띄는 자리에 닿기 위해, 관측되기 위해 모여드는 저 재앙의 불빛들을 보라. 장미의 정원을 선점하지 않으면 아무것도 아닌가? 어떤 불순한 것들도 지상의 모두에게 인지되면 브랜드를 얻는다. 당연히, 세계 시장경제 체제가 지배하는 세속도시에서 순박하고 내성적인 피사체들은 모두 설자리를 잃는다. 하지만 분명한 것은 모든 눈길은 존재의 표피에서 부서지고 지상의 양식은 보이지 않는 내면에서 자란다.

3 한눈으로 내려다보면 이 중차대한 사태를 누구나 걱정할 수밖에 없다. 결코 자신에 대해서 말하지 못했던, 자신의 감정이나 용모, 또는 이력을 남 앞에 펼치지 않는 수줍은 존재들이 인간의 하늘을 지탱해준 무용담은 그날그날 의 거대 서사에 묻혀가고 만다. 그러나 어떻게 그럴 수 있는가? 역시 그들처럼 좀처럼 자신을 드러내지 않는 넉넉한 귀가 있어 이웃들의 볼품없는 생애를 귀담 아 듣는 경이로운 일이 발생한다. 그리고 그 같은 경청에 의해서 사람의 마을을 만드는 기제라 할 연민의 울타리가 나타나 감쪽같이 지상의 높이를 구축한다. 우리는 방파제처럼 드높은 그 지상에서 듣는다. 쉼 없이 철썩이며 밀려드는 일 생의 파도 소리들. 김해자 시인이 『당신을 사랑합니다』를 펴내는 공과가 여기에 있다.

모든 존재는 자신의 역사를 갖는다. 아무리 하찮아 보인다 하더라도 그곳에 서 역사적 실체가 휘발되어 진공상태가 되지는 않는다. 가난하거나 소외되었다 고 해서 '하찮은 역사'라는 말이 성립될 턱은 없다. 적어도 그들의 가치가 '인 문'이요, 그들의 놓인 곳이 '지리'요, 그들이 생을 지속하는 현상들이 '문화'일 터이다.

하지만 세월은 역사를 만드는 만큼 개체의 흔적을 지워버린다. 시간의 덧없 는 흐름은 매개 민족이나 사회가 체험한 중대한 사건을 객관적으로 바라볼 수 있게 하는 대신 그것들을 띄우는 부력(浮力)으로 작용한 개체들의 흔적을 저 어두 운 과거 속으로 파묻어버린다. 개인의 기억 속에 담긴 것은 아무리 기념비적인 사건이라도 영원히 사라져가는 '오늘들' 속에 잠기고 또 잠긴다. 그래서 춥고 배 고프고 가난한 사람들의 이상과 꿈들은 현실의 좌절이라는 역사의 격랑 속에 암 장(暗葬)되는 것이다.

문학의 형식을 삶을 관찰하는 형식이라고 한다면 김해자는 낮고 깊은 세상 의 바닥에서 울리는 그 낮은 목소리들의 서사적 무늬를 소위 문어체가 지켜야 하는 표준어가 아니라 규범을 얻기 전의 형상 언어, 모태 언어를 빌려 기록하고 있다. 그 이야기들은 대부분 대사로 구성되어 있지만 어떤 것은 독백체로, 그중 에서도 내면 고백적 묘사로 나타나기도 한다. 연출자는 어디에 서 있는지 보이 지 않는다. 그러나 그것들은 감추어지고 훼손될지언정 정녕 사라져버리지는 않 는, 거기에 관여하는 문명과 제도만이 아니라 자연을 포함한 삶의 총체를 보여준다. 어떤 헤게모니도 탐내지 않는, 서사는 크고 포장지는 얇은, 이것이 나는 자연이고 생태가 아닌가 한다. 이 소박한 구어적 진술들 안에는 한 문명의 야만적 음지를 폭로하는 장쾌한 생명의 소리가 포착되어 있다. 그래서 『당신을 사랑합니다』를 읽다 보면 죽은 역사가 인격을 얻고, 잊혀가던 연대기들이 생물처럼 꿈틀댄다. 이데올로기의 이쪽 혹은 저쪽이 아니라 세상을 송두리째 그리려 하는, 이 정직한 구술 서사가 보여주는 아웃사이더들의 넉넉함, 질투와 변덕의 무늬, 일상의 난폭한 실랑이들은 문학의 장르가 쉽게 접근하지 못하고 있는 '세계의 깊은 곳'에 대한 표현물인 것이다. 주목할 것은 이 시대가 보유한 엄청난 물량의 문학 역량에 의해서도 기록될 가능성이 전혀 없었던 '서사'라는 점이다. 서사의 시대에 서사 부재의 소설로 버티는 오늘의 문학적 상황에서, 1970년대 노동자의 편지, 수기, 일기 등이 한국문학의 비참한 자화상에 통로를 제공하듯이 이거야말로 당대 문학이 되찾아야 할 야성의 숨소리의 원천인지 모른다.

4 내가 김해자의 글을 좋아하는 것은 그 경건함 때문이다. 글을 읽다 보면 반드시 '관계의 욕망'에 매달리는 작가가 있고 '실존의 중심'을 보는 작가가 있다. 관계의 구도 안에서는 옳은 것과 그른 것, 강한 것과 약한 것, 참과 거짓이 충돌한다. 하지만 실존의 복판에서는 우리가 벗어버리고 싶은 누추한 것들에 묻은 생애의 파도 소리가 쉼 없이 들려 마음을 부대끼게 한다. 관계 안에서 반동이던 것이 어느 순간 홀연히 존재의 보루였음을 깨닫고 경악의 순간을 노래하는 명작도 있다. 어떤 경우에는 그 태도가 너무 명증하여 동시대의 유행 감각과 심하게 충돌되기도 한다.

> 비숍 여사와 연애를 하고 있는 동안에는 진보주의자와
> 사회주의자는 네에미 씹이다 통일도 중립도 개좆이다
> 은밀도 심오도 학구도 체면도 인습도 치안국
> 으로 가라 동양척식회사, 일본영사관, 대한민국관리
> 아이스크림은 미국놈 좆대강이나 빨아라 그러나
> 요강, 망건, 장죽, 종묘상, 장전, 구리개 약방, 신전,
> 피혁점, 곰보, 애꾸, 애 못 낳는 여자, 무식쟁이,

이 모든 무수한 반동이 좋다
—김수영 「거대한 뿌리」 부분

관계의 욕망에 끌려다니느라 존재의 내부에서 들려오는 소리를 놓치는 엘리트 문화를 김수영의 시는 통렬하게 꾸짖는다. 그 같은 정신이라면 『당신을 사랑합니다』를 크게 상찬했을 것이다. 김해자 시인은 요강, 망건 등 무수한 반동들 틈에서 사는 것을 전혀 두려워하지 않는다. 그것이 눈부신 광휘와 명망도 없는 그녀를, 그러나 존재의 뿌리를 노래하는 경건한 시인으로 받들어주는 요소일 것이다.

돌이켜 보면, 김해자는 자신의 영혼을 일하는 자의 땀방울 속에 담아왔으나 그와 동시에 늘 사색하고 실행했던 자이다. 근대 인류를 꿈의 도가니 속으로 끌고 들어간 혁명가들이 발견한 인류 진화의 척도가 인민의 노동계급화, 인민의 인텔리화였다. 그 유토피아에 대한 열정이 사그라들면서 '일하며 사유하는 인간'에 대한 동경도 거의 소멸되었다. 하지만 옛날이나 지금이나 세상의 드러나지 않은 존재들 속에는 그 나름의 문화와 정치가 있었으며, 생활과 역사, 관습을 통해 '드러난 사람들'보다 '더욱 위대하고 생생한 현실'을 보유해왔다.

시인 김해자의 이름은 내게 바로 이 '비명망가주의'를 표상한다. 그녀가 전해오는 모든 구절들 속에서 나는, 사실은 이 책에서 단 한 문장도 드러내지 않은 시인 김해자의 '눈길'을 읽는다. 암 환자 이영철의 회고담을 듣는 것은 그 때문에 슬프다. 늙은 어머니의 사무치는 현실을 듣는 것은 그 때문에 아프다. 무라카미 하루키의 어떤 단편에서 읽었던 에피소드인데, 이웃의 이야기를 잘 들어주는 이가 있어 많은 이들이 찾아와 신세 한탄을 하면서 구원받는 느낌을 얻는다. 그렇게 잘 들어주던 사람이 어느 날 죽고 마는데 너무 많은 이웃들의 아픔을 전가받은 탓이다. 내가 김해자 시인에게서 느끼는 감정이 바로 그런 것이다. 그래서 나는 김해자가 들려주는 이야기를 들을 때마다 무한 창공의 대기 너머에서 아직 관측되지 않은 별처럼 몰래 빛나는, 그 힘든 몫을 자임하는 '이타적 정신' 때문에 한없이 안타깝고 경건해진다.

민중열전 1

당신을 사랑합니다

초판 1쇄 발행 · 2012년 3월 13일
초판 3쇄 발행 · 2013년 5월 10일

지은이 · 김해자
펴낸이 · 황규관
편집장 · 김영숙
편집 · 노윤영 윤선미
총무 · 김은경

펴낸곳 · 도서출판 삶창
출판등록 · 2010년 11월 30일 제2010-000168호
주소 · (121-838) 서울시 마포구 서교동 355-22 우암빌딩 4층
전화 · (02) 848-3097 팩스 · (02) 848-3094
홈페이지 · www.samchang.or.kr

ⓒ 김해자 2012
ISBN 978-89-6655-005-0 03810